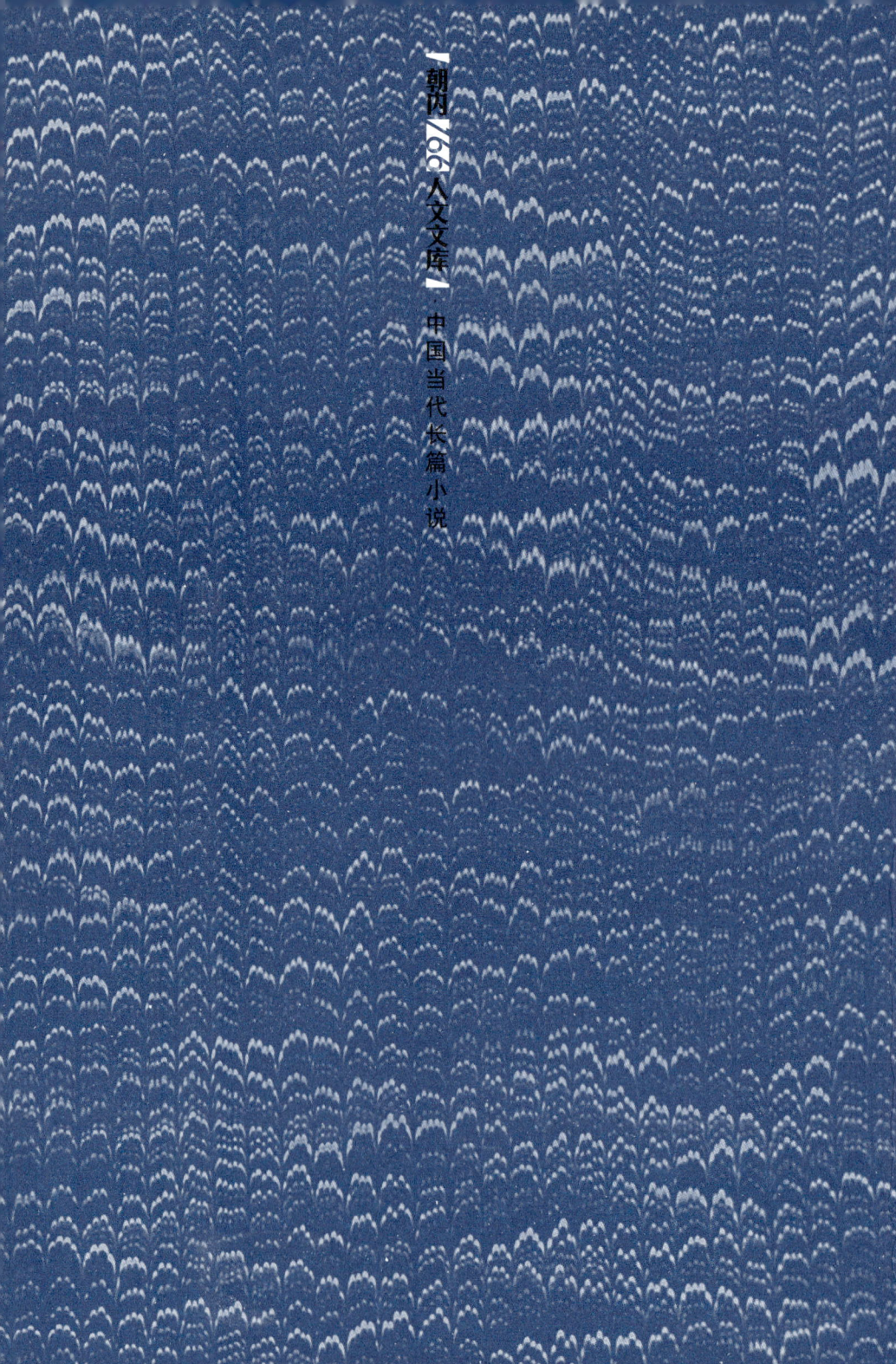
朝内166 人文文库·中国当代长篇小说

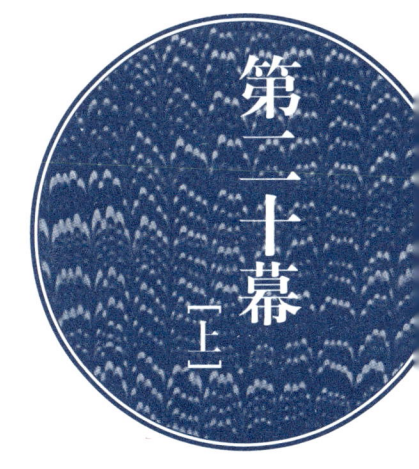

第二十幕
[上]

周大新 =著

人民文学出版社

图书在版编目（CIP）数据

第二十幕：全3册/周大新著.—北京：人民文学出版社，2012
（朝内166人文文库.中国当代长篇小说）
ISBN 978-7-02-009326-7

Ⅰ.①第… Ⅱ.①周… Ⅲ.①长篇小说—中国—当代 Ⅳ.①I247.5

中国版本图书馆CIP数据核字（2012）第173345号

责任编辑　王　晓
装帧设计　刘　静
责任印制　苏文强

出版发行　人民文学出版社
社　　址　北京市朝内大街166号
邮政编码　100705
网　　址　http://www.rw-cn.com
印　　刷　河北新华第一印刷有限责任公司
经　　销　全国新华书店等

字　　数　942千字
开　　本　880×1230毫米　1/32
印　　张　39.125　插页9
印　　数　1—8000
版　　次　1998年7月北京第1版
印　　次　2013年1月第1次印刷

书　　号　978-7-02-009326-7
定　　价　69.00元（全三册）

如有印装质量问题，请与本社图书销售中心调换。电话：01065233595

出 版 说 明

以"文库"形式荟萃本社历年出版物之精华，是国际知名品牌出版企业的惯例和通行做法。作为新中国建社最早、规模最大、读者知名度最高的国家级专业文学出版机构，人民文学出版社在自己六十余年的历程中，已累计出版了古今中外文学读物凡一万三千余种，沉淀下了丰富的精神资源，出版我们自己的"文库"不仅生逢其时，更是为了满足广大读者精品阅读的需求。

有必要对"朝内166人文文库"这样的命名予以简要说明："朝内166"是我们赖以栖身半个多世纪的所在地，从这里走出了一位位大师，沁透着一股股书香，这里是我们的精神家园与灵魂地标；"人文文库"似已毋须赘言；而随后还将对文库该辑所集纳之图书某一门类予以描述，我们的描述将是客观的、平实的，诸如"经典"、"大全"、"宝典"一类的炫丽均不是我们的选择。

"文库"将分门别类推出，版本精良、品质上乘是我们的追求，至于门类的划分则未必拘于一格，装帧也不强求一致。总之，我们将通过几年的努力，为广大读者奉上一套精心编就的、开放的文库。恳请广大读者不吝赐教。

人民文学出版社编辑部
二〇一二年五月

《第二十幕》主要人物

尚安业　　南阳尚家丝织祖业的传人　尚吉利大机房的掌柜
尚达志　　南阳尚家丝织祖业的传人　尚安业之子
顺　儿　　尚达志之妻
盛云纬　　尚达志之情人　南阳府通判晋金存之三夫人
尚立世　　南阳尚家丝织祖业的传人　尚达志与顺儿所生之子
容　容　　尚立世之妻　南阳书院督导卓远之女
尚承达　　尚达志与盛云纬所生之子
文　琳　　尚承达之妻
尚昌盛　　南阳尚家丝织祖业的传人　尚立世之子
小　瑾　　尚昌盛之妻
尚　天　　尚承达之长子
尚　穹　　尚承达之次子
尚　旺　　南阳尚家丝织祖业的传人　尚昌盛之子

卓　远　　南阳书院督导　师范传习所学监　南阳五中校长
雅　娴　　卓远之妻
绫　绫　　卓远的养女　尚达志与顺儿所生之女

卓　月　　　绫绫之女

晋金存　　　清朝南阳府通判　后升为同知
晋承银　　　晋金存与盛云纬所生之子　后改名蔡承银

栗温保　　　农民　民军司令　南阳副镇守使　后为南阳国民党驻军中将副司令
草　绒　　　栗温保之妻
紫　燕　　　栗温保之妾
枝　子　　　栗温保与草绒所生之女儿
栗秉正　　　栗温保与草绒所生之子
阿　倩　　　栗秉正之妻
栗振中　　　栗秉正之子
栗　丽　　　栗温保与紫燕所生之女儿
曹冬至　　　栗丽之夫
曹宁安　　　栗丽之子
曹宁贞　　　栗丽之女

载宛城尚家吉利绸缎之三辆驿车，于三日午时抵站，修换车轴一、车轮一；替换辕马一；加马草三百斤、马料六十斤；换钉马掌两块。驿车四日寅时北去。随护官言月内可抵长安。

汝阳驿汪临川记于显庆四年三月四日
——汝阳驿志卷九十一

子时入库：
　　壹、南阳尚吉利所产之八丝霸王绸一百六十六匹。
　　贰、南阳尚吉利所产之孔雀罗一百一十七匹。
　　叁、南阳尚吉利所产之轻容纱一百零六匹。
　　肆、南阳尚吉利所产之销金彩缎八十四匹。
　　伍、南阳尚吉利所产之杯文绮五十八匹。
　　陆、南阳尚吉利所产之鸟头绫三十三匹。
　　柒、南阳尚吉利所产之经锦二十八匹。
　　捌、南阳尚吉利所产之缂丝"碧塘青荷"三十六匹。

开宝七年八月十六日记　库监任正明
——东京官后街三库进出实录卷十七

　　……应予襄助，南阳尚吉利大机房所出之绸缎，质优诱人，当令其再扩规模，以满足内外之需……

——明天启二年奏报汇编卷一七七

第一部

0

尚家的兴旺得益于一个上门女婿。

尚家的血脉在二十一代上可能出了点毛病,只收获一个瘦骨伶仃的儿子。老人们把传宗接代的希望全寄托在这个挖儿窝红薯就要大口喘气的儿子身上,便给他娶了一个像模像样的媳妇。媳妇一进门,爹娘就用各种话语暗示他要在夜间努力,争取广种多收使得尚家孙子成群。儿子自然明白肩负的重任,尽全力苦耕苦做,常常把一张小脸弄得煞白煞白,不想送子娘娘偏不帮忙,到最后也只是送他一个闺女。眼见得儿子儿媳都过了四十岁而孙子还踪影不见,当爹的就含了泪叹,看来老天是要让咱尚家绝户呀!叹罢又慌慌地去找阴阳先生,那阴阳先生绕着尚宅正走三圈倒走三圈又掐算了许久,方摇摇头叹息着说:尚族血脉中阳气走失,恐要另有一股气来填才行。听得糊里糊涂的老人更加绝望。儿子见老爹伤心,自然也有些难受,就把气全撒给媳妇,动不动就用瘦脚去踹媳妇的屁股,边踹边骂:你个偷懒耍滑的女人!那媳妇没能为尚家生出儿子,自知理亏,不敢回嘴,只暗自吞泪,男人把她踹急的时候,她就放了哭声说:你就是打死我也没有用呀,我下边已经不来红啦,还是赶紧给咱女儿找个上门女婿,让她来传你们尚家的香火吧!一句话提醒了尚家父子,那当爹的这才又记起阴阳先生的话,才明白了那话的含义,于是赶紧开始了寻找上门女婿的行动。所幸这女儿长得还颇周正俊俏,尚家一说出要找上门女婿的话,立刻就有穷人家委派媒人登门,小木匠赵田景就是在这种背景里走进了尚家那低矮的门楼和厚厚的族史册页的。

改为尚姓的赵田景没有辜负尚家人的期望,他用他健壮的身子一连让尚家女儿生了四个儿子两个闺女。而且这还不是他的全部贡献,他更为重要的贡献是用他一双木匠的巧手改装了尚家原有的那架织机。那架织机往日的用处,不过是供家里女人们织点土布以为家人缝制点家常衣裳,可经走南闯北见过世面的小木匠一改装,竟可以织绸织缎了。尚田景最初改装那架织机的目的,只是想让妻子在过年过节时织匹绸缎给儿女们做身鲜亮的衣裳——他家像不少人家一样每年都养点蚕且自己动手缫些丝。不想这织机改装得异常精致且有织花装置,加上其妻织技好,织出的绸缎比附近村里的任何一家都漂亮。这消息很快为村人传开,不久就有人家拿上自己缫的一点丝来求田景妻子给织匹绸子,那位贤惠勤快的夫人立刻答应。绸子织好,求织的一方心里不过意,就拿来一升芝麻或几升苞谷作为谢礼。这种替人织绸的事越来越频繁,收到的谢礼也就越来越多,尚家的家境竟也因此好转起来。机灵的田景从这情景中看出了彻底摆脱贫困的方法,就不再让妻子下田干活和操劳家务,令其专门在家为人织绸,并把每织一匹绸子的谢礼定为几升小麦。田里活由他和孩子们做,家务活另找一名亲戚代劳。如此一来,妻子出活更多更快。尚家织的绸缎越多,名声传得越开;名声一大,来求织的人中就渐渐有了富豪和官人,他们给谢礼时出手也更阔绰。如此十年下来,尚家竟成了名播四方的富户,而且在附近的南阳城世景街上买了地皮盖了房子。又过了几年,便举家迁进府城专织绸缎,成了南阳府城中有名的绸缎织户。

田景为尚家的发达出了大力,为了回报他的贡献,尚家老人们破例地允许他的第四个儿子改姓赵,以延续他们赵家的血脉,条件是让这个儿子分开另过而且永不准学织绸缎……

这是唐朝武德和贞观年间的事了。

尚家的族志上对上述故事只留了两行字:二十三代赵姓田景入赘作婿,改姓尚,族内又复人丁兴旺,且始开丝织。

此后,尚家的丝织业虽然时盛时衰,但很少中断过。

到了族志上用朱笔标示的北宋开宝年间,尚家已拥有相当规模的丝织作坊,所出之八丝绸,因质量极好而被中外绸商誉为"霸王绸",其大部分出货成了给皇室的贡品,亦有一些售西域。据说那时常有西域的马队和汴京的驿车来南阳尚家驮绸拉缎。尚家最盛时,拥有织机四百四十七张,匠人千余名。

岁月更替,时光飞转,转眼之间到了光绪二十六年,也就是公元一九〇〇年,到了我们故事开始的这个早晨——

1

　　头遍鸡叫刚刚响起,笼里的几只红冠公鸡才叫了两声,尚安业就推开怀里的女人,咳了一声预备起身了。

　　"今早你多睡一会儿吧,夜里你用力那阵不是出了几身大汗?!"女人的胸脯又贴过来,心疼地拦他。

　　尚安业的脸在黑暗中红了一下。是呀,是有些见老了,如今在女人身上忙一回就会出几身汗,早先可不是这样的。人说老可就老了?他有些烦躁地去推女人的身子,手碰到一只依然壮硕的奶子,就在上边不高兴地拍了一下,尔后很快地下床穿起了衣裳。

　　作为尚家的主人和尚吉利大机房的掌柜,他不敢让自己去睡懒觉,主人懒起来,下边的人不就懒开了?那祖传的丝织业还能发达下去?

　　他在最初的晨光里巡视着院子。这是他多年来养成的习惯,早晨起来把全院看一遍,见一切都如前晚睡下去的模样,这才会放下心。尚家这座位于南阳城西门附近世景街中段的院子,传到尚安业手上,虽然几经改建且显出了破旧,但格局还没有大变:临街面南是大门,大门两侧各两间店房,东边的两间店房收丝,是丝房;西边的两间卖绸缎,有零售、批发绸货的柜台。进了大门是前院,前院两边各两间厢房,这四间厢房便是机房,织机就放在这几间房里。前院有三间住人的正屋,从正屋的两侧,可以走进后院。后院有两间染房和两间库房,再就是一个不大的桑园。他巡查一遍见一切如常,方嘘一口气,转到前院里把手在院中间立着的一块石头上放了一瞬,见上边并无小水珠,确信今天是一个晾丝和整理丝的好天气,这才高兴地到茅房里去哗哗地撒完起床后的第一泡尿。

尚家院子的这种格局,在中原城镇里颇为常见,有钱的人家大都是这样盖的。尚家的院子如果说有什么奇处的话,便是竖立在前院中间尚安业刚才用手摸的那块石头。那块石头的形状很不规则,多边多面,上尖下大,露出地面的部分有四五尺的样子。土下的部分很深,有一年尚安业嫌它碍事想把它搬掉,挖下去近一丈还未见到它的底部,只好作罢。这石头露出地面的部分,每个平面上都刻着一个五道横竖线相交的图案:

丗

图案周围没有任何字迹。

谁刻的这图案,为什么刻这图案,这图案的含义为何?为啥要在院中竖这块刻有图案的石头?先辈人没传下来,族志上也没有记载,尚安业自然也不清楚。他曾请住在邻院的南阳书院督导卓远来看过,卓远在经过仔细的观察分析之后也只得出三条结论:石头是从别处移来的;石质为花岗岩;图案的镌刻年代在汉唐之间。

此外得不出更多的解释。

对那图案的含义,卓远也曾猜测说它可能和医家在门前画个"十"一样,是从事丝织人家的标志,但不久他就又摇头否定了自己的这个猜测,因为远近府县其他从事丝织的人家都没有在院里竖这样东西。

对这块古怪石头的来历,世景街上也有一种说法,说是许多年前的一个春天,南阳地面因为连年遭灾而使讨饭者成群,一个春寒料峭的早晨,尚家人用自家不多的一点余粮蒸了三个窝头,正预备吃时,一位衣不遮体瘦骨嶙峋的老汉走进了尚家院门,手中举着一块小小的石块对尚家的男主人说:我愿用这块石头换你两个窝头,你换了绝不会后悔!尚家的男主人苦笑笑,要一块小石头有何用处？眼下是果腹要紧！他估摸这老人是饿急了才想出这个让人哭笑不得的主意,可他又不忍心让老人失望,就在心中叹道:罢了,权当我施舍给你做了一件善事。叹罢,就把那天早晨蒸出的三个窝头中的两个给了那老人。那老人接过窝头之后边吃边把手中的小石块递到了尚家男主人手上,尚家男主人笑笑送他出门,待老人刚迈出门槛,他就顺手把那小石块朝院中一扔,说道:要它有何用?没想到第二天起床后,他猛然发现自己昨天扔掉的那个小石块一下子变成了个大石头竖立在院中,而且石头的每个平面上都刻有一个图案:卌……

尚家人对这种无碍声誉的说法只是笑笑而已。

不管这块石头的来历是什么,不管这石头上刻的图案是什么含义,它立在前院确还有点好处:一可以让人倚着歇息;二可以用它预知天气——尚安业有一年偶然发现,这块石头只要在早晨沁出些细小水珠,当天就肯定是阴雨天气。

尚安业出了茅房满身舒畅地往机房里走。每日晨起,他都要亲自给所有织机的传动部分上油,以便织工们一上机就能顺利开织。等他在机房里端着灯忙完上油的事,鸡才开始叫第二遍。他在鸡们纷乱的叫声里听出了东邻卓家院里卓远的咳声,知道年轻的南阳书院督导也已起床,就走到后院隔了半塌的院墙轻声招呼:"是他卓哥吧,也起得这样早?"

"嗳,是尚伯伯,"矮院墙那边的卓远应道,"睡不着,我总担心着那边——"边说边用手指了一下北边的天空。

"那边——?"尚安业没听明白。

"这些天不断有消息传来,说京城、天津卫和保定三角地带的义和团民活动频繁,朝廷也不再称其为匪,由原来的弹压解散变为听其自便,我说不准朝廷的这种态度变化会带来什么结果,但听说洋人也有调兵行动,我担心……"

"噢?!"尚安业吃了一惊,"两下不会打起来吧?"开机房的他最

·8·

怕打仗,一旦打起来,天下一乱,谁还有心来买绸买缎?"会出啥子事吗?"卓远虽只比儿子达志大几岁,但尚安业知道卓远满腹学问,遇事总想从他那里问个明白。

"难说呀,就看事态发展了。"卓远在晨曦里深长地叹了口气。

但愿天下能够平安。尚安业仰脸向天喃喃说道。其实,就在他和卓远站在这儿议论的当儿,冀中义和团民的大刀和英、俄、日、法、德、美、意诸国官兵的枪刺都已经在北京城郊的晨曦里晃动了。只是由于相离太远,尚安业看不到那长长的队伍,听不到那杂沓的脚步声响。他眼下只看见了东天上的颜色变换,看到了天正在越来越亮,他想,儿子达志该起床读书了。

尽管日出时分就要动身去城西百里奚村的两个机户家送丝收绸,达志要秤丝包丝做不少的准备工作,但起床后一拉开门,仍见爹爹如往常那样站在门口,等他去桑园里晨读。他略一迟疑,怯怯地开口:"爹,我待会儿就要——"话未说完,看见爹威严的眼神,急忙闸住喉咙,转身拿了书,低头跟着爹向后院的桑园里走。

桑园里只有十几棵桑树,眼下,靠这点桑树养的蚕对尚吉利大机房的绸缎生产已无甚意义,它只供机房掌柜尚安业满足养蚕兴趣和对儿子尚达志讲课用。十七岁的达志脑里关于植桑、养蚕、缫丝、织绸的知识,都是在这座桑园里由爹爹传入的。

空阔的天上,被几缕晨雾缠住未走的两颗星星,正慌慌地向天际远处挣着身子;不远处的梅溪河岸边的柳树上,早醒的鸟儿已开始了最初的啼鸣;露水很重,不时有露珠从高处的桑叶尖上坠下,打得下边的叶子一抖,尔后无声滚下地;风很细微,只勉强能把桑园一侧的蚕房里蚕吃桑叶的沙沙声送进耳里。

"读吧。"尚安业在桑园中间的一株老桑树下站住,扭头,边去点燃手中的白铜水烟袋边对儿子颔首。

达志于是打开手中的那本爹爹用毛笔为他写的《丝绸之印

染》，开始默读。浸染、套染、媒染，凸纹印花、夹缬、绞缬、蜡缬、碱剂印花……一页一页无声地读下去，闭了眼往心里记。爹爹手中的那把白铜水烟袋发出轻轻的呼噜呼噜声，为他的晨读做着伴奏。从五岁开始至今，他已在这桑园里读完了爹为他写就装订的十四本书了，手中的这是第十五本。爹说过，待他把这本书读完背过，就要把整个尚吉利大机房的事务交由他处理，由他当家了。

……红有大红、莲红、桃红、水红、本红、暗红、银红、西洋红、朱红、鲜红、浅红；黄有金黄、鹅黄、柳黄、明黄、赭黄、牙黄、谷黄、米色、沉香色、秋色；绿有官绿、油绿、豆绿、柳绿、墨绿、砂绿、大绿；蓝有天蓝、翠蓝、宝蓝、石蓝、砂蓝、葱蓝、湖色；青有天青、元青、葡萄青、蛋青、淡青、包头青、雪青、石青、真青；紫褐色有茄花色、酱色、藕褐、古铜、棕色、豆色、鼠色、茶褐色；黑白色有黑、玄色、黑青、白、月白、象牙白、草白、葱白、银色、玉色、芦花色、西洋白……达志正背着绸缎色彩的色谱，听见从前院织房里传来了几个女工的说话声和最初的几下织机响动。达志知道，织工们已经开始上机了。往日晨读时，他都能对这些声音充耳不闻，可今天不行，他的注意力总不能完全集中。哐嗵哐嗵，织机的响声更清楚地钻进耳中，这声音和百里奚村云纬家那台织机的响声完全一样，就在那哐嗵哐嗵的响声中，云纬那白嫩娇俏的脸庞渐渐浮来眼前晃动。达志，你渴吗？这是红糖水，快喝一口！他分明地听到云纬在笑对他叫。呵，云纬，我待一会儿就要去见你，你右手中指上的伤好了么？我上回给你的那个发卡戴上了吗？你戴上那个发卡会格外漂亮！……

"嗯?!"背后突然响起爹的声音，头上的辫子也同时被扯了一下，疼痛使他骤然从对云纬的思念中回过神来。"读到哪里了?"尚安业的声音冷厉威严。"这儿。"达志慌慌地指了一下书本。"好了。"尚安业从嘴上取下烟袋。达志松了一口气，爹已吸完了三锅烟，而且并未看准他已经走神，今日的晨读算是已经结束。下边该

是每天必背的那三段话了,达志仰了脸,不待爹再催促,就低声而熟练地背了起来:

"自唐武德八年始,吾南阳尚家从丝绸织造,迄今已千二百七十五年,绩煌煌。北宋开宝二年,吾尚家所出之八丝绸,质极好,被中外绸商誉为'霸王绸',所产之大部,贡皇室;亦有一部售西域,吾家最盛时,织机四百四十七张,桑田八百亩。南宋建炎元年,因战乱,绸业凋敝,吾家织机陡降至十一部。元至正六年,遭兵燹,家毁几尽。明景泰七年,重振祖业,开机有四。万历十一年,织机增至一百七十九,所织之炼白山丝绸,重被中外绸商誉为'霸王绸',除贡皇室外,大部被西域商人买走。道光五年,因水旱连连,税苛,停业卖机。同治二年复产至今。

"现传吾之家业,有织机七,机房四;有丝房二,织房四,染房二,店房二,库房二,住房三;有机户四,有桑园一个,树十五棵。

"列祖列宗在上,达志生为男儿,有生之年,发誓不忘数代先人重振祖业之愿,力争使尚家丝绸重新称霸于中外丝绸织造界,再获'霸王'美誉!"

这几段话因为每日都背,已经滚瓜烂熟,达志知道自己不会背错。果然,爹点了点头朝他挥手:"去吧。"

达志如释重负地舒一口气,拔脚就走。

"等等!"尚安业又喊住儿子,沉声叮嘱:"记住,今日去盛云纬家,收绸交丝之事办完就回,不可耽误太久,两家议婚之事,也不须由你多嘴!更不能顺口应承啥子。大丈夫当时时明白,人活世上,要紧的是要创下一份家业,让人敬佩,而不是去和女人缠在一起!"

"晓得了。"达志小心地回答,待爹又挥了手后,才急忙向前院走去。

达志在库房按规定的匹重,把预备交与云纬家和另外一家机户的丝一匹一匹秤好包好时,东天已是鲜红一片如倾了染绸的染料一般。达志为了能按时在午饭前回来而又延长和云纬在一起的时间,决定去灶屋里拿两个馍边吃边走。

达志跑进灶屋,喊了声娘就去掀锅盖:"咋,都是些杂面馍?"他边伸手去锅里拿边叫。"眼下春荒还没有过去,咱能吃上杂面馍就是福气了。"娘向灶口里填着柴,叹息着说。看见达志拿了馍张嘴要去咬时,又忙用烧火棍敲了一下他的腿弯,嗔道:"张嘴就吃?忘了先要干啥?"

达志闻言伸了伸舌头,忙绕到门后,探出舌尖在悬挂着的一个白纱布包上舔了一下,舌尖收回时,达志已被苦得连皱了几下眉头。那是一个装满了黄连粉的纱包,天天悬挂在那儿,用处是每天早上,让达志在吃饭前用舌尖舔一下。这是尚家祖传下来的训子家规,用意父亲没给达志讲过,但达志已经体验到的一点好处是:舔了这纱包后,再吃别的啥样饭菜都是甜的。

达志拿了两个杂面馍背了丝包向门外走时,娘又心疼地追出来,朝他手里塞了一个煮熟的咸鸡蛋:"记住到机户家向人家要碗水喝。"达志就着咸鸡蛋啃着馍,快步走出挂有"尚吉利大机房"招牌的院门。

太阳已经探出头来,达志从西城墙的一个豁口里出城来到梅溪河岸上时,阳光已把河岸铺满。青草尖上有露珠在闪,柳树枝上有鸟儿在跳,清澈的水面上有花瓣在旋,达志张嘴吸了一口含有青草和水草气息的空气,快活地叫了一声:呀——

他远远地望一眼西岗上那隐约可见的百里奚村,高兴地舒了一口气,加快了脚步。

"妈,我饿。"一声有气无力的童音忽地由近处传来耳中,达志不由得扭过头去,这才发现河堤外坡有几个正低头剜野菜的女人,她们的身后坐着一个六七岁的男孩,那男孩深凹的双眼正一眨不眨地盯着他手上拿着的杂面馍。

达志的心一沉,顿时想起眼下正在四乡蔓延的饥荒。他扭身走下坡,来到那男孩身边,把手上刚咬了一口的一个杂面馍递到那孩子手中,孩子不客气地接过,张嘴就吃。

"谢谢好心的先生。"一位面带菜色的女人这时走过来,向达志鞠躬,达志摆了摆手,轻轻拍了一下那孩子的头,低声说一句:"吃吧,小弟。"就又走上了河堤。

但愿这饥荒早日过去。

达志又回头看了一眼那母子,才让步子恢复如初。

每隔二十天,达志就要跑一趟机户家,把机户们按规定织好的绸缎收回来,把下一批织货的用丝送去,同时给机户们开工钱。南阳这时从事丝绸织造的人家,分两种:一种是大机房,如达志家,自己家里有几台织机,有织房,有工人,有丝库,有售绸缎的店堂;另一种是仅有织技但无资金的机户,这样的人家可去大机房租一台织机来家,为大机房织造绸缎,丝是大机房的,织出的绸缎也是大机房的,自己只得工钱。百里奚的盛云纬家就是这样的机户,也叫织户。二十天,又是二十天没见云纬了!云纬,你这些天可是一切都好?

一想到云纬,一种软酥酥轻飘飘的感觉就弥漫了达志的全身,他那方形的有棱有角的面孔就无端地红了起来,而且立刻,云纬那柔韧挺拔的身影就在脑子里浮了出来。达志现在已经记不清,这个漂亮姑娘的身影是从什么时候印进自己脑子里的,他只记得他最先留意的是她那双手,那是怎样一双灵巧的绸缎织女的手呵!手背白嫩,指节纤长,手掌润红,指肚饱挺,她那双手在织机上操作时犹如一对奔跑跳跃机灵无比的白兔,让看的人忍不住直想握住瞧瞧它何以如此灵活。他那次去送丝时站在云纬的织机前看她织绸,无意中抬手去搔了一下头发,有两根短短的发丝跟着掉下直向织机上梭子飞动的部位落去,在达志还没有做出反应时,正坐机上织绸的云纬已闪电般地伸出手指从经丝间提出了那两根黑发,动作之准之快令达志大为惊讶。他就是在那一刻忍不住猛抓住她的手叫:"好,太好了! 倘不是你捏住这两根头发,它们被织进绸里,虽然最后可以再扯出来,可已然影响到经纬丝间的松紧度了!"他边叫边翻看那手,以致使云纬的双颊红通,娇柔地连看他几眼。大约就是在那次之后,云纬那双小巧的手就开始不断地在他脑里挥动,直到把沉在他心底的青春男儿的情缕全部搅起,使他再不愿把云纬那美丽的身影忘记。

已经听得见百里奚村中的牛叫狗吠了,被绿树围住的百里奚村已在达志眼前现出了它那不规则的轮廓。百里奚村,我又来了!我知道你是一块风水宝地,过去,你养育了秦国大夫百里奚,今天,你又养育了一个漂亮织女盛云纬,她会使我尚达志终生幸福! 愿你保佑俺们顺利成婚……

差不多从达志一落地起,尚安业就想到了娶儿媳妇的事,养子传宗嘛! 达志三岁时,他曾想为儿子订门娃娃亲,女娃娃已经物色好了,可后来达志娘坚决反对,说万一女娃在长成人之前得了病落下残疾,那不亏了咱儿子?! 尚安业想想也是,十几年的长时间变数太多,万一女娃娃长大没个模样或脑子里有毛病,再退婚可就麻烦了。待达志长到十三四岁,尚安业觉得可以行动了,就四处亲自物色合意的人家。他心里为未来的儿媳妇规定了四条标准:第一,不是大户人家的女子,大户人家的闺女大多娇生惯养,中看不中用,进了家门好吃懒做可就坏了,尚家的丝织祖业日后要交给达志撑持,不给他找个好理家女人可不行。第二,家里兄弟姐妹不能太多,太多了日后亲戚间的来往走动也多,会牵扯达志的精力;而且女方亲族也有可能谋算尚家的财产。第三,女方对丝织不反感,最好也会织绸或会织土布,这样,她日后过门就能很快派上用场。第四,脾性好,不是那种跳脚骂街上房揭瓦下河逮鱼的角色,这样的儿媳和婆婆好在一起相处,家里的和睦就有了基础。正因为有了这么多的标准,这个儿媳就很难选出,几年间,媒婆们领来了不少姑娘,尚安业不是嫌这就是嫌那,总觉得没达到他的标准,于是就一直没有定下。他最初听说儿子和机户盛家的姑娘好上时,曾在一惊之后大发雷霆:狗东西,胆大包天竟敢私定终身!老子们选了几年都没选成,你能选出个啥样女人?妻子劝他先不要发脾气把话说绝,待弄清了盛家姑娘的情况再说。尚安业气哼哼地默允了妻子的话。不想一查访,盛家姑娘还真符合了尚安业心中定下的标准:家里不是大户;独女一个没有别的兄弟姊妹;自幼就学丝织且织技很好;脾性温和柔顺。尚安业心中暗喜,为了慎重起见,他又借送丝收绸之际亲往盛家看了看,那云纬姑娘的织技果然不凡,织出的绸缎就是用最挑剔的眼光看也数一流,这样的人一进尚家门立马就能派上用场,会是达志的好帮手。而且这姑娘长得也的确漂亮入眼,尚安业虽然不主张找儿媳时在貌相上有太高的要求,但未来的儿媳长得好毕竟是一件好事。他于是同意这桩亲事并决定了找媒人去正式议婚。

　　在这个春天的早晨,尚安业看出儿子去百里奚村盛家的那份迫不及待之后,再次意识到应该加快婚事的进程,争取早日把云纬娶进屋里。云纬一过门,一可以使达志更加安心于操持家业,二可以多一个不须付工钱的织工,当然这不是最重要的,最重要的是云纬的到来意味着尚家就要有一群孙儿孙女,意味着尚家祖业承传有人了!爷爷——爷爷——他的辫梢一动,耳畔仿佛已经响起一群娃娃的稚嫩喊声。爷爷,这是蚕吗?爷爷,这是桑树么?爷爷,这就是织机?爷爷,这是绸子?爷爷,这是缎子?爷爷,我们家当初织的叫"霸王绸"吗?……一串串清脆的叫喊使得尚安业颊上漾出了少有的笑意。

　　达志已经十七岁,该成婚了。当初,我不是十六岁就结婚了?早结婚早得子早得济。可惜我那头几个孩子都没有活下来,要是他们都能活下来,今天我早当爷爷了!也许我前辈子作了啥子孽,老天爷只给我留了达志一个儿子,一个也好,有一个就有一群,我尚家的人丁会再度兴旺起来的,我尚家的丝织祖业也会兴旺起来……

"他爹,说媒的菊婶来了。"达志娘的一句招呼把尚安业从沉思默想中惊醒,他哦了一声:"先给菊婶上茶,我立马过去。"

"菊婶来说了一个传言。"达志娘声音很低。

"传言?啥传言?!"尚安业瞪住妻子。

"她说……"

"说了啥话你讲出来嘛,吞吞吐吐地,真你娘的让人着急!"

"她说听人传言,府里的通判晋老爷,有娶盛家姑娘做小的意思。"

"啥?"尚安业觉得身上一冷。

"说——"

尚安业无心再听妻子的话,三脚并作两步地向菊婶坐着的堂屋奔去……

2

那些天,南阳府通判大人晋金存的心里一直疙疙瘩瘩不太好受。

起因是他对四乡农民与靳岗天主教堂外籍传教士冲突的处置失当,受到了知府大人的责难。南阳靳岗天主教堂是由法国传教士建的,传教士多属法国遣使会,后来,罗马教廷又先后委任了意大利籍和其它国籍的一些教会人士来此任职。受直隶、山东义和团运动的影响,南阳四乡的农民与靳岗教堂的外国传教士也发生了冲突,晋金存奉命来处理此事。他先上来照朝廷的意思,把四乡农民当做土匪,迅加弹压;可不久朝廷又传下话来,要对义和团和受义和团影响之农民谆切劝导,暗示有可予支持之意,晋金存据此刚采取了措施,不想忽又接指令,要对受义和团影响之乱民严加惩处。指令如此不断变化,晋金存自然要处置失措,结果受到了知府大人的训斥。

在府衙受训是在一个后晌,知府大人不说朝廷朝令夕改,只斥晋金存办事不力,结果把晋金存弄得满肚子是火。但他面对知府大人的威严面孔不敢辩解,只能在受训完毕之后神色阴郁地看一眼公案两侧陈列的"肃静"、"回避"牌及锣、鼓、仪仗,转身挪步走下台阶,沿着石砌甬道满腹屈辱地向府衙大门走去。府衙大院很大,从大堂到大门有一段不短的距离,它坐北朝南,南北长约七百多尺,东西宽约四十多丈,位于中轴线上的建筑物有照壁、大门、仪门、戒石厅、大堂、寅恭门、二堂、内宅大门、三堂。两侧有榜房、召父坊、杜母坊、申明厅、明善厅等。过去，他从这路上走时总是满脸的兴奋和自豪，但这天他却只能在屈辱中感叹：当官还是当大官好，当小官你就得常受窝囊气！

也是巧，他那天受完训斥回到家里，正逢他的两房夫人又在院内大吵。他的府邸位于知府衙门的东南几百步外，是一个坐南朝北的精致宅院，一律的青砖灰瓦，内分前后两院外加一个花园。院内绿树掩映，花香扑鼻，是一个十分幽静舒适的居所。晋金存那天下得轿来，原本是想立刻进到客厅在红木躺椅上躺下平息一下心中的气恼的，不料轿还没进大门，就听到了两房夫人的吵闹声，他侧耳一听，弄清又是为那两瓶"伏牛养生酒"，一张脸顿时气得由苍白转为铁青。那"伏牛养生酒"是早些日子内乡县知县派人送来的，这种酒是源于秦、盛于唐的一种古代名酒，出产于西峡口。相传，当年唐玄宗李隆基醉色于杨贵妃，因而精神不振，四肢倦怠，面黄肌瘦。他手下的群臣忧虑，便千方百计寻觅良药妙方。后来，太医面奏，说听传伏牛山中有一老翁，年已一百四十有余，却仍鹤发童颜，体魄健壮，耳不聋，眼不花，想必他有养生妙法。玄宗奇而召之，见果如其言，遂询其奥妙。那老翁答道：乃因常饮以数花之精、百药之髓、五眼泉之水酿成的美酒所致。玄宗得饮后，果见奇效，精神顿爽，龙颜大悦，便赐此酒为"伏牛养生酒"。自此，这酒便名扬全国。晋金存曾借去西峡口巡视机会亲到养生酒坊看过，知道此酒确实是用伏牛山麓清冽的五眼泉水，选用优质高粱酿制，再以人参、红花、蝮蛇、金钗、杜仲、枸杞子、山茱萸、五加皮、山药、生地、牛夕等二十多种名贵中药和数种花瓣浸泡而成，便开始常饮这种酒。渐渐地，便真的感觉出了饮这酒的好处。晋金存有两房夫人，尽管他也时时警告自己同她们上床次数不可太多，但因抵不住她们的软磨硬缠和控制不住自己的欲望，差不多三天就要有一次床上忙乎，如此，他就时有轻微的腰疼腿酸失眠健忘感觉，可自从常饮这酒之后,不但这种症状消失,而且身子有一种过去所没有的强健之感,对床第之乐的要求比过去更加迫切。于是,他便离不开了这种酒,一箱喝完,就再让内乡县送来一箱。有天傍晚,一箱新酒刚送到,碰巧二夫人因为一点琐事进了他的卧房,他当时正开了箱拿出一瓶酒对了灯验看酒的颜色,见二夫人进来,也是一时高兴,就笑说:这酒不仅男人喝了有好处,女人喝了也可促进血脉畅通,健脑补肾,培元固本,而且到了床上也愈有精神,你带两瓶回去喝了试试,但愿能使你身体越来越壮,早为我生下一个儿子,别总是生些丫头!不料这桩小事竟会让大夫人知道了,结果大夫人醋性大发,指桑骂槐,说二夫人如何不要脸讨要药酒想独霸男人。二夫人一听便开始勇猛回击,最后双方在院里跳脚高骂,连床上的事情也骂了出来,直骂得昏天黑地,惹得下人们一齐围上来看,连街上的行人也驻足攀了院墙偷窥。上次的吵闹被他压下去没有几天,怎么又吵上了?这成什么体统?晋金存气得晚饭也没吃就上床躺下了。唉,这些女人呐,你们还叫不叫我活了?

也就是在这种情况下才有翌日的那趟出游——他想到城外散散心。他原本是想只带三两下人独自坐马车出游的,不料两位夫人一听说他要春游,立马表示要随行,两位夫人所生的三个女儿也来缠着要去,没办法,他只好点头应允。结果这次临时决定的城外散心便变成了一次正式的举家春游,直派了三辆马车,前辆马车上坐的是大夫人和她所生的两个女儿,后头一辆马车上坐的是二夫人以及她生的一个女儿;中间的宽篷马车上,坐着晋金存。每辆马车的车篷前都挂一个挺大的"晋"字。三辆马车浩浩荡荡地驶出西城门,尔后拐上梅溪河外堤,沿堤岸迤逦驶去。

如蚯蚓一样爬卧在城西的梅溪河,每到春季,水便清澈得宛若井水,而且因为腊月间两岸梅花花瓣漂落水中太多,浸泡得河水也沁着香味;河两岸长满青青翠翠的葛麻草、苜蓿草、面条菜、勾勾秧,开遍串串红、恨春迟、白喇叭等诸样野花;加上蝴蝶和蜜蜂们的翻飞穿梭，这儿便成了一个极诱人的春游之地。历朝历代，南阳城中的达官贵人家的夫人小姐们，到了春天，便总要择日暖风和的日子，来这梅溪河两岸游玩，或清水中观鱼儿漫游，或绿草上嬉乐打闹，或花丛里悠然扑蝶，把格格格的笑声撒遍河岸。

　　那天上午，晋家的春游车队在接近梅溪河入白河的河口处停了下来，尔后全家人下车游玩。尽管是饥荒年月，尽管饥民们一遍又一遍地在梅溪河堤上剜野菜扯草芽捋树叶，但春天的慷慨恩赐依然使河畔美丽可爱。脚下有绿水在流，头顶有鸟儿在唱，身边有蝶儿在飞，晋家的三个女儿一下车就欢笑着向远处奔去，晋金存则在两位夫人的陪伴下，在草地上缓缓踱步。

　　百里奚村盛家的女儿盛云纬就是在这个时刻出现在晋金存的视野里的。

　　云纬在梅溪河岸边出现极其偶然，她既不是来游玩也不是来剜野菜，她是按妈妈的嘱咐，来给住在附近村里的一家远房亲戚送二升谷子，这是家境稍好的盛家母女对那家穷亲戚的一点周济。事情办完返回时在这儿遇见了几个来剜野菜的本村女伴，云纬正与女伴们说话间看见了晋家车队的到来，于是几个姑娘一齐惊奇地望着威风四溢的晋家人的举动，直到晋金存和两位夫人向她们缓步走来。

　　她们已经准备要走开了，她们虽然不知道来人是谁，但知道这是官家的人，她们都没有和当官的人打过交道，心里有一种本能的惶恐，可就在她们要抬脚离开时晋金存的二夫人朝她们招了招手，声音响亮地问道："姑娘们，野菜剜得多么？"

　　几个姑娘你看看我我看看你，都没敢开口应声。这当儿，晋金存和两位夫人还有两个下人已经走到了她们身边。其中一个下人朝她们高了声斥道："夫人问你们话哩，咋不开口？"

　　"来这里剜菜的人太多，野菜已难找到了。"一个胆大些的姑娘这时应了一声。

"是呀,是呀,今年这饥荒持续的时日长了些,"晋金存听罢望着姑娘们随口叹道,"再坚持些日子就过去了。"说完这句,他的眼睛忽地被云纬吸住,——云纬的漂亮貌相和素朴而清爽的衣着在这群姑娘里是如此出众。"你也是剜野菜的?"他盯住云纬问。

"她是走亲戚经过这儿的,她们家为城里的尚吉利大机房织绸,在俺们百里奚村是吃食不缺的户哩!"还是那个胆大的姑娘开口回答。

"噢,叫啥名字?"晋金存走近了一步,惊喜的目光极快地在云纬那白嫩的脖颈和饱满的胸脯上触摸了一遍。呵,真是个尤物,没想到百里奚村还能出这么漂亮的姑娘!那村子离城不过几里地,我竟然不知道有这样一个清纯细嫩的人物?

"俺叫盛云纬。"云纬低了头红了脸答。

"盛、云、纬?好、好,这名字起得好,家里几口人?"晋金存这些天一直没有舒展的眉头此时完全被笑纹填满了。

"老爷,咱们该朝那边走了,没听见闺女们在喊你吗?"年轻的二夫人这时扯了一下他的胳膊,朝远处的女儿们指了一下。精明的二夫人那当儿已经看出了危险——丈夫在对那个姓盛的姑娘产生兴趣,必须加以制止!眼下在家里,由于她比大夫人年轻,占了年龄和貌相的优势,每次与大夫人发生争执,虽然晋金存表面上不偏不倚,但她知道他在内心里是偏袒她的。每每到了晚上,他会把她抱到怀里进行安慰和补偿。也就是因此,她对晋金存与别的年轻女人的接触抱着很高的警惕,她这会儿已经有些后悔,后悔自己不该叫住这几个剜菜的姑娘,不该让丈夫与这个叫盛云纬的姑娘见面,她从看见盛云纬的第一眼就觉得不快,因为对方的年轻和靓丽对她是一种压迫。她这会儿见晋金存的眼睛已经放出了光,就像他当初看见自己一样,所以立马想采取行动把丈夫拉开。"你们快去忙你们的吧!"她迅速地朝云纬她们挥了一下手,那群姑娘便立刻跑走了。

"呃,呃,盛云纬,这个名字起得好。"晋金存遗憾地慢慢转身,让二夫人搀扶着向几个女儿那边走去,边走,边又回头看了跑远了的云纬一眼。"看啥?小心脚下绊住东西。"二夫人没好气地说道。

"哦,哦,看看四周的蓝天,今儿个这天可是真蓝呐。"晋金存掩饰地笑道。

这一切都没有逃开大夫人的眼睛。她先是慢步走在后边,恨恨地望着丈夫的背影在心里骂道:不要脸的东西,你啥时候见了女人才能不起歹心?但后来,二夫人明显表现出的那份不快又让她心中隐秘的一扇小门洞开:既是这种事能让这个贱女人不快活,我何不干脆拿这种事来治治她?她眼下能在家里占上风,不就是仗着她年轻?要是——她为自己忽然想到的那个主意而打了一个冷颤。

当晋金存在和女儿们嬉戏一阵回头向马车那边走时,趁二夫人去照应自己女儿的当儿,大夫人漫不经心地对丈夫说道:"刚才那个姓盛的姑娘长得可真是标致,整个人就像一个花骨朵儿,我过去还没见过这么漂亮的人呢。"晋金存闻言只是谨慎地应了一声:"呃。"应罢又狐疑地回头看了一眼大夫人,他弄不懂她此时何以会忽然提起那个姑娘,他可不敢和她谈论这个话题,弄不好又会引来一场哭闹。"我敢断定,那姑娘还是黄花身子。"大夫人又慢吞吞地说了一句。晋金存一听这话,更加惊奇地回望了她一眼,在心里暗暗诧异:她这是怎么了?莫不是我刚才看那姑娘的目光里露出了什么,也惹得她不高兴?他不敢去接她的话,想赶快转移话题,便抬头向天道:"今儿个天气可是真好。""相佑街的韩老中医给我说过采阴补阳的道理,他告诉我说,年龄大了的男人要想长寿,找个黄花姑娘夜里陪着歇息是个好法子。"大夫人没理会丈夫转移了的话题,依旧不紧不慢地说着。晋金存听到这儿脚步停了,小心地试探性地问道:"你相信这话?""当然了,"大夫人神情郑重地点头,"老中医行医大半辈子了,他还能骗我?再说,这种道理一想就懂,黄花姑娘年轻血脉好,夜里睡下也像温乎乎的炭盆,当然能让男人的身子滋润舒畅。""哦,哦。"晋金存依然打着哈哈,不敢贸然对这话表示赞同,担心这是一个预设的陷阱。"所以我就想了,老爷你也该再找一个黄花姑娘在身边,好好把身子补养结实,不是我多嘴,我觉着刚才那个姓盛的姑娘就挺适合你!""你真是这样想的?"晋金存因为一下子被说准心思而冲动地抓住了大夫人的手。"当然了,你身子补养结实了,长寿了,俺娘们不是也跟着沾光享福?""老大,没想到你为我想得这样细,你真叫我感动。老大,就为你这句话,我要报答你,去年我在方城买的那八十亩地,送给你了,你可以让你弟弟经管着收种庄稼,所有的收入全算你的体己,家里不要你一分!""那些小事咱先不说,你先说你中意不中意这姓盛的姑娘?"大夫人没想到晋金存会因此送自己八十亩地,忍住心里的高兴郑重地问道。"中意中意。"晋金存连连点头,大群的笑意全拥到了眉心里,"真是知夫莫如妻呀,那姑娘是很适合我。""有老爷这句话,我这就抓紧去办,保准尽快办成!"大夫人立刻表态。晋金存听罢轻抚着妻子的手说:"老大,你真有一颗菩萨心肠呀,只是这件事要做得隐秘些,先不要让老二知道,免得……""我懂,你就一百个放心吧!""那你今夜里把床铺好,我去同你再商议商议——"

"哟,说啥事说得这样高兴?"二夫人这时已走了过来,酸溜溜的声音让晋金存紧忙住了嘴。

"老爷正在跟我夸你呐,夸你走路的姿势特别耐看!"大夫人扭头笑望着二夫人道。贱东西,要不了多久,你就不会这样高兴了,只要那姓盛的姑娘一来,晋金存他还会宠着你?还有那八十亩地,你不是一直想要到你哥哥手里吗?可现在它们归我了,轻轻松松地归我了,你日后知道了是会眼馋的,眼馋吧,你!……

3

　　和大多数当母亲的一样,云纬娘也总是认为自己的女儿还是个孩子,不愿正视她已长大成人,直到有一天她发现女儿腰上没有围着自己用五色棉线为她编的那条裤带,而是扎着一条男人的黑棉线腰带时,她才大吃一惊,才急忙追问,这才知道女儿已早和来收绸送丝的尚家儿子好上了。

　　南阳这地方一些偷偷相爱的男女,在交换信物时交换的不是寻常的丝帕和烟荷包,而是系裤子的腰带。交换这种信物的主动权通常在女方手里,它表明女方已决心把自己的身子许与男方,解除了通向自己身子最隐秘部位的关卡。男女双方只要交换了这种信物,剩下的便只有一件事好做:准备成婚。当初,当云纬满面羞红地把自己那条五彩棉线腰带放到达志手里时,达志欢喜得说话都结巴了,他哆哆嗦嗦地去解自己的腰带,许久都没有解开。

　　云纬娘原指望给女儿招一个上门女婿,把盛家的门户再撑持起来,如今见她和尚达志好上,心中自是着急:尚家就这一个儿子,又有丝织家产要承继,他会做上门女婿？唉,看来我该早动手为她把亲事定下,现在该咋办？拦住不让他俩再见面？可她又晓得女儿的脾性,拦出个三长两短咋办？那么就应下这门亲事？尚家是个大户,和咱门不当户不对,听说他们的家规又严,云纬嫁过去会不会受欺负？就在云纬娘犹豫为难的当儿,城中通判老爷晋金存府上派来的媒人就登了门。一听完那媒人说明来意,云纬娘更是

· 24 ·

惊得目瞪口呆:老天爷呵,俺就这一个宝贝闺女,怎么可能送给人去做小婆?而且还是个三房?亏你们能想得出?云纬娘以当时心里的那份气恼,是真想骂那媒人一顿的,可她知道晋家的势力,这样的人家可不敢得罪。她只能把惊慌和气恼压在心底,强作笑颜地对那媒人回话:很感谢晋老爷高看俺们盛家,小女若能进晋府服侍晋老爷,那是她的福分,只是她年龄尚小,还未长成,谈婚论嫁还有些嫌早,敬请向晋老爷转达俺们的歉意……云纬娘也是大户人家出身,当初嫁到盛家的时候,盛家也是拥有五台丝织机的大机房的主人,只是后来家道败落成了普通机户,云纬娘见过世面,所以说起场面上的话也还是有板有眼。那媒人自然要说些早进晋府早享荣华富贵的话,但都被云纬娘用软话挡了回去。那媒人最后走时,要把带来的两匹绸缎和十两银子放下,云纬娘哪敢收这礼物,坚持着把那些东西又放到了媒人手里。送走那媒人之后,云纬娘慌忙把女儿唤进屋内,向她说了这位媒人的目的,云纬一听也吓得脸色发白,扑到娘的怀里说:娘,我死也不会去给谁当小婆,我这辈子除了尚达志,谁也不嫁。云纬娘当时拍着女儿的肩膀叹口气说:都怨娘没早点给你把亲事说定,才惹来了这些麻烦。也罢,既是你铁了心要跟达志,娘也就成全你们,不提撑持盛家香火的事了。云纬见娘这样表态,吓白的脸上才又有了喜色。

接下来,云纬娘因怕夜长梦多再生枝节,就捎信给尚家的媒人,说她应下了这门亲事,要是尚家想早使唤媳妇,择下喜日子来娶就成。

事情这样定下之后,云纬的心也算安定下来,每天照过去那样鸡叫三遍起床,洗了手脸之后,先做早饭,把早饭做好温到锅里,再紧忙上机织绸,待娘起了床洗漱罢,云纬一般都能把一梭子上的丝织完了。

云纬十二岁之前过的是大家闺秀的日子,那时父亲在世,家中开着大机房,爹娘有足够的银钱让她读书、学琴、练字,按大家闺秀的标准来培养;十二岁那年,父亲暴病去世家道败落以后,云纬逐渐适应了穷困生活,开始和娘靠当机户给尚家织绸挣钱过日子。眼下,因为娘身子不好,常病病恹恹的,家里的生活担子其实是由云纬来挑着的。

云纬那几天白日里忙着织绸,到了晚上,就拿出平日俭省下来的一块白细布缝制内衣,悄悄做着出嫁的准备。有时一边缝一边想象着洞房夜里自己穿上这新内衣时的情景,想象着达志用手指解这新内衣扣子的模样,想象着这内衣一旦被达志脱掉自己该怎么办,直想得颊起红云心如鼓响浑身燥热,想得上了床躺下半天也毫无睡意。有天晚上,眼见月光已溜进窗隙爬到了云纬床上,时辰已过半夜,她还在床上左右翻身,娘就在另一张床上轻声问:"咋了,是身子不好受?""就是睡不着。"她听见娘问,索性掀开被子,穿着胸衣短裤的身子在月光下雪样地一晃,便跳到了娘的床上,哧溜一下钻进了娘的被窝。"羞不羞,这样大了,还来跟娘睡?"娘捏了下她的脸蛋,嗔道。"娘,你看!"云纬拿起娘的一只手放在自己的左胸上,"觉出了吧?我的心跳得太急太快,咋也睡不着。""我知道,那是因为你高兴!"娘淡了声说,"想出嫁的姑娘差不多都这样。""你当年也这样吗?"云纬凑近娘的耳朵,悄了声问。"傻丫头!"娘用手指点了下云纬的眉心,"你想咋高兴就咋高兴吧,女人一生也就是这个时候和成婚头半年高兴,过了这段日子,上天给女人的高兴就不多了!""瞎说,娘,我的高兴还在后头哩,我一生都会高兴,你想,我和达志成了婚,俺俩天天相守在一起,他亲我爱,我们还不要高兴一辈子?""这世上没有会高兴一辈子的人,孩子!""可是我和达志会!"云纬坚决地反驳娘,"我一辈子爱他,他一辈子爱我,俺们有一碗饭分着吃,有一件衣裳伙着穿,俺们凭啥不可以高高兴兴过一辈子?""你可以一辈子爱他,把心全放在他身上,他不一定就一辈子爱你,把心全放在你身上。""娘,你凭啥这样说?"云纬在被窝里抓紧了娘的手,不高兴地瞪大了眼睛。"傻孩子,因为这世上可以让男人爱的东西,除了女人之外,还有好多别的,比如权势、金钱、家族的荣誉、世人的尊敬等等,很少有男人一辈子都把心思用在爱一个女人上。""可是达志会!"云纬坚决地说,"娘,别给我说那些吓人的话吧!"云纬把身子偎进了娘的怀里,脸紧贴在娘那干枯的胸上。老人搂紧了女儿,喃喃说道:"娘从心眼里巴望你和达志能高高兴兴过一辈子,娘只担心上天不许,上天很少给一对夫妻一辈子的高兴,他总是把苦和乐,把喜和忧搅拌在一起送给你,但愿上天能够开恩,格外照顾一下我的女儿,我的纬纬……"潜进室内的月光,被老人的喃喃声所惊,悄悄退了出去。睡梦到底来到了云纬身边,她发出了轻微而平稳的呼吸……

就在这个夜晚逝去之后的那个白天,当太阳将近头顶的时辰,一乘四抬官轿出现在了百里奚村云纬家的院前,轿后跟着两个侍女模样的姑娘,官轿上写着一个大大的"晋"字。

云纬和娘由于正在屋里忙着织绸,一开始并未注意到这顶官轿的到来,等她们听到村人的喧嚷出门观看的时候,官轿已经在她们的门前落地,通判老爷的大夫人正矜持而傲然地走下轿来。

一看到官轿上的那个"晋"字,云纬和娘的心里就都咯噔一响,立时明白麻烦来了。母女俩愣怔之间,就听那晋金存的大夫人高了声问:"这可是盛云纬的家?"

"是的,是的。"云纬娘一边示意女儿躲进卧房一边急忙应声迎出门去。

"噢,"那大夫人瞥了一眼云纬娘,拉长了声音问:"你是——"

"我是云纬她娘。"

"哟,你生了个漂亮闺女,很了不起呐!"

"谢谢夫人夸奖,小女哪里说得上漂亮?!"

"我前些日子派了个媒人来,听说你把她赶走了?"大夫人的目光冷冷抡过来。

"你派媒人来,是给俺们这小户人家的荣耀,俺们高兴还高兴不过来哩,哪会赶她走呀?俺那天是给她说明,小女年龄太小,谈婚嫁还早。"

"啥叫年龄小?不都十六岁了么?想当初我是十五岁就出阁了。你那闺女我见过,都已经长成了嘛,身个、奶子、屁股,都已经有模有样了,要不我们老爷会看中?!"

"夫人,俺们娘俩过日子,我实在是想留她在我身边多住几年——"

"你这当娘的可是想不开,俗话说,女大不中留,你强留到身边,她思春思出了事可咋办?还是让她早出阁吧,她只要到了晋老爷身边,有她享的福也有你享的福,不愁吃不愁穿不愁住的日子总比你如今过的日子好吧?"

"夫人,俺们——"

"好了,咱们不罗嗦了,俗话说,有女千家求,我这是奉晋老爷之命来求娶你的女儿;我听说城里尚吉利大机房的掌柜尚安业也想把你女儿娶过去当儿媳妇。这两家的情况想你也都知道,尚家不过是靠织卖绸缎赚有几个钱罢了,可我们晋府是要啥有啥。这两家谁轻谁重估计你心里也能掂量出来!来人呐,把晋老爷让带来的聘礼给盛家送上!"那夫人说着,手一挥,两个轿伕和两个丫鬟便捧着一包银子,几匹绸缎和鸡、鸭、鱼、肉、四色糕点向盛家院子走去。云纬娘慌得急忙去拦,可哪里拦得住?大夫人走到最前头,云纬娘也不敢硬拦,只好苦着脸眼看着他们把那些东西放进堂屋里。

"哎呀,我说云纬她娘,你这房子可是旧了,"那大夫人看着盛家母女简陋的住屋夸张地叹息着,"待云纬过门之后,我催晋老爷拨钱派人来给你盖几间新房!"

"夫人,这些礼物,俺们实在不能收。"云纬娘赔着小心恳求。

"啥叫不能收?既是给你送来了,你就把它吃了、穿了、用了,至于嫁女儿的事,你自己拿主意,你真要不愿让女儿嫁到晋府,晋老爷也不会硬逼着你,更不会来抢亲,他是朝廷命官,又清廉一生,不会胡来的!"那夫人说罢,转身出门,对轿伕们一点头:"咱们走!"官轿就在轿伕们的一声吆喝中离了地面,颤颤悠悠地远去了。

瘦弱的云纬娘只有木呆呆地站在门口。

云纬这时从卧房里冲出来,疯了似的把晋家送来的东西全扔到了院子里,边扔边叫:滚滚滚!扔完,才扑到娘怀里哭起来。

娘什么话也没说,只是用一只手轻拍着她的后背,把怔怔的目光放到墙角里。

咋着办?

把这些聘礼再送回去?那不等于打晋金存的脸吗?他会善罢甘休?他可是跺跺脚南阳城都会晃动的人物,你一个小家小户敢得罪他吗?

那只有收下?可收下了这些聘礼就等于默许了这门亲事。一想到自己的女儿要去给几十岁的晋金存做小,她的心就疼起来。

"纬儿,究竟咋着办,娘没主意了,你说吧,你说咋着办好?"

云纬在娘怀里抽抽噎噎地哭得更加伤心。云纬的哭声把娘的心揉成了碎片,老人最后一拍膝盖,叫道:"纬儿,娘豁出去了,明儿个不是该尚家来送丝收绸了嘛,是达志来更好,不是达志来,就捎信给达志,让他家尽快来把你娶去,娶你的花轿前脚走,我后脚再把晋家这些聘礼送回去,我不怕他们,他们最多是把我打死,我这条老命也不想要了,活着也是受罪……"

娘儿俩那晚上都没吃饭,和衣上床躺下,两双眼睛都直直地望着黑暗中的屋脊……

4

尚达志在那个早上兴冲冲地走进百里奚村时,一点也不知道盛家这些天发生的事情。他猜想,云纬这会儿一定在织机上一边织绸一边羞笑着等他。他背着丝包,几乎是跑进云纬家的,一进屋看见云纬和她娘都红肿着眼睛坐在椅上,才吃了一惊,才忙不迭地问:"出了啥事?"云纬听问,哇一声扑到了他的怀里,哭得全身都在打颤。云纬娘见状,抬了脚走到院里。

云纬在抽噎声中,断续地把晋家逼嫁的经过讲了一遍。达志听得牙关紧咬双拳紧握。狗东西,做这等伤天害理的事!"别怕他!"达志一边替云纬擦着眼泪一边说,"我立马回去把这事给我爹讲明,我爹会拿主意的。"云纬娘在院里听达志这样表态,就走进来叮嘱道:"达志,你回去见了你爹,就说我愿意你们立马来把云纬娶走,咱不讲那些择日子送喜帖摆喜宴的规矩了,你们先把云纬平平安安地娶过去再说。"

达志听云纬娘这样说,也很感动,就转身叫道:"娘,云纬过去后,你也到俺们家住,我会给你养老送终!"

云纬娘摆摆手:"先不说这些,你快回去和你爹商量来接云纬的事吧。"

尚达志这才又慌慌张张地往家赶。他估摸爹知道了这事也一定会同意云纬娘的办法,先把云纬娶过来再说。云纬一旦成了我的媳妇,晋金存大概也就会死了心。既然云纬娘有了"你们立马来把云纬娶走"的话,这件事最好今日后响就办,越快越好！不就是雇一顶轿请几个轿伕嘛,东街刘家的那乘专门出租娶亲的花轿不是在闲着吗？去给他说一声就成。轿伕更好找了,邻居小伙子们哪个不愿帮忙？四个人够了吧？四个人不够就请六个人,六个人不够就请八个人！抬轿去时不声不响,免得引人注意惹出麻烦,轿到门前时要放几挂鞭炮,这时放鞭炮也不怕了,量他们也不敢公然来把人抢走。云纬进屋后还拜不拜花堂？到时候看爹怎么安排吧,他说让拜,我和云纬就拜,他说不让拜,我就把云纬径直送到新房。可惜新房来不及好好收拾,云纬,你多原谅些,实在是来不及,不过后响我会让妈大致上收拾一下,新褥子、新被子、新枕头家里都有,你会睡得很舒服的。一想到云纬今晚上就要做他的新娘,一大群欢喜就又爬上了他那聚满慌张的额头上了。

他跑到家时已是气喘吁吁。

爹和娘正在堂屋里间从紫草中提取染料,尚家制取提纯染料的过程一向保密,不仅不让外人参与,而且场所也多选在内室,工作时门窗皆闭。达志哐一声撞开门叫道:"爹,不好了!"尚安业和达志娘扭脸惊望着儿子,"看你这个慌张样子,啥不好了,慢慢说!"尚安业双眉立睖起来。

"府衙里的晋金存要把云纬娶去当小老婆！"达志抹着脸上的汗说。

"呃,知道了。"尚安业淡淡地应了一声,又去忙手中的活。

爹的淡漠令达志十分意外,他原以为爹听了这个消息后会大吃一惊,会立马和娘商量办法。"爹,这事得赶紧想主意！"

"能想出啥主意？"尚安业回头瞪了一眼儿子,"人家通判老爷要那样办,我们能拦得住？"

"志儿,刚才你菊奶奶来说了这事后,我和你爹也都在着急,可有啥办法？人家是当官的。"娘这当儿接口道。

"那依你们说就眼睁睁看着晋金存把云纬抢走?!"达志也睖起

了眼。

"那你说有啥子办法?"尚安业再次扭过脸来,"咱在通判老爷面前敢不低头?罢了,咱认输,让晋家娶去吧,爹再给你说别的姑娘,天底下的好姑娘多的是!"

"我不!"达志猛地梗了下脖子,"除了云纬我不要别的女人,我有办法来对付晋金存!"

"啥办法?"尚安业白了一眼儿子。

"咱先抬乘轿去把云纬娶来,抢在晋家的前头,云纬和她娘都同意这样做,云纬她娘还给我说,越快越好!要是你们同意,我这会儿就去借轿,后响就把云纬抬来,人一到了咱家,晋金存肯定也就死心了!他——"

"说的全是屁话!"尚安业跺了一下脚,"你以为你把盛家姑娘抬过来就算完事了?你把通判老爷要娶的女人夺走,他能饶了你?他不要跟着朝你、朝我、朝咱们的大机房下手?"

"他咋着下手?咱又不犯王法!"达志依旧梗着脖子叫。

"你不犯王法他就不能治你了?他下手的借口多了,说你少交了税银,说你上市的绸缎匹重不足,说你收丝时压价坑了蚕民,说你织机噪声太大扰了街邻,说你哄抬绸价,他可以用这些罪名罚你银钱、抓你进监、封你大门,到那时咋办?咱一家人还活不活命?咱尚吉利大机房还开不开下去?咱尚家的丝织祖业还要不要?"

达志被爹的话惊住,呆立在那里。

"干啥事都是退一步天宽地阔,晋金存不是想娶盛云纬吗?咱就退让一步,不跟他争,爹再给你说别的姑娘,咱这家庭,说个媳妇还不容易?"

"我不!"达志再次跺脚。

"啥叫'不'?你已经是十七岁的人,马上就要当家执事了,连这点道理都想不开?究竟是盛云纬重要还是咱的丝织祖业重要?你给我掂量掂量!我晓得这样办你一时心里不好受,不过日子一长,慢慢就好了。"

达志双腿一软蹲了下去,满怀的希望被爹转眼间捏碎。咋着办?云纬还在焦心地等着我哩。不,不能照爹的话办,我不能退让,我爱云纬,云纬也明明爱的是我,我凭啥要让晋金存这个老东西把她夺去?爹不准迎娶,我就另想别的办法,啥办法?跑?也只有这个办法了,带上云纬先跑到外边住些日子,然后再回来,到那时云纬已经是我的老婆了,他晋金存又能咋着?对,就这样办!今夜就带了云纬跑,我这会儿得先去给云纬说好,让她做些准备。想到这儿,他又呼地站起往外走。

"去哪里?"尚安业喊住他,"今儿个你心神不定,别的事就别做了,到染房去帮帮忙吧。"

"爹,我好歹得去给云纬和她娘说一声吧,她们还在等着我哩。"

"唉,也好,去一趟吧,只是要把话说得婉转些,别太伤人家的心。"娘在一旁接嘴。

再见到云纬时,达志没有说爹对这桩婚事的态度变化,只说爹怕晋金存对尚吉利大机房下手报复,不同意立马迎娶,但支持他先带云纬跑到外地躲一段时日,而且越快越好,最好今晚就走。云纬和她娘听罢,都愣了一霎,云纬是铁了心要跟达志,在一愣之后就说:"行,你上哪儿我就跟到哪儿,跑到啥地方都行!"云纬娘迟疑了好久,才叹口气道:"也罢,既是你们有这胆量,就走吧。只是要把落脚的地方选好,看到这边平静了,就回来。唉,达志,我可是把云纬交给你了!"达志当时自然感动,扑通一声跪到老人面前说:"娘,你放心,我不会让云纬吃苦,我总有一天会把云纬再领回来,让她堂堂正正做尚家的媳妇……"

达志从云纬家回来,就开始悄悄做跑的准备。他计划头一步先跑到襄阳,那边有一个丝绸牙行,那牙行的掌柜过去来进绸缎时同达志认识,他估计找到那牙行掌柜,让他帮忙租间房住下应该没有问题。眼下要紧的是准备衣物和银两,衣物好办,弄个包袱皮把自己平时要穿的衣服偷偷包起来就成;难办的是银两,家里的银钱一向是由爹经管,而且他管得很严,达志自然不敢向爹开口要银子,那样爹势必要盘问清楚,爹知道了那还能走得了?达志从云纬家回来已是太阳西斜时辰,眼见得天就要黑,没有银钱晚上可怎么走?情急当中,达志想到了自家临街的绸缎零售店,那店里有一个雇来的老头,负责零售,每天零售所得的钱在当日晚饭后由老头交给尚安业。能把他今日零售的钱弄到手也好。达志于是来到零售店,对那老头说:"有点急事,爹让我来把你今日零售的银钱取回去。"那老头见达志这样说,就拉开抽屉,那日的零售额挺大,抽屉里总有二十来两银子。达志见状暗喜,就接过来银子揣到怀里,在零售的账簿上签了名字表示收讫。

　　晚饭达志吃得心不在焉,一吃完饭他就回到了自己的屋里。他知道爹平日吃完饭总要到织房里查看,妈则要到灶屋里洗碗,他决定趁这个时辰背上包袱离开家。他已经和云纬约好,两个人在武侯祠大门前聚齐,尔后沿宛襄大路向南走,他估计走快一点,天亮以前就能过邓州城了。

　　也是合该出事,正当尚安业放下饭碗预备往织房走时,对面开茶馆的秦掌柜敲门进来,说有点急事想借三两碎银,明日就还。尚安业知道秦掌柜有偿付能力,便很痛快地点头说行,跟着就叫绸缎零售店里的那个老头,让他先拿三两碎银过来,那老头闻唤跑过来说:你不是已经让达志把银子取走了吗?尚安业闻言一惊,但他声色未露,很快进了自己卧室,拿出银子把秦掌柜打发走,这才快步过去推开了达志睡屋的门。

　　可怜达志那刻已经把包袱背上了肩头,做好了一切走的准备。见爹猛推开门进来,一时傻在了那里。

　　尚安业一眼就看明白了原委。但他没有发火,只是淡了声问:

"是想和那云纬姑娘私奔吧？"

达志没有回答,只是呆了似地盯住爹的嘴巴。

"主意不错呀。"尚安业叹了一句,一边在达志的床边坐下一边从口袋里摸出白铜水烟袋点上,呼噜呼噜地吸着。

"爹,我和云纬——"

"你跟我来一趟。"尚安业起身朝达志招了一下手,达志只得随爹来到外间。在外间那张摆有一排先辈牌位的条案前,尚安业燃了香叩了头,然后开口道:"列祖列宗在上,今日家门出了不幸,达志说定的媳妇被官人看中要强娶过去为妾,达志不忍心丢弃,打算抛下祖传的丝织业和那女人远走他方,安业对此事犹豫再三不敢决断,今日当着你们的面,就让达志自己说说他的心思吧。"

"爹——"达志一听这话有些慌了,望着那些牌位连连退了几步。

"说嘛,你就说你已经长大成人,如今遇事能自己拿主意了,在要媳妇还是要祖业振兴这两件事上,你选择了要媳妇,说女人比尚家的声誉、荣誉重要多了,说——"

"爹,人是要紧呐!"达志绝望地看着爹说。

"甭对着我说,对着祖宗们说!你个狗东西,你可真胆大,竟要为一个女人丢家舍业往外跑了,养你这么大,就是为了让你找女人去寻快乐是吧?我教你读那么多丝织的书,就是为了让你把它们扔到脑后吗?你天天早上读完书发那誓是真是假?你不怕违了誓言水淹雷劈你么?你个不忠不孝的孽种,你竟要背着爹娘偷拿银钱打个包袱去跟那女人私奔了?你想没想过你走了之后我和你娘咋办?想没想过通判老爷会对尚家下手?想没想过尚家的祖业会遇麻烦?"尚安业骂了一阵,又朝那些祖宗牌位叩了两个头,喘息着说:"列祖列宗,安业养出这样的儿子,对不起你们呐,你们要生气了就惩罚我吧,让我早死了也好!……"

达志惶恐地望着那些牌位,那些牌位仿佛霍然间都动了起来,

· 35 ·

并渐渐幻化成了一张张白发白须的面孔,那些面孔一齐冷然看定达志,一阵带着威压的声音分明响在达志耳旁:女人要紧?真的女人要紧?传了多少代的丝织祖业,你就忍心为了一个女人扔了它?要女人不要祖业,不肖子孙呵!败家子呵!尚家还从没有出过你这样的逆子,没有过!没有过!没有过!……

达志的双膝像扔进铁匠炉里的铁丝,慢慢软了下去,在他双膝着地时,一句微弱的呻吟从他的唇间飘了出来:"祖业要紧……"

尚安业闻声慢慢抬起了头,一向冷峻的脸上浮了感动的神情,他起身走到儿子身边,哆嗦着用手摩挲儿子那柔软的头发,口中喃喃说道:"我的好儿子,天下女人多的是,爹一定给你再娶一个,再娶一个……"

5

十九世纪的最后一年,带给南阳乡下种田人的,是一连串的灾害。先是春天的突降酷霜,庄稼十成被冻坏七成;再是夏天的大水,白河水像疯了一样四处漫涌,两岸的土地被冲毁无数;再是秋天的一场大旱,五十八天滴雨不见,秋庄稼大多被旱死在田中。这些灾害给二十世纪第一个春天的南阳乡间带来的后果,便是大批人外出讨荒。

卧龙岗西落霞村的栗温保所以还在村里坚持着没有外出讨饭,除了老婆在坐月子不能走路之外,是因为他还有一个打兔子的本领,不时会有一只野兔被他的铁砂枪打中。他就靠打野兔卖钱买吃的,总算把涌来的日子一天一天打发走了。

但野兔也越来越难打到了,时值春天,草木旺发,兔子的影踪变得越来越难追寻,两天来他一枪未发,今儿个晌午家里可就没有了下锅的东西。

太阳已经爬上了天顶,大约因为自身爬行变热的缘故,洒下的光也变得分外和暖,猫和狗都懒散地躺在墙根晒着太阳;远处的武侯祠那琉璃瓦的屋顶,在阳光下也热得发亮。可坐在自家草屋门前的栗温保,却丝毫也没感到那日头的热力,仍觉着心里一阵阵发冷,又高又大的身子蜷缩着,头发蓬乱的脑袋垂放在两腿之间,双眼直直地盯着地面。咋办?家中面盆里的最后一点面,刚才给坐月子的老婆草绒做了碗溜锅面让她吃了,坐月子女人一天应该吃五顿饭的呀,可下一顿我再拿啥东西去给她做?面盆空了,糁瓮空了,盛红薯干的草篓空了,装红薯的地窖空了,家里再也没有可以让生孩子没满月的女人吃的了!

咕噜噜。栗温保听见自己的肚子又在讨要吃食,只好无奈地伸出大手去摸摸肚皮。他还是早上起床喝了两碗用野苋菜煮的清汤。得赶紧想个办法!他用手拍了拍额头。

"保哥,吃了没?"一声亲热的问话响在耳畔,温保抬起头,见是同村的好友盐贩肖四手拎一个小面袋站在跟前,便急忙起身招呼。"昨儿去城里走了一遭,多少赚了点,刚刚听孩子她妈回去说,你这儿又断顿了,唆,拎来这点杂面,先吃吧。"肖四边说边在他对面蹲下,把面袋放在了温保手边。

"四弟,"温保的眼角有些发潮,"我晓得你也不宽裕。"

"分着吃吧。"肖四点起旱烟,"不过离收麦的日子还长,咱们得想个长久些的法子才行。"

"我也正在这想呐,可想来想去,毬法子也没有,"温保拍了一下自己的头,"有时我就异想天开,想着自己要是在一夜之间当上了大官那该多好!我要是当上了官,下的第一道令就是打开官仓分粮食,让天下的穷人都能吃饱,都能一天喝上两顿面条!"

"甭说空话,咱说实在的,"肖四把旱烟袋嘴从口中拔出,两个眼仁一窜一跳,"我倒是有个法子,就看你敢不敢干了!"

"啥?"温保的双眼一亮。

"晓得百里奚村的盛家吗?"

"晓得呀,早先盛家也开着一个织绸缎的机房,后来不是败落了?"

"知道他家有一个闺女么?"

"闺女?那是小字辈,记不得了。"

"盛家的闺女叫云纬,是百里奚村也是咱这四乡八庄长得最漂亮的姑娘。"

"她漂亮不漂亮与咱们有啥——?"温保被肖四的话弄得有点摸不着头脑。

"听我往下说呀,"肖四狡黠地眨着眼睛,"就在前些天,那姑娘让城里的晋老爷碰上看中了,晋老爷非要娶她做小不可,派人给她家送去了好多聘礼。"

"哦?"

"听说那聘礼中有银子、绸缎、吃食、首饰——"

"你是说——?"温保有些听明白了。

"把那些聘礼弄过来,我估摸着就够咱两家撑持到割麦吃新粮了。"

"可那不是抢吗?"

"你不抢,人家能双手捧给你?"

"抢人家的聘礼是不是有点太那个?人家养女儿养到大不易,再说盛家如今也是穷苦人家,下这手是不是——?"

"盛家和晋老爷一连上亲可就不是穷人了!你想,这姑娘一到了晋府,那晋老爷肯定要看成宝贝疙瘩,她要啥还不是有啥?这点聘礼在晋老爷看来,也就是一个芝麻粒罢了,丢了也就丢了,他会立马再给盛家补上。咱这样干,不是欺负弱小,是正经地吃大户,吃晋金存的大户!妈那个毛的,凭啥子让他们吃得白白胖胖,有钱娶小老婆,而让咱们饿得要死要活!"

"这抢聘礼的事,神灵们会不会怪罪?"

"你要再这样罗嗦我可就走了!"

栗温保再一次摸摸自己的肚子。好像为了催促他下决心,屋里突然传出了他那没满月的女儿响亮的哭声。"那就干吧!"栗温保发狠似地握起了拳。老天爷,你该看明白,我栗温保这样做也是不得已,俺总不能让俺的老婆孩子饿死吧?……

对盛家的抢劫进行得十分顺利。栗温保和肖四是半夜时分翻过盛家低矮的院墙进入盛家院子的。他俩原来对这次抢劫可能遇到的麻烦作了多种分析和准备,肖四甚至让栗温保把猎枪也拿上了,但这些应付抵抗的准备最后都没有用上,盛家母女基本上没作什么抵抗。母女俩显然从没想到还会有人来抢劫她们,当脸上抹着锅底灰的栗温保和肖四用小刀拨开她们的门闩突然出现在她们屋中时,云纬娘所做的惟一动作就是抖索着手把油灯点上,而云纬只来得及叫了半声:救命——嘴随即就被肖四捂住了。接下来只穿着内衣的娘儿俩双脚、双手都被捆上,嘴里被塞了破布,眼睛被手巾勒住。只能凭耳朵去听两个男人在屋里的一举一动。

那批聘礼就堆放在屋角,似乎还没有动过。装银子的红纸封根本没撕开,捆绸缎的带子也没解开过,各样吃食就原箱原篮原盒在那里放着。温保和肖四在微弱的油灯光下看到那批东西时真是心花怒放,他们不用再费别的力气,只需把那些东西往胳膊上挎、往怀里塞、往肩上扛就行。整个抢劫过程进行得有条不紊,第一次干这种事的温保和肖四一上来还有些紧张、害怕,到后来也变得不慌不忙从容不迫了。临走的时候,温保心里忽然涌上来一股对不住这对母女的歉意,就低了声说:"对不住你们,好在你们日后可以向晋老爷再要,他家有的是——"肖四没让他再说下去,拉上他就出了屋门。走前,肖四吹熄了屋里的油灯,把屋门又轻轻关上。

两个人兴高采烈地向院门走去,眼看抢劫计划就要全部完成,不想这时出了点意外:原来温保的老婆草绒从肖四老婆的嘴里知道了丈夫和肖四今晚要抢盛家的事,不顾产后还没满月,竟也摸着找来了。草绒那刻喘息着站在盛家院门口,看见丈夫和肖四出来,立刻压低着嗓门叫了一句:"他爹!"

"嫂子?!"黑暗中肖四最先跑过来,"你咋会来了?"温保那高大的身躯紧跟着晃了过来,急切地责怪:"你还没满月,万一招了风咋办?"

"死了也比看见你们做这伤天害理的事——"草绒一句话没说

完,嘴便被丈夫的手捂住了,"我的祖奶奶,别大声说话,万一让村里人听见——"

"快把你们抢的东西给人家放回去,咱就是饿死也不——"草绒努力扯开丈夫捂她嘴的巴掌,喘息着说。但温保知道事已至此不能反悔,而且这不是久留之地,没等她说完,把手上的几样东西塞给肖四,双手把老婆一抱便快步向黑暗里走去。

"老天爷会惩罚你们的……"

温保在妻子的诅咒中向天上看了一眼,但愿上天能够宽恕俺们。俺们也是没有办法,俺们实在是饿极了,有一点填饱肚子的东西俺们也不会来干这种事。俺们知道这有点伤天害理,有点坏良心,可别的还有什么法子呢?老天爷,你能眼看着让我和我的老婆、女儿饿死吗?这世上为啥不能兴起一个规矩:有福同享、有祸同当?有吃的大伙匀着吃,有磨难大家匀着受,那该多好!但愿上天开恩,能让俺们人间人人平等,大家平等干活,平等分吃的,平等分穿的,平等分住的。再没有压在人头上逼着向俺们种地的要钱要粮的官府!即使有官府,这官府也不能欺压人,只能带着人们一起去种粮、织布、盖房子,让人们有吃、有穿、有住的。人活在世上图个啥?就是图个吃得饱、穿得暖、住得好。是男人的话,就再图一个可心的女人;是女人的话,就再图一个可心的男人。啥时候能让人们图的这四样东西都有了,这社会这世界就保准太平、安宁了,就再不会出这夜里抢劫的事了。老天爷,你要真为今夜这事怪罪真要降祸的话,就怪罪就降祸给我吧,别去碰我的老婆和女儿……

· 41 ·

6

盛云纬后来是在一个太阳初升的早晨坐上晋府来迎娶的花轿的。和达志远走他乡的计划因为达志的变卦而未能实现,晋家送来的聘礼又被悉数劫走不能原样退回,在此情况下只有答应嫁进晋府了。当然也还有另外两条路:迁居他处与死。可迁居他处谈何容易?哪来迁居的钱?迁到何处才能避开晋金存的纠缠?死倒是容易,只是自己死了娘咋办?谁来养活她?娘这一辈子吃的苦够多了,我怎能丢下她不顾?罢,罢,罢,我认命,晋金存你个老东西,我就嫁给你,但我从今以后要天天咒你,老天爷要是有眼,他就该早点让你死!

云纬乘坐的花轿没有唢呐伴送,轿前没有迎亲的人马,轿后也没有送亲的队伍——这是云纬在答应嫁到晋家时与晋家讲定的条件。她不想让更多的人知道她屈辱的出嫁,她只想悄无声息地结束这个日子。云纬不知道她的要求也正投晋金存的心意,通判老爷也不想对这纳妾之举进行张扬,尽管当官纳妾合法合情,可它毕竟不是一件雅事。他很高兴能让这一天悄然过去,重要的是把那个妙人儿娶进屋里。

因为花轿的晃动,太阳在轿帘前便也像个偷窥的人脸一样左右摇晃。摇晃中的云纬仿佛又看见了达志那张眉清目秀的脸孔,看见他背着一包袄蚕丝向她快步走来。滚开,你个狗东西!你当初说得多么好听,你说你为了我啥事都可以做,你说你要跟我远走高飞去过幸福生活,可当我下了决心收拾好东西等在你说定的地点时,你却踪影不见了。知道我那夜是咋过来的吗?知道那天夜里我先上来是怎样的高兴后来是怎样地害怕怎样地渴盼你到来最后又是怎样的气恨吗?我恨你!恨你!你怎能这样出尔反尔?你还是一个人?为了尚家的丝织祖业,你不能走。你妈妈第二天来给我这样解释。是织绸缎重要还是我们两个人一辈子的生活重要?你既然觉着你们家的祖业重要又为啥答应和我一起远走高飞?你个花言巧语狼心狗肺的东西,你个守财奴!从今往后你就跟着你爹妈抱着织机抱着绸缎过日子吧!我一辈子不想再见到你!我过去算是瞎了眼,竟然看上了你这个守财奴!我是多么傻呀,我还会以为你会拿我当心肝宝贝,可实际上在你心里我还比不上不会说话的丝织机……

　　轿进城区时她听到了街边有人在指着花轿议论,议论些什么她无心去听,但她忽然从那些议论声里听到了一个男人的声音,那声音和那夜去家里抢劫的两个强盗中的一个很相似,这使她身子一震,急忙从轿窗缝里往外看去,可惜因为街边的人太多也因为轿在移动而未能寻住那声音的出处。狗强盗,是你们害得我不得不走上今天这条路的,要不是你们,我完全可以坚持把晋家的聘礼退回去,尔后宣布终身不嫁以侍奉老母。你们把我的退路断绝了,狗土匪们,你们生生把我毁了!我恨你们!只要我活在世上,我就要想法找到你们,我要报仇!是你们把我往晋家这个火坑里推的,我早晚也要让你们尝尝火坑的滋味!我前世欠了你们啥子债,你们要这样害我?我——

　　"落轿!"轿伕们一声响亮的吆喝把云纬的思绪截断。她透过轿窗缝隙先是看到了一所阔大的院子,随后看见两个女人簇拥着她在梅溪河边见过的那个中年男人向轿走来。晋府到了。她的心倏然一缩,怕冷似地抱紧了双臂……

尽管云纬害怕黑夜来临,但夜暗还是一点一点凑近窗户并最终踱进了屋子。当夜色把她团团围定在那把椅子里时,她猛地打了个哆嗦。她没有起身去点桌上的蜡烛,她就那样一动不动地坐着,去恐惧地想象着在这个夜晚将要发生的事情。

"三夫人,该点灯了。"一个丫鬟轻手轻脚地走进来,一边说着一边噗一声吹燃手中的纸媒,点亮了蜡烛。在黑暗被烛光驱走之后,新房里的景致又出现在了云纬的眼前:全套漆得乌黑油亮的桌椅橱柜,挂着锦缎帐帷的雕花大床,放在博物架上的玉器古玩,摆在窗台上的大盆鲜花。这会是我住的地方?

门再次被推开,两个年轻丫鬟走了进来,一个用锃亮的漆盘端着一只瓷碗,瓷碗里冒着热气;一个双手端着一个铜盆,铜盆里是半盆温水。其中一个丫鬟轻声道:"夫人,晋老爷让俺们给你送点柏子仁炖猪心来,这东西养心安神,补血润肠,吃了能补身子;再请你上床前用温水烫烫脚,去去劳乏。"

云纬没应也没动,仍呆呆地坐在椅里,双眼紧张地望着窗外。他啥时候来?他为什么偏偏要来害我?晋金存,你为啥偏偏要来害我?

噔、噔、噔。一串干硬的男人的脚步声由屋外响来,屋里的几个丫鬟闻声匆匆走出门去。是他来了。云纬感觉到自己的四肢在迅速地变冷,她用牙紧咬着舌尖,以此抑止着心里的那股越聚越多的恐惧和厌恶。

门被哐啷一声推开。他那庞大的身躯将门框塞得很满。她低下眼,看见他那双多毛的手在插着门闩,随即看见那一对穿了官靴的脚在向她一步一步走来。

"宝贝,让你久等了,我有些公事刚刚脱身。"随着这声带了笑的低语,她感觉有一只手摸到了她的脸上。她的双唇猛地张开,她很想朝那个多毛的手背咬一口,咬住他,死死地不松口,他会像猪一样地叫吧?

"看看,多细柔的皮肤,你这皮肤比尚吉利大机房的绸缎都滑溜。"一听到"尚吉利大机房"几个字,云纬的身子便倏然一晃:尚达志,你个狗东西在哪里?在哪里呀?!

"来,宝贝,我们到床上去,让我好好看看你。"刚听见这句话,云纬就觉得自己的身子离了地,她看见他双手横抱着她,她发急地用双脚在空中猛一踢,可惜什么也没踢住。

"来,躺好,让我给你脱衣裳,我特别乐意为女人脱衣裳,这是世界上最吸引男人也最辛苦的一桩劳作。我没想到百里奚村还能出你这样美的姑娘,没想到。知道我那天头一眼看见你是啥感觉么?心跳,就是心猛地一跳,就像人跳越水沟时那样,心猛然间一提。哎哟,你乱踢什么?"晋金存突然竖了眉叫,他的下巴让云纬的脚碰了一下,"甭给脸不要脸,你乱踢腾什么?你真要不乐意了晋爷给你三条路任你选:一条,寻死,看到了吧,那边墙角有绳子,你可以在这间屋梁上上吊;第二条,要钱,你说个数,我待一会儿让人给你送来;三一条,把你卖到外地去……"屋里出现了冰冷的静寂,云纬现在后悔没有在衣裳兜里藏一把剪子,要是有一把剪子就好了,就可以迎着他的胸口猛刺过去。那他一定会大叫一声仰面倒地,从胸口里咕嘟咕嘟往外冒血。云纬记得自己曾看过一场旧戏,在那场戏里,一个女人就在身上暗藏了一把剪刀,当一个男人朝她不轨时,她猛用剪刀刺了过去。可惜我今天没带,要是带了多好!我刺倒了他之后就可以逃走,可往哪里逃呢?可——

"宝贝,好了,甭害羞,"晋金存的声音又软了下来,"脱完了衣服我们才好玩乐歇息,来,听话,你听见我气喘了吧?别让我太费力气……"云纬努力抗拒着,但身上的衣服还是在一件一件减少,最后一件内衣离开身子之后,她只能用双手捂住脸孔,听任大颗的泪珠在手掌下滚动。当晋金存那山一样的身体压下来时,云纬一下子看见了许久之前的那个上午,就在那个絮云轻飘的上午,她第一次认识尚达志,第一次看见送丝收绸的尚达志向她家的小院里走来,第一次听见他响亮的声音:姑娘,这是当机户织绸子的盛家吗?……

"呀——"云纬发出了一声痛楚的低叫。但她这声低叫很快被门外一个更高更急的叫声压下去了:"晋老爷,知府老爷差人转送来省上的一封急信!""不用送进来了,念吧。"晋金存很不高兴地对着门外说。——"各府:顷悉英、俄、日、美、法、德、意、奥八国联军两千人已于十日向京城侵犯,遭我军民抵抗,各有死伤……"

"纬纬,我的小宝贝,见血了,你不知道我有多高兴,采阴补阳,黄花姑娘好呵……"

7

达志蹲在一架各部件都已磨损得不敷再用的旧织机前,目光发直地盯着那些经轴、箱架、梭箱和踏杆。改进织机,是爹交达志办的一桩大事,这台旧织机,便是爹给他的实验品。爹给他反复交待过:提高织造绸缎产量和质量的根本法子,是更换织机,在没有买来先进的机动织机之前,要想法改造现有的织机。爹还告诉他,眼下家里的织机,尤其是提花机,是太爷爷这一辈做的,虽说和早先祖上用的织机不太一样,有改进,但用起来还是很费力。因此,每天头晌,只要把机房里的活路分派完,达志便来到这间房里,蹲在这台旧织机前看着、琢磨着,用毛笔在纸上画着。

以往脑子里那些关于改造织机的种种设想,今天都已不知去向,脑子里浮出的,只是云纬的面孔。云纬,你现在是通判老爷的三夫人了!

他哆嗦着手去衣袋里掏出一件东西,直了眼去看。那是一个织绸缎的木梭,因为人手的长期触摸和在织机上的碰磨,它变得光滑小巧,颜色已是深褐,在那梭子一侧的平面上,用刀刻着一个模糊的姑娘头像。除了达志和云纬两人,没有谁知道那姑娘头像其实是云纬的。这是在达志和云纬相恋之后,有一次达志来云纬家里送丝收绸,拿起云纬这只常用的梭看,一时兴起,对云纬笑着说:你坐织机上别动,我把你的像刻在这只梭上。达志画和刻的本领都不强,这头像刻得很模糊,只有鼻子略像云纬的,但云纬当时高兴地攥在手里笑了半晌。云纬,从今以后,我想你时就只有看看这只梭了……

不知什么时候,尚安业走进了屋里。达志没有注意到,仍全神看着那梭,直到爹咳了一声,他才回过神来。"咋样?有没有新的主意?"尚安业轻声问儿子,"要不要请两个老木匠来和你一块琢磨?""让我自个慢慢想想吧。"达志的声音既无力又透着泄气。尚安业的嘴角咧了一下,声音中的重量增加了:"达志,爹理解你的心情,可作为一个男子汉,啥事都要拿得起放得下,不就是一个女人嘛!男人活在世上,要紧的是做成一番事情,你想想咱南阳那些能让后人记住名字的男人,哪个不是因为做事成功而让人敬重的?百里奚是因为相秦七年,勤理政务,让后人敬佩的;李通是因为领兵出战,击汉中贼,破公孙述,被后人立传的;张衡是因为致思天文,制浑天仪,著地形图,被后人修墓以示敬仰的;张仲景是因为研习中医,写《伤寒杂病论》被后人尊为医圣的;畅师文是因为遍阅前代农书,著《农桑辑要》被后人赞颂的,他们中没有一个是因为娶了漂亮老婆而让后人记住名字表示尊敬的。你想想,你要是尽上全力让咱们的丝织家业兴旺发达,日后也像张之洞他们办机器大厂那样办一个丝织大厂,让咱们尚家的绸缎重新在这世上称王称霸,你不就了结了咱列祖列宗的夙愿,光了宗耀了祖,世人也会把你的名字——"

"爹,别说了。"达志打断了父亲的话,随之扬起手中的铁锤,有一下没一下地去敲打着织机的踏板。

尚安业看着了无心绪萎靡不振的儿子,无奈地摇摇头,轻叹一声,向门外走去。

出南阳城往西北方向走不到半日,便可在三里河和十二里河的中间,见到一片辉煌的西式建筑物,这便是闻名中原地区的天主教靳岗总教堂。

一个冬阳稀薄的上午,从靳岗教堂的主建筑之一——光绪六年落成的司铎楼院里,走出一个中年神甫和一个年轻的英国小伙,两人一前一后走向用砖砌墙用三合土修隍的教堂寨垣,在寨垣巍峨的南门——道德门外,坐上了一辆马车,马车立刻沿着教堂通往南阳的沙土大路,向城中疾驶而去。

一顿饭工夫,那马车便停在了位于世景街上坐北朝南的尚吉利大机房门前。听见车响马嘶,隔窗看见有外国人进了前边的店堂,捧着白铜水烟袋正坐在账桌前算账的尚安业,缓缓起身,朝正在隔壁屋里琢磨织机改造的达志喊了一声:"来,跟我去应酬顾客。"便先向店堂走去。

尚吉利大机房接待外国顾客并不是一回两回,靳岗教堂的外籍传教士都不时来过,所以尚安业见到两位外国顾客并没显出意外慌张,而是不卑不亢地问:"二位是要买绸缎?"

"也是也不是。"那中年神甫用流利的汉语说。

哦?尚安业和刚刚进门的达志都有些意外。

"我叫格森,刚到靳岗教堂任职,这是威廉,我姐姐的儿子,"那神甫自我介绍道,"我来任职前,我姐姐的丈夫也就是威廉的父亲,执意让威廉跟着我来中国,来南阳走一趟,知道是为什么吗?"

尚家父子这时一齐把目光对准那个叫威廉的小伙,威廉正新奇地打量着店堂和紧挨店堂的织房,见主人望他,急忙报以一个和善的微笑。

"威廉,你说吧。"神甫对他的外甥点点头,自己在柜台前的黑漆高背椅上坐了。

"我们家族祖祖辈辈都是做丝绸生意的,"威廉的汉语没有他舅舅说得流利,显得生硬,"很多很多年以前,我们家族的先辈曾是你们南阳尚吉利大机房的顾客之一!"

嗬?尚安业昏花的老眼倏地睁大,他的父亲和祖父曾不止一次地告诉他,历史上尚吉利大机房曾有过不少英国顾客。

"我家的先辈那时是从贵国的新疆过来,经兰州、长安、洛阳,来到贵地的,往返一趟有时要两三年时间,但只要做成一趟生意,就能发很大一笔财,因为从你们尚吉利大机房买回的绸缎,我们是专门转卖英国王室的,他们愿出很高的价钱!"

"噢,威廉先生,这么说我们两家早就是朋友了!欢迎你的光临。"尚安业露出少有的笑脸。

"吚,认识这个吗?"威廉扯过一个小布包,从中摸出一个用红绸裹着的东西,打开,才见是一个小巧的黄杨木刻的蚕,蚕的下边是一行小巧的汉字:尚吉利机房;万历十二年。"这是我家先祖从你们这儿得到的纪念物。"

站在那儿一言不发的达志,眼前原本一直晃着云纬的面孔,此刻也被这先祖的遗物扯回思绪,开始默默琢磨这个旧英国主顾的后裔重来机房的目的:是来重叙友情再做买卖吗?那倒好,从此可以又开一条绸缎的销路了!

"我此番来,一为游历老人们不断向我讲起的神奇的贵国;二为向你们尚吉利机房表示我们家族的感谢,正是因为你们的启发,我们家族才学会了养蚕、缫丝、织绸织缎,听传说,当时贵国的皇帝规定严禁蚕桑技艺外传,而我家的先祖在你们尚吉利机房的帮助下,密藏蚕卵于竹杖中,才得以带回去。如今,我们家族已拥有了几个丝织厂,英国皇室成员和许多英国人都争购我们家族织造的绸缎;三为参观你们的工厂,继续向你们学习;最后嘛,顺便看看能不能再做点生意。不知主人可否允许我先参观参观你们的丝织工厂?"威廉含笑站起身来。

"当然可以。"尚安业首肯之后,领着威廉和他的格森舅舅向织房走去,达志跟在后边。

威廉在织房里惊奇地四顾,两厢织房都很简陋,一厢并排放着四部织机,一厢并排放着三部织机,七个女工正坐在各自的机上踏机织绸,他仔细地俯身看了机上织出的绸缎之后,说:"请再带我去别的车间看看!"尚安业有些尴尬地摇头:"就这么两排织房,其余的是些机户,一家一部织机。""不会吧?"威廉狡黠地笑笑,"历史如此悠久,在我们英国如此有名的尚吉利大机房,决不会就这么几部人工机器,就这么几个工人,你们一定有更大的车间在别处,是担心我学走了你们的技术而不让我看,对吗?"

达志注意到,一丝痛苦极快地在父亲的脸上一闪,他于是苦笑一下说:"威廉先生,因为我们这里战乱不断,机房数次遭兵燹,目前的确只有这么几部织机了。"

"噢?哦。"威廉额上浮出明显的失望,原先的那股亢奋之气陡然间没了,他朝他舅舅摊了摊手,格森的脸上掠过一丝轻蔑,是的,是轻蔑!尽管那轻蔑在格森的脸上只是一掠而过,达志还是发现了,顿时觉得心中一阵刺疼。

随后是参观后院的染房,在见到那些被染成各种艳丽颜色和印上各种图案的丝织物之后,威廉的脸上方重现出亮光。参观完回到前店之后,威廉只提出,想买一点染色染料和印花浆料。尚安业的眉头又意外地一耸,缓缓开口说:"买染印好的丝绸可以,买染料、浆料不行,俺们从来没有出卖染料浆料的先例。"那威廉倒也没有坚持,只笑笑说:"我理解你们的规矩,你们染料、浆料的配方很神奇,应该保密。实话说,丝绸我们已经会织,而且是用的机动织机,产量很高,质量和你们织的不相上下。当然,你们的手工织物还是另有特点,我即使买,少了运回去不赚钱,多了你们又提供不出,只好作罢了。"

接下来,尚家父子开始送客出门,在马车前,威廉回身,热情地抱住尚家父子吻别,尚安业不习惯这种礼节,慌慌得双颊涨红,达志因为与威廉年纪相仿,就也抱紧对方回亲了一下他的脸颊,这当儿,威廉摇着达志的肩膀说:"记着,我的兄弟,要用机器!要用机动织机,要不然你们的产量和质量都将要大大落后了!"

"他们落后是一定的了!"格森傲慢地接口,尔后转向尚家父子笑笑:"你们有登过峰巅的光荣,现在该我们了!"

尚家父子默望着驰远了的马车,许久没动身子。

晚饭刚吃罢,达志就被父亲喊到了屋里。

"干啥?"

"看看那幅画。"尚安业抬起手向墙上一指。

烛光略略偏斜,一两滴蜡泪从烛顶淌下,烛芯噼啪轻响了一声,火苗随即变高,将挂在墙上的那幅绫裱旧画照得发亮。"达志,看清了没?"尚安业声音低沉地问。"看清了。"达志低声答,双目依旧凝在画上。这是一幅原本藏在衣箱里的旧画,画上画的是明代尚吉利大机房的营业盛况,画的右边,是一节柜台,柜后的货架上,是五彩的绸缎;柜前,站着一个满面笑容的中年人,想是尚家的先辈;柜台外,簇拥着一群中外顾客,能看清的外国人有五个,都是手捧着金银脸露急迫和恳求;画的左角,一群牵驴拉马驮了绸缎的中外顾客正在向画外走。这幅画不知是当时的尚家人专门请画家画的,还是画家有感于尚家买卖之盛自愿画的,反正画上的情景和人们的传说颇是相同。

"可是今天,格森神甫和他的外甥威廉来后,却只想买点染料和浆料!"尚安业朝儿子扭过脸来,"你有啥感想?"

"咱们得努力。"

"努力干啥?"

"提高质量。我们的生丝质量、炼丝技术和染印本领估计他们还比不了,他们如今比我们厉害的,主要是织造本领,他们用的是机器,我们还是手工,手工织不仅慢而且有时难免要有皱疵、毛茸、糙斑,有错经、错纬。因此我觉着咱眼下先用现有织机提高产量,在国内卖出攒一部分钱,尔后也买点机器,我过去跟天祥皮货行去汉口做生意的伙计打听过,他们说那边的机器行卖有一种机动丝织机,说江浙一带,已经有人用那机动丝织机织东西了。"

"这还像个主意,"尚安业点点头,"你已到了当家执事的年纪,尚家的这份家业还能不能兴旺起来,咱机房还能不能让格森和威廉那些外国人看得起,全靠你了,要学会多动脑筋!"

"嗯。"达志应着。可是他就是打不起精神来干活,第二天他到织房里检修织机,把一个梭箱拆下来,却又忘记了把它拆下来的目的,他吃力地想了好久,才记起是爹嘱咐他把这个梭箱拆下来,将它一侧的木帮换换。近来,他的精神状态越来越坏,常常是事情做到一半,却又突然忘记了原来的目的,需要愣怔许久才能重新记起。他的精神常处于恍惚状态,脑子里总有一团纷乱的东西在晃。

云纬做了通判老爷的三夫人这件事,像一把三叉钉耙,过一阵就要在他心上抓拉一下,疼得他直抓胸口。他怎么也不愿相信自己如此深爱的姑娘,竟真的归别人了。后来有几天,因为精神抑郁,他干脆不吃不喝躺在床上,直希望自己快死。爹不断地提醒他要记住自己的誓言,为尚家的祖业考虑,忘掉云纬,振作起精神吃饭、干活,但他不加理会。直到那天中午爹端来一碗和了砒霜的水在他床前一放,又让人把家里织出的几十匹绸缎都搬来床头堆好,说:"我现在就你一个儿子,既然你想死,那咱们就一块儿死吧,我先放火点了这些绸缎,再和你娘和你一起喝了这毒药,咱尚家和尚家的丝绸就算在这世上消了踪迹!"说着,抬手就去打火镰点火,达志当时看看白发苍苍的爹双手抖着的模样,又看看娘红肿的眼窝,再看看那些鲜艳无比的绸缎,挣起身抓了爹的手说:"行了,给我端点饭来吧……"

这之后他虽然起床干了活,却仍然聚不起精神,不论干什么都默然无语丢三拉四,尚安业自然注意到了儿子的这种变化,也在心里焦急,他那天站在院中隔门看见达志提了梭箱在那里傻站的样子,脑中再次浮出那个琢磨了许久的问题:用什么法子让儿子尽快振作起来?达志是因为云纬那个姑娘才陷入这境况的,要把他拖出这境况恐怕还是需要一个姑娘。重说一个媳妇?这事自然要尽快着手办,但不可能在短时间内就说成娶进门,需要找媒婆,需要物色合适的人家,这之前最好有一个——

　　站在院中的尚安业眼睛突然跳出一个光斑,随即就见他牙咬下唇,匆匆转身向睡房走。进了睡房,从钱柜里摸出一些碎银,往怀里一装就又转身向外走。"去买东西?"正在一边收拾衣物的达志娘随口问。"不买啥,去仙境巷。""仙境巷?"达志娘惊得鬓发一跳,她知道那是妓女云集的花柳街,"你去那种脏地方干啥?""去给达志找个姑娘!"尚安业闷了声答。"你疯了?"达志娘慌得踮起小脚向丈夫身前冲了几步。"我疯啥?你没见他迷云纬迷成啥样子?他又正是这种年纪,干脆让他见识见识女人,泄泄那股痴迷劲,赶快振作起来干正事!总这样萎靡不振咋行?"尚安业边说边匆匆向门口走。达志娘又慌慌喊了一声:"他爹——"但尚安业没有理会,只低了头向院外急走……

　　吃过晚饭,尚安业低叫了一声:"志儿,跟我出去一下。"达志机械地起身,垂了头跟在爹的身后,默默无语地走,眼不斜视,双脚不时踢了地上的石头,思想显然还沉浸在那桩痛苦里。直到爹在一处写有"香闺"的屋门前站住,对他微微说声:"进去吧。"达志才抬起眼来,但也只是嗯了一声,不问所以地走了进去。

　　屋里传来一声甜得腻人的女人的招呼:"哟,是尚家公子,快来呀!"随即便是达志一声吃惊的推拒:"不,不,你咋能这样?……"之后,屋里的灯熄了。

　　尚安业在屋门外缓缓蹲下了身子,抬脸向天痛楚地喃喃道:先祖先宗,你们该看见了的,我尚安业为重振家传的丝织业,做了我能做的一切,一个父亲,原本是不能送儿子来这里呵……

　　两滴老泪,渐渐就晃出他的眼眶,停在他那枯瘦的颊上,不久,又渗进了那些纵横交错的皱纹里。

　　他摇摇晃晃地顺了幽长的巷子往回走,巷子的尽头,传来卖唱者低郁的胡琴声和苍凉的唱腔:……八月十五月儿圆,河里无水难撑船……

年轻的南阳书院督导卓远,在主持了书院教务会走出奎星楼时,天已经晌午。他环顾了一下正午时分变得很是静寂的书院大院,把臂下装有书刊的蓝布小包夹紧些,便快步向礼门走去,预备回家吃饭。

这书院是乾隆十六年由知府庄有信建的。院前辟地列栅,左曰礼门,右曰义路,由礼门、义路而入,立石坊,匾额曰:"道义渊府",为庄有信所书。过先贤祠,为总讲堂,旁各有厢。再为尊经阁,其后皆为屋。左右分为敦仁、集义、复礼、达志四斋房,各有讲堂,堂前有大门、仪门,后有燕室、庖厨,书屋数十间。东为射圃亭,后有草庐以及假山、桥池。东南有奎星楼,西南有土地祠,东北有文昌阁,占地约七十余亩,房屋近四百间,可容学生三百多人,规模宏敞,为河南书院之最。年轻的卓远能担任这大书院的督导,除了他本人书法文章享名全城这因素之外,还因为他家世代做学官,是有名的教育世家。

他的步子迈得十分轻快。

上午的教务会令他高兴。

就在上午的会上,他提出的在教授四书五经、名佳奏章、皇诏御旨的同时,增设算学、农学、织物织造等实用学科的建议得到了通过。要培养一批有实际救国救民本领,可使民富国强的人才,是他早就有的雄心,这个建议的通过,使这个雄心有了实现的可能。倘若我为南阳,为大清国培养出几百几千个这样的人才……

"卓先生,"门房举着一张纸向他招呼,"这是知府衙门刚刚派人送来的,说是让交给你。"

"哦,"卓远应声上前接过那张白纸,见是知府衙门给各书院、学堂发的一则告示:"朝廷已与列国议和。"

卓远脸上的笑意倏然间无了踪影。议和,大清朝廷只有这个本领了!在被人家掠地屠城之后再奴颜婢膝地去议和,你们的那张脸就不知道发热发红?

他的心情一下子坏了下来。

这些天,他一直在关注着京津地区的局势,通过各种渠道了解有关消息。那些消息每一个都令他痛心不已:天津沦陷,北京失守,唐山、秦皇岛被占……现在议和,能议出一个什么结果?割地?赔款?丧权?

这个大清国的明天会是一个什么样子?……

"远侄。"一声招呼把卓远从默想中扯出,他看见是尚安业在向身边走来,忙问:"尚伯伯,有事?"

"嗨,"尚安业叹口气,低了声把儿子达志因失去云纬而精神萎靡一蹶不振的情况说了一遍。

"噢,那你找我是想——?"卓远一时没听明白尚安业的意思。

"你有学问见多识广,他又信服你,你能不能去劝劝他,尚吉利大机房全指望着他哩!"

"好吧。"卓远攥紧了手中的那张告示,"咱们的国事、家事都不轻松呵!"

卓远嘱咐罢妻子去西院喊达志之后,自己便开始在书房里默默踱步,思索着如何开始对达志的这场劝说。

对达志经历的这场婚姻变故,卓远是深深同情的。这桩意外不仅使达志痛苦,连卓远也想不通。怎么劝?忘了云纬?那么简单?因为过去常同达志聊天,卓远知道达志对云纬的爱恋是多么深,这种感情能是几句劝说就忘得了的?

卓远的目光在书房内游移不定地晃,像是在寻找着劝说的论据。这是一间挺大的书房,东西两壁各放着三个书架,每个书架都满满地放着书,卓家世代书香,这些书是卓家几代人搜买积聚传给卓远这个长子的。前墙木格窗前,放着一张书桌,桌上摆有笔墨纸砚,这是卓远读书、备课、写字的地方。靠后墙放着一个乌木小几,小几两旁放两个黑漆小靠椅,书房是不待客的,这是卓远偶尔同来访的学界朋友聊天时坐的地方。小几上方的墙上,挂着两个绫裱的条幅,条幅上的字是卓远死去的父亲卓老先生的遗墨,一侧的条幅上写着:易弯最数腰;另一侧的条幅上写着:能软当推膝。两个条幅之间,挂的是一幅卓老先生的国画遗作,画面上是一个奇特的躬腰屈膝的学人。卓远不知道父亲作这幅画的用意,不过此刻看见这幅画,他忽然想到了达志,忽然觉得父亲当初作这幅画的用心,可能是在提醒后代:人的腰是很容易被痛苦压弯的……

院子里响起了达志的脚步声。达志瘦多了,往日圆润的下巴,现在变得十分尖削;眼眸也不像往日那样鲜活顾盼,转动时仿佛坠了重物一般。"卓远哥,你叫我有事?"他站在门口哑声问。

卓远无言地点点头,看见达志这副样子,他在心疼的同时,倏然想起了另一个人的面影,对,应该带达志去见见那个人!

"达志,我俩一块出去走走。"

达志于是垂了眼,默默跟在卓远身后向街上走。尽管他根本没有散步的心绪,可他对一向敬重的卓远的话,还是立刻听从了。

卓远领着达志拐进一条小巷,在巷底的一个小院门口,停了步,指着呆然枯坐院中的一个男子问达志:"认识他吗?"

"他不是你家嫂子的疯哥哥么?"达志双眸一跳,不知卓远何故领他来这里。

"知道他是为什么疯的?"

达志摇了摇头,注意到那疯子向他转过脸来,抹了一下嘴角上的涎水,而且傻笑着招了招手。

"七年前,他和我一块在塾馆读书,他的成绩比我还好。后来,他爱上了栖凤街上的一个漂亮姑娘,他和那姑娘爱得你死我活,可那姑娘的爹却执意把女儿嫁给了一个盐商的儿子,于是他便由气由恨由忧郁,变成了这个样子。"

"哦?"

"他为爱付出的代价太大了！爱是该付代价的,但为爱付出如此高的代价我以为是有些过了。男人活在世上,除了爱女人之外,总还有许多别的东西要去爱,比如父母,比如兄妹,比如朋友,比如国家。一个男人,如果仅为了一个女人,甘愿把别的一切都抛掉,他会获得世人的惊叹甚至赞叹,但他获得不了我的尊敬！"

达志无言地看定那疯子。

"就拿他来说,"卓远指了一下内兄,"由于他的疯,致使他的妈妈忧虑成疾,早早去世了;他的父亲因为忍受不了儿子的疯和妻子的死这双重打击,觉着生活太难忍受而悬梁自尽了。一个原本幸福的诗书之家就此垮掉,他的妹妹不得不靠上街卖画养活他,我便是在这时向他的妹妹求婚的……"

"噢——"

"我觉得,不论是男人还是女人,在去爱时都应保有一定的理智,不能全凭感情,感情这东西有热度,过浓的感情容易腾起火苗,那火苗是会烧毁东西的,像我这位内兄的感情之火,不是把他的双亲把他的家庭全烧毁了？我想,你总不会也愿如他那样变成一个疯子,整日枯坐在你们尚家院里吧？"

达志在卓远的话声里,慢慢蹲下了身子。

卓远叹一口气。达志,原谅我把话说重了,我把你带到这里,就是想让你看看人因为长期忧郁可能变成的模样,人的精神其实是很脆弱的,它并不能经得起痛苦长久的折磨,学会忘却吧。

"卓远哥,男人要不会爱女人该多好呵！"达志喃声说了一句。

卓远苦笑了一下:"说傻话了！男人要不爱女人,那人类还怎么延续下去？咱们两个那年去武当山,在金顶不是见过道家的那个阴阳鱼符号吗？"他边说边用脚在沙土地上画出了那个图案。"这符号不也在告诉人们,阴阳相抱才构成世界么？说到这里,我忽然想起了你们家前院竖着的那块石头,那石头上不是刻有五道横竖线相交的图案？我这会儿觉得,那图案很可能和道家的阴阳鱼符号一样,表达的是对这世界的一种认识,即认为世界是由两种东西交汇而成的,人类是由男、女交汇而成,生活是由苦、乐交汇而成,事业是由成、败交汇而成。你们家先人竖那块石头刻那个图案的目的,极可能是为了提醒你们这些后人——"

"是么?"达志站了起来……

近午的秋阳还很有点热劲,把达志和驴队的赶驴汉子们都晒得汗水淋淋,连那驮了新丝和染草的十头驴的身上,也都沁出了汗珠。

驴蹄在板山坪通往南阳的土路上踢踏出挺大的声响,驴们的喷鼻声不时在队前队后响起,间或有一头驴站下撒尿,哗哗声能把路旁树丛里的小鸟惊飞。天蓝得彻底,显得格外阔大高远;地黄得好看,已熟的谷子和高粱在空气中散着沁鼻的清香。

走在驴队前头的领队汉子扭头对达志笑说:"日他奶奶,走长路太闷人,咱们得哼它几句曲儿!"言罢,不待达志开口,便张嘴尖声唱开了:

> 妹儿房中绣白鹅,
> 忽听门外人喊我,
> 用手推开门两扇,
> 原来是东院刘大哥。
> 刘大哥在家忙呼啥?
> 为啥总不来俺家坐?

他的话音刚落,走在驴队后尾的一个瘦小汉子便立时接口唱道:

> 不是不想来跟妹坐,
> 实是地里活太多。
> 东地高粱要砍倒,

>西地谷子没有割。
>妹妹若是有空闲，
>何不跟我去地里坐？

前头的汉子朝达志挤挤眼，又跟着尖声唱：

>地里都是土坷垃，
>俺去好在哪儿坐？

后尾的汉子接着又吼：

>你就坐在俺腿上，
>又颤又晃又软和，
>你冷了我用衣裹着，
>你热了我把你衣脱了，
>亮出你胸前那俩坨坨，
>顺便让俺解解渴……

哈哈哈……唱的和不唱的赶驴汉子都笑了，达志脸上也浮了一个开心的笑容，这气氛感染得那些驴们也都昂哧昂哧地叫了一阵。

前边已经望得见南阳城了。这次进山买新丝和制取染料的染草还算顺利，不光新丝和染草的质量不错，价钱也合意，而且来回都平安，没有遇见一拨劫路的。达志知道，这全赖自己雇了这个人人有刀有火枪的驴队，一般人不敢动手。看来，以后若去汉口买机动织机，也要雇这种武装起来的驴队！

达志现在已经把买机动织机当做今年年底或明年年初要办的一桩大事。只要把这次买的这批新丝再织成绸缎，估计就可以凑够买一台机动丝织机的款了！如今，他总算已从那场婚姻痛苦中拔出了腿，开始把心思放在了家业的发展上。他能做到这点，时间固然起了重要作用，毕竟有好多日子已经过去，当初心中的那股锐疼已经变钝，伤口开始缓慢地愈合；但重要的则是爹那晚亲领他去妓院一举对他起到的震动和卓远的劝说。他从幼时起,就听到爹娘无数次地警告他不许去"仙境巷"玩,说那是下贱的脏地方,说正派人连一眼也不应朝那里看!可那晚,父亲竟亲自领他去了那地方。当时他不知所以地进了屋,一见有一个穿得花红柳绿的姑娘扑到他怀里就去解他的衣扣,使他受到了怎样的惊骇!他转身想去拉开门走,但那姑娘和鸨母死死地抱住他。那一刻他对父亲怀了极度的气恨和恼怒:你怎能领我来这种地方?!是不是你真迷了路?!但当那姑娘裸身站在他面前说:"你爹已经替你把钱付了,他是想让我帮你去去痴情"时,他才一下子瘫坐在地,用双手捂上了眼睛。噢,爹,爹呀!那一霎他才知道爹爹的用心,才明白清白一辈子的爹爹要做此举得经受怎样的苦痛!心里才受到了极大的震动:不能因为一个女人把家业发展这桩大事抛了,让父亲伤心!那晚,他就在那妓女的床下蹲了一夜,任那妓女怎么劝说也不抬头。第二天一天,爹和他他和爹都不敢用眼睛对视,傍晚时分,爹把一沓钱扔到他手上说"去吧"时,他扑到爹的怀里说:"爹,我会慢慢忘了云纬,会的!……"

后来又有了卓远的劝说。自此以后,达志果然就恢复了婚事之前的那种精神状态,早晨按时起床晨读,之后开始在店堂、织房、机户间忙活,偶有闲空,便钻进放旧织机的那间屋里,琢磨织机的小改造和设计丝织物的图案、花纹。只是到了更深夜静的时候,他一个人躺在床上,才又禁不住地去想起云纬,想起自己那原本应该进行的婚礼。但这并没再影响他第二天的工作。这一段时间里,他已逐步从爹手中接下了对整个机房的管理,从新丝的购进到绸缎的织造、印染、销售,从计账到给织工、机户分派活路,从接待顾客到对税局、钱庄等方面的应酬,都由他一人出头来办。日子虽不长,但效果不小,脚踏织机和花机又各从乡下买进一台,原来的每台织机和每个机户的日产量都有增加,绸缎品种、花样亦有变化,顾客不断地骑马赶驴来到门前,一个繁荣的样子已经显出来了。

"少东家,南阳城快到了,响午能不能请我们喝两口?"驴队领头的汉子叫。

"放心!"达志抬头笑道:"镇平黄酒,管够!"

"好!喝黄酒——"赶驴的汉子们一齐甩起了鞭子,湛蓝的空中顿时荡开一片啪啪的响声,驴蹄的翻飞在土路上搅起了烟尘,驮在驴背上的丝捆在阳光里一闪一闪……

8

轿在武侯祠大门外的高台阶前落下,晋金存下得轿来,细细地整理了一番衣冠,便恭恭敬敬地拾阶向那挂有"千古人龙"匾额的祠门走去。

每当闲暇时,晋金存总要来这离城七里的武侯祠里走走。在南阳历史上的众多名人中,他惟一尊崇的,就是武侯诸葛亮。他欣赏诸葛亮的,倒不是他的足智多谋和对汉室的鞠躬尽瘁,而是他的官至丞相。一个外地移民最后能做到此等高官,封了侯立了祠,真是死也可瞑目了!身为男人能有这样一番结局,才真叫活得轰轰烈烈。

他沿着甬道,穿过镌刻有"汉昭烈皇帝三顾处"的石牌坊和仙人桥,越过朱红大门,径直走进大拜殿,在诸葛亮纶巾羽扇的塑像前点了一炷香,鞠了三躬,尔后站下,像以往每次来一样,久久地端详着武侯的面孔。

他再一次觉得,诸葛亮脸上露出的,是一股得意!尽管那么多人都说他们在诸葛亮的这座塑像的面孔上看到了飘逸、忠诚和慈和,可他每次来看,却都清楚地发现,罩满诸葛亮脸孔的,是一股得意。

一个在仕途上登到如此高位的人,难道不该得意?

武侯,我理解你!

男人在官场得意那才叫真正的得意!

你会写诗作词,那你就只会让那些喜欢舞文弄墨的人看重你;你有本领造机器,你只会叫使用你的机器的人看重你;你经商有道,你也只会让经商的人看重你;可只要你当上了官,社会上的一切人就都得看重你,都要听你的!谁不听都可以处置他!

男儿有志,就该到官场里去比试比试!

此刻,晋金存又记起父亲从小就向他说的这句话。晋金存老家在邓州南部,晋家有地数顷,家产在地方上也颇有名气,过去却就是与官位无缘,晋家几代人想通过科场考试谋个一官半职,却都没能如愿。直到晋金存长成,其父下决心用半数家产为儿子捐了个在知县手下做事的小官。晋金存还真为父亲争气,入了官场后,凭着自己的机灵和精明,硬是干到了六品官。当然,这六品官位来之不易,晋金存至今还记得那个升迁机会——他看出邓州知县和南阳知府大人之间的不睦,知县屡屡顶撞知府,也看出南阳知府一心想处置邓州知县却苦于无借口,于是便把知县在一次酒醉时对知府和朝廷发的牢骚密报了上去,知府大人得到他的密报后高兴非常,立刻奏请巡抚以谋反罪革了那知县的职,并同时以对朝廷忠贞不贰为名上奏,破格地把晋金存提升到自己身边做了通判。

看来,登官阶也有诀窍,这诀窍之一,就是要寻找缝隙。眼下,每个官阶上是都站满了人,但站满了人并不是说你就不能往上走了,因为已站在官阶上的人难免要为各种事情各种利益互争互抗互斗,当他们互相抗膀子的时候,他们的一侧就会闪出缝隙,后来者便可以顺着这个缝隙往上走!

武侯,你说我这想法有无道理?

诀窍一定还有很多,做官和做工务农经商一样,既然是人可以成年论辈子干的事儿,就不可能不被人们寻到诀窍。这方面,你武侯肯定知道不少,而且你一定实践过,要不然你不会登上高位并长久地稳站住高位!当然,你不会说出来,你想让后世的人们把你当忠贞不贰鞠躬尽瘁的老臣看,你只让“前后出师表”流传下来,你需要一个美名!不过我可以断定,你在官场混时一定有不少绝招!

我正是因此而钦佩你!

晋金存又缓步踱到茅庐前。当年,刘备带着关羽、张飞来到南阳卧龙岗,就是在这座草庐里三次恭请诸葛亮的。他绕着草庐走了一圈,摸了摸檐前那些虽经多次更换仍已变黑了的苫草,淡了声说:"这草又该换了!""是的,老爷。"一直悄然陪在他身后的祠内管事急忙应道。

武侯,我猜,你当初所以让他们三请,其实是为了提高自己的身价,以便使自己的身价换来更高的官位;我甚至想,在他们未来请你之前,你已经暗中派人外出四处传言,说你如何如何的有才有识,目的就是寻找出仕的机会。假若我的这些猜测准确,也无可厚非,因为做官和经商一样,什么手段都应该使出来。

武侯,愿您在冥冥之中点化我,使我这身官服也能尽早再换一换……

懒散的春阳终于拨开了面前的浮云,温煦的阳光顿时洒满了整个卧龙岗,也洒满了晋金存这个今天最早走进武侯祠的游客的身子,他在和暖的阳光下定定地站在诸葛茅庐门口,久久没动。

祠门外,一群衣着华丽的女游客,格格笑着开始登阶入门,听到那阵笑声,晋金存才扭过了脸。他的目光在那群女人身上一掠而过。自从娶了云纬之后,他已经对任何女人无了注视的兴趣。我已经有了南阳长得最美的女人,有了人人眼红的官位,有了可保终生衣食无忧的金钱,也许我该知足了?……

云纬知道晋金存坐在床沿正迫不及待地看着自己,却故意放慢卸妆的速度,对着镜子缓缓取下发髻上的银簪银钗,将头发散开,尔后用梳子去一遍一遍地梳。镜中的云纬,裸露的双肩浑圆雪白,如凝脂一般;只穿一件白丝内衣的胸脯,比初来时显得格外饱满;双颊也更加丰腴鲜嫩。你不能不承认优裕生活的力量,尽管嫁进晋府后云纬没有一天真正快活过,胸腔里装的全是对晋金存、对抢劫的土匪、对尚达志的恨,但精美的饮食,不用进行任何劳作的悠闲,仆人们的周到伺候,白天的充足睡眠,还是使她那健康的青春肌体在飞快向美处变。加上高雅漂亮的服饰,她身上的那股魅力,变得比当初更加逼人和惊人,以致晋金存如今的目光,再不愿离开她去看另外两个夫人一眼。

"现在是睡觉,又不是出门访亲,梳那样仔细干啥?"只穿着短裤坐在床沿的晋金存终于忍耐不住,小了心催道。他如今已不敢对这位三夫人太凶,要不她板着脸子上床,干什么都不配合,岂不让人扫兴?

"我要去漱漱口。"云纬从梳妆台前站起,扭身走进了隔壁房间。她在那锃亮的铜脸盆前站立了许久才端起漱口杯,她想尽量拖延上床的时间,她现在只有用这个法子来发泄心中对晋金存的愤恨,她要折磨这个淫欲难耐的东西!她发现他现在已离不开自己,无奈中的她于是便把夜生活作为折磨他的一个武器。

"我的小祖奶奶,漱漱口也要用这么长时间?"两眼被淫欲烧红的晋金存,急火火地跑到门口催。

"好了。"云纬故意斜眼朝他一笑,"这就来。"她不得不走进卧房,但当晋金存扑来要抱她时,她却又敏捷地闪到茶几后边,乌眸一眨,含了笑说:"我听二夫人讲,老爷的武功不错,能头顶大花盆半蹲一个时辰,不知能不能做给俺看看?!"

"那倒是真的,"晋金存拍拍自己多毛的胸脯,"只是眼下这种时候我多么想抱住你——"

"你今晚必须让俺长长见识,要不,俺就不上床!"云纬故意将眉梢吊起,做嗔怪状。

"好,好,就依你!"晋金存为了不惹云纬生气,只好让步。"呶,我站这里,你去把窗台上的那个大花盆搬来,放我头上。"

云纬便快步走近窗台,去搬最大最重的那盆月季,临搬前,趁晋金存站那里运气不注意,又顺手操起浇花的壶,把壶中的水全倒进了花盆里。

　　大花盆放在了晋金存的头上,晋金存果然有些功夫,几十斤重的花盆顶在头上半蹲在那里一动不动。但渐渐地,刚浇进去的那些水开始顺瓦质的花盆底部渗出,沿着晋金存的脖子往他那赤裸的上身流。他显然没料到花盆中还有水,身子立时打了个冷战叫:"怎么还有冷水?""大概是渗到土里的,不会多。老爷的功夫就是好!"云纬笑着夸,"我在这儿计算着时间,看够不够一个时辰!"一丝阴冷的恨同时在她的嘴角一闪而逝。晋金存显然是强撑着半蹲在那里,任那几股细水像几条腹部冰冷的蛇一样在胸前、后背爬着。他打了一个哆嗦,赤裸的上身凸满了鸡皮疙瘩。云纬暗暗一笑,又悄无声息地推开了一扇窗,夜晚的冷风立时扑进屋来,紧紧围住了晋金存只着一条短裤的身子,使得他那粗短的两个小腿开始轻轻抖起来。

　　当一个时辰过去花盆从头上拿下之后,晋金存连连打了三个响亮的喷嚏。"老爷的功夫真漂亮!"云纬一边继续给晋金存灌着米汤一边给他那冻得乱抖的身子盖上被子。"快来暖暖我!"晋金存牙齿咯咯地磕碰着,"明天是九九重阳节,原定要和知府大人一块儿去独山赏秋,可别让我病了!"云纬不得不上了床,当晋金存暖和过来的双手开始伸向云纬的胸口时,她闭上眼在心里叫:阎王爷,你要是有眼有珠,天不亮就该让晋金存生一场大病,尔后把他的魂灵收了去,收了去……

　　出南阳城北行二十里,可在白河边上见一孤峰飞峙,这便是以出美玉、蕨菜闻名中外的独山。登临独山,东可赏白河秀水,南可观南阳城区,西可看沃野平畴,北可览茅庐民居,很有一番情趣,所以年年秋天都有人专门登山看景。当年大诗人李白游南阳时也登临过独山,且还写过一首《感旧》的诗:"昔在南阳城,惟餐独山蕨。

忆与崔宗之,白水弄素月。"如今的每年仲秋时节,南阳知府总要和他的一班吏属带上妻子儿女,来这独山上赏秋。

今天,便是官家们赏秋的日子。

日上三竿的时辰,一辆又一辆马车在独山脚下停住,官人和太太们开始换乘小轿,被往山上抬;侍卫仆人随从们,则在轿后争相往山上爬。山顶,早已搭好了观景台,这观景台是一个可用人工旋转的大木台,台上放了一圈桌椅,桌上早已摆好了菊花酒和菊花茶,酒是供官人们喝的,茶是让女眷们饮的。

晋金存今日瞒着大夫人、二夫人,只带着云纬一人上山。云纬随在晋金存之后出现在观景台上时,已坐在台上的所有人的目光全被云纬吸了来,人群中发出了几声低低的惊叹:嚄,好美的女人!云纬今天穿一袭淡色旗袍,未着艳装未施脂粉,但那股天然的清秀风韵却一下子压倒了在场的所有太太小姐,使男人们的眼睛一见便不舍放开。"金存兄真是艳福高照,三夫人可谓漂亮得惊人呵!"坐在知府左边的同知大人这时开着玩笑。晋金存早听到人们对云纬貌相的低声喝彩,及至听了同知这话,更是高兴得心花怒放,连连抱拳说道:"大人夸奖,大人夸奖!"

我晋金存的眼力不会差的,不得则已,要得就得好东西!早晚有一天,我会把知府大人的这身四品官服也得到手的!晋金存谦恭地望了一眼知府大人,在知府右边的位子上落座。

观景开始了。八个赤膊大汉在观景台下缓缓地推着台子旋转,台上的人便在饮酒谈笑中纵目去观四周的景色:玉带似的白河,河面上的舟楫,金色的沙滩,城区里鳞次栉比的房屋,田野中黄金色的谷地,绿色的茶树,田中拖犁行走的黄牛,带着篱笆的茅舍,纵横的阡陌,山坡上怒放的山菊……

伴着观景台的缓慢旋转,台外的一个歌女在胡琴、竹笛的伴奏下,脆声唱着李白的那首《南都行》:

南都信佳丽,

武阙横西关。
白水真人居,
万商罗廛寰。
高楼对紫陌,
甲第连青山。
此地多英豪,
邈然不可攀。
陶朱与五羖,
名播天壤间。
丽华秀玉色,
汉女娇朱颜。
清歌遏流云,
艳舞有余闲。
遨游盛宛洛,
冠盖随风还。
走马红阳城,
呼鹰白河湾……

"怎么样,宝贝儿?这景色美吧?"晋金存在同知府说话的间隙,回首附在云纬的耳边问。

云纬淡然点了下头,她其实既没观景,也没听歌,只是凝眸高远的蓝天,在那里苦想:我的命为啥这样苦?人在十二岁上正是依靠父母的时候,我的父亲偏偏在这当儿去世;别人家都有兄弟姐妹,惟我孤身一个,时时要操心照料有病的母亲;那么多姑娘都能嫁一个可心的男人,却单单让我遇上了晋金存和尚达志这类东西!人的命究竟是咋着回事?为啥别人可以享有的,偏偏不让我享有?……

"三夫人改日请随金存到我府上做客。"胖得肚子如同孕妇一样的知府大人,这当儿扭过头来同云纬搭话,云纬没有听见,慌得晋金存急忙伸手捏了一下云纬的膝盖,才使她从怔忡的神态中回复过来,云纬正不知该怎样开口,幸好同知大人这时插言朝知府问道:"大人,听说朝廷与美、英、俄、德等十一国已经谈判签了条约,为去年在北京发生的事赔了一笔巨款,可是当真?"

知府点了下头,面色阴沉下来:"听说是要赔四亿多两,但眼下还没有正式通报,看来,我们又要过几年紧日子了!"

"这些赔款难道还要摊派下来?"晋金存接上去问……

云纬扭过了头,她无心去听这些与己无关的谈话,她把眼睛又移向了蓝天,又接着去想刚才正想着的问题:难道冥冥之中真有一只手,是他在给每个人划定命运之路?那只手为啥要给我这样划呀?……

9

秋天,是乡下穷人家最忙的季节,每一家都要在这个季节里忙着为紧跟而来的冬天和来年春天预备下吃的、烧的,稍一偷懒,冬春时节就要饿肚子。像落霞村栗温保这样只有亩半薄地的人家,更不敢大意,更须抓住机会收集一切可吃的东西。也就是因此,温保和妻子草绒在城中官人们赏秋的重阳节,背着孩子扛着镢头走进了那片紧靠去独山官道的红薯地。

"乖妮,别乱爬,就坐这路上玩。"草绒把一岁多的女儿往长满葛麻草的田间小路上一放,把小拨浪鼓往她手里一塞,就提起镢头和柳条筐,快步走进路边的一块红薯地里,和丈夫温保一块刨起来。

这连在一起总有十几亩的大片红薯地,属城北姓骞的一家大富户。地里的红薯早已挖过,空地里散扔着变干了的薯秧,草绒和温保在空地里刨,是在找主人挖时偶尔遗留下来的红薯。这是穷人解决吃食的方法之一,俗话叫"刨溜红薯"。因为骞家富有,红薯是雇人挖的,遗留在地里的红薯比一般人家的地里都多,所以草绒和丈夫这两年每到秋季,收拾完自己那亩半薄地里的秋庄稼,总要跑十几里路特意到这里来刨找红薯。

夫妻两个不再说话,都弯腰挥镢很快地刨起来。收获还挺不错,一个人每刨一袋烟工夫,刨出五步见方的面积,就差不多能刨出一个红薯来。每当镢头下滚出一个红薯时,两人的眼中都要闪出一丝惊喜。

附近官道上的官轿、马车、牛车络绎不绝,人笑、马嘶、牛叫不停地传过来,但温保和草绒无心也无暇去看,只是一个劲弯腰刨着。

秋日当头的时候,两人已都刨找到了近半筐的红薯,因为热和累,温保是早已脱光了脊梁,草绒的褂子则已被汗水浸湿半截。"你去歇歇顺便喂喂娃子,我去找点柴草,咱们烧红薯吃。"温保对草绒说罢,扔下镬头,便去地中间的一条水沟埂上拣拾柴草。

秋阳融融,默默轻触着草绒那汗湿的衣衫和温保赤裸的肩头;生起的火堆在哔哔剥剥轻响着,青烟缓缓升入空中,又被微风变成好看的链环;近处有不知名的秋虫在鸣;女儿在草绒怀中大口地吮着奶头;放入火堆的几个红薯在温保手中棍子的拨弄下翻着身子。空气中渐渐飘起烧红薯的香甜味儿。这幅恬淡的生活场景令草绒和温保都有些陶醉,两人的脸上都溢着满足的笑意。

"吃吧。"温保把第一个烧熟的红薯拿到手里,剥开皮递给草绒。草绒用手掰了一小块,用嘴吹吹,尔后挣开奶头,把它填入女儿口中,女儿立时甜甜地嚼起来。

"这日子多好!"草绒边嚼着红薯边感叹了一句。"嗯,好!"温保吞了一口红薯笑着附和。

当两个人重又开始下地刨时,在独山上赏秋玩乐的人们也开始回返了。一溜马车、官轿走到红薯地头,相继停下,大约是要歇歇,车伕、轿伕们扯着手巾擦汗,车里、轿里坐着的男人、女人们便下车、下轿说笑,有的男人点着了水烟袋,有的女人则顺了田埂小路,往路两边的田野里走,间或有女人惊喜的尖叫响起:哟,这里也有野菊花!

草绒和温保只是扭头看了一眼那花花绿绿的人群,便又低头干自己的活。当草绒又刨挖一阵抬头抹汗时,发现有两个富家女人已走到自己女儿枝子坐着的地方,蹲在小枝子面前。她担心她们惊吓了孩子,扔下镢头便向女儿身边走。走近了才看明白,那两个年轻女人中一个是太太一个是丫鬟,那极年轻的太太正含笑把一块麻糖往妮儿的手中放。"谢你了。"草绒高声说道,并没认出这就是当初被丈夫绑过抢过的云纬。"这是你的女儿?长得真漂亮!"云纬自然也不会知道草绒是谁,只是望着那面目姣好的妮儿笑道。听人夸奖自己的女儿长得好,草绒异常高兴,畅笑着说:"可惜她没托生到你们那样的好人家,她跟了俺们只有受苦。""放心吧,我们夫人今日见了她,就会带给她福气。"丫鬟巧笑着接口。云纬这当儿仍在逗着那妮儿玩,无意之间,她的目光落在了妮儿扔在身旁的拨浪鼓上,她那目光原本是要一滑而过的,却忽然停住,盯住了拨浪鼓上两个用细绳拴住用来捶击鼓面的翠色玉珠,这玉珠她太熟悉了,它们原本是两串,是盛家祖传下来避邪的用物,云纬从六七岁起,妈就让她把它们戴在两个手腕上,为的是避邪祛灾。遭到抢劫的那天,左手腕上的那串珠子被土匪捋走了,这珠子怎么会落在这小姑娘的拨浪鼓上,莫不是——?

云纬的眉头倏地一缩。

"独山上的那座道观还在吧?"草绒漫声问道,她并没看出云纬的神情变化,更没想到她当初从丈夫口袋中摸出的这些玉珠就要给她的家带来危险。

"还在。"云纬淡声应着。为了不弄错,她装作不经意地伸出右手腕,把那两粒玉珠和右手腕上还戴着的那串玉珠对照了一下。是的,色泽、大小、光度、开孔方法都一样,不会错的!谢谢老天,你终于让我找到了线索!她现在开始重新审视那妮儿,看这妮儿的样子,她不会超过两岁,那么照这时间推回去,她的妈妈当时应该是在坐月子!对,坐月子!云纬记得很清,遭抢那天,当她和娘被捆坐在屋中时,她听见一个女人来到了院门口,其中一个土匪对那女人说:你还没有满月,万一招了风咋办?

"你这妮儿多大了?看她一脸福相,长大了说不定要享大福大贵哩。"云纬还想进一步证实。

那边正挖找红薯的温保，听见这边几个女人说得热闹，而且是说自己的女儿，就也扔下馒头走过来，接口道："穷人家的女儿，只怕是个童养媳的命哩！"正蹲在妮儿面前等着草绒回答的云纬，原本没注意到温保的走近，这时听到这声音，呼地扭过头来，眉梢受刺似地一抖。这声音太熟了！这就是那个进家抢劫的土匪的声音，是的，我决不会记错！是他，什么都不用证实了！

"你们是去独山赏秋的吧，独山上的人多吗？"温保一边掏着旱烟袋一边望了两个女客随口问，目光在触到云纬的面孔时，颊上的肌肉猛地一哆。草绒也没发现自己丈夫的神情变化，仍旧絮絮地问着那丫鬟在独山上看到了什么秋景。这时大路那边传来了喊声：夫人，上轿了！云纬和丫鬟匆匆扭身向大路上走去。这边的温保急忙走到妻子身边低声说道："草绒，快走！知道那夫人是谁么？就是那次我和肖四去抢的那个叫云纬的姑娘，糟糕！她的眼神不对，八成是认出我了，快走！"温保奔到地里，把筐里的红薯一提，将两把馒头往肩上一扛，便顺着野地往家的方向疾步走了。

草绒抱起女儿在原地呆了一霎，她那晚并没看见云纬的面孔，但丈夫的惊慌使她意识到这不会假。天呀，没想到路如此窄，冤家就这样碰上了！她抱起女儿跟着丈夫的脚印走，走出近一里之后她回头一看，不好，果然有两个公人打扮的男子跟在身后不远处，也顺着她和丈夫的脚印在庄稼地里快步向这边走来。

追来了！快跑吧，温保！草绒一边在心里喊，一边抱紧了女儿，加快了脚步……

半弯月和半天星都被乌云裹走，夜风在屋檐下鸟一样地飞过，地面上只有一点可怜的光供人辨清近处的景物。此刻，在卧龙岗西落霞村栗温保家的房后，晃出了两个人影，那两个人影弯着腰趔进村边的一片树林，走到停在那小树林中蒙着黑布的一乘官轿前，低了声说:"禀晋老爷和三夫人,土匪栗温保一直没回家,家里只有他的妻子和女儿。"

"这个狗东西倒精!"轿里传出云纬恨恨的声音。后响,她认出栗温保就是当初抢劫她家的匪人之后,回到大路上就向晋金存讲了。晋金存当时沉吟了一霎说:我们身边一时无骑马捕人的衙役,他又是顺着车不能行的庄稼地走,徒步追恐难追上,况且也不知道他身上带没带家伙,倒不如派人尾随先弄清他们的住处,晚上再动手!

料不到他竟警觉地躲了起来。

坏种!

"晋老爷,要不要先把他的老婆逮了?"轿边一个黑影问。

"那是钓饵,不要惊动!"轿中的晋金存冷声说罢,转向身边的云纬软语道:"咱们回吧,小半夜了。"见云纬没有反对的表示,便又对轿外的人交待:"留下人监视,其余的回家,起轿!"

官轿吱呀一声被抬离了地面。

"跑不了他的,宝贝!"晋金存在轿的颤悠中抓过云纬的一只手,轻捏着那柔嫩的手背。

"我真想立刻抓住他!"云纬咬着牙说。

"要真抓住他了,你打算咋着办他?"晋金存的声音里带了点逗乐的味道。

"我要搧他的脸,边搧边问他为啥子害人!"

"依我看,他倒没怎么害你。一没打你,二没——"

"哼!"云纬的这声哼里带着火星,把晋金存烫得倏然住了口。

官轿在吱呀声中开始走上卧龙岗,武侯祠山门前的大红灯笼把光线送进轿中,使晋金存看清了云纬那张罩满怒意的脸。

他没有害我?他害得我还轻吗?没有他,我就不会落到你这个狗官手里,我也就不会过如今这种日子!他生生把我这辈子的路改了!当然,尚达志要负责任,如果尚达志——

"宝贝,我今晚这么辛苦地来捉你的仇人,回到家你得有所报答吧?"晋金存这时凑到云纬的耳根低了声说,"会再给我个脊背睡?"

云纬闻言嘴猛地张开,似乎要吼出一句什么话来,但最后却并无话出口,她只慢慢合拢双唇,重新把牙咬了起来。

轿像船一样,在暗夜里缓慢地向前航行,渐渐浓上来的夜雾向轿后退去,像被船头劈开了的水……

10

达志把近些天织出的绸缎染印完图案之后,已是浑身大汗,他在水盆里扑噜噜洗一阵头脸,便去后院的老桑树下站了凉快。这天气有点反常,节令已是仲秋了,可今儿个从桑树叶缝里漏下的午后阳光,仍像热粥一样,粘到身上滚烫滚烫。达志扯下身上那件无袖汗褂,当扇子似的在胸前抢着。

两只长尾鹊从附近的树上惊起,在天上旋了一圈,大约也被阳光所烫,叫声里有一股疼的味儿,转眼便斜冲下去,钻进城墙外边梅溪河岸上的柳树荫里。

达志的目光通过城墙豁口越过河岸,向远处的秋田落去,谷子已经割了,谷茬在阳光下泛着白光;掰掉了棒子的包谷秆还未砍下,枯黄的身子发呆似的立在那儿;红薯已挖了一大部分,割下的薯秧坟丘似地扔成一堆一堆。今年夏秋两季的收成都还不错,看来老天爷还不想把南阳人全都饿死。老百姓有了吃的,养蚕的人家会更多,明年的春蚕看来也会大增,这倒真是机房大发展的时候!

"你总得吃一点吧,哪能一天不吃一口?"院墙那边忽然传来卓远家嫂子的声音。"端走吧,我说过我不吃!"这是卓远的回答,声音里带了气。

达志闻声走到院墙跟前,隔了不高的院墙看见,卓远正半躺在自家院中桐树下的一个竹椅上,手里攥了一本书,却没看,两眼闭着;他妻子雅娴则端了碗面条站在他椅旁,正满脸忧虑地看着丈夫。

"咋了,嫂子,卓远哥病了?"达志说着,已双手撑墙,嗵一下跳到了卓家院里。

"唉,要真是病了倒也不埋怨他,"雅娴见达志过来,急忙求救似的说,"对,叫达志评评理,人家朝廷同外国签条约赔款,你气得不吃饭,犯得着吗?"

"条约?啥条约?"达志忽闪着眼,茫然问。

"你还不知道吧,昨晚传来消息,朝廷已与美、英、俄、德、日、奥、法、意、西、荷、比十一国签了条约,为国人抵抗八国联军侵犯事,赔他们四亿五千万两银子,三十九年还清,年息四厘,本息共九亿八千二百万两!"雅娴也是书香门第出身,书画都通,说起这种国事来十分清楚。

"哦?"达志一惊,"赔这么多?"

"你卓远哥昨晚就是听了这消息,气得不吃饭,昨天的晚饭和今天的早饭,一口不动,这晌午饭还不吃,他这样饿下去,就是活活饿死,能有啥用——"

"你还有完没完?"一直闭眼半躺在那里的卓远这时睁开眼,气恼地瞪了妻说,"让我安静——"

"你不是有个眩晕病么,我要不是担心——"雅娴的眼里有泪花在转。

"走开!"卓远低吼了一句,又闭上了眼。

"嫂子,你先回屋吧。"达志推了推雅娴,微声说。他觉得他理解此时卓远哥的心情。卓远仍如刚才那样地闭目半躺。达志静立在那里,默看着卓远那张清癯的脸,渐渐地,他发现有两滴水珠滚出卓远紧闭的眼角,缓缓沿脸颊向耳轮那里坠。他无言蹲下身子,用手拎着汗褂的一角,默默去卓远耳轮上揩。卓远没动,眼没睁,更没开口。"卓远哥,咱们国家是不是也可以不赔他们?!"达志轻了声说。卓远依旧没吭,没动,没睁眼睛,只是又让两滴泪水洇出了眼角。达志重又伸手去揩,可刚揩去,便又有两滴渗了出来,渐渐地,达志觉出自己的脸上,也有了水珠在动……

11

因为月光太亮也因为想省蜡烛,尚家的晚饭是在院子里吃的。雇工们的饭桌在后院,主人们的饭桌则放在前院靠近那块刻有奇怪图案的石头的地方。

饭是包谷糁红薯稀饭,馍是包谷面窝头,菜是生拌辣椒丝。要说尚家目前在南阳城算是小康人家,但饭食一直就这样简单。

达志吃得又急又快满头是汗。他半天的劳动强度不小,又是忙乎店堂出售绸缎又是保养织房的织机,原料发放、成品检验、来客应酬,这些也都要管,整整一个后晌,他几乎没有一点坐下歇息的时间。如今爹已基本把这份家业交他管理,自己只是在一边默默地看。劳累带来了饥饿,使他恨不得把碗里的饭一口吞下去。

达志把最后一口饭咽到肚里,舒服地打了个饱嗝儿,这才注意到,早已放下碗筷的爹,正在月光下望着石上刻着的那个图案。

"爹,卓远哥说这图案刻的不是绸缎上的经线、纬线,而是对世事的一种认识,我琢磨着,这刻的会不会是咱南阳城的街道?"达志顺口说道。

"街道?"尚安业并没有扭过脸来。

"嗯,你看,纵一道、横一道,而且道道相交,多像咱城里的街,这条街交住那条街,这一道横的是不是吉庆街,那一道竖的像不像辰堂街?"达志伸手指划道。

尚安业没有应声,只把头摇摇,半晌之后才又开口:"你说到辰堂街,刚好有桩事要告诉你。辰堂街尾谭家的姑娘顺儿给你定下了,媒人已互送了八字。"

"啥?"达志眼中的月亮一跳,霍地立起了身。顺儿那姑娘他认识,一只脚得了麻痹病,走路都一拐一拐的。

"上次盛家的那桩事一出,"尚安业的话音低微,"我就和你娘商议,再给你说亲,女方模样儿说得过去就行,不能太漂亮了,太漂亮了易生是非。"

"爹,我这辈子不搬亲了,打单身。"达志的话音发颤。

"甭说憨话,你不成亲,咱尚吉利机房日后谁承继?"尚安业扭脸望着儿子,"那顺儿姑娘只是一只脚有点小毛病,其它方面都挺好,人老实勤快,而且在家也会织布,到咱家里,学几天就也能上机织绸,她那只有毛病的脚不妨碍踏织机,这点我问过媒人。"

"爹,这辈子让我一个人过吧。"达志颓然地说罢,又一下坐到了椅子上。

"我这次想说办就办,不张扬不铺排,"尚安业没有理会儿子的话,顾自说出自己的计划,"喜日就定在后天,咱不请响器不发喜帖,到时候只把你舅舅你姑姑他们叫回来,摆一桌酒席作罢……"

达志不想再听下去,用双手抱住头,同时把耳朵捂了。上次婚事在达志心上挖出的那坨肉,经过这段日子已渐渐长平,爹爹的话像一只长了长指甲的手指,径朝那片鲜嫩的刚长出的肉抓去。他将身子缩起,忍着心中陡然旋起的那股疼痛。原本停在心里的那股因绸缎产量提高而起的高兴,顿时被这疼痛挤得无影无踪。

院子变得很静,爹和娘不知什么时候已收拾罢饭桌进了屋子。月亮又升高许多,光线变得更强,面前石头上的图案显得越加清楚,达志双眼望定那图案,望定刚才自己指划的那道竖纹。辰堂街!他无声地自语道。我不过顺便说说,可没想到你竟真的要与世景街相交了!他的目光凝牢在图案上,那图案中间渐渐就出现了两个人影,一个是风情万种的云纬,正沿着一道竖纹袅袅娜娜地向他走来,近了,近了,但突然间,她在一个十字口拐向了另一道横纹;一个是拐脚的顺儿,她原本沿着另一道横纹向远处走,但突然间,她会在一个十字口陡地转身,沿着一条竖纹径向近处走来,近了,近了,"达志!"他分明地听到她亲昵地喊了一声,便张臂向他扑来。"不——!"他猛叫一声,站起身,才发现面前仍是那块石头和那费猜的图案,院里除了满地月光,便是静寂……

　　一切都是按照尚安业的心思办的,达志和顺儿的婚礼简单到不能再简单了:一顶小轿天不亮把顺儿抬来;中午仅置一桌酒席,请来的亲戚只有达志的舅舅和姑姑;晚饭后没有一个人来闹新房,大多数邻居都还不知道达志今日娶亲;没有唢呐响,没有鞭炮叫,甚至门上连喜联也没贴,只有一种匆忙的气氛。

　　香油灯在床前的木桌上晃动出一团黄光,顺儿背灯静静坐在床沿,达志坐在墙角的一只椅上双手托了脸不动,娘已经替他们把门关上,两人都没有上前落下门闩,屋里只有灯草吸油发出的噬噬声。

　　达志望定油灯光照不着的墙角,眸子僵了似的不动。墙角里慢慢站起一个姑娘,姑娘珠贝似的牙齿一闪一闪,带着灿烂的笑容向他款款走来,她走得那样袅娜那样娉婷那样好看那样自在那样悠闲。云纬!他让自己闭上眼,把头垂入两掌之中。不知过了多久,一种轻微的窸窸窣窣的声音传入耳中,他睁开眼,看见顺儿正起了身,弯腰小心地把被子在床上抻开,抻被时她在床前走了两步,仅这两步也亮出了她的走姿:右脚一点一点,身子一晃一晃。拐脚女人!这是达志第一次在这么近的距离上看顺儿走路,一种不忍再看的不舒服使他重又闭上了眼睛。呵,苍天,难道从今以后就要真的永远和她住在一处?他不敢让自己想下去,用手指捏紧额头上的那层薄肉,让疼痛帮助自己转移思路。

　　"你,歇了吧。"一声怯怯的低柔的声音飘进达志耳朵。达志知道这是顺儿在对自己说话,只得重又抬起头来。顺儿正低眉垂眼面对着他,两手不停地捏着自己的发辫梢。达志现在有了正面打量顺儿的机会,她的脸颊显得多么小呵,而且那么憔悴,皮肤几乎没有光泽;她的胸脯根本看不出鼓凸,又窄又平;腰身纤细,看上去像一株随时可能被风吹折的小柳;颈、腕部露出的肌肤,都是黝黑的。她和云纬比起来,身子整个的小了一号,而且根本没有原本属于妙龄姑娘们的那份鲜嫩和红润。过去在云纬面前,只要看上她一眼,达志心里就有一种莫名的东西在蹿动,周身的血就开始急流,就有一种想拥她入怀的急迫;而现在面对顺儿,他却只有一种无奈、一种痛楚、一种心如止水的平静。

"你烫烫脚吧。"又是那种怯怯的低柔的声音响起。达志定睛看时,顺儿已转身,一拐一拐地向放有黄铜脸盆的墙角走去,那脸盆旁边,放有一把包了棉套的白铁水壶,是娘刚才送进来的,里边盛有热水。顺儿走到脸盆前,弯腰提起水壶,向铜盆里倒了半盆热水。达志刚想说句我不烫时,顺儿已端着脸盆拿着一条白粗布方巾向他缓缓走来。"我不——"他刚刚低声说出这两个字,顺儿却已嗵地双膝跪地,把脸盆放在了他的脚前,他被她的这个举动惊呆在那儿,一时竟说不出话来。这时节,顺儿已经抱起了他的一只脚,轻柔而麻利地帮他脱下了鞋袜,他的光脚想从她的手中挣出,但只挣了一下,便被浸在了温暖的水里,霎时,一股温暖而舒适的感觉便由脚底升上身子,当他的另一只脚也被顺儿双手抱着放进水里的时候,他垂下了眼,双眸不再看顺儿的身子,而只看盆里顺儿那两只手。那两只小手轻柔而小心地搓着他脚背、脚后跟、脚趾、脚腕上的灰。除了小时候娘这样给自己洗过脚外,这还是第一次,而且她是跪在那里给自己洗的。他不好再和她强争什么,只好坐那里任她替自己搓、冲、擦。

当两只脚被擦干重新套上鞋之后,在顺儿吃力地起身出门去倒水时,达志急忙向床走去,他不知再面对顺儿时该说点什么,他很快地脱了外衣撩开被子躺下去。他侧身向里闭了眼,听见她关上门、插了门闩、放下铜盆、洗了手,随后是她那一轻一重的脚步声向床边响来;她在床边似乎犹豫了一霎,跟着她吹灭了灯;一阵窸窸窣窣的脱衣声之后,床沿轻晃了一下,他感觉到她上了床,感觉到她怯怯地掀开被,钻进了被筒,但她的身子一直没敢挨着他。他也一直没转过身去,他先还注意倾听着背后她那轻微的鼻息声,渐渐地,疲劳攫住了他,把他拖入了雾蒙蒙黑沉沉的睡乡里……

　　早晨起床后,达志一拉开门,看见爹站在门口,以为又是要他去后院桑园里晨读,便说了句:"待我拿上书。"但尚安业朝儿子摇摇头说:"不必了,你已经娶妻成家,是成人了,今后该读该学啥,你自己来操心就行,我不会再来管你。从今日起,咱尚吉利大机房的一应事务,都由你来安排,走,我把账柜和钱柜上的钥匙交给你。"

　　达志默然出门,跟在爹的身后,走进了爹娘的睡房。娘正在睡房里叠几件浆洗好的衣裳,爹进屋朝娘挥了一下手说:"你出去,我和达志有一些事要讲!"娘闻言,立时起身走出去。爹上前插死了门闩。

　　"记住,达志,凡是说到账目、银钱上的事,决不能让女人家在场,你亲娘和老婆也不行!"尚安业沉声交待,"女人口松,有时无意之中会把家底露出去,这是一;再就是她们有娘家,她们娘家有亲人,小心她们为了娘家人坏了我们尚家的事!这是二。当然,由于她们要操持家务,手上也需要点钱,你可以给她们一点零钱让她们保管,但家业的真情细底,永远不能让她们知道!"

　　"嗯。"达志点头。

　　尚安业从床头拉过一个笨重的木柜,慢悠悠打开柜上的大铜锁,轻轻拉开了柜门。柜里的一摞账本和一堆碎银立时映在达志眼里。

　　"看见了吗?这个账柜和钱柜!"

　　"看见了。"达志应着,伸手去里边拿出一个账本,轻轻地翻着,这本账里记载着今年买丝、卖绸、购物的各笔账目。

"这个账柜和钱柜是假的!"尚安业忽然这样说。

"假的?"达志的双眸一跳。

"对,假的! 这是对付盗贼对付税局用的!"尚安业的声音慢腾腾的,"窃贼们盯住的,是我们的钱;税局常查的,是我们的账。万一贼破了门,让他们偷走柜里的银钱作罢;万一收税的查账,就让他们查这里边的账,明白?"

达志惊异地听着。

"真正的钱柜和账柜在这里!"尚安业边说边走到墙角,搬过一张桌子,用一把铁铲去扒桌下的土,不一刻,扒出一口黄釉缸来,揭开缸上的木盖,从里边拎出一个精致的黑漆小木柜。"咱们家的家底就在这里!"

达志眼里满是新奇。

尚安业从贴身的衣兜里摸出一个小小的黄铜钥匙,放在手心默然看了一刹,尔后向儿子手中递去,但很快又把手缩了回来,低声问道:"你不会忘记你过去每天早晨向祖宗们发的誓吧?"

"不会!"

"你要明白,背弃了誓言,祖宗们的魂灵是不会饶你的!"

达志的眼睛眨了一下,眸子间晃过一丝不安。

"我现在对你不放心的还有两点!"

"哦?"达志有些愕然。

"一,我担心你不会使用数字! 数字是我们干丝织业的人必须会熟练使用的东西,经丝、纬丝的根数不同,出货的质量、幅宽不同;染料搭配的数字比例不同,染出的颜色不同;一匹绸从整理、上机到染印出成品用去的时数不同,成本也不同。一句话,一切都需要用数字来计量来衡量。你必须时时记住熟练使用数字!"

"我记住了。"

"记住了? 那么我问你,数据单位从个、十、百、千、万到亿、兆,兆之后是啥子单位呢?"

"是'京'。"

"之后呢?"

"是'垓'。"

"之后呢?"

"是'秭'。"

"之后呢?"

"是'穰'。"

"之后呢?"

"是'沟'。"

"之后呢?"

"是'涧'。"

"之后呢?"

"是'正'。"

"之后呢?"

"是'载'。"

"之后呢?"

"是'极'。"

"之后呢?"

"是'恒河沙'。"

"之后呢?"

"是'阿僧祇'。"

"之后呢?"

"是'那由他'。"

"之后呢?"

"是'不可思议'。"

"之后呢?"

"是'无穷大'。"

"嗯,记住了还要善使用!"尚安业点点头,"我们要计算丝这种极细的东西,有时免不了要用到大单位;再说,随着我们家业的增值,也许有一天要更频繁地用到这些大单位!当然,'京'之后的单位我们一般用不上,可用不上也要知道,也要懂!"

"你不是说有两点对我不放心么,那另一点是啥?"达志禁不住开口问。

"女人!"尚安业直直地盯住儿子。

达志倏然间脸红了,父子间谈论这个,令达志发窘,而且父亲的话刚一落音,他便想到了云纬,想起了云纬那双晶亮晶亮的眼睛。

"这世界上,对男人吸引力最大,可以使男人忘掉自己的目标和志向的一个可怕东西,便是漂亮女人!"尚安业这句话说得极慢极慢,似乎要给儿子留下思考的余地,要把这话用刀刻到儿子心里,"历朝历代,多少个原本可以创出一番大业的男人,因为恋上玩上女人,而毁掉了!女人尤其是漂亮女人,对男人有一种天生的强大吸力,只有很少的有意志的男人才能抗得住,我对你就担心这个!"

"我?"达志不敢去碰父亲的目光。

"因为我们织出的绸缎相当一部分要卖给富家女人,因为我们雇的织工大多是女的,你接触女人的机会很多——"

"爹!"

达志涨红着脸低叫了一声。

"我现在说得难听一点,是为了给你个提醒!"

"我再不会去爱别的女人了。"达志声音微弱地说出自己的保证。云纬,我此生爱了你一个,也只会爱你一个了,上天会看清的……

"来吧,把钥匙拿住!"尚安业拉过儿子的手,把那个黄铜小钥匙,轻而郑重地放了进去……

12

　　云纬走下轿,眯起两只秀眼,在晨光里冷冷看着面前的这幅景象:栗温保家的两间草房已变成灰烬,微风正拖曳着那些黑灰向天上飞;一条尚存余悸的狗正退到远处向这边吠;栗温保的老婆正抱着女儿坐在灰烬堆前低泣;村人们都站在远远的地方向这边不安地望。

　　栗温保,便宜了你这个狗东西!

　　但你跑了今天跑不了明天!咱们的账早晚要算!

　　自从那晚捕捉栗温保未果之后,晋金存派人一直监视着栗家。但栗温保也很警觉,十几天来一直没有回家住。直到昨晚后半夜,在栗家房后监视的衙役才回晋府报告,说栗温保回家了。晋金存为了让云纬高兴,亲自带队来捉,没想到还是让他跑了,而且跑走时用猎枪打伤了一个衙役。

　　云纬原本坐在家里静候消息,听到栗温保逃跑后才带怒匆匆来的。她没想到晋金存已让人把栗家的房子烧了,烧了就烧了,这既是对栗温保的一个警告:从今往后你休想安生!也算是先出一口恶气!

　　云纬把目光移向那仍在哀哀低泣的栗温保的女人,她已经知道这女人名叫草绒。哭吧!现在该你哭了,当初我被你丈夫绑抢时你知道我是啥子心情?你知道我流了多少眼泪?狗男女,你们为了弄到绸缎弄到钱把我的一生都给毁了!你们知道我今天过的什么日子吗？死不算死活不算活！倘不是你们，我如今过的可能会是另一种日子！哭吧，以后还有更多的让你哭的时候！你的丈夫跑了，就先由你来替他赎罪！我要你就生活在我的身边，我要让你天天流泪！昨天我流泪今天你流泪，咱们轮流着来吧！

"去，告诉那个叫草绒的女人，从今天起，她就是晋家的一个女佣！她必须立刻随我们回府！"晋金存似乎猜到了云纬的心思，朝一个丫鬟这样发话。

云纬没再开口，转身进了刚才送自己来的那乘便轿。

冬日正缓缓地向天空爬升，地上的那层薄霜在慢慢消融。云纬坐在轿里，眼隔着轿缝看轿伕们脚步的移动，耳听着轿后草绒那断续的哽咽，一脸的冰冷。

轿过卧龙岗不久，突然在一个路口停下不动了，隔了轿窗，只看见前边路上挡着一辆牛车和一簇人，云纬便烦躁地问："为啥不走？"一个护轿的衙役跑到轿前报告："城里尚吉利机房一辆收丝买染料的牛车在前边陷进了路中间的泥坑，挡了路，正在催他们让开！""尚吉利机房？"云纬的双眉倒立了起来。"是的，三夫人，那车上坐着机房的少老板和他的内人！""内人？"云纬的眸子吊了上去。"是的，夫人，他们正在抓紧推车！""让他们快滚开！"云纬的话音里透着不可遏制的怒气。内人！这么说尚达志已经结婚了？！狗东西，你倒是过起舒服自在日子了！她觉出一股钻心的类乎痛楚的东西在胸腔里漫开。她现在才意识到，尽管她恨他，气他，但在她内心里，却一直暗暗地希望他不结婚，至于为什么这样希望，她不知道，反正就是不希望，但此刻，连这一个希望也破灭了。她感到满肚子都是怒气，她在座位上扭晃了一下身子，她迫切地想把肚里的怒气发泄出去，恰在这时，轿后草绒的哽咽有些变高，她听后猛地掀起轿帘冲出了轿子，转身快步走到轿后的草绒面前，迅即地扬起手掌，啪啪啪连连打了草绒几个耳光，鲜红的指印立时烫上了草绒的脸颊，草绒被吓呆在那里，抱紧了怀中的女儿任泪水在脸上流淌。

"哭,哭!我叫你哭!你哭!"云纬几乎是歇斯底里地吼,但同时,有两串晶莹的泪珠却也已从她自己的眼眶中急速涌出。随行的人员都被云纬的举动骇住,站在那里一声也不敢吭。只有轿前不远处的路上,传来牛和人杂乱的叫声……

当云纬重回到轿里上了路,并且终于使自己平静下来后,草绒还在轿后嘤嘤地啜泣,直到这一刻,云纬才觉得自己刚才做得有些过分,不该那样无缘无故地去打她,再说,她还抱着一个孩子。她的心一软,扭头隔着轿窗对扶轿而走的使女说:"去,把她的孩子抱进轿来,她一个人走这么远会抱不动的。"那使女迟疑了一下,眼中满是困惑,但她还是把那个妮儿抱过来交给了云纬。轿又重新起行时,那妮儿睁大惊惶的眼睛望着云纬,云纬极缓极缓地摇了摇头,尔后从衣袋里摸出一块麻糖,填到了那妮儿的口中……

13

卓远顺着梅溪河堤缓缓踱步。

斜过城头的月亮,隔着堤上柳树繁茂的枝叶,默数着他那滞重的脚步。河中的蛙鸣已不如前些天热闹,间或地在这里那里响起一声两声。夜风很轻,掠过草梢树叶时几无响动。这是一个让人沉思默想的地方。

这些天,他常常在晚饭后踱出城门,来到这阒无人迹的地方散步,边走边想那个苦苦缠住他的问题:"国衰之由与强国之途。"这是在开封汴京书院任教的一位朋友,最近约他写的一篇文章的题目,说是书院新编的《东方丛刊》要用。

一个大国何缘何由变成了这样一副羸弱之态?

中华之躯该服哪种强身剂方可重返强族之林?

前边,有一个被树叶切成鸡蛋形的月亮光斑,他的脚慢慢踩上去,且停下不动,似乎存心要把那光斑踩碎。

扑咚!河面上陡响一声。不是蛙跳!他抬眼望去,月光下的水面上有涟漪在晃,是什么树上的果实坠落?他刚这样猜想,水面又扑咚一响,这下明白了,是石子。而且立刻看清楚在前面不远处的一棵树影下,坐着一个人,石子便出自那人之手。

"谁呀?"他问。并无意外的惊慌,夏秋两季的丰收,已使劫路的人大大减少,何况,这也不是劫道人来的地方。

"我,卓远哥。"树影下传来一声回答。

"达志？你怎么坐这儿？"卓远辨清声音，快步上前，关切地问。

"睡不着。"达志双手捧头，仍然蹲坐在那里。

卓远一时无言。一个人在蜜月里睡不着觉，独自跑到这儿呆坐，原因还要问吗？卓远曾隔着院墙看见过达志的新婚妻子顺儿，这姑娘和那云纬的貌相，是没法比的。他完全能猜到达志此时的心境。

"达志，知道这梅溪河水是什么吗？"半晌之后，卓远轻轻开口，他决定暂时放开自己思索的事情，再劝劝这个他喜欢的小伙。

达志扭过脸，眼中晃着茫然。

"是眼泪。"卓远边说边在达志身边坐下，"是一个名叫腊梅的姑娘和一个名叫青溪的小伙的眼泪。他们两人就住在这条河的上游，那时这条河还叫凉河，水很小。这对男女深深相爱并已经准备完婚，却恰在这时出了意外：当时被朱元璋封在南阳做唐王的朱柽，膝下有一女，貌奇丑，却一心想寻漂亮小伙为夫，百寻不如意，后朱柽对其女说：你自己坐轿出去相，相中哪个小伙，我即刻给他封官为你们完婚！也是巧，那丑女一日从凉河岸上过，恰巧碰见青溪，顿时相中，回报其父，立时就有令下来，招青溪为婿。腊梅和青溪听说，就在凉河岸边抱头大哭，泪珠滚进凉河，河水陡然大涨，二人绝望之中，相抱投河自尽，自此，这河才更名为梅溪河。这故事不管别人信不信，我信！天下婚姻不如意的人流下的眼泪，完全能装满一条河了，你不是第一个，也不是最后一个……"

"卓远哥。"达志的眼中现出了水纹。

"上天不会让一个人事事如意，"卓远又慨然开口，"我注意到，平衡，是上天在人间分配幸福和痛苦所掌握的一个基本法则，上天在一个人的一生中，既要给他一定的幸福，也要给他一定的痛苦，每个人一生中得到的幸福和痛苦差不多相当。上天不会让一个人终生幸福，也不会让一个人终生痛苦。我们不论拿哪个人作为观察的对象，都会发现这个法则的作用：这个人家庭生活幸福了，他在事业上的发展或许就要遭受挫折；这个人在事业上顺利享受到成功的幸福，他的身体就可能遭受疾病的折磨；这个人儿孙绕膝可享天伦之乐，贫穷便可能来缠住他。有的人前半生衣来伸手饭来张口，后半生家庭没落却要去讨荒要饭；有的人这几年仕途得意青云直上，那几年却突遭贬谪郁苦于心；有的人有美妻娇子，自己却百病缠身；有的人家无片瓦穷困潦倒，却来去自由身强体壮。就说皇帝吧，历朝历代的皇帝，都可以享受锦衣美食，可以随便要自己想要的女人，出则车马骑从，居则高屋大院，不可谓不幸福，可他们却要时时提防兄弟间的残杀，臣民的反抗，被失掉皇座的恐惧和稳定王位的忧虑死死缠住不得快乐。我给你说这些的目的，是想让你明白，平衡法则会起作用，你在这一方面失去，可能会在另一方面获得，你将来也许会在事业上有一番大的造就，成为一国之中有名的丝织厂主——"

"卓远哥！"达志打断了他的话，低低地叹口气，"我明白你的心意，可我就是忘不了云纬……"

是的，感情这东西能像扔东西那样即刻扔掉？卓远不再说话，只是无言地拍了拍达志的肩膀，跟着幽幽地叹了口气。

圆月已将近河道上空，清水里渐显出月亮柔美的身影，四周更静，夜风已完全停止，河面上微波不兴。卓远默望着水底的月亮，思绪又渐渐回到他原先想着的那个问题上。

平衡，但愿平衡法则真的能起作用，让我们这个受苦受难的羸弱之国，也有身健力壮享受他人尊敬的时辰……

14

因为落雪,天暗得比往日晚些,达志从昌和银号出来时,天光尚亮。他在迈过银号那道高有二尺的门槛前,先两眼机警地朝街道两头瞅瞅,见风雪乱舞的街道上阒无人影,这才放心地挟紧袄襟,出门向家里快步走去。

雪花亲热地扑进他的脖子里,他觉出有冰凉的水滴沿锁子骨那儿向胸前爬去,但他没加理会,他只是快活地呵着白气,让双脚在白色的街路上迈得更急。要不是为了保密,他此刻高兴得真想站在街上喊:我就要有机动丝织机了!机动的!!

他刚才去昌和银号,用平日卖绸缎所得的那些铜钱、宝钞、银票、金背、火漆、锭边,兑换了一个重五十两的官银元宝和四个官银中锭,这整整九十两的白银,再加上爹原来攒的那二百来两银子,是足够去汉口买一台机动丝织机了!他紧紧揣着怀里的那些白银,分明地看见有一台机动丝织机在眼前响着了。

身后仿佛有脚步声在响,他吃了一惊,忙回头去看,身后远处有一个浑身是雪的人也在向这边走。总不会让刀客跟上了吧?达志心里有些发毛,脚步走得更快。这兑换来的白银本来是可以存在银号里的,存在那儿还有一点不高的利息,但达志和爹都不愿那样做,都觉得把银子放在自己屋里更牢靠些。过去,这兑换官银的事儿都是爹去办的,达志并没操心;如今因为达志已接管了机房的账目,这兑换的事儿爹就非要让他来做不可。第一次干这事儿可别就出了闪失！达志边走边又回头看了那浑身是雪的人影一眼，见那人的脚步也在加快且有逐渐跟上来的样子，越有些心慌，撒腿就跑起来。好在离家不远，没多大工夫就跑进了家门。进了家门他倒没有立刻进正屋，反正现在不怕了，他顺手拎了一根棍子躲在门后，因为他分明地听到那脚步声也向门口响了过来。他想弄清这跟踪者的面目。脚步声越响越近，而且上了门前台阶。这小子胆子倒大！达志一边在心里叫一边就扬了棍子迎到门口，到门口这才呵了一声，原来来人竟是披着蓑衣的尚安业。"爹，你咋也出去了？""我怕你出事，在后边跟着。"尚安业边解身上的蓑衣边把臂弯里挟的一根短棍靠在了门后。"以后再兑换银钱，记着要沉住气，刚才跑啥子？"尚安业白了儿子一眼。父子俩相跟着来到正屋里间，尚安业朝儿子使了个眼色，达志先插了里间门，随后拿过门后的一个短镢，把那个钱柜从地下挖出，他打开柜，把怀里刚兑来的那个元宝和四个中锭小心地放了进去。"爹，要不是下雪，我真想现在就去汉口买机动丝织机！"达志看看柜里的白银，抬眼笑望着爹说。"慌啥？银子刚刚够买一台织机，这来回的盘缠和雇车费呢？趁过年前后再抓紧织一批绸缎出来，多挣些钱再——"尚安业的话未说完，门外响起了达志娘的一声喊："他爹！"

"嗯？"尚安业起身去开门，却只拉了个缝，并不放老伴进来，"有事？"一只手在背后示意达志把柜子放进土里。

"刚才你爷俩不在家时，晋府的仆人送来个帖子。"门外的达志妈说着，把一个红帖子递到了丈夫手上。她似乎知道父子俩在干什么，说完，就又转身向灶间走。

尚安业撕开帖封，把帖子抽出来，只看了一眼，脸倏然可就阴了。

"啥事？"达志注意到父亲的神色有变。

尚安业无语，直把帖子递过去。达志接过一看，原来是晋金存后天要做五十大寿，邀父亲去赴寿宴，只见帖上写着"十二月十八日洁治寿筵,恭迓台驾"。"这还不是在变着法子要钱?!"达志把帖子递还父亲时愤愤说道,他如今一提到晋金存就气,就是这个老东西夺走了云纬。

"依你看咋着办呢?"尚安业转身问儿子,"你如今已是机房的掌柜,我要先听听你的想法!"

"不去!"达志答得很干脆。

"再想想!"尚安业耷下眼皮。

"那就送二两官银。"达志见父亲认为不妥,只得改口道。

"再想想!"尚安业仍然没抬眼皮。

"还少?"达志心疼地叫起来,"难道要送他一个中锭?"

"对,一个中锭!"尚安业抬起沉郁的双眼,"记住,为工为商,切记不可惹官!明知他在敲你,也要认了,这叫忍!不会忍者不能成大事!你以后当掌柜,遇事要三思而行才对,我帮不了你几天了!"

达志咬了牙,痛惜至极地重又打开柜子,将一个中锭缓缓捧了出来……

15

在厨房濯洗完第二日寿宴上用的鸡鸭鱼肉和诸样青菜,草绒是累得连一点点气力也没有了,她从水槽前站起身时,几乎就要晕倒。她扶着墙慢步向云纬的睡房那里走。她是云纬平日使唤的女仆,就住在云纬睡屋隔壁的一间小房子里。吃过晚饭被管家叫来厨房帮忙前,她把女儿哄睡放在了床上,这阵子不知她睡醒没有?被子蹬开没有?想到这里,她把沉重如铅的双腿挪得更快了。她刚刚走到自己睡的小屋门口,正要急急去推门时,一旁的暗影里突然传来云纬的一声低叫:"草绒,快来,给我洗脚!""洗脚?"草绒扭头一看,发现云纬正站在睡屋门外,双眼盯着自己。"你没见我在厨房里累坏了,你不会自己洗一次吗?"本来就憋不住话的草绒这时着实有些火了,声音挺高。

"那我要你这个女仆干啥?"云纬的声音很冷,"难道要我去叫管家催你来吗?"

草绒身子一颤,她知道管家是个打仆人不眨眼的家伙,自己来这段日子,已经挨过他两次巴掌了。她不敢再犟,只得向云纬的屋里走。进屋内,她刷洗过脚盆,兑好热水、凉水,把脚盆端到云纬跟前,便去捧过云纬的脚来替她脱鞋袜,鞋脱下来,她注意到云纬没穿袜子且双脚红润,显然刚刚烫洗过。"不是已经洗过了?"她仰脸问。

"洗过了我想再洗一遍!"云纬坐在软垫椅上捧了一杯茶喝,说

· 97 ·

这话时眼都没抬。

草绒默默捧着那双白嫩红润的脚,她知道云纬这是故意在折腾自己。平日,洗衣服,她总说不净,让你重洗;扫地,洒水多了,她说地下太湿,洒水少了,她又说涨灰,让你不知如何是好;铺床,她说铺得不平,让你重铺;叠被,她说叠得不齐,让你重叠。她也晓得云纬这股气是冲丈夫温保来的,有时就气得在心里把温保骂了无数遍:你个狗东西做下坏事,让我来替你受罪!

草绒刚把云纬的双脚放进水里,却见云纬猛把脚抽出来叫:"水太热了!想烫死我?"

草绒重新伸手去试水温,正好,怎么会烫了?但她不敢争辩,只好又拎来冷水壶倒些冷水。不想她刚把云纬的脚浸进去,云纬就又叫:"太凉!想冰死我呀?"以草绒的脾气,她是真想同对方吵一架作罢,但一想到吵架后管家的巴掌,只好又忍气吞声地重又去对热水。热水一对,盆里的水眼见要溢,只好又去倒掉一些。草绒原本就累得双腿酸疼无比,经云纬又这么几次三番的折腾,身上更是没有了一点劲,待她终于把云纬的脚洗好擦干端水出门时,脚竟无了迈门槛的力气,前脚勉力迈过,后脚尖绊上了门槛,扑通,草绒连人带水盆一下子全摔在了门外。这一下摔得太重,草绒在地上滚了许久也没站起来。云纬先还坐在原处,冷冷地看着疼得在地上滚动的草绒,心里恨恨叫道:挺累是吧?你没有问问你丈夫当初抢劫别人时累不累?!但随后,她还是坐不住了,缓缓起身上前去搀草绒。草绒的左脸、两个手掌和膝盖都磕出了血,呻吟着被云纬搀进了隔壁的住屋。看着草绒脸上的血,云纬不敢再抬眼去触草绒那被泪水裹住的眼。云纬知道自己做得有些过分,她每次折磨罢草绒,心里总要起一股自责:你不该这样对待这个女人,她并没对你做啥子坏事,何况她还有一个女儿要照顾!但她却停止不了这种对草绒的折磨,她心里被气恨填得太满,她气恨尚达志,气恨晋金存,气恨栗温保,可尚达志不在身边,她无法发泄那股恨;晋金存握着生杀大权,她不敢发泄那股恨;栗温保找不到,她无处发泄那股恨。这些气恨又不能总积在云纬心里,总要找一个发泄对象,于是草绒便被拉来充当这个角色了。

云纬把一块擦洗用的白纱布塞到草绒手里,便转身走出了屋子。在自己的房门口,她停下了步子,抬头仰望着正在天际自在巡行的月亮,许久许久,身子一动不动,后来,她才又猛地双手捂脸,发出了一阵抑得极低极低的呜咽……

因为是通判大人的喜庆日子,晋府的老老小小都起了个大早,鸡叫二遍,满府里就都是人声了。云纬慢腾腾地洗完脸、梳好头,不甚情愿地向门口走。按照昨晚管家的交待,今早起床后,全家人要在老爷平日的办公处"同济堂"向老爷祝寿。

云纬的住处门口,挂着一个写了寿字的红纸牌,这也是府上的规矩,每位夫人的门前都要挂这种纸牌。云纬走到门口,乌眸盯住纸牌上的"寿"字,目光冷然,一霎之后,只见她突然伸手扯断了系纸牌的细绳,纸牌呼的落地,一下子摔破,她的一只脚狠狠向那个"寿"字踩去。不远处的一个男仆和住在隔屋里的草绒,闻声急跑过来问:"咋着回事?"云纬悄悄抬起脚沉了声说:"系纸牌的绳儿怎能这样细?风一吹就断,还不快去换个新的?"两个人唯唯而去之后,云纬又用力在那"寿"字上踩了一脚,这才移步向"同济堂"走去。

"同济堂"是一座三开间不带隔墙有前廊的房子,今天,这房子的前廊上挂满了祝寿的寿联、灯笼、字画,摆满了寿桃、寿糕和纸糊的松鹤。云纬在前廊上没停步,径走到屋内,向坐在堂上那把黑漆太师椅里的晋金存鞠躬说道:恭祝老爷万寿无疆!待晋金存笑了一声:好,好。便走到一侧站下。鱼贯而入的夫人、小姐和仆人们不停地向晋金存鞠躬,晋金存则不停地含笑点头说着好、好。看着晋金存那张满是喜色和自得的宽脸,云纬禁不住又将乌眸立睖了起来,不过转瞬之间,她就又垂下长长的睫毛,将眼中的冷光遮没。

家人们祝完一遍后,管家招呼大家快去吃早饭,准备迎接登门祝寿的客人;晋金存这时也站起身,抖了一下身上穿的绣有寿字的缎袍,向堂外走去。在堂门口,晋金存注意地看了一阵廊下摆的那些物品和那幅写在长木板上的红漆寿联:瑶台牒注长生字,蓬岛春开富贵花。尔后慢声说:"用两匹红绸结成大花披在这写有寿联的木板上,再用几匹绸缎铺在那些物品的下边,岂不更好看?"管家闻言急忙趋前小声解释:"府里刚好没有绸缎了。""没有绸缎就没有了办法?"晋金存的脸稍稍有些拉长,"不会去尚家机房先借几匹?我想他们会给的吧?""那是,那是,"管家慌慌点头,"我这就差人去!"说罢,便朝两个仆人叫道:"小五,小东,速去世景街尚吉利大机房,找到他们掌柜的,就说晋府要借十匹绸缎!"那小五应了一声,刚要扭身走,站在晋金存背后的云纬突然开口说:"我跟上去吧,万一这些下人说不清用途,我还可以说个明白!"晋金存闻声扭过头笑道:"好,好,那就有劳你了!"

尚安业、尚达志,我今天倒要看看你们是怎样热爱绸缎的!云纬坐在轿里,一边听着轿外仆人们的脚步声,一边咬了牙在心里叫。她今天大清早所以自告奋勇来办这个差事,就是想看看尚家父子在交绸缎时的那副心疼样子!当初,为了绸缎为了尚吉利大机房,你们竟然把我扔开!你们的心真狠!轿子在云纬的无声诅咒中快速移动着,不久,便到了尚吉利机房前。轿子落地时,云纬隔着轿帘对那两个叫小五、小东的仆人说道:"我不下去了,你们只管按老爷的吩咐去借就是!"

咔、咔、咔……熟悉的织机声从尚家院里飘过来,钻进云纬的耳里,扯出了她塞在心房一角的旧日的生活:漆成暗红色的织机、白色的络丝筒、黑亮的梭子、双脚的踩动、织机的叫声、达志站在织机旁对她织技的夸赞……"现成的绸缎我们确实没有了,我们正准备给晋老爷送去一个中锭的寿礼!"尚达志熟悉的声音跟着那瞬间的回忆入了云纬的耳朵,云纬用手把轿帘拨开一道细逢,冷眼看定机房门外的那个场面:尚家父子正小心翼翼向小五、小东两个晋府仆人说话,哀声要求着把这桩意外的逼借免了。"我们只是跑腿的,你们要是不借,我们就去回复老爷,晋老爷的脾气你们又不是不知道,你们不借他也不会强逼的!"那叫小五的仆人话中有话地说罢,转身就要走,这时尚安业上前抓住了他的胳膊赔了笑说:"别急,别急,咱们再商量,机房里日子确实艰难,我们是不是只拿出五匹?"

"你甭给我们讲价钱!要不借就干脆拉倒!"那小五说着又要走,尚安业这当儿才又咬了牙叫:"好,我给!"随之转身朝儿子喊:"达志,去,把给开封成衣坊留的那十匹绸缎抱来!"尚达志听罢往门槛上一坐,狠了声说:"我抱不动!"直到尚安业自己进门抱了五匹出来,尚达志才也起身,慢腾腾地进屋抱出了五匹。父子两人在把那十匹绸缎交到小五、小东手上之后,又都痛惜不已地伸手摸了一下。

狗东西,守财奴!你们心疼了?疼吧!该你们疼疼了!难道就该你们活得舒服?云纬放下轿帘,往座背上一靠,长长地出了一口气……

16

　　一九〇二年的春天,是以一场大风做前锋来到南阳地界的。那风从二月初二刮到二月初五,整整刮了三天。三天之中,大风像一个恶魔,把天地搅得昏暗一片,把骇人的呼啸一刻不停地往人们的耳朵里塞,直把人弄得头昏脑涨;三天中,大风又像一个讨债的债主,从这家抓走几件晾晒在院里的衣服,从那家搬走半个草垛,卧龙岗上一邱姓人家的九只鹅,眼睁睁看着被风扯入天空;三天中,大风又像一个极顽皮的孩子,钻到这家茅厕里把尿罐砸碎,跑到那家后院把树皮剥掉。

　　这场风自然也没忘记尚吉利大机房,除了帮助尚家把桑园里的一株老桑树拧断之外,还把一间库房的房顶揭了半边。

　　"娘那蛋,老天爷也来捣乱!"半夜风停之后,达志出门去查看损失,在后院望着那被揭开的半个库房房顶,骂。他心里至今还在为晋府讹走那十匹绸缎生气。

　　"嘴里干净点,骂老天爷是要折罪的!"跟在达志身后的尚安业,沉声制止着儿子。

　　达志不再吭声,只是默默地察看着,偶尔弯腰扶正被刮倒的家具什物。风的骤然停止,使这夜静得有些出奇,父子两人的脚步声显得很大。

　　"去买机动织机的事还得推推,盘缠和雇车费还差得远。"达志扭头说,"这三天灰土太多,怕妨碍绸缎的成色,又停了机。"

"那就再等等吧。"尚安业叹了口气。

"娘的,要不是晋家硬讹走那个中锭和那十匹绸缎,如今就可以启程了!"达志的怒气又翻了上来。

"要学会忍!"尚安业慢声提醒。

咔、咔、咔……前院突然传来织机响。"谁这会儿又干?"达志有些意外。

"不是你娘就是顺儿。"尚安业说着,加快步子往织房走。达志跟在后边。织房门推开,烛光下可见,是顺儿坐在织机前,正全神贯注地织着。

"顺儿,这么晚了,明儿再织吧。"尚安业咳了一声,说。

顺儿闻声抬起脸,见是公爹,慌忙起身,垂了眼答:"不瞌睡,多织一尺是一尺。"见公爹点了点头,便又坐下蹬起织机来,咔、咔、咔,梭子在她的两只小手上轻快地飞着。她没注意到丈夫就站在公爹身后。

"这顺儿不错!"尚安业走出织房时,回头对跟在身后的儿子感叹。

达志没有应声。

"嗯?"尚安业注意地看了一眼儿子。

"嗯。"达志含混地应道。

"咱们家该有个孩子了,"尚安业没回头,边往上房走边说,"一家子都是大人太冷清。"

达志抬脸望天,天边开始磨蹭出一颗星星,很小。

"早有孩子早教他丝织学问,好早掌事!"尚安业又说。

达志扭脸看屋脊,黑魆魆的屋脊上有一个长长的东西在动,是猫?

已经到了上房门口,尚安业扭头看了一眼默不作声的儿子,进了门。达志也转身走入了自己的睡屋。

达志进屋点亮灯,从床头摸过爹为他编写的《整经》,刚翻了一

· 103 ·

页,娘推门进来了。"娘还没睡?"达志起身问。

"你爹催我来给你说桩事,"娘扫了一眼床上顺儿已经抻好的两个被筒和孤零零摆在床那头的顺儿的枕头,"年底生的孩子都有福气!"

"啥年底生的孩子?"达志一时没有听懂。

"还不明白呀?"娘没好气地瞪他一眼,"你要是这个月让顺儿怀上了,她不是赶到年底就生了?"

"好了好了!"达志气恼地把书扔到床上,脸阴沉了下来。他平日虽不敢在父亲面前发火,在娘面前却是敢的。

"你甭给我使厉害,"娘的声音含了酸悲,"你以为我不懂你的心?可事情已经是这样了,云纬也已经是别家的人了,还能怎么样?咱尚家总得有后呀!要不,这机房日后谁掌柜?"

"行了,行了!"达志捶了一拳床帮,娘叹了一口气,走了。达志不再看书,只把身子扔在床上,瞪了眼望着房梁。

咔、咔、咔……前院织房里顺儿织绸的声音一下一下传过来。达志就那样一动不动地仰躺在床上。不知过了多久,达志粗粗地出了一口气,那口气仿佛憋的时辰太久,呼了好长好长。随后,就见他三几下脱了自己的衣服,钻进靠床帮自己平日睡的被筒。

又过了不知多久,前院的织机终于停了,顺儿那特有的一轻一重的脚步声慢慢向睡屋响来。达志的眼一直在闭着,但当顺儿脱了鞋袜和外衣,刚要去床那头钻进自己的被筒时,他睁开眼慢腾腾说道:"爹娘要我俩生个孩子!"这话来得太突然,顺儿一时被惊住,就那么呆呆地抱了膀子蹲在床头,半晌之后,才反应过来,才垂下眼低低地说:"那,生吧。"

"生吧。"达志说了这两个字后,就伸手把蹲在床那头的顺儿扯了过来,顺儿缩成一团,当达志去扯她的胸衣和内裤时,她的两只手因为害羞先还慌慌地去捂了两下,但随即似乎怕惹恼了达志,又急忙缩回,把眼睛紧紧闭了。

灯没有吹熄,赤裸的顺儿现在整个地在达志怀里,但达志没有显出半点激动,他的两眼只是死死地盯住顺儿那枯萎了的左脚和干瘦的小腿,顺儿显然感觉到了他的目光,左脚小心地寻找住被角,慢慢伸了进去。达志的目光这时又盯住了顺儿的双乳,天呀,瘦小得多么可怜的一对东西!多像两个遭了虫蛀不会长大的梨!达志抬起一只手,轻轻地捏了捏那两颗小极了的奶头,似乎要检查检查它们有没有奶孩子的能力,随后他又几近无声地出了一口长气,把顺儿塞进自己的身下,扭头噗的一声,吹熄了灯……

17

听到女儿在自己住的小屋里哇哇大哭,草绒慌忙从洗衣盆里抽出被冷水浸泡得通红的双手,一边撩起衣襟去擦手上的水,一边就往小屋里跑。离着屋门老远,她就心疼地叫开了:"乖乖,妈来了,乖乖,甭哭!"脚还未到门槛,上衣的钮扣就已解开,两个暄白的奶子已露了出来。她三脚两步奔到床边,把女儿抱起,直到女儿的小嘴嚙住奶头,住了哭声,她才舒了一口气,抬手把额上刚才慌出的汗擦去。女儿虽然早到了断奶的时候,可她一直没舍得给孩子断。没有别的好东西给她吃,就让她多吃些日子奶吧。

"哟,饿了吗?我的小乖乖,慢点,小心噎住!"草绒脸上含着笑同女儿说话。这话音刚落,她便感觉出有目光扎到了自己身上,她急忙抬脸,果然,云纬就站在门槛外边。

"夫人,有事?"草绒抱着孩子起身问。

"瞧瞧你洗的衣裳!"随着这低沉的话音,一团衣服从云纬手中飞来,直砸到草绒肩上。

"是没洗净吗?"草绒依旧笑着问,一只手抱着女儿,一只手抖开衣裳,认出那是头晌她为云纬洗的一条内裤,上边还有一点点几乎看不出的血迹,她知道云纬这又是在故意找茬,便玩笑着说:"哟,只是一点点,根本不碍事的,我有时来了红,又没有内裤换,还不是照样穿?反正是自己身上的,怕啥?"

"你还敢犟嘴?!"云纬的眉竖了起来。

可怜大大咧咧爽爽快快惯了的草绒,还没完全习惯自己目前的身份,以为玩笑能够改变眼下的气氛,便又带了笑说:"夫人,要我说,你也该不让红的来了,该要个孩子,这也能拴住老爷的心!"

"放肆!"云纬气歪了脸,扭身朝不远处的一个丫鬟叫:"小寒,过来,替我给她掌嘴!"那丫鬟闻声跑过来,先看了一眼云纬的怒容,尔后走到草绒面前,迟迟疑疑地抬起手掌,打了草绒两个嘴巴。

草绒被打呆在那里,她没想到云纬还真有这个狠劲。一滴泪开始在眼里晃,不是因为疼,而是因了屈辱。

"立时去给我洗净!"云纬说罢,扭身走了。草绒抹了一下眼中的泪,将女儿放回床上,拿了那条内裤,重回到井台上。你个挨刀的,栗温保,你做下坏事,叫俺替你受罪!草绒边搓洗边在心中愤愤地骂。

搓洗完盆里泡的所有衣物帐帷,天已经黑了,府中已点起了灯笼。草绒把洗净拧干的衣物在井台附近的晾衣绳上晾好,拎起盆子和搓板正要往回走,脚前突然啪地一声落下了一颗小石子,她先没在意,走了几步,脚前又啪地落下一颗,她疑惑地扭过头去,发现有一个男人趴在院墙上正向她招手,她吃了一惊,正要张嘴问,那边已飘过来一句抑得很低的声音:"草绒,是我!"这声音是太耳熟了,不需要经过任何辨析,她就立刻知道是谁来了。她扔下手中的东西,三脚并两步地向院墙奔去。"噢,是你!温保,是你!"她早忘了刚才对丈夫的恼恨,使劲地抓住隔院墙伸过来的那两只手摇。"轻点,轻点,待我翻过去。"栗温保说着,身子一耸,轻巧地翻过了院墙。院墙的这一段有几棵大树遮挡并摆满了花盆,使他们的身子得以隐蔽。温保双脚刚一落地,草绒就扑过去,一头扎进丈夫怀里,双手死死抱着他的腰,嘴里呜咽着说,"哦,我可见到你了,见到你了!你还知道来看我们?……"

"小声点,小声点。"栗温保轻轻拍着妻子的背,待草绒的激动稍稍平静下来,才又问:"我们的女儿好吗?"

"好,她已经能满地跑了,也能叫爹、叫娘了。"

"你呐?他们欺负你吗?"

"没,待我挺好。"草绒不想让丈夫替自己担心,忙抬起脸答。直到这时她才注意到,丈夫身上背着一把砍刀和一支短把火枪。"你跑到了哪里?现在在干啥?"

"在伏牛山里。我参加了雷麻子的队伍,我们杀富济贫,常同官军打仗。尿毛,早晚有一天,老子要来把这晋金存抓住杀了!告诉你,我如今也已是一队兵马的头了!"

"你可要小心!"草绒抱住丈夫的脖子,"整天舞刀弄枪的,可别有个闪失!要我说,你找个偏静山窝开两亩地,平平安安过日子多好!"

"晋金存和盛云纬不会让我平安的!尿毛,我要用刀枪让这个世道变变,我要让你们娘俩过上好日子——"

"老爷,回来了!?"远处响起云纬的声音。草绒一惊,忙推开丈夫说:"你快走,别让他们看见。"温保返身刚要翻墙,草绒又不舍地抓住他,把自己的双唇朝他的脸上压去。温保也急忙把嘴唇凑上,不过即刻,温保就疼得吸了一口长气,他感到自己的嘴唇被草绒紧紧噙住,当他终于抽身向院墙外跳时,他觉出了唇上有一股血的腥味,与此同时,他又听到背后草绒那含泪的声音:"记住,俺们娘俩天天在想你!……"

云纬把茶碗在晋金存面前的桌上放下,刚要去桌子的另一侧落座,不防晋金存一把抓了她的手笑道:"宝贝儿,猜猜我今儿在干啥?"

云纬强抑了心中的厌恶,含笑猜:"是到知府衙门会商公事?"

晋金存笑着摇了摇头:"再猜!"

"是到街市上私访?"

晋金存依旧摇着头。

"那我就猜不着了。"云纬实在没有同他逗下去的心绪,"告诉我吧,老爷今日又做了什么大事?"

"杀人!"

"哦?"云纬的眉毛一跳。

"杀了两个,"晋金存把云纬揽坐在腿上,"一个是义和团的漏网头目,那小子经杀,刀手砍了三刀头才掉;另一个是谋反大清的畜生。这小子软蛋,刀还没落,人可就咽气了!"

云纬感到一阵恶心。

"干这种事总让人快活不起来,怎么样,咱们来玩一阵游戏,乐和乐和?"晋金存荡笑着看定云纬。

一丝恼怒猛地从云纬眼中闪过,她知道晋金存所说的游戏是什么——要她脱了上衣躺在床上,让他把酒杯放在她的胸口上喝酒,让他用筷子把她的乳头当花生豆挟着玩乐。这个老不死的,真不知他出于什么心理一再要她同他来玩这个游戏。"我今天累了。"云纬的声音里露出了不快。

"是么?"晋金存的双瞳聚出了两道绿光,"既是你不愿玩,我只好去找那个珏儿姑娘了。"说着,就慢腾腾地起身,要去穿外衣了。

云纬的心被这话一下子揪紧:珏儿,是晋金存前不久刚买来的一个丫鬟,貌相一般,但极有一股媚劲,云纬知道晋金存偶尔要同珏儿住一夜,但决不能让他长同她在一起,不然,倘让他迷上了她,自己就要像前两房夫人一样在这晋府变成一个可有可无的人了!想到这里,草绒后响说的那句话倏然在耳畔响起:你应该要个孩子,好拴住老爷的心! 要是养个儿子,也许是维护这种生活的办法,可要为这个老东西生孩子,你甘心? 云纬觉出身子打了个寒战。但还有什么别的法子?

这段日子,云纬常常在心里问自己:难道就这样一直跟晋金存过下去? 不! 这是最先响在胸中的回答。她也的确为这个回答做了准备,有一天,她甚至已弄到了一包砒霜藏在了抽屉里。她预备

109

哪天晚上趁晋金存不注意时放进他的茶碗中,预备自己报了仇就跑。可临到动手时她又无了勇气,万一他发现了咋办?就是把他毒死了,自己能跑出晋家大院吗?一个杀人犯能往哪里跑?就是自己能跑开,今后指望啥来过日子?谁来照应娘?尚达志和栗温保那儿的恨还怎么雪?……

她最后只好面对那个回答把头摇摇。

剩下的便只有一个选择了:跟他过。

就这样过下去吧,反正饭有得吃,衣有得穿,房有得住,轿子有得坐,仆人有得使,就过下去吧,别的先不想。

要过下去就得给他生孩子,不然,会真的拴不住他的心。

"我走了。"晋金存这时已穿上了外衣。

"真要走?"云纬强压下心中的恼怒,抛过去一个媚笑,她知道自己这一笑的力量。果然,晋金存被云纬这个摄人心魄的笑弄酥了骨头,他也实在不愿离开这个艳丽无比的新夫人。"你不是累吗?"他笑问。

"我累是累,不过我没说不陪老爷玩呐!"云纬缓缓地抬手去解自己的上衣纽扣,"要是心疼我累,你少喝一杯不就是了么?"

"自然,自然。"晋金存扔下外衣,迫不及待地扑过来,帮云纬解开上衣。

云纬极快地闭上眼睛,好挡住眼中涌出的恨。当她平躺在床上,感到冰凉的酒杯在双乳间放好、觉出竹质的筷子触向自己的乳头时,她在心中骂:晋金存,早晚有一天,你要为这一切付出代价的,会!老天爷,你看见了的,为了让我少受这样的罪,让我快怀上孩子吧,怀上吧……

18

秋天因为来得太急,把夏季的闷热接了过去,所以虽是立秋了,可一进尚吉利机房的织房,不消片刻工夫,衣裤仍能浸出水来。热尽管热,织房里的织机倒一台也没停下,仍咔咔咔地织着绸缎。

达志巡回检查着每台织机的工作情况,不时在一台织机前停下听听,听出了什么异常响动,就让那位操机的织女停下修理。天热,织机又不停忙活,毛病是少不了的。

其实,要是往常,像这种闷热的正午,是可以停机让织女们歇歇的,只是因为已决定近日就去汉口买机动织机,达志想赶点活,多带点银两,出门方便。

买一台机动织机的钱本是早凑够了,按说四月份就可以去汉口买的,因为当时由南阳去汉口必经的襄樊地界,有几股土匪频繁活动,不断有过往行人被杀被劫的传闻;加上当时义和团余部起义反清,不断与官军冲突,双方开战的消息四处乱传,搞得人心惶惶,尚安业担心路上出事,就没让达志动身。六月,局势稍稳,达志想启程,可尚安业因为此时又攒了一些银两,心想,跑那么远的路,要买干脆就买两台!于是主意又变,说等攒够了买两台的钱再启程。事情就这样一下子拖到了这个时候。

如今,买两台织机和来回路上所需的银两已基本凑齐,达志已雇好马车和护车的人,定好十九日走。这出门的日期也是尚安业定的,十九是吉日之一,出门逢上三、六、九,什么别问只管走!

织房里这两天加班,是在为达志的启程进一步准备。出门办事,多带点银钱心里安稳。

达志默望着织女们双脚在织机踏板上的踏动,这批织机都经过达志的改造,踏动起来比旧织机轻快多了,但即使这样,织女们的劳动强度仍然不小。达志能看出织女们的疲惫,毕竟,她们是手脚并用,机上,手随眼到;机下,脚踏不停。你们不会辛苦多久的,待我把新式机动织机买回来,你们就可以省力了!将来,我还要彻底淘汰这些人工织机,让你们织起绸缎来都很轻松!

"大伙歇歇吧。"达志见屋内的空气实在闷人,几个织女的衣裳都已湿透贴在身上,于心不忍地说道。几个织女听了这话,都相继停了织机,嘻哈着拿着方巾去院子里擦洗凉快,独有顺儿那台织机仍在咔咔响着。怀了身孕的顺儿腆着肚子,坐在织机上全神织一匹白色锦缎,似乎没听到达志的那一声喊。顺儿嫁过来不久,就到织房里干活,独自包用一台织机,白天黑夜地织,家里这些织机中,数她的这台织机出的活儿多。"歇歇吧。"达志走到顺儿的织机旁,又说了一声。顺儿这才停下织机,扭过头来朝他淡然一笑,轻了声说:"你不是快要上路了,把这匹织出来你好带上,出门要用银子的地方多,多带一匹就能多换一点银两。"达志没再说话,只是默看了一眼她那凸得很高的腹部,这女人倒真是一个勤快女人,爹娘见她身子重,曾一再劝她不要再上织机,可她总是悄无声息地进织房忙活。顺儿又蹬响了织机,达志的目光移到她的脚上,顺儿的左脚因为有毛病,尽管她在左边的踏板上绑了一块大砖头,但仍能明显看出,她左脚踏起来要分外吃力,她额上的汗也因而出得格外多,往往扔几下梭子,她都要飞快地抬手用衣袖去抹一下脸上的汗粒。

唉,这女人倒是一个好织工。达志在心里叹道。他的目光又移到她的脸上,她那原本就窄小就无光彩的脸,如今因为怀孕有了蝴蝶斑而显得愈加不耐看。因为肚子的凸出,她那原就小的身个变得更矮了。这样直直盯看着,顺儿的身子就渐渐显得模糊,另一个窈窕俊俏的身影就在那模糊中显出来了:光洁的额头,红润的颊,珠贝一样的牙,玉一样的颈,饱满的胸,柔韧的腰,纤长的腿……云纬——!他无声地在心里叫了一句,摇摇头,把那幻影赶走。尔后转身,慢慢地向门口移步。你现在还在想她?想她有什么用?有什么用?她如今已是官太太,早把你忘了,忘了……

达志的心绪重新平静下来时,发现自己站在院中竖着的那块石头前,他望着石头上的那个卌形图案,忽然想起前些天襄阳那位来买绸缎的商人说的一番话。那商人颇有点学问,那日在这石头前盯看了一番上边镌刻的图案后说,他曾从一本古书上看到,西汉年间,宛襄一带的城乡曾兴着一种规矩,对凡立有功业的人家,地方官要在其住宅前立石以示褒奖,石上不刻文字,只刻一个符号以示其与普通石头不同。那商人认为这刻有卌形图案的石头很可能就是那种古老褒奖规矩的遗存物。如果那商人说得有道理,这卌形图案就只是一个表示褒奖的符号。用这个符号来表示褒奖,是说受褒奖者把事情做得十全十美了吧?这个符号不是由许多"十"字构成的吗?要真是这样,我应该让这块石头永远立下去,我们尚家在丝织领域还要建立更大的功业!我就要买机动丝织机了,我们尚吉利机房的绸缎出货就要更多更好了!……

19

云纬呕吐完刚才喝下去的几口八宝稀饭,直起身后的第一个动作,是把盛稀饭的那个细瓷蓝边大碗啪一声扔到草绒的脚旁,恨恨骂道:"谁让你给我端这种我见了就恶心的饭?你是不是存心要让我吐死?"

稀饭溅了草绒两脚,幸好饭已不是很热,草绒只是吸了一口冷气;碗摔得粉碎,一块碗片飞起,在草绒的脚脖上划出一道血痕。草绒没有生气,她只是笑着朗声说道:"太太,你呕吐不是因为饭惹你恶心,是因为你怀了孩子,怀孩子的女人都是这样,我当初——"

"你还敢犟嘴?"云纬猛伸手在草绒的腿上拧了一下。草绒不再说话,只是扭身去拿扫帚清扫地上的碗片和饭迹。

云纬咬了牙坐在椅上生气。她当然知道自己呕吐不是因为饭,她明白自己拧草绒是冤枉她。可云纬没办法控制自己不发脾气。她一看见晋金存心里就恨就烦,可又不得不受苦遭罪地为他怀孩子,这算过的什么鬼日子?怀孩子不愿;但不生孩子,自己在晋府的地位就保不住,就无法去对栗温保、对尚家父子雪恨,甚至也无法去对晋金存雪恨。这种两难境地怎不令她心烦?也就是因为这,她才更加频繁地朝草绒发火,不停地折磨草绒。

外边响起了晋金存的脚步声,云纬努力换上一副笑脸,看着他走进来。"今天感觉咋样,宝贝儿?"晋金存进屋便快步走到云纬身边,手抚着她隆起的肚子问。自从那天一个接生婆来查看时说很可能是一个男孩之后,晋金存对怀孕的云纬异乎寻常地关心起来,每次外出回来,总是先到云纬的房里看看问问。五十岁已过的晋金存迫切地想要一个儿子来继承家业。

"还好,就是吐得厉害。"云纬像往常一样,忍着心里的厌恶去坐到他的腿上。

"坚持着吃一点东西,女人怀孩子和我们办公事一样,也不容易。"晋金存捏捏云纬的脸蛋,笑道。

"我是又吐又疼,你办公事有啥不易?"云纬只得和他扯下去。

"嗨,你不懂,这不,我近日就接受了一桩难办的差事,我正愁着哩!"

"啥事?"云纬问得漫不经心。

"知道八国联军前年入北京的事吧?人家逼着朝廷签了条约,赔人家四亿五千万两银子,要求三十九年还清,年息四厘,本息共九亿八千二百万两。前不久,各省摊派赔款银,咱们河南一年摊九十万两。省里又分下来,咱南阳府一年要摊分十五万两。为缴这银,原定把房地契税,由价银一两征税三分,增为七分;食盐加价四文。不料后晌知府大人把我叫去,说眼下四县八乡的民众正为房地契税增加和食盐加价怨声载道,似有借此酿起暴动之态,要我将房地契税只加征至五分;食盐只加价二文。这样,款额就要差去许多,为这事,我正犯愁呐!"

"这些银子收起来都要交给外国人?"云纬有些惊异。

"那当然!这可是不敢耽误的事,倘是筹不齐,朝廷和外国人都要发火。"晋金存眨眨眼睛,呷了一口茶,又放长了声音说:"不过你倒是放心,我姓晋的最后不会被这点事难住,我已经琢磨了,实在不行,我也来个摊派,往各县摊派一部分,再往各个厂坊、商号摊派一部分,像兴祥皮毛行、尚吉利大机房、振通蛋品坊——"

"尚吉利大机房?"云纬听到这个名字后睫毛一动。

"对,尚吉利。"晋金存点着头,"像这些地方都不会没银钱,只

· 115 ·

要逼一下,我想他们会掏的!"

　　云纬没再应声,她的思绪不知何故倏然间回到了那个空等尚达志私奔未成的夜晚,那天晚上的星光是那样刺眼……

20

尚安业边向汉酿酒楼走边在琢磨官府让来酒楼议事的内容。请柬是头晌收到的,上边除了知府衙门的一个大印和晋金存的签名之外,只有两行字:恭请尚吉利大机房尚先生安业于午后到汉酿酒楼议事。让我一个开机房织绸缎的人来议啥子事?关于共同防火?关于街道清扫?关于防盗?……

一阵喧嚷的人声使得尚安业抬起脸来,酒楼已经到了。只见几个从工经商的老板掌柜正彼此寒暄着向酒楼里进,看来今日请来议事的人不少。但愿所议之事不关赋税,如今我尚家可是正处艰难时候,达志一两天内就要去汉口买机动丝织机,几乎把家中的银钱带得不剩一两了。

"尚老先生,请上二楼!"酒楼的一个伙计在门口拱手相让。尚安业点点头,挺起腰向装饰得富丽堂皇的酒楼里边走。这汉酿酒楼是南阳城名气最大的酒楼,它的名气大主要不是因为它的楼房盖得漂亮,而在于它经卖的四种酒都是汉代传下来的名酿:九酝、甘醴、十旬和醪。九酝是一种特制的酒,酿制工艺十分复杂,此酒用米做成,三日一酿,每酿一次增一次米,满九斛米而止。甘醴是一种用甜麹发酵的甜酒,酒液黏稠得可扯丝,上口十分醇厚。十旬是经过过滤的清酒,看上去淡如清水,喝下去味道极美,号称喝一碗可延寿十旬。醪,则是一种带糟的酒,表面有一层浮沫,如同浮萍一般。这四种酒在张衡的《南都赋》里都有记载,且被评价为:

"甘不伤其口,醉不病其身。"汉酿酒楼就靠经营这四种酒发达了起来。

"尚先生,你老要哪一种?自左至右,酝、醴、甸、醪,请你自便!"尚安业上得楼来,刚与同行们寒暄罢坐下,一个店伙计便用精致的托盘端来了四碗酒送到了他的面前。

一股浓浓的酒香立时沁入鼻孔,尚安业的鼻翼不由自主地翕动了一下,一股唾液顷刻从舌根那儿生起,但很快地,他就摇了摇头,不能喝!这一碗酒怕要几钱银子,汉酿酒楼的酒价一向是很高的。

"咋,先生不要?"那伙计有些诧异,平日还很少有人见了这酒摇头不要的。

"快喝吧,尚老板,这酒不喝白不喝,今日晋金存晋老爷吩咐,每人赏酒一碗,酒钱由他出!"近处有人向他笑叫。

"呃,哦。"尚安业听罢这话顿时生了后悔:刚才不该拒绝的,既是有人出钱,为何不尝尝这汉代佳酿?不过,眼下如果再伸手端酒,就显出自己全是心疼银钱了,罢,罢,就丢了这个机会,日后待我的尚吉利买了机动丝织机,兴旺发达之后,再来这酒楼痛饮一回!

他再一次朝那送酒的伙计摆了摆手,可待那伙计刚一转身,他就馋馋地咽了一口口水。

聚会的主持者晋金存大人还未到,到会的人们正在三三两两地交谈着,尚安业一边散漫地听着人们的说笑,一边又在心上猜测:晋金存这么客气地出钱请众人喝酒,究竟是为了要商议什么?……

"诸位先生好!"一个亮亮的声音如同惊堂木一样,使得众人的说笑戛然而止。晋金存已在主席桌前站定,众人一齐起立施礼。

"今日请诸位来,是因为有桩紧要事要同你们商议,"晋金存示意众人坐下,"想你们都知道,辛丑年我大清国与美、英、俄等十一国签有赔款条约,因款额过巨,朝廷只好让各省各府分摊下来,我们南阳府每年分摊款银十多万两。尔等都知道,近几年南阳地界连遭灾荒,府衙财力日拙,上缴如此多的银两实是困难,然这事关国家安危,又不能不办。因此,想请诸位为朝廷为国家计,出面分担困难,各家摊缴一部分款银!"

尚安业的双眼一下子瞪大,连嘴巴也因为吃惊张了开来。人群中也同时发出了"哦"的一声。

"此乃爱国之举,我想诸位定会同意,我这里根据尔等从工经商的年头、规模,给各家大概定了一个数额,如果谁愿多缴,还可以提出来再改。下边,我念一下:兴祥皮毛行,六百五十两;尚吉利大机房,六百二十两;振通蛋品坊,五百八十两……"

尚安业没有听下去,他的双耳实际上也已在骤然间失去了听的能力,他只觉得头已嗡一下涨得如斗大,双眼发花,六百二十两!天呵!我即是不买机动织机,倾全部所有也没有六百两呵!

他颤颤着两腿站起来,抖动着双唇想叫一句:"我缴不起呵!"但嘴张开了,却无声音响起,极度的震惊和恐慌,已使他的喉咙暂时失了音……

把预备带到汉口卖的绸缎和一些路上用的东西收拾停当,天光已经差不多全从屋里退走,到了上灯时分。但达志没有点灯,而是摸黑进到里屋,把那截装有银子的圆木用手最后摸摸查查——把一截圆木掏空来装银子,这主意是爹出的,携带这么多银子走这么远的路,不小心可不行。在确信没有破绽之后,达志才舒一口气,向外屋走去。

一切都已准备妥当。马车是租街西头姚家的,姚家是世代的"拉脚户",人可靠,又常来往于汉口南阳之间,路也熟;又找了两个在路上帮忙的小伙,两个人都是没出五服的宗亲,而且两人都会一点拳脚,其中一个还会耍刀,路上万一遇见小股歹人,也可以应付;

真要不巧碰上大股土匪,尽可以让他们把车上的绸缎拿走,只把那截圆木留下就成。那截圆木外表满身疙瘩十分难看,让人一见就认为这是预备路上劈了当柴烧的,根本不会想到就在它的肚里装有大宗银子。行路的计划也定好了,早上早起赶路,日不落就找地方住下。

不会有闪失的!达志边想边走到院子里。明天或后天上路,十几天时间就能拉了机动织机回来,那时,机动织机一安,产量会成倍提高,质量也会比现在强;到那阵,腾出家里这些手工织机,可以试织更多的新花色新品种;如此双管齐下,要不了多久,就可以挣到再扩大生产的本钱;说不定一年后,便又可以添几台机动织机;几年后,尚吉利大机房就会再度兴旺起来,织出的绸缎会再获"霸王"美誉,使国人洋人对尚家绸缎再度刮目相看争相抢购!

达志仰看星儿正逐渐密集起来的夜空,脸上渐渐现出一抹舒心的笑容。

"达志,你爹后响去汉酿酒楼,说是官府叫从工经商的人家去商议公事,咋会到这刻还不回来?"娘这时从厨房里出来,边撩了围裙擦手边问。

"是不是官府里要请他们喝酒吃饭?"达志顺口说道。

"你去看看吧,你爹年岁大了,腿脚不方便,这天又黑。"娘的语气里含着担心。

"好的。"达志点点头,往外走,经过织房门口时,听见里边还有织机响,探头一看,还是顺儿。"歇了吧,我上路的东西已经准备好,不必再加班织了。"达志说一句,就出了门。

汉酿酒楼离知府衙门不远,平日是个热闹去处,衙门里平时有些宴请之事,也都是在这酒楼上办的。达志估计,官府若是请从工经商的各家作坊店铺主人喝酒,当是在楼上雅座里,于是进了酒楼大门,就径上了楼上雅座,可楼上并不见爹和一个熟人的影子。一个伙计告诉他,官府并未在此请客,只是后响在这里开了个摊款会。

"啥摊款会?"达志不解,但心里却本能的一咯噔。

"你还不晓呀?"那伙计压低了声音说,"当初咱们大清国和人家外国打仗,败了,人家让咱们赔款,几亿两银子呐,这不,这笔银子分摊下来了,从工经商的人家,每家都摊了不少,嗨,我们酒楼也摊了四百两,刚才掌柜的老婆还在哭哩!"

达志打了个寒战,忙问:"你见没见尚吉利大机房的尚掌柜?"

"嗳,见了,后晌他在这儿,后来他八成是和几个作坊掌柜一起去晋府了,这摊派款额的事,就是晋金存老爷管的,后晌他在这里宣说了各家数额坐轿走时,有几个掌柜叫着分摊的太多,跟在他的轿后去求他——"

达志对这话还未听完,扭身便跑。他凭直觉知道,去晋府的掌柜里一定有爹。

果然,离着晋府大门还有几百步远,在昏黄的门灯光里,他便在大门前跪着的那一排人中认出了爹的背影。

爹跪在那排人的正中间,双膝着地。达志没有立刻走过去,因为晋金存那刻正站在那儿威严地说话:"……诸位都不必再说请求减免的话,这不是我晋某能办得了的,洋人索赔的款不敢耽误,这也是我们为大清国分忧的机会。最后我要说明一句,三天之内,诸位中有哪一位胆敢抗着不如数上交,可别怪我晋某不客气,到时候我可要拍卖你的房子和你家里的东西,我可能还要抓人!我相信你们是会掂量出这事的轻重的!好了,不罗嗦了,诸位请回吧,我也要歇息了!"说罢,晋金存扭身便进了大门。大门跟着在几个衙役的推动下轰隆关上了。

跪着的那些人相继绝望站起,默默四散。

达志急步向爹走去,爹没动,他仍跪在那里,目光死盯住晋府那两扇关起来的大门。

"爹,咱们回吧!"达志弯腰去搀爹,他不敢去问摊派的款数。

尚安业没有应声也没动。

"爹，走吧。"达志搀住了爹的胳膊。

尚安业身子僵了似的仍然没动。直到达志硬要搀他起来时，他才扭脸看了一眼达志，才突然大叫了一声："六百二十两哇！苍天呀——"音还没落，忽见他喀的一声，把一口血喷到了地上。达志一惊，边急叫了声爹，边用手去轻拍老人的后背。这当儿，老人已是满嘴血沫，头软软地垂下去了。

"爹！爹——！"达志一边慌慌地喊着，一边横抱起老人的身子，冲开围过来的人群，没命地向附近的一家药铺跑去⋯⋯

正躺在躺椅里让仆人干洗身子的晋金存，听下人说书院督导卓远来求见，这才想起两天前卓远送来的那封信也还没读，便急忙令一随从把信拿来，站一旁念：

尊敬的晋大人雅鉴：

闻为筹辛丑赔款，已决定摊派各厂坊、商号出资，此乃官衙公事，吾一介书生，本不该滥发议论，然事关南阳工商发展，余愿不揣冒昧进言如下：赔款要筹，摊派之法亦非不可行，惟在数量上以不伤厂坊、商号筋骨为好，否则，厂坊、商号将无力再生。富国惟赖工商，工商凋敝，富国之想便成空梦，国不富，无以强，日后便更会赔款频频——

"行了！"晋金存面露愠色地止住随从念信。信上的话令他生气。娘的，怎么办公事我姓晋的比你懂，用得着你来教训？你一个书生，好好在书院教你的书行了，国家大事何须你来多嘴多舌？

"老爷，让他进来面见你么？"下人问。

"罢了！"晋金存厌烦地摆了下手，正给他干洗的仆人不防这一摆，碰住了他的胳膊，疼得他咧了咧嘴。"给他说我去知府衙门办公事不在府里，让他回吧！这种人你要放他进来，他又会给你讲一篇大道理,娘的,天下不应该要这么多读书人,这类人多了麻烦,做什么事他都要和你讲个道理!依我看,这种书院也应该少办!"

"那我这就去打发他走。"

"等等!"晋金存又喊住下人,郑重叮嘱道:"对他说话要客气,要面带笑容,甚至可以邀他到客厅喝杯茶再打发他走,轻易不要惹他,小心他手中有笔!这种人不惹则罢,要惹就狠惹,就要把他们手中的笔完全夺下,那他就没有威胁了!"

一直在晋府门前踱步等候召见的卓远,听说晋金存不在家,顿时十分失望。这几天,他眼见城里不少厂坊、商号因摊派赔款量过大,已做倒闭准备,好多人家哭声不断,心中便也十分焦急。这其间自然也有同情那些人家的成分,譬如看到邻居尚安业的那种痛苦之状,但更重要的,他是在为南阳工商业的发展前途着急,如此多的厂坊、商号倒闭,会使工商业的发展一蹶不振。国富国强靠工商,这是卓远认定的道理,他怎能不急?前两天,他曾给晋金存写了一封长信,详细陈述了他对摊派赔款一事的看法和建议,企望能对晋金存的决定起点影响,然两天过去,未见一点回音,眼见晋金存给各厂坊、商号限定的交款的日期已经逼近,他便决定当面来向晋金存陈述自己的看法,说服他改变主意。未料他又恰好不在。

他谢绝了下人要他进客厅喝茶的邀请,默默转身往回走,没走多远,又停了步。今天一定争取见见晋金存,离交款的时间已经不多,万一他明天还有事怎么办?干脆就在这里等等,待他从知府衙门回来时,再上前求见。他这样想着,便转身走进路旁的一家茶馆,要了一杯清茶,坐那里慢慢啜饮,茶馆前的街路是晋府人出入的必经之道,只要晋金存官轿回府,自己就随后跟去求见。

街对面屋墙上的阳光在逐渐向高处倒退,附近已有人家的主妇在吆鸡入宿,茶碗中的茶水也已变得很淡,然仍不见回府的晋家官轿从门前过,卓远便有些心焦,他记起妻后响让他去药铺为她买药的事也还没办,就越加急,可他又不愿失去这个面谏的机会,只好耐下心来等。

就在他这样望眼欲穿瞪着门前的街路时,忽听晋府门前一阵人声喧嚷。这茶馆离晋府大门不过百步之遥,他扭头隔窗望去,见一顶官轿和几个衙役已出了大门向这边走来。他先以为是晋金存的哪位夫人坐轿上街,及至那轿从门前过时,他才隔了轿窗看见,竟然是晋金存坐在里边。他一怔一惊,霍地站起身子,那一霎间他明白自己受了骗,晋金存原本就没有出门,他不过是不愿见你罢了。"老大,这么晚出门是——?"茶馆的一个伙计向走在轿后的一个衙役含笑低声问。"看戏,天祥戏楼,河南梆子,《西厢记》。"那衙役边走边答。

姓晋的!卓远的牙咬了起来。他分明觉得有一股凉水直注胸腔,把原本滚烫的心脏浸泡住,体温在迅速降低。

卓远,你高估了你自己,你以为你会说服、影响他们,实际上你在他们眼里狗屁不值!

他攥拳捶了一下自己的腿⋯⋯

达志默坐在床前,手攥住父亲那只细瘦苍白青筋显露的左腕,不时去试一下脉搏,双眼直盯住父亲那干枯得没一点血色的脸。五天来,老人除了喝几口水外,再没吃别的东西,而血,却在不停地咯。请来的郎中尽管用心调治,却终也没有见效。达志心里明白,老人要走的时辰已经很近了。

院子里很静,没有了织机的响声,没有了织女们的说话声,没有了搬弄绸缎生丝的脚步声,没有了算盘珠的拨动声,只有后院桑园里的老桑树的枝叶,在午后的风里鸣鸣响着。尚吉利大机房的一切织造经营活动,都从前天后响停止了。

去汉口买机动织机的事自然不说了,就这,还凑不够摊派的那笔银子。前天后响,缴银的最后期限到时,晋府里来了几个人站在门外催着,达志不敢再惊动爹,一个人含了泪把原先装在那截木桩里的银子全掏出来,捧出去说:"还差一些,容我几天后借齐送上。"几个当差的立时走进店堂叫:"晋老爷预先有交待,银子不够拿实物抵!"说着,径把没卖出的绸缎和库房里的一些生丝抱走,最后还拉走了两台织机。达志估摸他们拿走的实物价值百两以外,以他当时的那个恨劲,他真想拎刀上去同他们拼了,可那样有啥用?再说父亲的病还等他请医照料,他只能按过去父亲的交待:忍了。

如此一来,买原料、开工钱、购杂品都无了银钱,机房便只好停业关闭了。

一缕西斜的阳光悄悄蛏进木窗,去摸了摸尚安业那全白了的左鬓,尚安业仿佛被触醒,轻轻嗯了一声,渐渐地睁开了眼睛。

"爹,想不想吃点东西?"达志急忙俯了身问。

老人摇了下头,眸子中散乱的光慢慢聚拢到了达志脸上,以几乎听不清的声音问:"停了?"

达志移开眼睛,点了点头。

"这么说……我是不能去见你爷爷了……停了,尚家延续多少年的祖业不但在我手上没有发达……反而停了……"

"爹,这不怨你!"达志哽咽着。

"孩子……告诉我……你如今手上还有多少银子?"

"十四两。"达志说,"这是我藏下为你治病的。"

"从今日起……再不许为我花半两银子……我死后……不必买棺材……可用席卷……也不许买鞭炮请喇叭……只买几张火纸烧了,免得我在阴间讨饭就行……这些话……你要牢牢记住!"

"可是,爹——"

"倘有一条不按我的话办……我就在阴间把你当逆子看!……"尚安业眼瞪着儿子,微弱的目光中又露出了旧日的威严。

"好吧,爹。"达志无奈地点头。

"从今日起……你们要俭省度日……把这点钱用到买丝

上……只要有丝……就有绸缎……一点一点积下去……直到机房有个发展……再织出'霸王绸'来……光宗耀祖……让世人都知道咱尚家……"

"爹,你放心,达志此生在发展祖业上倘稍有偷懒,当不得善终!"

"还要记住……忍!……"

"忍?"

"忍……当忍则忍……凡事退一步……天阔地大……还有,苦!……"

"苦?"

"要预备……吃苦……凡事皆浸苦中……做事……就是咽苦……苦咽尽……事方成……"

"爹放心!"

"还有……衡……"

"衡?"

"平衡……世之大理……凡事皆讲……平衡……待人接物……收入开支……要常衡量……是否……平衡……"

尚安业是天黑时分咽气的。

达志妈和达志那阵摇晃着尚安业那逐渐变凉的身子放声大哭,身子很重的顺儿跪在床前,捂脸低泣。

站在床尾的卓远夫妻,望着尚安业那依然大睁着的双眼,也凄然把头垂了……

21

云纬在医圣祠内张仲景的墓前烧了一卷火纸之后,又很是费力地跪下笨重的身子,磕了三个头,这才缓缓起身,向正殿东侧,紧依寨垣的春台亭上走。

这医圣祠坐落在南阳城东关的温凉河畔,是为纪念东汉末年的医家张仲景而修的。张仲景,名机,南阳郡人。曾拜师于同郡名医张伯祖,尽得其传。汉灵帝时,举孝廉,官至长沙太守。其所著《伤寒杂病论》,集医家之大成,为立方之鼻祖,被后世医者奉为经典,推崇他为"医圣"。祠大约建于东晋咸和五年,顺治、康熙、乾隆、嘉庆年间,屡有修葺。祠坐北朝南,以仲景墓为中心,前有供奉伏羲、神农、黄帝塑像的三皇殿,后有中殿、正殿和两庑。整个建筑,既无崇楼高阁之雄,亦无雕梁画栋之丽。

云纬今日来游医圣祠,是早饭后心中烦时临时决定的。已怀孕八月的她,被妊娠反应折腾得苦不堪言,昨晚后半夜,不知何故总不停地呕,最后的吐物简直就是胆汁,浊黄且极苦,恨得她当时真想就朝自己那隆得高高的腹上捶几拳,立即把肚里那个折腾自己的东西捶下来。早饭后,她先在房里勉力绣了一阵花,不久心里就开始无缘无故地烦躁,烦得她扔了花绷踢了花盆摔了茶碗。当时侍候在侧的草绒见状就笑着说:"你这反应是比我当初怀俺们小闺女时重得多,我听人说,遇到这种事时可求求医圣就好了。""是么?"云纬第一次听草绒说话而没有拿眼瞪她。"那你就去告诉管家,让他给我备轿!"然而轿备好时,晋金存知道了,慌忙出来劝阻:"这么重的身子外出,万一出了事怎办?"云纬当时只说了一声"出事更好!"便上了轿……

旷野里刚犁出的田地中,不时有被犁铧片磨挤的光滑土块,反射着秋阳的黄光,如一片片金箔在闪。春台亭是医圣祠里最高的建筑物,站在这亭上,可俯视墙外温凉河里半床低吟浅唱的河水,可远眺无边田野里的万种秋景。云纬站在亭子中间,目光由近而远,散散漫漫地走着。这地方倒是一块宝地,张仲景能做长沙太守,能写出《伤寒杂病论》,能在医界有巨大造就,恐怕与他故里的这块宝地也有关系。云纬这样默然想着,暂时地忘了自己的烦躁和烦恼。

一阵凄切的女人的哭声忽然就在这时钻入耳中,把云纬短暂的好心境破坏了,她扭头循声去寻那哭声的出处,耳朵也已辨出那哭声是由一老一少两音组成。她的眼睛很快便看清了,哭声来自离医圣祠前门几百步的一块红薯地头,那里有两个带了白孝布的女人,两个女人的前头,走着一个男子,那男子双手捧抱着一个席筒,席筒上缠着三道白布,三道白布在秋阳下显得很是刺目。

那席筒里想必是卷着一具尸体了!这情状使云纬立刻做出判断。是谁家穷到如此地步,竟然连一口薄薄的棺材也买不起?

"草绒,知道那是谁家在出丧?死的是不是一个小孩?"云纬没有转身,轻声问。

"不晓得,俺去打听打听。"草绒这样说着,不待云纬应允,已噔噔地奔下亭子,向祠门外跑去。片刻后便又奔了回来,还没上亭,就叫开了:"死的是尚吉利大机房的老掌柜尚安业!"

"哦?"云纬双眸一跳:他死了?这些天她为妊娠反应所苦,足不出门,根本不知道尚家发生的巨大变故。

"刚才听那边的人说,尚安业临死前给儿子做了决绝交待,他死后不许为他买棺材、放鞭炮,不准请响器班子,为的是省点银钱好买丝织绸缎。他们家前不久刚给朝廷交了几百两摊派银子,机房倒闭了!"草绒语不歇气地报说着。

云纬的乌眸一荡,像要飞出眼眶。

"这安老头呀,去阴间了还迷着阳间的事,还在想着织绸织缎,就是织出来还有你的份呀?要我说——"

草绒说到这儿突然停了,她发现云纬的双眉倏地蹙紧,光洁的额头上现出了深深的纹络,她这才恍然记起云纬当初和尚家曾有过的关系,她不知自己是不是说错了什么。

云纬没有注意到草绒的话声停了,她甚至原本就没在听,她的目光正紧抓在那个抱席筒的男子背上,尽力把他拉近。现在她辨出了,那腰身、那脖颈、那步态原本都是她极为熟悉的。她直盯着那个背影的移动,直到他走到已挖好的墓坑前,直到他走进墓坑,虔敬地弯腰去安放怀中的席筒。

尚安业,你就这样走了?没有棺材、没有响器、没有鞭炮,你不觉得后悔?你什么也不带走,不觉得太亏?躺在那个土坑里,只裹着一领席,你会不会很冷?能不能受得住?倘若下了雨,坑里进了水,那席能隔住?

云纬抱起双臂,打了个寒噤。

"太太,我们回吧。"草绒轻声催。

云纬没理,只把身子斜靠在亭柱上,双眼盯着远处那个正在变高的土堆……

秋阳无声无息地隐入头顶的一团云里,该是正午时分了。祠堂临近的村子中,已有人在喊孩子们吃饭。草绒注意到,尚安业已经被安葬完毕,在一股看不见火苗的火纸烟缕里,跪在坟头的尚家的两个女人和尚安业的儿子已经起身,儿子、儿媳搀着娘,正慢慢向远处走,正午的微风还能隐约送过来他们的啜泣。一小队送葬的人也已经四散开。"咱们回吧,太太。"她又催了一声云纬。

云纬没应声,却也缓缓移步向亭下走。到了祠堂门口,草绒正要上前扶她上轿,不想她推开草绒的手,折向田野,径往尚安业的那座新坟走。草绒双眸一定,急忙跟了上去。

因为身子太重,也因为走得太急,云纬在坟前站了许久才让喘息平下去,随后她弯下身去抓了一把土,松开手指让土粒向坟上落去……

第二部

1

  值夜的还没有敲响五更的梆子,晨曦还未洇进窗纸,尚达志就拍醒了睡在身边的九岁的儿子尚立世:"穿衣吧,小世!"说着,自己先穿起衣来。尚未完全脱离睡乡的小立世在被窝里含混地哼了两声,刚要俯身再睡,达志却已呼地掀开了整个被子,把光赤着身子的小世儿晾在了床上。早晨的寒冷倏地扑来抓挠小立世那柔嫩的肌肤,赶走了他的最后一点睡意,他这才一骨碌坐起身,急忙去抓衣服。

  "小心凉着。"睡在另一张床上的立世娘顺儿,这时扯下女儿捏着她奶头的小手,穿着内衣趿着鞋跑过来,急忙帮儿子去穿裤子。

  "我在桑园等你!"尚达志朝儿子丢下一句,便拉开门走了出去。

  早春的晨风还带有挺利的爪子,拂过脸时还让人觉出有些疼痛,小立世挟好书本走出门没有几步,便急忙抬手去抚了一下脸颊,哈出一口气,但他没有停步,他知道爹的脾气,他必须立刻赶到桑园晨读。他那细瘦的双腿在晨光里快速地摆动,跑到后院古桑树下时,他已经喘成了一团,小小的胸脯急剧地起伏着。

  "立世,昨日早上我给你说过,要织出'霸王绸'须得做到四戒,还记得四戒是啥吗?"待立世的喘息稍一平下,达志立刻就开了口问。

  "记得,四戒是戒酒、戒赌、戒淫、戒鸦片!"小立世站直了瘦小

133

的身躯,脆声答。这孩子大约是因为顺儿身体瘦小先天给他的营养不足的缘故,发育得慢,显得十分清瘦。

"为啥要戒酒?"

"酒能醉人,让人忘了正事;酒能废人,使人智力消退!"小立世看来已记到了心里,答得滚瓜溜熟。

"为啥戒赌?"

"天下之败家者,多迷于赌。赌可以使人精神恍惚,琴书都罢,田园尽弃,卖儿鬻女!"

"为啥戒淫?"

"生为男人,当做经天纬地事业,若沉淫欲之中,轻则损精费神,未老而衰;重则元阳丧失,业废嗣绝!"

"为啥戒鸦片?"

"食鸦片者,肩耸项缩,颜色枯羸,家资耗尽,死期亦至!"

"嗯。"尚达志满意地点了下头,"好了,读你的书吧!"

前院传来织机的响声,小立世知道那是娘和雇来的两个女工已经上机。咔咔咔,他就在这有节奏的响声里全神阅读。尚达志便也在这响声里默想着自己复兴尚吉利大机房的计划。

九年了,凭着顺儿和自己的一双手,倒闭了的机房总算又活了过来。如今,每天可以有三台织机干活,其中,一台是由顺儿包着,另两台是由雇来的两名女工操作。规模虽然不大,离父亲和爷爷的设想差得太远,但就这样一个局面,达志是凭了怎样的努力才实现的呵!当初尚安业死后,达志手里有的就是那十几两银子,可那怎够重新开业?达志是靠自己外出给人修织机、靠顺儿织卖土布逐渐积攒了点钱,尔后又把放在几家机户里的织机卖了,这才又开始买点丝织绸。先上来本钱太小,不敢雇人,就顺儿一人织,待积了点钱后,才又相继雇了两个女工,把规模扩大到今天的样子。

必须买机动织机!达志的拳头在面前的老桑树上砸了一下。如今因为产量太少,尚吉利机房的产品根本引不起外地丝绸商人重视,基本上没有什么竞争力,而要提高产量,仍靠木质土造人工织机,需雇的人多,成本也高。可要买机动织机,钱在哪里？积这么几年,达志手上也只有百多两现银。

唉,银子呀!

"爹,第六章我读完了。"

小立世的声音把达志从苦思苦想中拽出,他看了一眼儿子扬起的书本,点点头说:"好,现在开始背那三段话吧!"

"自唐武德八年始,吾南阳尚家从丝绸织造,迄今已千二百八十五年,绩煌煌。"小立世流利地背道,"北宋开宝二年,吾尚家所出之八丝绸,质极好,被中外绸商誉为'霸王绸',所产之大部,贡皇室;亦有一部售西域……"

2

  云纬坐在窗前的椅上,双眼懒散地看着窗外的那棵槐树。白色的槐花罩满树冠,一群麻雀在那花团上跳跃,花朵像雪片一样纷纷飘落;浓浓的香气挤开窗棂,在屋子里弥漫;春阳和暖;九岁的儿子承银正在外间按塾师的要求背着:"……明月几时有?把酒问青天。不知天上宫阙,今夕是何年……"

  四周是一种催人欲睡的恬静和安适。

  但云纬脸上却无半点惬意和安恬,依旧双眉微锁,欲定的双眸在偶然一抡中,还能露出一丝无可名状的恨。

  她恨这种毫无意思的生活。如今,因为有了儿子承银,她在这晋府的地位是完全巩固了;而且因为她在儿子满月之后身子变得更加丰腴白嫩,添了少妇的成熟风韵,晋金存对她的迷恋也更深了。她在晋府成了比大夫人、二夫人说话还算数的女主人。但她对这里的生活却一点也爱不起来。云纬像大多数女人一样,心里蓄满了爱,生活中需要寻找对象来倾注这些爱,倾注这些爱的过程会使她感到满足、幸福和乐趣,可在晋府里,她却寻找不到这种倾注对象。对晋金存,她看见就感到厌恶、恶心,尤其是当他在她身上寻乐时,这种厌恶会变成一种想要掐死他的恨;对儿子承银,她原本是想爱的,但一看见他那副和晋金存几乎一样的眉眼,她心里就觉得别扭,就会不由自主地停止爱的举动;对草绒母女,她更爱不起来,一想到自己目前的生活最初是由草绒的丈夫引起的,她都恨不得再去折磨这母女一顿;对晋府的其他人等,她一直视如路人,更说不到爱。她爱自己的母亲,可她老人家已于两年前病逝了。无法倾注爱,这爱便在心里堆积、发酵、变质而也成为恨。

"……转朱阁,低绮户,照无眠。不应有恨,何事长向别时圆?……"儿子仍在外间背着,这声音霎时使云纬有些心烦,于是她转脸朝外间喝道:"好了,到别的屋里背去!"外间静了一霎,随后便响起儿子怯怯的渐渐远去的脚步声。

云纬阖上眼。她很想此刻就进入梦中,因为在梦里,她还常常能回到那段令她心荡神驰的爱的日子里。在那些梦里,年轻英俊的尚达志总站在她的织机旁,伸手在她织的绸缎上指指点点评价着,他的手会不时碰到她的腕,她的头会不时触着他的颈,那每一碰触,都能在她心里引起多少喜悦的颤动呵!

可是没有梦。

四周只有让她感到百无聊赖的静。

这种静静的微波不兴的日子,已经有许许多多在云纬的身边溜走了。望着那些远去的成群的日子,云纬有时会感到一阵心疼,会痛切地意识到,自己在浪费生命。间或地,她会在心里向自己叫:不能就这样打发一生!可真要去细想改变这生活的步骤时,她又没了勇气。离开晋金存吗?他能答应?儿子咋办?指望啥谋生?……罢,罢,已经这样过了这么多年,就这样再过下去吧。

可我心里觉着苦呵!上天当初造女人时,为啥要让她们有脑子长颗心呢?要是让她们像猪狗那样,只知吃、住、睡,根本不知道去爱男人去挑选男人多好!那样女人们就会省去多少苦,这世上也就会少了多少事哇!

老天爷,你既是让我来到了这世界上,既然让我长了一颗心,那就让我的心也高兴高兴吧!把达志给我,这世上的男人我就要他一个,他是我此生第一个爱上也是惟一爱上的男人,哪怕只让我跟他在一块生活几年,让我看看自己爱的男人当了丈夫后究竟是一个啥样子也行。我爱看他那个模样,我爱听他说话的声音,爱闻他身上的那股汗味……

世上心里不快活的女人并不就你一个,别的女人能将就着活,你也将就着活吧。你何不这样去想:你当初根本就不认识尚达志,你娘把你许配的原本就是晋金存,他是你命定要遇见的男人。再说,人是什么?人不就是一个在世上一晃而过的东西?是一个只有几十年活头的活物么?你为何要活得那样认真呢?为啥不可以稀里糊涂地活过去作罢?不是也有女人想要你今天这位置而不能吗?你有吃、有穿、有住、有儿子,你就知足了吧……

她把双眼睁开又闭上,让身子懒散地斜倚在椅上。又一阵浓浓的槐花香气涌进室内,她深深地吸了一口,让它们向胸膛的深处漫去。

什么也别想了吧……

大门那里响起了官轿落地的响动,晋金存回府了。云纬听见自己门外响起了他的脚步声,但她双眼依旧没睁。

"我的宝贝,在闭目养神呐?"晋金存照例走上来捏了捏云纬的脸蛋,"咱们的承银呢?"

"病了!"云纬沉了声说。

"病了?什么病?在哪里?"晋金存惊得一连声地叫,同时急惶惶地扣了要脱的官服往外就走。云纬冷冷一笑。自从云纬看出晋金存视承银为掌上明珠之后,她便时常拿承银来折磨晋金存。承银小时候,每当云纬看见晋金存高兴时,她就要狠狠拧一把承银屁股上的肉,使他哇哇地哭叫开来,那样,晋金存势必急忙心疼地跑过来抱哄儿子,从而坏了心绪。正因为如此,直到今天,儿子承银见了云纬还有些害怕。当然,云纬每次这样做了以后,也心疼儿子,也责怪自己,可她还是忍不住时常这样做。

"承银好好地在背书,你怎么说病了?"晋金存这时又走进来,一边脱着官服一边含笑嗔怪。

"没病就好。"云纬抬了抬眼皮。

"我有一桩好消息要告诉你!"晋金存走到云纬身边,俯下身亲了一下云纬的脸,云纬眸子厌恶地一抡:"啥事?"

"还记得那个栗温保吗?"晋金存在一旁的椅上坐了,拿过自己的镶金水烟袋,笑问。

"记得又咋着,你又没本领抓住他!"云纬撇了撇嘴。

"不久就可以抓住他了!"晋金存的声音里带了一股使人身上发冷的杀气。

"真的?"

"这小子如今是个人物了!在伏牛山里称起了王,手下有几百个土匪,竟敢公开声言要与大清朝廷作对。今年以来,全国各地都有些不轨举动,先是哈尔滨有一个叫熊成基的,企图运动军界反叛朝廷;其次是广州有一个叫倪映典的,策动新军暴动;再是长沙发生抢米风潮,匪人焚毁了抚台衙门;还有山东一个地方匪人七百众冲入县署迫要积谷。这个栗温保看到如此势态,竟也蠢蠢欲动了。有探子报说,栗温保已准备于近日带人趁夜色来偷袭南阳城,知府大人把捉捕这伙匪寇的大任交与了我,并说如果成功,他要报奏朝廷知道,到那时,我也许会再换一身官服!"三年前,晋金存被升为南阳府同知,官晋正五品,这虽然也是一件喜事,但离他要当知府的愿望还有不小的差距,所以他并不让自己沉浸在满足里,而是要迫切地去为朝廷再立功劳。

"你能捉住栗温保?"云纬故意笑出一个不屑。

"你不信?"晋金存的眼皮一动,眸子中放出一股寒气。

"你不是已经捉了他十年?"

"那是因为我实在有些不忍心捉他,我听说不是他,你还不想嫁给我。"

"你?!"云纬霍地立起。

"哈哈,跟你开个玩笑罢了。你等着吧,要不了几天,我就会把栗温保押到你的面前,听凭你出气!"晋金存噙住水烟袋,长长地吸了一口,呼噜噜的烟袋响声立时塞满了房间……

3

  头西尾东蜿蜒八百里的伏牛山,把其腹部放在了内乡县境。在这伏牛的腹部,有许多山凹和山坳。出内乡城往北,沿一条羊肠小道,绕过许多或站或躺状如牛犊的山头,穿过一片片没顶的荒草,可见一个不大的山凹,这山凹一侧的一块巨石上,刻着斗大的三个字:葛条凹。

  这便是栗温保的民军的栖息地。

  将近十年来,栗温保仗着他当初打兔子时练就的好枪法,仗着那股不怕死的劲头,仗着那股慓悍豪爽善交朋友的脾性,硬是当上了这支自号民军的总头目。

  民军,目前已有五百多人。

  其中,大多是在四乡里活不下去的穷汉,也有的原本就是土匪。

  山凹中间立着的那个伏牛庙,如今是民军的指挥部,庙前的葛条树上,绑着一面用黄绸子做的大旗,上面绣着六个大字:有衣、有粮、有房。

  这便是栗温保为民军规定的奋斗目标,也是所有参加这支队伍的人的愿望。

  伏牛庙前如今横了一块木匾,上书:"三有堂。"栗温保常站在"三有堂"前给他的部下讲:我们的对头是官府、是朝廷,只有打垮了他们,才能使天下穷人有衣、有粮、有房。

  自然,官府也没忘了这股声势挺大的反叛力量,南阳知府曾几次派兵想来剿灭,但每次都空手而回。葛条凹周围全是山头,不远处便是著名的宝天曼原始森林,一有官兵来剿的消息,栗温保的人马立刻四散山林,官兵哪里去找?

你不找我我还要找你!

栗温保觉出自己的力量已经可以和南阳官府一决雌雄了,他迫切渴望胜利,渴望占领南阳城,渴望向世人显示自己的力量,渴望与妻子、女儿团聚。

将近十年来,一想到被晋金存掳至府中当仆人使唤的妻子草绒和女儿,他的心就滴血般疼痛。这中间,他曾几次设法想把她们母女救出,但每次都被晋府的侍卫发觉而未能成功,有两次还被砍死了几个弟兄。

草绒,枝子,你们的苦总算熬到头了,我明儿夜里就去救你们:我要让你们母女从此在南阳城里享荣华富贵,把你们过去受的苦都补偿过来!

攻城的决定是前天做出的。前日,混进南阳城里的两个探子回来报说:城中的清兵为镇压叶县反洋教的民众,大部分已调出北上,城中兵力十分空虚。

这是一个时机!栗温保当下决定,今日白天全军歇息,傍晚分头扮做山民出发,明日天黑在南阳城外卧龙岗西的凹处会齐,夜静时行动!

此刻,落日已坠在西山顶上的栎树枝头,出发的时辰就要到了,温保正站在"三有堂"前对各队头目做最后一次交待。这当儿,三天前领人外出去紫荆关劫富的肖四,带着一帮骑马的弟兄回到了营地。一见马背上驮着的猪、羊、衣物、粮食,便知这次劫富行动顺利,栗温保结束了对头目们的交待,让他们即刻领人出发,自己转身高兴地招呼肖四:"回来了,四弟辛苦!"

"接住大哥!"肖四滚身下马,笑着把一个叮当作响的钱袋扔到了温保怀里。

"这样多?"温保喜道,"差不多够全军吃半个月!"他用手拎了拎袋中的银子,尔后递给了身旁的一个护卫。

"还有让大哥高兴的哩!"肖四说着,朝一个牵马的部下招了招手,那人便把一匹驮着两个荆条大筐的雪青马牵到了温保面前。那两个筐子上都罩了布单,温保以为是抢到了富户的什么好东西,不料当肖四把罩在筐子上的布单一揭,顿时一惊:两个筐子里各坐一个手脚被绑的姑娘。

"这……这是干啥?要人干啥?"栗温保惊叫道。

"大哥先看看她们再说!"肖四让人解下大筐,松了两个姑娘手上腿上的绳子,让她们站到了地上。

尽管两个姑娘受了惊吓,途中没吃没喝,鬓发散乱,衣服不整,但温保仍能一眼看出,这是两个长得极有韵味姿色的姑娘,两个人都是高挑身个,鸭蛋形脸盘,凸胸、丰臀、大眼,显然是姊妹俩。

"驮她们来干啥?"温保的脸阴沉了起来。

"嘿嘿,"肖四凑到温保耳边,"给你带的,嫂子一直不在身边,你不想?也是凑巧,她们在路边剜菜,刚好叫俺们碰上!你先挑一个,剩下的那个归我,我敢保证,她们都是黄花闺女,你看她们那个害羞样儿,叫人看了心里就——"

"放屁!"温保突然扭头朝肖四吼道。

满以为做了桩好事的肖四僵在那里,半晌,才讷讷着说:"大哥,你是怕嫂子日后怪你?那有啥了?将来见面,嫂子做大夫人,这边的做二夫人不就行了?"

"混蛋!"温保又涨红着脸叫了一句,"我们是民军,怎能欺负百姓的女儿?欺负她们你良心上过得去?谁没有姐姐、妹子?"

肖四被吼呆在那里。

"快,让她们吃点饭、喝点水,立刻把她们送回去,在哪里抢的还送到哪里!"温保朝几个手下人下令。

几个人带着两个姑娘向灶屋走去,温保扭头看一眼满脸尴尬和委屈的肖四,放缓了声音说:"你也快去吃点饭吧,吃完了跟我一块儿行动,我们明儿夜里要打南阳城,打下了南阳城,你我就可以同妻儿团聚。想想娃子他妈吧,她一人带了孩子在家苦苦等你,你怎能做对不起她的事？"

"大哥——"肖四话音中有了愧意。

"好了,快去吃饭吧!"温保在肖四肩上拍了一下,"吃饱了咱们去打南阳,穷人们在盼着咱们呐……"

4

在后院卷好染印了的绸缎,达志回到前院时,快到了掌灯时分。织房里的织机已经停了,顺儿和两个织女已去厨房洗手准备吃饭,他走进房,点亮灯逐个检查着织机,看有没有要修的毛病。最后一台织机检查完,他没有起身,而是从衣袋里掏出那个刻有云纬头像的梭子——这梭子多年来一直保存在他的衣袋里。梭子刚托在他的手上,那织机分明就轻快地响了起来:咔、咔、咔。伴着机响,织机的座位上便出现了云纬那纤秀端庄的身影,梭子在她的手上灵巧地飞动着,间或地,她回眸向他娇媚一笑;在这同时,他的耳畔又响起了云纬那甜柔的嗓音:你验看一下,我织得还行吗?……

他保存这梭子的目的,就是想保存对往日那份幸福的回忆,每当他看见这梭子,同时就会看到云纬的面影,就会听到她的声音,心里就会得到一丝快慰。

"爹,奶奶和娘叫你去吃饭!"六岁的女儿小绫在门口喊。他急忙眨了下眼,把刚才因为回忆而涌至眼角的微笑收起,这才扭脸应了一声:"知道了。"

"爹,这梭子是一个姓盛的姑姑用过的,对吗?"小绫这当儿已跑到爹的身边,指了他手中的梭子仰了小脸问。

达志一怔:"你咋会知道?"

"娘给我说的,"小绫飞快地动着两片巧嘴唇,"娘那回给你洗衣服,这梭子从你的衣袋里掉了出来,娘拿起这梭子看了许久许久,娘告诉我说,这是一个姓盛的姑姑用过的。"

达志吃惊地看了一眼女儿,他没想到顺儿也知道这个梭子的来历,他一直以为这梭子上的人像刻得十分模糊,顺儿什么也不明白。

"娘说,那个姑姑不仅长得好,绸缎也织得好,娘要我长大了也好好练织技,像她一样。"

"呃,孩子!"达志的心一缩,抓住了女儿的手。

"爹,那个姑姑现在在哪儿?"小绫仍然瞪大了眼睛问。

"出门了。"达志拉着女儿向厨房走,他不愿让女儿再问下去。

"出门是不是找了婆家?"小绫依旧追问着,"娘说,女的大了都要找婆家,要出门离开爹娘,对么?那姑姑的婆家在哪?"

达志真不知该怎样回答,要不是恰好这时大门外有人敲门,达志真要在女儿面前张口结舌了。听到敲门声,他松开女儿的手说:"小绫,你先去灶屋,爹看看是谁来了。"

达志以为是邻居敲门,没问是谁就拉开大门门闩,拉开后大吃一惊,门前黑乎乎站着不少人,两个拿刀的立时上前逼了他的胸口说:"不要出声,快回你的后院该干啥干啥,我们是官军,来此有公干!"达志噤声后退几步,这当儿,那一群人便蹑足敛声地进了院,其中有几个还扛着梯子,一进院便把梯子靠在临街店堂的后墙上,噔噔噔地爬上了后房坡。达志清楚地听到房瓦的碎裂声,心疼地叫了一句:"我的瓦——"话未说完,又有刀逼到喉前,一个低音同时命令:"快回后屋去,不准出声!"

达志不敢再犟,只得走回灶屋,对正准备吃饭的家人和那两个织女悄声交待了不要说话,便吹熄了灯,不安而恐惧地向外看。

黯淡的星光下,达志看见,自家邻街店堂的后房坡上站了不少人,卓远和另外几家邻居的临街房脊后坡上也有很多人,这些人都一律无声,只是小心地隔着房脊向街面上看。

看样子,他们不是强盗而是官军,可官军上房脊是要干啥?

达志依稀辨出自己的店堂后房坡上,还站有一个女人和一个小孩,于是越发惊奇:这究竟是要做啥呢?
　　达志和全家人都屏息向外看,四周一片静寂,只有轻微的屋瓦碎裂声间或传来,达志一边在心疼那些屋瓦,一边在心里祷告:神仙保佑,但愿别再发生什么祸事……

5

　　草绒那几天奇怪地注意到,晋金存一反往常那种对她视而不见的态度,阴鸷的目光总在她身上晃;而且白天黑夜,只要她一在大院子里走动做事,她身后就总有一个衙役也假装要办什么事似的跟着。她先是以为自己做错了啥事,引起了主人的气恼,看看不像;又担心主人怀疑自己偷了东西,在跟踪查找,后揣摸揣摸也不像。她正这么疑惑着,有天黄昏将尽,一个男仆突然来通知她,让她带了女儿去老爷的客厅一趟。她忐忑不安地拉着女儿枝子去了,她原以为见了晋金存会遭一顿训斥和辱骂,她已做好了辩驳的准备。没想到一进门,晋金存倒和颜悦色地迎上来给她娘俩让座,并说:"你们来府中这么些年了,我关照不够,请多多包涵!"弄得草绒也一时有些愣住。她们娘俩落座不久,晋金存又温语说道:"今日晚上,我们要去办件事,这件事需要你来帮帮忙,希望你能答应。"草绒闻言,便急忙说:"老爷要俺们下人办事,只管说就是。"晋金存便又含了笑讲:"也不是什么大事,不过是帮我们喊几句话罢了,至于喊什么话,他们待一阵会告诉你,你现在跟他们走就行。"说着,指了一下站在门后的几个带刀的衙役。

　　草绒见晋金存的态度很平和,又听说只是去帮助喊几句话,虽然心上还有些怀疑和不安:为啥偏叫我去帮喊几句话？但终还是爽快地拉着女儿跟那几个衙役走了。出得晋府大门,天已经黑定,草绒这时才发现,府门外边站着一队带刀枪的清兵,那队清兵见她们母子和那几个衙役出来,都悄无声息地尾随在他们身后,她吃了一惊:这些兵要干啥?但她不敢再问,只能随了那带路的几个衙役沿街向前走。走着走着,她发现街两边都站有兵,那些兵都正无声息地进入街两边的人家。出了啥子大事?她拉紧女儿的手,预感到今晚要有大事发生。

她和女儿被领到一处临街的大门前站定,在衙役们敲门的当儿,她凭着自己认得的不多几个字,辨出了这门框旁边挂着的木牌上写着:"尚吉利大机房。"来这儿干啥?她越发有些不明白。门开后,她看见人们把梯子靠在房子后墙上开始爬上房顶,她更加吃惊;当几个衙役推她和女儿向梯子上爬时,她真正有些害怕了,她不过刚问了两个字:"这是——"便被衙役低声而严厉地喝止:"不许说话!"衙役们先捂了枝子的嘴把她抱上房坡,后推着她爬上梯子,她爬上房坡时汗已顺脸而下,她知道那不是累的,而是因为慌和吓。她拉紧女儿的手刚在房坡上站稳,身旁的一个衙役便压低声音说:"待一会儿我们叫你喊什么话你就喊什么话,如果喊错一句,小心你和你女儿的性命!"说着,霍地抽出腰里的刀,那刀锋在黑暗中一闪,如萤火虫样一掠而过,骇得草绒差点软倒,枝子被吓得刚抽了一下鼻子,后边的一个人便急忙伸手捂紧了她的口鼻。

草绒最初的那阵惊恐过去后,开始利用自己的判断力来判断眼前究竟要发生什么事,她注意到站在房子后坡的兵丁们,都手握着刀枪隔着房脊直盯着下边的街道,于是断定:他们是在等什么人来到!黑夜里,谁会来这街上呢?大官?不会!大官不会叫咱来喊啥子话!普通百姓?值得这么多人如此来迎?她正这么猜想,黑暗中只听旁边一个人低叫了一声:糟糕!跟着就有另一个低音问:咋了?先前的那个人便弱了声说:驴道口那儿忘了派兵守住,北城根的那个豁口派的人也太少,万一他们往这两个地方跑了咋办?另一人接口:可不,那赶紧调人吧!先前的那个声音便又说:时辰快到了,这阵子再派兵走动,怕惊动他们,也罢,未必他们就真能想到那两个小口子！记住，知府大人要那个人的头，不管他降与不降，只要抓住，立刻就杀，谁提了他的头谁得头功！草绒听着这话，明白自己刚才的猜测没错，他们果真是在等人，而且是想捉杀要等的人！她的头皮禁不住一阵发麻。那么是等谁捉谁杀谁呢？草绒正待要再猜想下去，忽听邻家的房顶上传来一声猫叫，这边的人便都弯下腰睁大眼直往下边的街道那头看，草绒也瞪眼看去。凭着星光，草绒忽然看见街道那头的城墙上，有几十个黑色人影在晃动，那些黑影像壁虎一样悄无声息地从城墙上攀下来到了街道上，黑影们在街上小停后，便飞快地沿街向这边走来。

　　等的大概就是这些人们，草绒刚这样猜着，猛听呼的一声枪响，这响声把原先笼在四周的寂静一下子碰得粉碎，几乎在这枪响的同时，街道两边的房顶上突然亮起了许多灯笼火把，原先埋伏在各处屋顶上的兵丁们都把枪刀亮了出来。草绒这才看明白，整个这条街已经被团团围住。街上的那群黑影们这时全暴露在了灯光下，原来他们也都带着刀枪，而且人人胳膊上缠了一块白布。这群人一定也是被这突然的变故惊呆了，因为有一霎之间他们竟然谁都没动。这当儿，一个得意而阴沉的声音已从对面的一个屋脊上响起——草绒一听头两个字便辨出了是晋金存的声音："诸位从伏牛山上下来的英雄，我们在此恭候你们多时了！我知道你们的头儿叫栗温保；也知道你们今晚的目的是袭击官府，抢劫粮库和钱庄；更知道你们正筹划占领本城，企图永叛大清朝廷。现在我要告诉你们，大清朝廷江山永固，你们面前的道路只有两条：一条，立刻投降，归顺朝廷；另一条，死，就死在这条街上！我还要特别警告栗温保，我们虽然还没认出你，但我知道你来了，你如果不命令你手下的人立刻投降，我便即刻杀了你的妻子、女儿，现在我让你看看她们母女！"

　　晋金存的话音刚落，草绒和女儿身旁突然亮起了四盏大灯笼，两把雪亮的砍刀几乎同时放到了她俩的脖子上，枝子几乎立刻便被吓哭了,哭声尖利地打破了晋金存住口后留下的静寂。

草绒双眼直盯住站在街边阴影里的那个熟悉的人,几乎在晋金存叫响丈夫名字的同一刻,草绒的目光也在街上那被惊呆了的人群里认出了丈夫。呵,温保,是你!是你!只是到这一刻,她才完全明白了晋金存何以今晚要她们母女来这里。温保,你瘦多了!草绒的目光在抚摸丈夫的身躯,一晃十年过去了,十年间,草绒只在那个傍黑和丈夫见了一面,此后,因为晋府把守严密,因为晋金存和盛云纬很少准她出府,她再也没见到日思夜想的丈夫。有一次肖四摸进城给她捎了一封栗温保的信,还险些被晋府的人抓住。

"听着!"一个冷峭的低音在草绒耳畔响起,"立刻面朝街道大声这样喊:'温保,为了我和女儿,叫人放下刀枪吧!'快!"

草绒觉出脖子上那冰凉的刀锋动了动,她的嘴张了张,但没有出音,那一霎,她记起了她刚才无意中听到的那句话:知府大人要那个人的头,不管他降与不降,只要抓住,立刻就杀,谁提了他的头谁得头功!草绒现在知道,那个人肯定就是指温保了。倘自己一喊,软了他的心,他也许真能让手下人放了刀枪,那样,他便必死无疑了。不,不能!我为什么要害他?几年的夫妻,家里虽穷,但他打一只兔子,肉也总要叫我先吃,我怎能为了自己活命反来害他?

"快,喊!"那个森冷的低音又一次在草绒耳边响起,而且她分明感到,有一丝丝血顺着脖子往胸前左奶子那儿流了。

既然老天爷非要我们家死人不可,就让我死吧!女死死一个,男死死一宗,罢了!草绒突然张开了嘴,但声音却是:"温保,快往驴道口那边跑!那儿没兵!你们就是放下刀枪他们也要杀——"

草绒的声音骤然停了,她和女儿四周的灯笼也即刻熄了,这同时,栗温保手中的枪也响了,接着便是奔跑、喊叫和刀相碰枪互打的一团搅混在一起的声音……

6

云纬翻了一个身,片刻后又翻了回去,褥垫仍如往常那样软和,缎被仍和过去一样轻柔,但云纬就是睡不着。前半夜在世景街看到的那一幕幕景象总在眼前不停地闪。当栗温保带的人在街上被围住时,云纬就站在晋金存身后看。晋金存执意要拉她去看那个场面,并在去的路上就告诉她:"你待一会儿就可以看到栗温保的人头,你不是要报仇么,这下子我为你报彻底了!"云纬当时惊得眉毛都几乎弯折要断,她是恨栗温保,她是在想雪恨,但她每次想到的雪恨方法也只是把栗温保绑到树上或柱子上,她要上前猛搧他嘴巴,边搧边骂他几句畜生、坏种;她从来也没想到要杀他,毕竟他没犯死罪,他当初抢劫她家时,既没有伤害她也没有凌辱她。当她看到他们把刀架在草绒母女脖子上时,她想要雪恨的念头已全被对晋金存的气愤所取代:怎能如此对待一个女人和孩子? 她当即就向晋金存低叫:"快让他们把那母女放开!"但晋金存淡声说道:"放心,我不会杀她们,她们只是钓饵!"

幸好,栗温保逃掉了。当晋金存的部下来屋顶上报告说栗温保带了十几人跑掉之后,云纬非但没感到失望,相反还轻轻地释重似的舒了一口气。

但云纬看得出,晋金存肚里的怒气只差一点点就要爆炸,他下了房顶之后,先走到负责今晚派兵的一个头目面前,抽出对方的腰刀,一声不吭地在那人的脸上划了两个竖道,血即刻顺着那人的下巴向下滴嗒；随后，他走到双手被反绑的草绒面前，冷笑着说了一句："看不出，你还挺喜欢男人！"

草绒母女一押回府，就被关进了离云纬卧房不远的一间房子。

那间房子好像没有床，那母女咋睡觉？云纬闭了眼躺那里想，她第一次开始关心起那母女来。

哐啷！好像是什么东西响，后半夜了，府里还有人在干活？"啊呀——"什么人在叫？云纬疑惑地坐起身来。咣嘡！又一响，云纬这一下听清了，响声就来自关押草绒母女的房子。呀！又一声短促的抑得很低的人叫。怎么了？那母女出啥事了？云纬一骨碌下床，边披外衣边拉开门往外跑。

云纬一推开关着草绒母女的屋门，眼珠就因为吃惊和气恼几乎要蹦出眼眶：屋里，两个衙役正边捂着草绒的嘴边猛撕着她的衣服，她浑身的衣服被撕得只剩下了一条内裤，草绒正死命地挣扎着；小枝子恐骇无比地缩在一个墙角。

"畜生！放开！放开！来人呀！"云纬叫着冲进去，使劲向那两个衙役各打了一个耳光。那两个衙役见是云纬，都吓得不敢再动，站在了那里。府里巡夜的闻声来了，云纬命他立刻去叫晋金存，她要让晋金存立刻惩办这两个坏种。

晋金存晃晃悠悠地走进门，还没容云纬开口，就冷冷地说："干啥这样大惊小怪？是我叫他们来的，草绒不是挺喜欢男人吗？不是为了男人可以舍掉自己的命?!"

"老爷，你杀了我吧，杀了吧！"勉强用破衣遮着身子的草绒哭着向晋金存叫。

"想死？"晋金存不动声色地问，"没那么容易吧？你死了，栗温保怕就不会来了！不捉住他，我的云纬怎么报仇？"他的眼斜向了云纬。

云纬没再说话，只是直直地盯着晋金存那开始秃起来的脑门，她听到了自己的目光在和那脑门相撞时发出的一声闷响……

7

达志心疼至极地收拾着店堂后房坡上的瓦片,半坡瓦几乎全被踩坏,天呐,换成新瓦,至少又得花去五六两银子!

左右邻居们也都在清理自己临街房上的碎瓦,瓦片相撞的声音一时充满街道,腾起的灰尘带着一股陈旧霉味在四周弥漫。唉,这一场意想不到的灾难!

晋金存,我为啥就摆脱不了你?达志昨晚虽然没有出门,但对争斗双方是谁已听得一清二楚。当他最初听到被官军围在街上的是栗温保和他的手下人时,他心里一阵快活,该把你抓住惩治你了!达志当年很晚才知道是栗温保抢了云纬的家,自从知道那刻起,他就一直在心里暗暗诅咒栗温保,你个不得好死的,有本领去欺负一对母女?!但昨夜后来听明白率兵来捉栗温保的是晋金存,达志心里的快活又一点一点收了回去,在晋金存和栗温保二人中,达志更恨前者,是晋金存把云纬从他手中夺走的,又是晋金存把尚吉利大机房逼到了倒闭的地步。特别是当达志隔了门缝看见晋金存的手下人用刀去逼栗温保的妻女时,达志更有些不平,不知不觉间已把同情转到了栗温保身上。

栗温保果然跑了,也许这是天遂人意!

"达志。"一声招呼上了房坡。达志扭脸,见是卓远家嫂子雅娴,以为是叫他过去帮忙收拾房上碎瓦,便应道:"嫂子,我马上就过去收拾。"他知道卓远哥不在家,卓远有个叔叔,在汉口一所学校教书,早些天捎来信说重病在身。叔叔没有结婚,无子无女,须亲人照料,卓远便搭马车去了,这一去已近一月。

"不是干活,嫂子有事给你说。"雅娴向他招手。

达志跳下房坡。

"你卓远哥托人从汉口捎来信说,叔叔的病已无希望治好,最多再拖延十天半月时间,他正为叔叔预备后事,叔叔的心愿,是想把自己埋在故土里,你卓远哥打算待叔叔咽气后,装棺拉回来,让我在这儿雇一辆马车去,说汉口那儿的马车伕有的嫌干这事不吉利,不愿出车;有的愿干,要价太高。你卓远哥在信中顺便说,他走时你交待他去机器行问问机动丝织机的价钱,他已经问了,一台织机一百三十两,一台动力机一百九十两,一台动力机可带动两台织机。他说,你这次要买,就随了马车去,把银子带上,不买就罢了。"

"哦?"达志的眼霍然一亮。

"你想不想买?"

"让我想想。"达志搓了一下手,买机动织机的事他几乎是日思夜想,但此刻他仍要想想,事情来得太突然。

"车我已经雇好,是后天早上走,你要买就快点准备。"

"好,好。"达志又搓了搓手,双眼看着卓家嫂子走,心里却已经在飞快地盘算:这次买不买?买?钱不够,家里这些年积存的,也才百多两银子。不买?失去这个绝好的机会太可惜!去时不用雇车,省了盘缠路费;回来时有棺材拉着,别人以为是送灵柩的车队,也安全;而且回来时有卓远哥跟着,他人聪明有见识,遇见事也由他出面交涉,会省去自己许多麻烦!况且,机动织机早买一日,机房就会早一日发达!

咋办?

买,无非是背点债;可不买,失去这个机会,何年再有?

机会难得!

买!借债不怕,只要有了机动织机,尚家机房有了发展希望,债要不了多久就会还上!

达志又搓了搓双手,握起右拳,在空中发狠地挥了一下……

不大的王府山一下子上来了这么多身着华丽服装的夫人、小姐,就好像山坡上骤然移来了许多盆花,从远处看去,真是花团锦簇灿烂一片。这座明代藩王府花园中的假山,如今成了知府衙门诸位官员的夫人小姐们登高眺望街市的游乐之处。

达志远远望了一眼那山顶,见那些夫人小姐都还在山上,便推了木质独轮车向山脚下快步走去,他要赶到她们下山之前把绸缎在山脚下摆好,好在她们下山时吸引住她们的眼睛,或许能卖出几匹,但愿能卖出个好价钱。

尚吉利大机房的产品原是不必这样推销的,过去都是坐等买主上门,达志今天破例推车来这王府山下推销,实在是因为急着凑钱去汉口买机动织机。昨日后晌和晚上,为了凑钱,达志先是四处告借,可这年头因为时局不稳,人们都准备应付万一,不论是个人或是银号,一听说借钱就都婉言相拒,达志跑断了腿才借到一百多两银子,加上家里原来的那百多两,也才三百来两。接着又跑当铺,达志把家里凡是可暂时不用的东西,都当了出去,但也仅当了六十多两银子。跟下来是卖,房子不能卖,买回织机后这些房子都要用上;木织机不能卖,这些木织机也还要用;能卖的也只有织出来的一点绸缎,可这些绸缎就是全卖出好价钱,也只能收四五十两银子,剩下那几十两银子去哪里弄?

咯咯咯。一阵珠落玉盘似的清脆笑声飞进耳朵,达志抬眼见已到了山脚,不敢再去苦想,急忙支了车子,在车旁的两棵榆树上拉起一根麻绳,把带来的那些彩绸锦缎一匹匹向绳子上搭去,立刻,五颜六色的绸缎在东天泼来的阳光下耀出绚丽的光斑。

"哟,快看哪!"山顶上响起一声姑娘的尖叫。

达志不用扭头,就知道自己的举动已经引起了注意,他在独轮车旁蹲下,边擦汗边默等着那些买主的到来。微风轻摇着那些绸缎,偶尔有一匹被风从绳上撩得太高,会折回来轻拂一下达志那已有皱纹的额头。

随着一股香风的流动,十几位夫人小姐已飘然来到了摊前,达志急忙起身介绍:"夫人,小姐们,这是线缎,合经合纬属炼货,面宽二尺二寸,长一丈六尺,似湖绉,很薄,用于做裘服……这是'大茂中',提花……"

到这里来推销的主意看来没错,女人们见到衣料和蜜蜂们见到花一样,不采一点很难罢手,而且因为互相怂恿暗中比赛,买得也格外快格外多。不大工夫,达志带来的绸缎便已卖得只剩了两匹,价钱也比在机房里的柜台上卖时稍高一点。"夫人,你不买一匹?"达志见有一位夫人和女仆站在山脚的一丛木槿树旁没有过来,急忙捧了剩下的两匹迎上去,边走边高声解释:"这是龙纹绉,也叫龙抱柱,纬用双线搓成,一个正经,一个倒经,织成后加炼,面宽一尺二寸,长五丈二尺,一匹可做四个大料,而且——"

达志的声音突然停下。因为那夫人扭过脸来了,云纬!是你?他猛地止步,失措地望着那张他在无数个梦里见过的仍然娇艳无比的脸,他的双唇急剧地抖动,却无话出来。十年了,他有多少话积在心里一直想对她说,他暗中多少次盼望着能见她一面,但此刻一瞥见那双幽深冷然的眼,所有的话就都忘光了。他只是双脚倒踏了一下,不知所措地喃喃道:"那就罢了,罢了……"他捧了绸缎转身,逃也似的刚走了几步,背后突然响起一个冷而讥嘲的声音:"拿走干啥?怕我们出不起银子?"

达志被这话砸得身子一晃,他停下脚,把头垂了。

云纬其实早就看见了达志,几乎在他推着独轮车刚出现在她的视界里时,她的目光就抓住了他,对于这个日思夜想的身影她几乎不用辨别,她只用触一眼就明白是谁了;那身影对她的目光也有一股神秘的吸力,一出现便最先把她的目光吸了过去。十年了,十年间,因为那股挥之不去的对尚家的恨意,她把内心里想见达志的那股欲望死死扼住,她决心忘掉他,但越是想忘的东西却越忘不掉!达志的身影执拗地活在她的心里,为了把他的身影从心里驱走,她让自己千方百计去找他的弱点、短处和毛病,但可惜找到的却都是最初相识时那些愉快的让人心颤的回忆。她最后只好屈服,只好把那股恨意放到一边,只好任那个影子在她的心里肆无忌惮地活动,且常和那个影子亲密地相拥相吻,常向那个影子倾述自己心中的一切秘密。刚才,她第一眼看见达志时,心中的那股高兴简直要蹦出喉咙,她真想一下子就奔到他的面前,把她平日对他的影子所做的那些爱的举动全做出来,但她抑制住了自己,她知道这种场合自己的任何一点不慎,都会立刻传到晋金存的耳里。她想待别的夫人小姐都走了之后,自己再上前同他见面,再向他说那些她对他的影子早已说过了多少遍的话。没想到的是,达志会先捧着两匹绸缎向她走来。在看见达志向自己身边走来时,她的心跳得多么厉害呵!她猜想着,达志到她身边时,一定会轻轻叫上一声:"云纬——",会柔柔地问一声:"你身子好吗?"会歉疚地说道:"当初,我真对不起你!"但料不到的是,达志竟根本不抬眼去先看她是谁,只一个劲地介绍他的绸缎如何绸缎如何。绸缎!绸缎!滚远吧你们尚家的绸缎!你们尚家人从来都是只看绸缎不看人,只要绸缎不要人!滚!滚!在那一刻,被云纬堆在胸腔一角的对尚家的恨,又一下子滚了过来,她的玉牙又倏然咬起,声音变得冷利非常:

"草绒,给他钱,两匹我们都要,买回去撕了给小孩做尿布!"

达志没敢抬头,他只是感觉到手上的绸缎被拿走了,感觉到有银子扔到了怀里。

"你尚达志织绸缎织得可真排场,你爹死了也只有钱买张苇席包包埋掉,你一个心眼织绸缎吧,织吧!你会织得你死了连一张苇席也买不起,让你的儿女把你光身子埋到土里!"云纬咬牙发狠地说罢,转身就走。

噔噔噔的脚步声响在空气里,达志像骤然挨了几棍似地呆立在那里。

天开始转阴,刚才还红艳艳的太阳,这会儿已钻进云团歇息;街面上有风旋过,带得纸屑乱飞。达志从云纬那阵冷嘲和怒骂所带来的痛苦中勉力挣出身子,推着独轮车沿街边慢腾腾地往家走。绸缎是都卖出去了,可买机器的银子还差三四十两。咋办?能借钱的人家都借过了,可以"当"的东西也都"当"了,值得卖的物品都卖了,还上哪里去弄钱?明儿早上就要启程,还有啥法子?

独轮车的轮子转得越来越慢,达志愁得连步子都不想迈。他强制着自己不去想云纬的那张脸和那些话,而只去想眼下最紧迫的问题:怎样筹够买机动织机的钱?

街边一个卖锅盔馍的小贩,见他的样子,以为他是饿了,便朝他高叫:"掌柜的,吃一块博望锅盔吧,俺这博望锅盔是按当年卧龙岗上诸葛孔明他夫人的做法烙成的,你瞧瞧,盾牌形,厚二寸,吃着酥香爽口,耐嚼耐饥,回味绵长,久放厨内,不烂不霉,来一块吧!"天已近响午,他的食欲被这话叫醒,顿时觉出肚饥难忍。从昨儿头晌定下要买织机到现在,他为筹钱忙得还没顾得吃几口饭,真该往肚里填点东西了。他伸手去怀里摸钱,刚触到一张小银票又即刻缩回,罢了,家又不远,花这钱干啥?不过,腿真有些酸了,他在一家小茶馆前停下车,喘息着坐到了茶桌前的一只矮凳上。

"哟,这不是尚吉利的尚老板嘛,出去卖货了?"小茶馆的老板认出了达志,过来招呼,同时把一个放了茶叶的茶碗放到达志面前。

"不,不要茶。"达志急忙摆手,可是晚了,那老板另一只手上的铁壶已经向碗里注起了开水。达志有些后悔,不该往这茶桌前坐的,又要花钱了。他不甚情愿地伸手去衣袋里摸银票,不料那老板断然地摆手叫:"尚老板,你要是给钱可是打我脸了,工商是一家嘛,你来,我连碗水的照应能没有吗?"

"那就谢你了。"达志也就不再坚持掏钱,端起茶碗,垂了眼一口一口地喝着,没喝几口,一直缠住他脑子的那个问题又在茶碗里浮了出来:缺那三四十两银子咋办?屋里的东西也当了,也卖了,难道再半途罢手不成?……

"哇——放开我——放开我——"一阵尖利的女孩的哭声突然由隔壁传来,把达志的苦思苦想一下子打断,他抬头看时,只见一个男子抱着一个女孩从隔壁出来,径向另一条街走去,那女孩在那男子怀里哭叫着挣扎,而隔壁的屋里,有一对男女也分明在抽泣。

咋着回事?达志拿眼睛去问茶馆的老板,茶馆的老板苦笑了一下说:"卖童养媳的,如今,这也是穷人活下去的一个法子。"

噢。达志知道这种婚俗。

"唉,如今是啥样东西都涨价,就是人掉价呐!"茶馆里的一个老年茶客这时叹道,"听说隔壁这家的丫头才卖了四十七两!"

"这倒是,"另一个瘦瘦的老年茶客接口,"我们年轻那阵,谁家卖童养媳,就是四岁的,也能卖个五六十两银子哩!"

"还有比这便宜的呐,"又一个中年茶客接口,"你们没看那棵桐树上贴的启事?"那茶客边说边指了一下茶馆前靠近街边的一棵桐树,达志这才看见,那树干上贴着一张红纸。"那是一户姓董的人家贴的买童养媳的启事,开价只有四十五两!"

唉。又是一阵叹息。

四十五两。达志却不由得重复了一句。

碗里的茶喝完,达志又谢了那茶馆老板一句,便起身去推车预备回家。在推起车经过那棵桐树时,他的眼竟禁不住又去看了一下树干上的那张红纸,不过,他的目光里仿佛带了恐慌,只触了一下就闪开了。

他推着车沿街边慢腾腾地走着,脚步迈得沉重而机械,双眼散漫地在街两边晃。又走出半条街的样子,他那散漫的目光再次碰到了街边的一棵树干,那树干上也贴着一张相同的红纸。他似乎犹豫了一下,但随后他向那树干走去,把半眯着的眼睛睁大了:

> 吾姓董号续脉字贺朝,本城万良街明伦巷人,戊戌年秋膝下得一子,名万露,承上天垂爱,十二岁之万露额阔口方、茁壮非常,然金无足赤人无百好,稚子自十岁起左眼生疾,后求诸仙人得一方:娶幼媳以冲灾,早完婚可得愈。故今求告四方,谁家若有六岁左右宝女愿许做童养媳,请拨冗相告,董家愿即刻登门相聘,并呈官银四十五两为聘礼;日后合房,礼当另送。男大六,家和睦,此一娃娃婚上合天意下符世理,成则大吉大利,新郎新娘必能神安体康,白头偕老……

达志把目光收了回来,索然地将眼睛对准街边一个叫卖烧饼的小贩,一霎,便转身推车预备走,可在转身的那一霎,两眼却又一次溜回到刚才的那个启事上,盯住了"四十五两"那四个字。

小绫是六岁。他忽然没来由地想。但刚一想到这儿,他就拍了下自己的头,快步推车朝前走。

女孩儿终究是要出嫁,早嫁和晚嫁还不一个样?好像突然有一个人站出来在同他辩理,耳旁分明响着那人的声音。

孩子太小,到人家家里怕要吃苦。他的嘴唇抖动着,却无声音。

孩子们小时候吃点苦,倒未必就是坏事,再说,到那边她的公公婆婆见她幼小,总也会心疼她。那个声音依旧在响。

那倒也是。只这把女儿卖人做童养媳的事,名声终不好听,好歹我们也是有点产业的人家。

失小保大是古理!只要我们把机器买回来,机房兴旺起来,让尚吉利大机房的丝绸再称起霸王,国内国外的客商不断涌到咱尚家门前,哪个于尚家名声有好处?再说,到那时有钱了,把女儿赎回来也不是不可,她今年不是才六岁?

那就——

达志回了一下头,远远地又看一眼贴有启事的那棵树。

回到家,达志蹲在锅台前喝顺儿给他盛的包谷糁稀粥时,双眼一动不动地盯着身旁的女儿,六岁的小绫正拿着一个旧梭子玩,她把那梭子放在一块木板上,左右两只小手把它来回扔,显然是学娘平日在机上的动作,她玩得十分专注,根本没注意到爹的目光。

"小绫,"达志停了喝粥,声有些发抖地喊,"想吃糖人么?"

"想!"小绫抬起那双极像达志的眼睛,意外而惊喜地答。她还特别看了一眼娘,小脸因为高兴而变得通红。

"给,拿钱去大门西边刘爷爷的摊子前自己买。"达志从衣袋里摸出一张小票,向女儿递去。

"他爹,不年不节的,给她买糖做啥?"顺儿在一旁低声阻止。

达志没有理会顺儿的话,聪明的小绫大约怕娘的阻止能够生效,从爹的手上拿过钱便向门外跑,边跑边撒一路笑。

"银子,够了么?"顺儿从锅上拿了一个红薯面饼,边递给丈夫边轻了声问。

达志摇了摇头,低下眼喝粥,呼噜噜,喝得很响,好像在跟稀粥赌气。

"还有法子么?"顺儿仍低低地问。

达志停止喝粥,目光缩回到粥碗沿上,弱了声答:"万良街明伦巷有一家,想娶一六岁童媳,允官银四十五两。"

"这与咱家有何相干?"顺儿不解地问,"他家——"但是陡地,她双眸极高地一跳,满脸罩上了惊慌,"你是说小绫——?"

达志的目光缩回眼眶,木木蹲在那里。

"不,不!"顺儿突然扑通一声跪到了达志面前,"不能卖她,她太小,要卖就卖我吧!卖我吧!看在我进了尚家从没求你的份上,答应我吧!她长大了好给咱尚家织绸缎,我反正是个残疾人,活长活短都没大用处,再说,我身上红的已有年把总是来得断断续续,恐怕也已经不能生了,求你留下个闺女,日后你老了她也好给你端汤送药,卖了我吧……"她扑上去摇了下丈夫的胳膊,达志手中的粥碗唑啷一声落到了地上,稀粥即刻在地上蛇一样分头爬开。

达志没动,也没吭,仍木然蹲在那里。

屋里只有顺儿的低声啜泣。

"买到了,买到了,大糖人!"大门那儿传来了小绫喜极了的叫声。

"起来吧,她回来了。"达志低微地说了一句,伸手把烂碗拣开。

顺儿强抑住啜泣,站起了身。

"爹,看,买来了,大糖人!"小绫这时举着糖人已奔进了门,达志勉力在脸上浮一丝笑说:"买来了就快吃吧。"

"爹,你先吃,来,你咬糖人这只胳膊,咬,咬呀!"小绫把糖人举到了达志嘴前。

"爹不吃,你吃吧。"达志去推女儿的手。

"咬,咬呀! 甜得很哩!"小绫硬把那糖人朝达志嘴里塞去。

达志只好轻轻地咬了一点。

"甜吗?"小绫忽闪着眼睛问。

"甜。"达志几乎是哽咽着答出这个字,当小绫转身向娘身边跑时,两滴豆大的泪珠猛蹿出他的眼眶,急切地向地上坠去……

8

云纬的手轻轻在那两匹绸缎上抚着，这上边印着达志的指纹，摸着绸缎就有一种触住了他手指的感觉。回到家以后，云纬一直在为头晌对达志的那种态度后悔，不该那样刺他、骂他、噎呛他，他活得也不轻快呀！他那额头上，竟已满是皱纹了，他今年多大？二十八吧？二十八的男人脸上不该有那么多横纹！而且他是那样瘦，眼窝有点陷，颧骨凸了出来；他像是也没睡好，眼泡显出虚肿，左眼里有三道血丝；还有，他的衣襟上的扣子有一个没有扣上，可见他忙；他有几个娃儿了，两个？三个？……

"夫人，你的贴身衣裳。"草绒捧着几件叠好的内衣推门进来。

云纬闻声，急忙把脸上的那层因遐想而起的柔和隐起，换上了平日的那副冷峻。

草绒经过那次事件，虽然人仍有些憔悴，但精神显然已恢复过来，仍如往常那样快嘴快语，一见头晌买的那两匹绸缎摆在夫人的梳妆台上，就开口问："夫人是想剪裁么？要不我去叫魏家缝纫铺的老大来，给你剪件旗袍，你头晌在王府山没看到，肖家夫人和陈家小姐穿那旗袍，多漂亮！像你这腰身，穿旗袍定能——"

"好了，去忙别的吧。"云纬淡声说道。她如今已把草绒母女重新要回身边，她不容许晋金存再把她们关起来，为此，她还同他吵了一架。她知道，晋金存虽然答应让草绒母女回到自己身边，但她们母女并没真正离开危险，每天晚上，都有兵在院里埋伏，以准备诱捕来救这母女的栗温保和他的手下人。

草绒出去了,暮色越见变浓,屋里又恢复了静。云纬没有点灯,仍坐在那儿,微闭了眼,让手在那绸缎上轻轻移动。这儿该是他的指印了吧?当初他去验查我织的绸缎,手指常在绸缎上触摸,那时他的指头是那样嫩长浑圆,而如今,竟满是茧了……

"咋不点灯?"伴随着嘡的一记踢门声,晋金存进了屋。云纬哦了一声,假装着打了个哈欠说:"嗨呀,我坐着坐着,竟打盹睡过去了。"边说边就擦亮火柴点上蜡烛。

"把这个给下人拿去煎煎。"晋金存把一摞纸包放到云纬手上,"一次一包。"

"啥东西?"云纬眉头一皱。

"桐柏知县送来的,一种涩精固肾的药食,每次煎一包,说是从朱元璋的《御药秘方》里弄来的,喝了立竿见影!"晋金存笑道。

"这不是蜻蜓么?"云纬打开一包,鼻子鄙夷地耸起。像所有贪色纵欲过度的男人一样,晋金存也已不得不朝那个专门折磨男人的深渊里栽去,他害怕在那个深渊里扑腾,他急切地想抓住深渊壁上所有可以抓住的东西。这些天,他不断地从外边弄些这药那药来。可惜没有一样有效,他害怕恐慌极了,已经到了不顾一切的地步,哪怕是渊壁上的一棵草他也要抓住试试。对此,云纬一直在冷眼看着。

"对,对,就是蜻蜓,"晋金存急忙点头,"这药食的名称就叫'蜻蜓汤',每包蜻蜓四只,锁阳、肉苁蓉中药各三钱,做法是将蜻蜓去翅,微炒,加入锁阳、肉苁蓉一同煎汤。《名送别录》书上载:蜻蜓味甘,性微凉无毒,可以强阴止精;《日华子本草》上说:蜻蜓壮阳,暖水脏。我估计会有效果!"

云纬将一个讥笑隐入眼底,拿起一包药出门交待草绒去煎。

"唉,如今烦心的事实在太多!"云纬又进来时,晋金存点燃了水烟袋,边吸边叹。

"还有啥事值得你叹气?"云纬又把鼻子不屑地耸起。

"嗨,你是不知哇,如今反叛朝廷的人实在太多,防不胜防呀!日他奶奶,后响在知府那里听说,一个叫胡鄂公的同盟会会员,在保定成立共和会,入会的竟有三千多人,他们表面上说宗旨是发展实业,实际上是要推翻大清江山!他们是孙中山的人呐……"

云纬没再应声,她又把目光移向那两匹绸缎,用手轻轻抚触着它们。

草绒把"蜻蜓汤"煎好了,双手捧着送进来,晋金存迫不及待地起身接过,趁热哈着气响亮地喝着,边喝边吧唧着嘴唇。云纬在一旁厌恶地把嘴角撇撇,她听到这种喝汤的声音就有些肉麻,为了分神,她拿起一本书,凑到灯前去看。

那种响亮的喝汤声停下不久,云纬眼前的蜡烛突然被晋金存一下子吹灭了。

"做啥?"云纬不高兴地扭过脸。

"甭看了,咱们睡吧!"晋金存在黑暗中笑着。

"这么早就睡?天才黑。"云纬恨恨地把手中的书一推。

"嘿嘿,我想试试这蜻蜓汤的效力。"晋金存嬉笑着抓住了云纬的手。

云纬的牙立刻咬起,她努力把一句怒骂压灭在唇内。

杂种!

一切都是老一套。云纬仰躺在那里,在黑暗中瞪了眼,冷冷看着他在自己身上忙乎,但最终还是瞎忙,当他失败之后噢地叫一声"天哪!"滚到一边趴那里捶着枕头时,云纬唇上浮出一丝冰冷的笑意。杂种,老天爷还是有眼!

"看来,我这身子和大清朝的江山一样,要完了!"晋金存终于平静下来之后,坐起身拿过镶银水烟袋,边吸边叹了一句。

云纬没有应声,只把两眼望向黑暗中的屋顶。

"连南阳城里也有人想反叛,"晋金存仍在自言自语,"今后响把左营的一个千总杀了,妈的,砍了他的头看他还能反?"

云纬依旧没吭声,只是伸手拉过被子,盖上自己那赤裸的身子。

"保江山可以杀人,可要保我的身子咋着办?说呀,咋着办?"晋金存边叫边猛扯掉云纬身上的被子,"你为啥不说话?你是不是在暗暗高兴?"

云纬闭上眼睛,呼吸平稳而安恬,照旧没有应声。赤裸的身子在窗外挤进来的星光里显出一个淡白的轮廓。

"这么好的东西,老子竟不能享用!"他边愤愤地说边抓紧云纬的一只乳房狠劲向上提着、攥着,似乎存心要把云纬弄疼,见云纬仍然无声,便又去抓拧云纬的臀部。

"我竟然不能享用!"他还在咬了牙说。

云纬白色的身子一动不动,房里再无别的动静。

夜,正无声无息地向深处潜行……

街面上市声喧嚷,这又是一个热闹的集日。轿伕不时要吆喝让路才能往前走,但云纬无心去看轿外的街景,只是在轿子的轻微颠簸中,默默翻着刚从府立中学堂图书室借来的那本《镜花缘》,一心想让自己尽快沉入到书里去。

如今,只有读书能让云纬觉出活在这世上还有一点意思。隔一段日子,她总要来这学堂的图书室里借本书,读完,再来换。云纬小时就识字,到了晋府以后,府内设有家馆,专门请了一位五十开外的老塾师,起先是给几位前房夫人生的女儿讲授;云纬的儿子承银五岁之后,便主要是给承银讲了。老塾师讲的内容,除了《三字经》、《百家姓》、《千字文》、《龙文鞭影》、《幼学琼林》之外,还有四书五经。云纬起初是因心中苦痛想找排遣,继是感到新奇,再是要照应儿子,便常到家馆里走动听讲,渐渐地,竟成了家馆中成绩最好的学生。

小轿在街道一侧缓缓移动,书页在云纬手中慢慢翻着,一阵尖利的孩子的哭叫声就在这时扑进轿中:"放我回家——"那声音里含着无限的惊恐和哀求,云纬隔了轿帘缝往外看,只见前方不远处有一男子背着个五六岁的女孩向这边走,那女孩正在背上死命挣扎着叫:"放我回家——我不跟你走——你放开——"

"唔——"那男子身后跟着的一个女人此时突然上前,用手捂了那女孩的嘴,女孩的叫声顿时变成了含混的"唔",小脸憋得通红,身子仍在挣扎。

这男女肯定不是这孩子的爹娘,可他们强背这孩子做啥?会不会是白日横抢拐卖?如今这世道拐卖女孩的可是不少!"停轿!"云纬向轿伕叫了一声,同时隔帘对随轿走在一边的草绒说:"去,问问那背孩子的男人,那小姑娘是从哪儿背来的?"片刻后,草绒跑回来回答:"那男人姓董,说女孩是尚吉利掌柜尚达志的女儿,他用四十五两银子买了做童养媳的。"

"尚达志的女儿?"云纬一惊。

"我看这像是假话,尚吉利的掌柜还能卖女儿去当童养媳?前些日子我们不是还在王府山见他卖绸缎,光他那一天卖得的钱就不少,他会缺四十五两银子?"草绒飞快地说着自己的见解。

云纬心中一动:就是,尚达志眼下还没有穷到卖闺女的地步吧?莫不是这对男女趁尚家大人忙活的当儿,把孩子偷拐了来?这事不能不管!她转对草绒:"去,叫他们别走,让他们跟我们一块去尚吉利问问清楚!"

草绒跑到那对已走到轿后的男女身边说了,那男女先是不愿理睬,后看见云纬轿上的那个"晋"字,才不得不过来。女孩见背她的人往回走了,立时停了哭和挣扎。

"夫人,这孩子确是我们花四十五两银子买的,这里有字据!"那男的走到轿旁,高了声对轿中的云纬说,同时去怀里摸出一张纸。

"我不看什么字据,字据谁都可以假造,你跟我们走一趟,咱们当面问清楚!"云纬厉声说。

"好的,好的。"那男人只得点头,跟在轿后走。

小轿在尚吉利大机房门前停下之后,云纬让轿伕们看住那对男女,自己和草绒向院门走去。看见那块写有尚吉利大机房的牌匾,走近那道又高又厚的枣木门槛,云纬的心陡然觉出一股疼痛,一种类乎沸油溅上皮肤而起的那种灼痛。在这一刹那,当年和达志相拥在一处说起的关于这个院子的那些话又一齐在耳边响起。"你将是尚家大院的女主人!"这是达志那些话语中让她记得最清的一句。噢,女主人!

她默默地用目光打量院中的东西:那块立着的怪形石头,一架拆开来正在修的老织机,一把放在院中的木椅,几只正在地上觅食的鸡……当年,即将成为尚家媳妇的她,曾多少次在梦里走进这个院子,那时候她对这个院子怀有怎样甜蜜的想象,她曾想象着在每个早晨,睡在达志身边的她,都要第一个起床,扫地、喂鸡、做饭、上织机;她曾想象在那些星斗满天的晚饭后,她揽着孩子,和达志一块儿坐在这院子里,轻轻地给孩子讲牛郎和织女的故事。可这些想象终究只是想象,没有一桩变成真的。今天,我是以一个与尚家完全不相干的身份走进来的。

一阵酸悲攫住了她的心,这是一种手上东西被生生夺走而起的那种酸悲,此刻,她再一次想起了冥冥中的那位主宰:老天爷呵,我原本要的就是这个院子,要的是在这院中长大的那个男人,可你却塞给了我一个晋府大院,塞给我了一个晋金存,我想要的你偏夺走,不想要的你硬给,你这是为了什么?为了什么呀?……

院子里很静,没有织机的响声。云纬慢慢走到那块怪形石头前,去看石头每个平面上那个奇怪的符号:卌。当年,达志去云纬家送丝收绸,常会提到这块奇怪的石头,但真正站在它的身边这还是第一次。她的目光在那个符号上停了一阵,是很怪,为什么没有

169

一个字,而只有这些道道？它们画的是不是一个棋盘？就像晋金存同别人下棋时用的那种棋盘？它在表示什么？是尚家的先辈在告诉后人,开机房如下棋,一步走错就会输吗？

"唔唔……"一阵抑得极低的哭声从一侧厢房里传出,云纬循声轻步走去,看见一个女人伏在丝织机上哭着,一个十来岁的男孩站在织机旁边,扯着那女人的衣角低声哭喊:"娘,娘,你别哭,别哭,爹说了,待他把机动丝织机买回来,一赚钱就去把妹妹要回来,要回来……"

一看就明白,这便是达志的妻、儿了,而且不用问就知道,那女孩是真的卖给人做了童养媳,原因是为了机动丝织机！

哦,天呐,不要活生生的女儿,而宁要一堆机器！尚家男人的心呀！原本淡下去的那股对尚家的恨,这时又蓦然涨满了她的胸间。她没有惊动那母子俩,只是猛地转身向门外走,到了门外,恨恨地朝门旁挂着的"尚吉利大机房"的牌子踢了一脚。这当儿,那对男女急忙迎上来问:"我们说的没假吧？"见云纬瞪眼朝他们挥了一下手,他们抱起小绫就往回走,原本见回到了自家门口停了哭泣的小绫,这时又哇哇哭开了。正要上轿的云纬被这哭声缠住脚,又叹口气,扭头喊住那对男女说:"我给你们四十五两银子,你们放这女孩回家吧！"

"不,不,俺们不要银子,俺们要的是童媳好冲灾！"那男人说罢,抱了小绫逃也似的跑远了。

罢了,既然她的爹都不心疼她,你心疼她做啥？尚家对你有恩吗？

"起轿！"云纬忿声喊道……

9

　　混浊的江水打着漩涡向下游滚动。漂浮在水上的几节枯枝一会儿被扯进水里一会儿被抛上水面,跌跌撞撞地向远处游;江心里的几艘上行货船像上了年纪的牛,吭吭哧哧地走得缓慢艰难,把几缕黑色的油烟吐向江面。

　　雨细如丝,造出迷迷蒙蒙的雾,雾把对面的武昌城和那座久未修葺的黄鹤楼罩得一片模糊。

　　"达志,这回没时间让你游览汉阳和武昌了。"卓远眯眼望着江面,语音滞重。

　　"以后再来吧,卓远哥,这次哪有心情?"站在旁边的达志急忙接口。

　　"唉。"卓远叹口气,不再说话,两人重又默然望着江水。

　　达志是四天前到达汉口的。卓远的叔叔是昨夜断气的。今天早上,两人赶来棺材铺拉预先定做好的棺材,棺材铺老板要图吉利,非要等太阳升起时分才让棺材出铺,说这个时辰阴阳相平。于是便让马车伕在铺前等,两个人信步走到这长江边上。在这里看着浩荡的江水,卓远这些天来一直揪着的心才稍稍有些放松,他这次来到汉口以后才知道,叔叔的死,原来是因为坐了汉口的监狱。叔叔任教于一所师范学校,一年前因到湖北新军中的"群治学社"演讲,被当局指为企图煽动哗变而逮捕入牢,原本就常咳嗽咯血的叔叔,在狱里病情迅速加重,后来当局看他有死在狱里的危险,才

・171・

把他放了出来。

"织机都包装好了吧？"卓远扭头问。前天上午,他带达志去卖机动丝织机的商号,把织机买妥了,而且当场拆开包装,试了试,一切都很理想。

"都好了,装机器的马车也订了,只待叔叔的遗体入棺,那边就也装车,我想,响午时分咱们就可以出城。"

"你昨天去包装机器时,看到商号隔壁的那个制糖厂恢复生产了没?"卓远一时想起前天上午同达志去买织机时看到的那桩砸厂事件,又关切地问。那天上午,他们正在商号看织机,忽听隔壁响起打砸东西的响声和哭声,出来看时,方见隔壁的一家小型制糖厂被一伙警兵砸得四处冒烟。卓远悄声打听缘由,方明白半月前税局头头因娶儿媳来向糖厂老板借钱,老板说没有,于是惹下了这场祸。

"还没呐,"达志答,"昨日还能听到那老板女人的哭声。商号的人说,糖厂要恢复生产至少还得两月!"

"到处都是这样!"卓远又默然望向江面,江面上有两只白羽鸟儿在飞,间或地,鸟们会飘然落向水面,在那儿站了不动,任凭波翻浪涌。

"达志,你说,人们活在世上,最基本最自然的需要是什么?"卓远看着江水问。

"吃和穿。"达志答完,茫然地望定卓远,不知他何以忽然问这个,"当然,还有住的房屋。"

"那么,作为把人们组织起来的社会、政府,自然就应该关心吃的、穿的、住的这些东西的生产,一个漠不关心这种生产甚至破坏这种生产的社会和政府,难道还有存在下去的价值?"卓远望定达志,似乎在等待他回答。

"这——"

"我想,它的死期大概不会太远了! 不会太远了……"

"卓先生,老板让装棺了。"马车伕这当儿跑过来喊。

"达志,我们也该为这个社会准备棺材了!"卓远边走边拍了拍达志的肩膀。

达志蓦地打了个冷颤,慌忙扭身看了看四周。四周无人,只有身后的江水在叫,近乎呻吟……

一路顺利。

大约是由于前边的马车上装了卓远叔叔的棺材,人们把后边马车上的东西看成了死者遗物,所以从汉口到南阳途中,无人来找麻烦。

回到南阳时是个正午,达志先帮助卓远把他叔叔的遗体埋入墓地,随后便开始安装机器。

机器是两天后全部安好的。安好试机的那个响午,动力机一响,附近的邻居们都被这种意外新奇的机器响声所吸引,纷纷跑过来看,一时尚家院里站满了人。这是南阳人第一次见不用人蹬就可以织绸织缎的机动织机,它那巨大的轰鸣和快速的投梭动作令人们啧啧称奇。

达志的心里在那一刻感到了一种满足。

接下来,达志便开始教妻子顺儿和另外两个女工照看织机,教儿子小立世管理动力机。

机动织机启用几天后的一个黄昏,夜色刚刚贴近房檐,达志便进堂屋点亮了香案上的蜡烛,对着爹爹的灵牌跪了下去。站在达志身后的小立世,也学着爹的模样跪下朝爷爷磕头。三个头磕罢,达志抬起脸喃喃说道:"爹,你一直挂虑着要买的机动织机终于买到了,是两台,都已经安好试过了,机子很好用,织得很快,一台差不多顶人工织机四到五台,而且织出的绸缎要比人工织的漂亮。只要有这两台,我就能赚钱买更多更好的织机,我会让尚吉利大机房很快兴旺发达起来,要不了多久,我还会让咱尚家的出货重新称霸四方,我们的绸缎早晚会再获'霸王绸'的美誉,爹,你放心吧!……"

苦了你了,孩子……一个苍老的声音分明在达志耳旁响起,父亲尚安业的身影渐渐在香案上浮现,他依旧捧着那杆白铜水烟袋,只是身上仿佛披着席片。

"爹,今黑教我发动机器么?"跪在身后的小立世这时叫道。这叫声赶走了达志眼前父亲的影像,他俯身又磕了一个头,这才转对立世说:"起来吧,我们去机房。"

机房里,那台动力机静静卧在那儿,达志翻开说明书,正要给立世讲述动力机各部件的名称和用途,却听立世喊了一声:"娘,你在那儿做啥?"达志扭头看时,才发现顺儿正蹲在一台织机旁默默流泪。"咋了?"达志问。

"我……在想……绫绫……"顺儿抽噎着说。

达志腿上的筋骨像是突然被人抽走,他摇晃了一下便也倏然蹲到了地上。小绫! 这些天他一直不让自己去想女儿,每当脑子里稍一闪小绫的身影,他便急忙摇头把她晃走,他知道他一旦想开了女儿就很难做成其他事情。他把她的影像死死关在脑海一角的一个洞里,但现在妻子用这句话把那洞门轰然打开了,他看见绫绫哭喊着从那洞里奔出来。

爹——为啥不要我了?……

爹——你尝尝这糖人,甜吗?……

爹——我长大了要像盛姑姑那样织绸……

爹——你想我么?……

说明书从达志的手中飘落在地,他捂上眼睛,久久地无声蹲在那里……

天还没有响午,泰古车糖公司庆祝开业一周年的酒会便已开始了。那位蓄着短髭的英国老板,举起高脚酒杯,不断地和邀请来的官府、军界、商界的要人们碰杯。泰古车糖公司是英商在南阳开办的第一家公司,经营的又是人们需要的白糖和美孚石油,所以很受看重,今天应邀而来的客人也就很多。

云纬坐在晋金存的身边,只是象征性地举举酒杯。她既无喝酒的嗜好,更无喝酒的心绪。她原本是不想来的,无奈晋金存说不带夫人不合规矩,坚持要她来,她只好屈从。云纬把散漫的目光由室内移向了窗外街上。

这是一幢临街的二层楼,酒会在楼下的大厅里举行,街对面便是泰古公司的店堂,云纬坐在靠窗的地方,目光在街面上懒散地无目的地游动着,忽然之间,她的双眸一定。

达志!——尚达志正站在街对面的店堂门口。他来干什么? 应邀作客? 不像!

站在店堂门口的尚达志不时向对面的酒会大厅望一眼,他自然没有看见云纬,他只是在等待酒会结束了好买柴油。因为带动织丝机的动力机要烧柴油,他如今成了泰古车糖公司的老主顾了。今日来得有些不巧,店堂的职员们都在参加酒会,他只得等。

他把放在推车上的油桶取下,便蹲在车前掏出旱烟袋装烟,如今,达志也已经学会吸烟了。

"走快点!"达志身后不远处响起一声男人的催促,他扭头看时,见是一个男人领着一个女孩向这边走,两人都用背笼背着时鲜青菜,父女俩背负的重量都不轻,都伛了腰挪步,女孩背的重量显然超过了她的体力所许可的限度,走得十分吃力,于是男人便回头催:"走快点!"

这当爹的也真是,让小孩子背这么多,压伤了咋办? 达志边吸烟边在心里说。那父女俩渐渐走近,达志听到了一轻一重的喘息,他有些不忍心,刚预备扭脸不看时,却听到那头发披散遮住了小脸的女孩带了哭音喊:"伯,俺背不动了,俺想歇歇。"

这声音令达志的心脏骤然停跳,天哪,是小绫?! 女儿那细弱的声音他太熟悉了!他像被火烫住了一样从地上跳起。

"咬咬牙走吧,这正是菜摊上要菜的时候。"那男人还在催着的时候,达志已经几步奔到了女孩身边。现在看清了女儿那纤弱的身子,他猛伸手从女儿背上取下了那沉重的背笼。

猛然被摘走重负的小绫有些吃惊,以致她抬起满是汗水的小脸的第一霎,并没有认出面前站的人是谁,她只是瞪着乌亮的双眼看。

"你这人真是,我们急等着回去让菜上市——"

"爹——"小绫凄楚的喊声将她公公的话音冲断,她认出了达志,她不管一切地向爹爹怀里扑去。

"小绫、绫儿、绫绫……"达志紧紧把女儿那淌着汗水腾着热气的小身子搂到怀里,心疼得泪水盈满眼眶。

小绫的公公——那位姓董的菜贩,这时才明白碰见了谁,才急忙放下背笼,尴尬地过来叫:"哦,是尚家弟兄。"

"孩子这样小,你竟能忍心——?"达志瞪了眼叫。

"嗨,嗨,家里没人手,每天头晌都要去城外背菜,你说……嗨……"姓董的菜贩红了脸,语无伦次地解释。

以达志这刻心中的那股气劲,他是真想立刻就拉了女儿回家的;但他明白,他不能那样做,当初自己已同人家签过契约,使过人家的银子,绫儿已同董家的儿子成过娃娃婚,已是董家的儿媳了。如今拉她回家,于理于俗都站不住脚,会受人责骂的。噢,绫儿,爹让你受苦了,是爹不好,是爹不好呵!

"绫绫,饿么?爹给你买豆腐脑喝。"达志抱起女儿向旁边的一个卖豆腐脑的摊子走去。到了摊旁,达志从口袋里摸了零钱递过,端起一碗便用羹匙舀了要喂女儿,可满脸泪水仍在抽噎的小绫不喝,只呜咽着问:"爹,你为啥不要我了?是嫌我在家不勤快么?是怕我学不会织绸吗?是看我花零钱多——"

"不,不是……孩子,你喝点吧!"达志摇着头,泪水也同时被摇了出来。

"爹,那让我回家吧,回家吧……"小绫摇着爹的手哭着恳求。

"绫绫,你已经是董家的儿媳——"

"爹,那你为啥要送我当董家的儿媳？为啥？他们说你是为了要银子,是不是?"

达志的心一颤,泪就大串大串地涌了出来,他知道他没法对女儿解释清楚。

"爹——"小绫用力抱着爹的脖子,把自己的泪脸向爹脸上贴去……

一直坐在酒会厅里望着达志父女的云纬,那一刻扭过了脸,猛端起酒杯,仰头一下子把杯中的红葡萄酒倒进了口里……

10

　　天阴,云块如马群一样在葛条凹的上空驰奔,有几群奔得太快,就撞死在凹后的山顶,粉碎了的云尸向山谷滚去。
　　这不是一个让人心情畅快的天气。栗温保在"三有堂"前默站了一阵,又烦躁地走入堂内。自从那次偷袭南阳城失败以后,一股火气一直憋在他的肚里,何况又是这种天气。
　　晋金存,你这个狐狸!你的圈套玩得还真行,你派人打入我的内部给了我假情报,想把爷们一网打尽,手可真狠!这次让你占了上风,可你甭高兴得太早,爷们早晚要跟你算这笔账!你这次欠我十三条人命、三十一条腿和二十二只胳膊!这些账爷都在给你记着!……
　　草绒、枝子,我的亲人,这次让你们受了惊吓吃了苦头。你们冒着砍头的危险救了我和民军,这份恩情我永不会忘!你们咬咬牙再坚持一段日子,我一定要把你们母女救出来!前半辈子我欠你们的太多,后半辈子我一定要还上!我要让你们享尽荣华富贵!……
　　不远处的营棚里传来一阵挺响的喧哗,把温保的默想冲断。"你骂呀,骂呀……""饶了我,饶了我……"断续的话语飘过来,仿佛还杂有哭音。
　　"啥子事?"温保不高兴地问门口的保镖。
　　"那边三队的几个弟兄在揍一个老头,那老头八成是一个坏货!"

"唔?"温保闻言踱出门,向三队的营棚看去,果然见一个老头正跪地求饶,几个兵在踢他,另有一群兵或站或蹲地在那里笑。

他便大步向那边走去。兵们见温保过来,都起身停住笑;那嘴角被打出血的老头看见温保,猜出他是头头,忙又朝他跪下作揖叫道:"饶了我,饶了我,我不该骂不该骂……"

"咋回事?"温保低沉地问显然刚才动手打过老头的兵。

"俺刚才从他的房后过,见他种的几沟萝卜挺好,便拔了两个,就两个,萝卜都不大,嗨,叫他看见了,他就日亲尻娘的骂开了,我一气,就叫了几个弟兄过去,把他弄过来揍了几下,我要让他知道咱民军的厉害!"一个粗矮的兵说得理直气壮。

"你起来!"温保这当儿朝那老头轻声说道,"你刚才咋样骂的他,再骂他一遍我听听!"

"不,不敢,我刚才是心疼萝卜还没长成,我真混,我不该——"

"不!你该骂!"温保突然高了声叫:"你应该再骂他一遍!"

那老头一惊,兵们也都怔住。那个拔萝卜的兵开始着慌。

"骂,大伯,你现在再骂他一遍!我给你撑腰!我看谁敢再动你一根汗毛!"温保走到老头身边鼓励道。

那老头不知所以地慌慌倒退着双脚:"不,不,我不骂……"

"既然你不骂,那我就替你骂了!"温保猛然转脸瞪着那个拔萝卜的兵,咬了牙骂道:"畜生!你才从农民中出来几天,可也学会欺负农民了?!你不知道农民种个萝卜要费多少艰难?那萝卜没长成你就拔下来吃你就不觉得良心不安?狗东西,骂你几句你竟敢把人捉来踢打,你的胆量可真大!你出来干民军是为了啥?就是为了吊打农民?就是为了欺负这个差不多跟你爹一样大年纪的农民?我日你个八辈先人,老子就是农民,你欺负他就是欺负我!日你奶奶,大清皇帝和他的那些贪官污吏欺负我们农民还不够,还要再受你欺负?!我日你——"

179

"大哥!"一声低低的招呼打断了栗温保的怒骂,他回头一看,见是派出去多天的肖四汗水淋淋地站在一旁,才强抑住恼怒,朝直直站在四周的那些民军士兵们叫道:"今后我要再见到有谁敢欺负农民,我就崩了他!"……

"咋样?"一进三有堂,温保便迫不及待地问。

"你交待俺们办的两桩事都有了着落。"肖四边答边用碗舀了门后水缸里的凉水猛喝,"先说和同盟会联络的事,俺们通过老七的弟弟,和南阳府公立中学堂的一个姓罗的老师接上了头,这罗老师也是同盟会的头头,他答应和咱们联合起来干,里应外合夺下南阳城,不过他说要找时机,不能贸然动手,具体时间再和咱们联系。"

"好!"温保高兴地拍了一下膝盖。和同盟会联络是那次失败后他的动议。因为那次失败后不久,报纸上出现了同盟会也在组织暴动的消息,这使他心里一动:既然同盟会也同大清不共戴天,咱何不同他们联合起来干? 于是就要肖四进城暗中联络,他听说过同盟会在全国各地都有人。果然,联络上了!

"弄洋枪的事,"肖四得意地笑笑,"也成了,十二支,是通过南阳镇总兵谢宝胜的小舅子买的,那小子贪钱,我们给了他一些'白的',他就给送到了客栈,后来我们把枪分装在两个木箱里,转移到了小柱他远房叔叔卓远家里,那卓远如今改做了南阳师范传习所学监,一般不会有人去他那里搜查,我们对卓远也没说真情,只说箱里装了点贵重东西,先寄存到他家里。俺们打算过几天,生个法子再把枪弄回来。"

"行,四弟!"温保砸一下肖四的肩膀,拳头里攥满高兴,"只要有了洋枪,咱跟他们干心里就不慌了,娘的,真不明白,洋人咋会那样精,造出这等厉害的东西!"

"还有,我见着了草绒嫂子一回,她跟在那个叫云纬的夫人轿旁,我站在街边人群里看,嫂子胖瘦还行,就是气色不太好,脸有些苍白。我不敢过去搭话,她们轿后跟有衙役。"

"我日他晋金存的姐!"温保心里的怒气又被肖四这话燃起,跺了脚低叫,"早晚有一天,我要像拎兔子那样把晋金存拎到我手上!"

屋里静了一霎,骂过以后的温保,终于又渐渐平静下来,这才又含了关切地问:"见没见到弟妹?她和孩子咋样?"

"我趁黑夜回去过两回,他们母子还好。如今监视他们的人去得也不经常,我有心想把他们母子弄出来,可又担心晋金存对我爹妈两个老人下手,后想想也罢,就让他们先住那里,反正咱们早晚要打回去!"

"对!"栗温保挥拳在桌上砸了一下,"他们不会再苦多久了!……"

11

　　送走来南阳巡视的新任河南巡抚,晋金存一回到府中,便招来一个贴身随从不放心地问:"哎,你帮我想想,昨晚咱们去巡抚下榻处送礼时,巡抚见咱们把礼物呈上后,是不是笑了一下?"

　　"嗯,是笑了一下。"那随从回忆道,"他的两个嘴角这样一提。"随从学了学巡抚笑的样子。

　　"要是这样就好,昨晚灯有些暗,我没看清,我总觉得他没有笑,为这事我昨夜一夜没有睡好。"晋金存沉吟着说。

　　"他反正把礼物收下了。"随从仿佛对这笑与不笑没有看重。

　　"嗨,那你不懂!"晋金存摇了摇头,"他要是没笑,那就证明知府和总兵他们送的比咱的礼物要重,而且送在了咱的前面。送礼也有讲究,几个下官给一个上司送礼,你的礼不仅要重,而且要先送,先送,给人的印象深刻!人家送的礼重而且送在前边,你的就差不多等于白送!"

　　"噢,"随从点着头。

　　"你再回忆一遍,你确实看见巡抚大人笑了?"晋金存仍有些不放心。

　　"是的,我确实看见了。"那随从再次肯定地点头。

　　"好,这我就放心了。"晋金存靠回椅背吸了几口烟,顷刻,又扭过身问那下属:"从他的随从那里听到什么口风没?"

　　"听到一点,负责巡抚大人贴身侍卫的那个马官人,今早我在馆外碰见他,我俩寒暄几句后,他说:你们晋大人不错,是个可以干大事的料子!"

"他这样说了?"晋金存顿时双眼一亮,他扭头瞥了一眼坐在一旁翻书的云纬,目光里透着得意。但愿这次能真的感动巡抚给我做番安排,我已经五十多岁了,于朝廷没有功劳也有苦劳,好歹也侍奉过几任知府,轮也轮到我升了!晋升五品同知以后这几年,晋金存一直在盼着自己升任知府的消息,但盼来盼去,却终于没有盼到,心中不免焦急,时时都在暗暗祈祷官运来到,这次新任巡抚来南阳巡视,正是一个让上司认识赏识自己的机会,他自然不会放弃。

"嗯。"随从再次肯定。

"没有给那位马官人送点东西?"

"送了,一个独山玉香炉,一幅烙画立轴,裱好了的。"

"对,以后还要记住,凡上边来了客人,对他们的随从一定不要慢待,都要多少打点一下,可别小看他们,这些人能成事也能坏事,这些随从若觉你不错,对你有了好感,他就会常在主人面前说你好,就能帮助主人下定起用你的决心;若他们认为你孬,对你有了恶感,听说主人要起用你时,他就会填坏话,这样三填两填,就会把你的好事坏掉!没有听人说么?世上没有什么大事,所有的大事都是由小事引起的,有些人升官,很可能就是因为上司的老婆或身边侍从说了一句好话;连两国之间发生的战事,最初也可能就因为皇帝身边的一个什么妃子什么太监说了句什么话怂恿了皇帝!"晋金存低声开导着随从。

"噢,噢。"那随从连连点头。

"为买礼物总共花了多少钱?"晋金存吸两口烟后又问。

"三百多两。花的钱有点多了。"随从赔着小心。

"那倒没啥,"晋金存吐一口烟,"人生就是做买卖,有支有收,只要值得支出,就不要心疼,不过你们也可以想点办法,我听说尚吉利大机房最近买了机动织机,出货很多,赚钱不少,你可以让收税的他们去问问,好像使用机器也应该纳税的。"

"好的,好的。"随从很机灵地眨着眼睛。

"这事让我去吧。"一直默坐在一旁散漫翻书的云纬,这时突然开口。

"哦,你去?"差不多忘了云纬坐在一边的晋金存一怔。

"不就是讹他们家点银子嘛,我就说我要试穿他们家新出的绸缎,我看他们敢不给!"

"好,好,"晋金存眼睛一亮,"你们女人出面办这事更好一些,万一有人说起来,我就讲我不知道!"

云纬鼻子里哼了一声,慢慢转过身去……

看看暮色已经上来,云纬起身打开自己的那口樟木箱,从自己这些年积攒的体己银钱中,拿出了四个五十两的大锭,包在了一帕丝绢里——像大多数富人家的女人一样,云纬也已学会了攒体己钱。

这便算做是从尚吉利大机房弄来的!

后响,她一听见晋金存要随从去尚吉利机房要税,心就倏然一缩,她知道这是变相的讹,她即刻就对晋金存生出一股更大的愤恨来。尚家的那点钱来得容易吗?那是用汗水、靠俭省,甚至是拿女儿的身子换来的呀!如今,有关尚家的两件事已经深深刻进了云纬的脑子里,一件是尚安业的下葬,那个老人为了省下一点钱,是用席片包住身子被埋进冰冷的土里的;一件是尚达志为弄到银子买织机卖了女儿,达志和女儿那天在泰古车糖公司店堂门口抱头相哭的场面,把云纬的心都揉碎了。对这两件事的记忆,使云纬心中原有的那股对尚家的气恨变得淡薄了。尚达志当初为了保住丝织祖业不和自己私奔的举动,在今天的云纬看来,仿佛也有可以理解的地方。而一旦她对尚家的气恨变淡,原先被她压在心底的对达志的爱就又翻了上来。现在,达志的举止行动,尚吉利机房的兴衰安危,又都在她的关注之中了,所以,她一听到晋金存要去尚吉利讹钱的话,就先气得打起哆嗦来。狗东西,你不动不摇,派人就要去把人家辛辛苦苦用汗水用眼泪积攒起来的钱拿走,这算什么道理?

可后晌云纬不敢多嘴,更不敢把自己心中的愤恨表现出来,她晓得晋金存要办的事谁也挡不住,她只有另想办法替达志把这个灾难挡开,于是便提出,自己替晋金存去尚吉利大机房弄钱。

达志,你放心,这个灾我既然知道了,就不会让它落到你的头上!

你安心做你的事吧!我真不明白你们尚家为什么会迷丝织迷得那样深,可你既然迷上了,你就迷吧……

她把那四个大锭包好往手袋里一塞,便出门吩咐轿伕:去尚吉利机房!

离着尚吉利还有百十步远,云纬便叫落轿,令轿伕站在原地等,自己一人向大门走去。尚家临街的店堂门也还没关,柜台上点着两根蜡烛,达志正一人借着烛光伏在柜台上算着什么账目,云纬轻脚走进去,没有吭声,只是默然望着正聚精会神算账的达志。

这十来年间,在这么近的距离上这么不受干扰无所顾忌地看达志,还是第一次。他显得瘦了;眼角已有了那么多鸡爪纹;左手背上有一道挺长的血痕,是什么时候划破的?衣服怎会这样破旧?左襟上撕破一个口子,右肩上有一大块污迹,是染印绸缎时溅上的颜料?头发显然很久没洗了,乱蓬蓬的。呵,达志,亏你还是个老板,你的日子怎会过成这样?……

达志大约是算完了一笔账目,推开算盘抬起了头,他看见站在柜台外的云纬,惊得"哦"了一声,他根本想不到她会在这个时候一个人来到他的店里。

云纬无声地站在那儿,双眼定在他身上。

达志被云纬的目光望得有些慌张,上次见面时她的那顿怒骂还记忆犹新,他惶恐得一时不知该咋着开口,他在慌乱中想到的头

· 185 ·

一句话是:"你是来买绸缎的吗?"

这句问话一响,原本笼在云纬脸上的那层柔和又倏然隐走。她本来等待的是一句关切的、亲切的问候或招呼,未料还是一句纯生意的用语:你是来买绸缎的吗?

尚达志,你这个完全被绸缎遮住眼的东西!你以为所有来你尚家的人都是为了绸缎?就不会是因为别的?是因为想你、思念你、帮助你?!在你和你爹眼里,除了丝织除了绸缎宝贵之外,再没有别的宝贵东西了?!真是鬼迷了心窍!像你们这样一生只想着一个目标的怪物真是少有!一心想着织出"霸王绸",狗东西,但愿你们永远织不出!织不出!……

云纬的牙又咬了起来,原有的那股对尚家的气恨又在心里翻腾开来,只听她冷然说道:"是的,尚老板,我是来买绸缎的!不过我要买一种特别的绸缎,一种用你女儿和未婚妻的眼泪浸过的绸缎!那种绸缎穿着舒服!"

这句话像一颗子弹一样准确地命中了达志的胸脯,只见他的身子摇晃了一下,他似乎想辩说几句,嘴动了动,但声音却被双唇关住了。他最后只是无限痛楚地看了云纬一眼,便一下子伏在了柜台上。

云纬感到了一阵怒气得泄的快活。尚达志,你心里也不好受了?你也该尝尝难受的滋味了!她一动不动地站在原地,目光刀一样地朝伏在柜台上的达志的上身狠狠砍去。屋里很静,通向内院的门关着;因为正是吃晚饭的时辰,街上也无人走动,四周没有别的声音干扰。云纬就那样眼一眨不眨地看着达志,但渐渐地,她的双眸里现出了惊异,她看见达志伏在柜台上的双肩在一下一下搐动,起初她没理解他何以会有那动作,待她慢慢看出他那是在强抑哭声无声饮泣时,她有些慌了,她急忙转身关上了临街的店堂门,尔后走回到柜台边,不过是顷刻之间,她心里的那股因怒气得泄而起的快活又飘飞得无影无踪,只剩下了一股苦痛,脸上的冰冷也一变而为心疼,她轻轻地伸出一只手,抚向他那因饮泣而不停晃动的头,抚向那些硬挺而密集的头发。

那颗头在她的掌下更剧烈的抖动,而且开始从他的口中传出抑得极低的哭声。

"好了,甭这样,怪我。"云纬像哄小孩那样地喃喃说着,与此同时,两只手充满爱意地在他的头顶、颈后、两鬓上抚摸。而且轻轻低下脸,亲了一下他那仍在晃动的头顶。

院中传来了一个孩子的喊声:"爹,吃饭了——!"

云纬一惊,急忙收回手,低了声说:"你儿子喊你吃饭了,甭让他看见你这模样。这儿不是说话的地方,后天晚饭时分,你到玄妙观的西侧门,我在侧门里的竹林那儿等你,到时再给你细说!"言毕,便扭身拉开店门,闪到了街上……

云纬带着满腹的沉重刚刚回到晋府,晋金存就含笑迎上前来问:"咋样,宝贝儿,有收获么?"

"看呗!"云纬努力让脸上浮出一丝得意,将手袋里包有四个大锭的绢包放到了晋金存手上。

"嗬,这么多?"晋金存眼中的欢喜分明要溢出眼眶,一边摸着那些银锭一边夸着云纬:"我原以为你能从尚家弄出几十两就了不起,没想到这么多!这下好了,送给巡抚的那些东西又差不多收了回来,咱们是收支相抵了!"

"这可是尚家的全部家当了!我去辛辛苦苦讨来,你也不能太贪心,总得给我留一点!"云纬斜瞪了晋金存一眼。

"哪能,为了犒赏你的功劳,你留下一半,行么?其实放你这儿和放管家那儿,还不是一样?!"他上前捏捏云纬的下巴。

云纬迅疾把眼帘放下,以免他看出她眼底的愤恨。正这当儿,门外响起晋金存贴身随从的喊声:"老爷——"

晋金存闻唤缩回手,在椅上坐好之后应道:"进来!"

· 187 ·

"老爷,"那随从进屋之后急急说道,"刚才知府大人差人送来南阳师范传习所学监卓远写的一封致知府大人的公开信,信上抗议官府最近增设牛捐和强征辣椒税、油漆税、斗行税以及登记户口时让每个户主交的一百文'笔墨费',说这是苛捐杂税,说实行下去必将把百姓们推入贫穷深渊,造成民怨沸腾等等。这封信目前已在城内流传,一些人还抄写出来在街上张贴,人们争相观看,据说卓远声言若官府不废这些苛捐杂税,他还准备再写第二封第三封,知府大人叫你快想办法处置这桩事,以免酿成民变!"

"哦?"晋金存两道长眉一挺,在屋内踱起步来。

"以小的之见,今夜我们派人到卓远家里这么——"那随从做了个放枪的动作。

"不,"晋金存威严地把头摇摇,"杀人只会更快地激起民变,你想没想过,卓远写文章靠什么?"

"笔!"

"怎样才能让人不拿笔?"

"把他的家砸了,笔、墨、砚一律抄走!"

"那他就不会再买?"

"明白了,大人。"那随从笑笑。

"明白了就去办,但要做得巧妙。"晋金存又慢声交待。待那随从出门后,他才又走到云纬身边含了笑说:"我已经给厨上交待过了,今晚喝鸡鸭肾猫耳绒汤,这东西大补,你待会儿愿不愿也喝点尝尝?"

云纬没话,只是一脸愕然地望着对方。

"怎么这样看我?"

云纬意识到了自己的失态,急忙把头摇摇。

卓远那天后晌写字时,手奇怪地直颤,颤得他几次放下笔去看自己那只白净的右手。出了什么毛病?他自言自语地用左手敲敲右手,又接下去写,他觉出今日的字写得比往日相差太远。

　　这是一份讲义。题目是:师传与立异。身为学监他原不必亲自授课,这一课是他主动提出讲的。当初,南阳书院改为南阳府立中学堂之后,本要请他继续留任,但他执意辞去聘请,来到这刚办不久的师范传习所。他认定南阳眼下急缺的是师资,只有培养好老师才会有更多于国有用的学生。

　　"卓先生,天要黑了,还写?"看大门的老头站在窗外喊。卓远掏出怀表,看看已是晚饭时分,才点点头,开始收拾桌上的纸张。

　　卓远拎着他惯常装书、笔的蓝布小包袱,走出校门时,看见还有几个人在凑近师范对面的墙壁,阅读不知被什么人抄写在大张白纸上的他写给知府的那封公开信。

　　他淡淡一笑。他原没准备给知府大人写什么公开信,那是前几天的一个上午,学生们到校后无心听课,而是纷纷聚在一起议论着什么。卓远见状先是生气地训了几个学生,当其中一个学生含泪诉说官府已开征牛捐和辣椒税、油漆税、斗行税他们正发愁后,他方吃了一惊。他那几日身体不适没有上街,不知有这消息。连吃辣椒、油漆家具都要交税,太岂有此理!他原打算亲去府衙要求知府接见陈述自己的看法,后想到知府可能会找理由不见,便转而想到了写公开信,这样做势必会引起更多的民众注意这件事,从而给知府造成压力,迫使他下令取消这些苛捐杂税。不料妻子雅娴知道了他要这样做后,坚决反对,妻子说:历朝历代,凡是做学问弄教育的人干预政界的事,没有几个有好下场的。你不过是有嘴有笔,可人家有权有兵有刀有枪,你得罪了政界,轻则,他们会收走你做学问弄教育的权利;重则,他们会干脆把你关起来,你有什么办法?妻子说的也不是没有道理,历史上因开罪政界当官的被整的学人的确不少,可眼睁睁看着这些不平的事不管,又确实令他心中不安。他最后还是决定写,动笔的那天晚上,妻子走过来夺下他的笔,在他面前的纸上飞快地写了一个大字:"祸!"他当时苦笑笑,

· 189 ·

说:"雅娴,中国知识人的腰,最容易被这个'祸'字压弯,今日你就让我试一回,看我能不能挺腰把这个字扛在肩头。你看父亲留下的这两个条幅和这幅画,画上的这个学人儒生躬腰屈膝地站着,一侧写着:易弯最数腰;另一侧写着:能软当推膝。我这会儿忽然觉得,父亲这些遗作八成是在告诫我这个识字的儿子,甭像画上那人那样活着!"他当时边说边指着父亲留下的遗作。雅娴那一刻被他的话惹恼,跺一下脚说:"好,你腰硬,你写吧!"……

卓远这会儿想起来这些事,又禁不住笑了一下。

但愿这封信能给知府带去点压力,使他尽快取消这些苛捐杂税。

街两边的店铺已经上灯,强度不同宽窄各异的光束投到街上,使街面显得斑驳怪异。有很响的猜拳行令声从附近的酒馆里传出,伴着各家招呼孩子吃饭的叫喊,加上仍在忙着的白铁铺的敲砸动静,夜色初上的街道闹成一片。

前边有两个醉鬼,走路一摇一晃踉踉跄跄,后边的一个正在朝前边的一个喊:"你给我站住!咱要喝喝到底,老子不把你喝倒我就不是我娘生的!你吹什么牛皮?你站住不站?不站老子就宰了你!"手中赫然举着一把锃亮的刀。前边的那位根本没有看到危险,还边走边朝后叫:"你回去跟你爹再学两年喝酒,然后咱们接着比,老子喝的酒比你见过的水都多!你逞什么能——"正说着他的脚下绊了什么,噗咚一声摔倒在地,后边的醉鬼踉跄着奔上去,举刀就向那人身上砍。走近了的卓远见状慌忙上前劝拉,但他没想到,他的手刚触到那个拿刀的醉鬼,那醉鬼便霍然转身抓住了他的手,原本仆倒在地的那个醉鬼也忽然怪笑着抱住了他的腿。他在挣扎中倒在了地。他右手撑住街面刚想站起,只听呼地一声,那醉鬼竟挥刀向他右手砍去。刀刃触手时他撕心裂肺地惨叫了一声。他看见的最后一个情景,是他的四截被砍断的指头在地面上跳动,随即便轰然仆地,疼昏了过去……

12

顺儿把晚饭做好,把炒的一盘萝卜丝和蒸熟的一筛杂面馍端放到小饭桌上,给婆婆、丈夫、儿子各盛了一碗稀粥递到他们手里,看他们开始吃了之后,自己便去准备第二天做早饭要用的各样东西。每顿饭都是这样,看到全家人开始吃了之后,她便去准备下一顿饭要用的东西,差不多待婆婆、丈夫和儿子吃完了,她才端了碗来桌边坐下。她所以养成这个习惯,一则是想把做下一顿饭的时间缩短一点儿,自己在织房可以多织一会儿;二则是想尽着婆婆、丈夫、儿子先吃饱,剩下的自己再来吃,剩少就少吃一点儿,剩多就多吃一点儿,她总担心饭不够,担心自己同他们一块儿吃,使他们吃不饱;三则是她喜欢看着婆婆、丈夫、儿子大口吃她做的饭的那种样子,每当看见那三口人在桌前香喷喷地吃着,她心里就涌起一股无比的舒服、满足和自豪之意。她自小因为一只脚残疾,受到家人和邻人的歧视,穷困的爹娘每每为了家计艰难生气时,总要骂她:养你有什么用处?所以在她的内心里,她时时希望看到自己对别人有用处!看到自己做的饭,能让婆婆、丈夫、儿子吃得那样香甜,她心里就高兴和满足。

今天晚上,她一边洗着第二天早上要炒的白菜一边注意到:丈夫吃饭又吃得心不在焉,根本不像过去那样狼吞虎咽香香甜甜!

这是这两天才有的现象!

平日,她很注意观察丈夫的举动,她尽最大的努力要使丈夫高兴,她对他照顾得无微不至。她这样做,是因为她对他心里充满感激!是达志,让我一个残疾姑娘也做了妻子;是达志,让我一个残疾女人也生了儿女,做了母亲;是达志,让我有了一个温暖的有吃、有穿、有住的家;是达志,让我成了一个对别人也有用处的人……

因此,她的情绪常随达志的情绪改变而改变,达志快乐,她就欢喜;达志发愁,她就忧虑;达志烦躁,她就不安……

从发现达志心神不定起,顺儿就在琢磨原因:是因为机房里的事?不像,这两天的丝织生产十分顺利;是因为儿子和自己做了啥事令他不安?不像,儿子和自己做了啥不合他意的事时,他一向是要当面说的;是外边街市上出了啥乱子?也不像,这两天一切都很平静……

顺儿最初发现达志的心神不定是在昨天晚饭时,昨天后响达志的情绪还没有出现异常,她估计一定是昨天晚饭前发生了啥令他不安的事。她最后猜出事情的原因是得力于儿子的一句话——就在刚才吃饭前,她问儿子昨天晚饭前做没做啥惹爹不高兴的事,儿子说没有,儿子说他去店堂喊爹吃饭时爹好像哭过,眼红红的,他替爹去关前店门时,好像看见一个女人刚走出店门。

顺儿由这话立时明白,一个可以让丈夫动感情的女人不会是别人,只能是云纬!他见了云纬!她这样断定。断定之后她却并没有生气,这一是因为作为女人她一向知道,丈夫并没有把全部的心给自己,云纬一直存在于丈夫的心里;二是因为她不论遇见什么事总是先替别人着想,达志和云纬原本就要做夫妻,后来被人生生拆开,他们的心里当然很苦很难受,他们见一见又有啥不应该的?再说,眼下稍有点钱的男人都要娶两房夫人,我为啥非要求达志终生守住我一个残疾女人不可。顺儿因为自己从小就受过折磨,所以对别人受折磨的事就特别敏感特别同情,她的心里有别的女人所没有的宽容。

她看见达志勉强扒了两碗饭后慌慌地就要出门,估计他是又要去见云纬,毕竟她也是女人,她心里也有一点点难受。她压下心中那点不多的难受,追到院里,轻喊了一声:"他爹!"

"哦,我要出去办点事。"达志回头淡声说道。

"我在想——"顺儿的声音有些发颤,"你是不是把她约到咱们家见面,就在店堂里也行,这样也安全些,万一有人问起,我们就说她是来买绸缎的,也好遮掩,你们在外边见面,倘使叫外人撞见,这名声不就——"

"你说啥子?和谁见面?"达志吓了一跳,他被妻子的准确猜测骇出一身汗来。

"不用瞒我了,"顺儿垂下头,"我是实实在在为你俩好!"顺儿说的是真心话。

"真是蠢到家了,我去和谁见面?"达志因自己的隐秘被妻子发现而有些着恼,"我是出去办丝织上的事!懂吗?"

"你不用担心我不高兴,我知道你和云纬姐的心里也很苦——"

"啪!"达志猛地朝顺儿打了一个耳光,"我叫你在这儿瞎说八道!"他现在只有用这种暴怒的举动来替自己掩饰了,他不敢再同顺儿说下去。

他极快地走出了院门。

"世他娘,你和达志在说啥呐?"婆婆这时走出门口问。

顺儿急忙放下捂脸的手,轻而平静地向婆婆说:"娘,他说我织的一匹绸子不好,生气呐。"

"哦,值当吗?"老人嘟囔着回转了身去……

半后晌的时候,云纬就开始不安,就在心里反复问自己:去不去玄妙观见达志?不去?自己定了日子和地点,他见不到自己会更伤心。昨晚已把他的心伤得够狠了。男人的心原来也经不起一刺,该去宽慰宽慰他,给他说几句宽心话。尤其要让他知道,尽管

193

晋金存时时想敲诈他,可有她在,会替他把这些挡开,他可以安心去经营他的丝织业。男人们也许一生都会选定一个目标往前奔,他既是爱着丝织,就让他去织吧……去?万一让晋金存知道了咋办?他可是个心狠手辣的东西,他敢让随从砍断卓学监的手指头,当然也敢折磨一个织绸缎的达志。不过,他今晚要去知府衙门议事,按以往的习惯,至少要到二更天才能回府,我只要提前回来就行……

云纬最后做出了决定:去!

天刚擦黑,晋金存去知府衙门刚走,云纬便借口到街上散步出了晋府。

坐落在城西北隅的玄妙观,为南阳道观之最,始建于元代至元年间,明朝唐藩时重修。道观坐北朝南,主体建筑分为五重,前为无量殿,殿后为山门、四神殿、三清殿,再后为玉皇殿、祖师殿,最后为斗姥阁。整个道观殿宇雄伟,亭园佳秀,占地近二百亩,是豫西南的道教中心,与北京白云观、山东长清观、西安八仙庵并称为道教四大丛林。

在观内祖师殿的西侧,有一个供观内道姑们偶尔出入的小侧门,平日总虚掩着,侧门里边,是一大片竹林。这个小侧门和这片竹林,是云纬来观内游览时发现的。这里极少有人来,静得出奇。此刻,云纬在夜色的遮掩下,就站在这片竹林里等待达志。

多少年已经过去,竟又可以和达志约会了。云纬感到一阵从心底升起的悸动,许多年前和达志约会时那些甜得让人心醉的情景,又新鲜如昨地从记忆里活了过来,那些相拥相抚相吻的情景的忆起,使她的心跳加快了,她又新鲜地体验到了姑娘时代等待达志的那种带了羞涩的狂喜的滋味。在这一刻,今天和过去的岁月接起来了,中间的这些年头和这些年中发生的那些事消失了,她胸中对达志、对尚家的气恨已经悄然飞走,她的双颊飞红双眼晶亮,像初恋的少女一样,急迫地看着那扇小侧门。

小侧门轻轻地响了一下,星光下可以看见是达志的身影,她轻喊了一声。看见他向这边竹林里走时她觉出身上的血流加速,额头那儿的血管开始嘭嘭作响。她迫不及待地迎上前去,她碰响了几棵竹子,竹叶发出了一阵索索声,她的一只脚绊上了一个竹根,她几乎是踉跄着站到达志面前的。

她在星光下默默地看着达志,她那深邃的含满激情带着热度的目光,长久地停在达志身上,她似乎要通过这种细细的审视和凝视来弥补她没有看见他的那些年时间。随后她抬起双手,无言地捧住了他的脸,她那纤长柔软的手指在他的嘴角、颊上、鼻翼、两鬓和额头缓缓地移动,她仿佛要通过这种触摸来验证今天的达志和过去的达志相比究竟变了多少。

达志也抖颤着把两手放到了云纬的肩上。十年了,这还是第一次。达志今晚来,目的也是想解释,解释自己当年的那个决定,请求云纬的宽恕。但当他刚刚张口说一句:"云纬,那年——"云纬就扑上来用双唇堵住了他的口。那是一阵多么长久的吻呵,云纬吻得主动而坚决,她像是要用这一吻来表达心中堆积了十年的对达志的苦苦思念和那种掺了恨意的爱恋。达志被这一吻撩起了激动,他把云纬一下子搂紧了,被爱和激情烧热的云纬,那一刻身子早软得站不住了。来吧,达志,我们就躺在这松软的落叶上说话吧,你知道我这些年是怎么想你的吗?是怎么想的吗?

"两位好!"就在这当儿,在云纬的身后不远处,突然响起了一个男人的声音。

云纬被吓了一跳,身子一激灵,扭了头惊问:"谁?"

"是我,晋老爷的手下!"一个黑影从不远处的竹丛里闪出,"三夫人大概不知道吧?晋老爷对他的每房夫人,都派有人暗中保护,你摸着黑来到这里,我当然应该跟来护卫!"

云纬倒吸了一口冷气,几乎是立刻扭身朝达志推了一把:"快跑!"

达志迟疑了一霎,拔脚向小侧门跑了。

"跑了和尚跑不了庙!"那晋金存的手下人倒没有去追,而是慢悠悠走到云纬身边,"我已经知道他是谁了——尚吉利的尚老板,我只要回去给晋老爷一说,保准他活不过三天!你大概不晓得,在你之前,晋老爷有过一个三夫人,可惜那位三夫人和她的私通者一起被活埋到白河滩里了!"

云纬打了个寒战。

"当然,我也理解你的心情,晋老爷得了不举之病,你一个如花似玉的少妇,能忍受得了?如果你答应我——"他用手触了一下云纬的双乳,"我会把这秘密永远保守下来!"

云纬后退了一步,把牙倏然咬起。

"答应吗?"那人向前一逼。

"当然。"云纬突然平静地开口,同时侧耳去听达志的脚步声,那声音已在道观外的街巷里越来越小。

"那么就请脱吧!"

"在哪里?就在这儿?"云纬拖延着时间。

"当然!"那人用脚踢了踢地上的竹叶,"这上边很软和,躺上去保准不会弄疼你!"

达志的脚步声已经完全消失。

云纬慢慢地解着上衣纽扣,扣子刚解完,却突然对着道观大院高喊了一声:"来人呀——"

"你喊什么?"那人惊得身子一战,逼上来叫。

"我要把道观里的人喊来,让他们替我做个证明,这里只有你和我,是你想要在这里侮辱我!"

"你?!"那人被这话吓得退后一步。

"我要告诉晋金存,是你骗我来这道观后院企图不轨,他会相信我而不会相信你!因为没有人为你证明!我们两个人的事情,你休想说清!"

"你?!"那人被这话吓得又后退两步。

"你要是聪明人,就把你看到的这些永远藏在肚里!你胆敢报告晋金存,我就用这个法子治你!你可知道,晋金存对府中男人的疑心本来就大,他不会不信我的话,你若不相信,咱们回去就试试!"

"不,不,三夫人!"对方的双眼蓄满惊恐。

"哪里有人喊?"这当儿,祖师殿前出现了两个提着灯笼的道姑,在互相问询。

"这儿!"云纬立刻应了一声,同时低了声对那人讲:"跟在我身后,装做是跟我的保镖!"说罢,几步出了竹林,迎着灯笼走去。

"二位道姑好!"云纬走近灯笼时先开口招呼,"我是晋府的三夫人,七天前,我在祖师爷面前求他老人家保佑我儿子夜晚睡觉不再惊怔坐起大汗淋漓,我当时许了愿,若他老人家开了恩,我在七天后的二更左右来送纹银三两好给他老人家的殿堂大门油漆一遍。祖师爷果然对我儿子施了恩,我今晚带着下人是特来还愿的,刚才到大门口见大门已关,只好绕道这个侧门。来,请二位道姑替祖师爷收下俺的一点儿心意!"说毕,把随身带的三两银子掏出递到了一位道姑手上。那三两银子云纬原本是后晌准备去街上买香粉、胭脂等用物的,后来因事没去成,临来时慌慌忙忙没有放下,没想到此刻派上了用场。

告别了那两位道姑出了侧门之后,云纬压低了声音对那人说:"好了,那两位道姑现在已看清了你的面孔,如果你胆敢回去对晋金存说出我和达志见面的事,我就让那两位道姑证明,当时跟在我身边的,只有你!"

"我,我,我不会说的!"那人慌忙再次表态。

云纬在黑暗中抬手抹了一把额头上的冷汗,长长吁了一口气……

197

13

因为剧疼卓远昏迷了两天,此后又因为失血过多在床上躺了半月。半月后那个暑气逼人的午后,附近安泰堂的大夫来为他解下右手上的纱布时,他看到的是一只怪样的手:大拇指、食指、中指、无名指四根指头都只剩下了短短一截,小拇指变得异乎寻常的长,四根断指成阶梯状排列,创面都如斜切的萝卜。

"天呀,我还怎么写字——?"卓远的手在空中痛苦地一挥。站在一旁的达志和雅娴见状慌忙抓住他的两个手腕。"想开些,卓远哥,谁都有意料不到的灾难。"达志哑声劝。

当卓远望着自己那只怪样的右手痛不欲生的时候,妻子雅娴那天写的那个"祸"字又倏然地闪现在了他的眼前,在这一刻,也只是在这一刻,他才惊疑地问自己:那两个醉鬼为什么偏偏砍坏了我握笔的手?会不会是官府——?

难道人竟会这样卑鄙?

他为自己的这个猜测打了个哆嗦。

又过了十来天,卓远才算最终接受了这个可怕的现实,心情渐渐平静下来。这日吃过早饭,妻子雅娴为了改善他的心境,让他坐在院中树下的椅上,自己倚在一旁给他读王勃的《秋日登洪府滕王阁饯别序》,正读到"……勃,三尺微命,一介书生。无路请缨,等终军之弱冠;有怀投笔,爱宗悫之长风"时,院门被敲响,一个晋府的衙役进来施礼问道:"同知晋大人令小的来面见卓先生,晋大人说他待一会儿想来探望卓先生的伤情,不知你们可否方便?"

卓远和雅娴一愣,互相望了一眼。晋金存要登门,这还是第一次。卓远不由得猜起了他的来意:是幸灾乐祸?还是要进一步恐吓?"不见!"雅娴赌气地小声对卓远说了一句,她在心里也早把丈夫的这次受伤同官府连在了一起。卓远摇了摇头,他既是声言探望伤情,那就不能拒绝,让他来吧,自己也好从他的神态上印证一下对那两个醉鬼身份的猜测。

"请转达我对晋大人的谢意,就说我对他的登门感到非常荣幸,我随时欢迎他屈尊驾临寒舍。"卓远待那衙役出门后,对妻子雅娴说:"你去把客厅收拾一下,既然他声言来探望伤情,我们还是要以客人相迎。"

雅娴和女仆收拾客厅时,注意到门后放着的两个长木箱,那是卓远的远房堂侄小柱那天扛来的,说是装了贵重东西,先在这里存放几天。这两个木箱原放在卓远和雅娴卧室里,这些天因为卓远受伤,来探望的人多,便被拖放到了这里。

"小柱怎么还不来拿这东西?"雅娴自语着和女仆来拖木箱,想把它们再拖回到卧室里,头一个箱子拖得还算顺利,拖第二个箱子时,那箱板上的铁钉咯吱一松,一块木板掉下来了,雅娴和女仆急忙住手。因担心损坏了箱里的东西,雅娴伸手拨开箱里的包装纸察看,只看了一眼,就惊叫了起来:"天呀,枪?!"

"叫什么呐?"坐在院中的卓远听到这声惊叫,起身踱进客厅,不解地看着妻和女仆的那副惊慌之态,及至低眼一看那木箱中露出的枪柄,也一下子呆住。

不过卓远还是很快从呆愣中清醒过来,他觉得他现在明白了晋金存的来意,他一定是听到了关于这些枪的风声,要带人来搜查。"快,去叫达志来!"他对妻子挥了一下手。尔后又转对女仆说:"到门口望着人,见到晋府的轿子向这边走,早咳嗽一声!"

片刻后,满手沾着机器油的达志从后院的院墙豁口处翻了过

· 199 ·

来,走进客厅。卓远急切地拉他走到那木箱前,没容达志对那些洋枪表示出吃惊,便开口说:"这是我侄儿小柱前些天放在这儿的,这小柱常年在外跑,又偷偷地买枪,恐怕是和官府作对!晋金存可能闻到味儿了,说过一会儿要来家里看望伤情,我担心他要搜查,想把它存放到你那儿,行吗?"

"行。"达志没有犹豫,这是卓远哥让办的事情,但他仍有些发愣。

"记着藏好,一旦让官府发现,这可是要杀头的!"卓远又叮嘱了一句,才让达志分两次从院墙缺口处把两个木箱抱进自家院里。也算巧,达志刚把这事做完,在大门口望风的卓家女仆就咳嗽了一声。

卓远的心又猛地提了上去。

其实,卓远是虚惊。晋金存今日来,并不是为枪的事,他也根本不知道有人买枪。他今天来的目的,主要是安抚,是为了让卓远感觉出,官府对他是十分尊敬和关心的,从而缓和他与官府的敌意。卓远这样的人在民众中很有影响,应该打击与拉拢并进,以争取拉拢收买为上策。

晋金存带着云纬走进院来,卓远和雅娴迎上前,一切都合乎礼仪规矩。分宾主坐下,晋金存让随从把带来的点心糖果送上后,便含了关切开口:"听说卓先生被醉鬼所伤,知府大人和我都非常不安,今特来看望。知府大人在我临来时还特别交待,如果卓先生还能记得那两个醉鬼的貌相,就要我想办法抓到严惩!唉,把那些画像拿给卓先生辨认。"晋金存说罢对一个随从摆了一下手,那随从便把厚厚一叠人头画像放到了卓远手上。

卓远很是意外。

"这是你被砍伤的那晚,全城的所有醉鬼的面部画像,我们为此很费了一番力气,请你仔细辨认一下。"晋金存的声音里满是真诚。

捧着那厚厚的一摞画像,卓远心中不由得起了感动,原来官府也是在真心查缉那两个醉鬼,看来,自己当初的猜测和怀疑并无道理。

"谢谢关心,那两个醉鬼的貌相记不得了,当时天黑,再说,这是他们酒醉时的举动,算不得故意,不必去找他们了。"……

一直端坐在那儿的云纬没有去听晋金存和卓远的对话,而是默默地直盯着晋金存的那张脸,那张脸上现在全是真诚和关切,她真有点惊异那张脸的功能,上天造人时把有些人造得如此精巧,让他的真实内心和脸部表情不存丝毫联系,内心想的和脸上显露的完全相异。倘不是和晋金存在一起生活这么多年,她此刻也会认为晋金存是一个多么可亲的官人!……

直到晋金存起身告辞的时候,云纬才从自己的乱想中回过神来。出门时,她望了一眼相邻的尚家院子,隐约听见了达志的说话声,心中顿时又涌起一股想见达志的渴望,但她迅疾地把那渴望压灭了。现在,她再不敢让自己露出半点对达志的关注。自那天晚上在玄妙观的相会被打断以后,她一直把心悬着,她总担心晋金存暗中委派监视她的那个人会向晋金存告密,她倒不是害怕晋金存会把自己怎么样,她害怕的是他对达志下毒手,晋金存是什么事都能干出来的。他敢让人砍了卓远的手指,当然也敢让人砍去达志的胳膊!决不能因此害了达志!她已下决心从此不再与达志见面,只把那种思念深深埋在心底。她如今后悔的只有一件事,就是那天晚上与达志相会时,没有抓紧时间给他说说自己的心里话,没有给他更多的宽慰……

"上轿吧,夫人。"轿伕的一声招呼方使云纬意识到,自己又走了神……

这些天,由于生产的顺利,达志的眉头已不像先前那样整日紧锁了,有时,他站在嗒嗒工作着的织机前,会不由得让眼里荡出一个笑来。机器真是一个神奇的东西,它一直照着一个速度织着,不慌不忙不急不躁,而且织出的绸缎质量,远远高过人工织机。这段日子,因为绸缎产量高、质量好、销得快,当初买机器时借的钱已基本还清。照这个速度,要不了多久,就又可以攒起买更多机动织机的钱了。达志已在自己的心里做了计划,要在几年之间,再增加三十到四十台机动织机,把尚吉利大机房变成一个真正像样的丝织厂!

当然,达志近日的心情转好,与同云纬的见面也有关系。两人见面的时间虽然不长,但见面时云纬的举止,已表明了她在心里仍爱着自己,这使他得到了很大宽慰,而且使他对将来的日子抱了更好的希冀。当然,他不让自己去细想那份希冀的内容,而且当一想到将来时,他都要小心地去看一眼顺儿,他觉到了一种不安,但这种不安中,又羼有一丝诱人的甜蜜。

夜深了,大约因为这秋天是百物丰收的季节,天上的星儿也长得格外稠密。达志就在这星光下,迈着轻快的步子巡视全院,每晚临睡前,他都要像爹当年那样仔细检查一遍店房、织房、机房、染房、库房的门窗。

检查成品库的门窗时,他忽然想起了昨天卓远哥让保存的那两箱洋枪。那些枪都是完好的吗?一股强烈的好奇使他打开了库房门,进屋点亮了灯,他从一只箱子里摸出了一杆,那沉甸甸地涂了防锈油的冰凉的枪身,让他打了个寒战,他凑到灯前仔细看那枪的构造,尔后试着把它举起。那些买枪的肯定是和官府作对的人,他们大约是要用这枪去打像晋金存那样的坏种!一想到晋金存,达志就禁不住将牙咬紧:昏官!奸臣!就是你,把我的云纬夺走;又是你,把我爹生生逼死,让我刚刚发展起来的祖业毁掉,耽误了我十年时间!老子真想也拿了这枪,朝你脑袋上搂一下:乒!

他分明地看到晋金存就在这枪声中仆倒了,而且鲜热的血呼呼地从他的头上涌出,把他的脖子都染得通红。乒乒乒……更多的枪声在达志耳边响起,大片的大清兵丁在那枪声中倒下。达志握枪的手开始不由自主地兴奋地抖动,而且禁不住地发出了笑声:嘀嘀嘀。

这笑声把达志自己吓了一跳。

晋金存,你们的日子不会长了!

"爹,还不睡?"门外突然响起小立世的一声喊。达志被吓得一哆嗦,手中的枪差一点儿掉了地。这时,小立世已闪进屋子,吃惊地指了那枪问:"这是啥东西?"

达志没顾上回答儿子的问话,手忙脚乱地又把枪塞到了木箱里。

"爹,啥东西?"小立世好奇,走到木箱前弯了腰去看。

"枪。孩子。"达志扯住儿子的手,不让他看,"别人买了存咱这儿的。"

"好干什么?"立世不甚情愿地被爹推着向门口走。

"打官府!"

"哦?"小立世的双眸一个惊跳。

"记住,永远不能对外人说这枪的事,万一官府知道了,会来杀咱的!"

"嗯。"父亲的害怕传染给了小立世,他惊怯地把头点点。

汪汪。附近的街上突然传来一阵狗吠,吓得达志和小立世几乎同时张嘴去把灯吹熄……

几天后的一个半夜时分,卓远领着取枪的人来到了达志的仓库里。取枪的是两个黑衣黑裤腰插短枪短刀的精壮汉子。两个汉子朝达志抱拳施礼:"谢谢你代为保管这些枪支!"

"你们早应该说明这木箱内装的是枪,小柱!"卓远挥着一只残手对其中的一个汉子抱怨,"而且应该早点取走,险些出了事!"

"嘿嘿,俺们当初也是怕走漏风声,"那叫小柱的急忙解释,"这些天所以迟迟没来拿,是因为听说南阳总兵知道了他弟弟偷卖枪

· 203 ·

支的事,暗中查访很紧,俺们担心出事。"

"你们买这些枪是要——?"当两个汉子收拾木箱时,一直闷在那里的达志想证实自己的猜测。

"还能打谁?"另一个眉眼精明的汉子开口道,"打知府、打总兵、打晋金存、打大清朝!告诉你,我们早晚有一天要夺下南阳城,在这儿建立一个人人有吃有穿有住的三有社会!"

"能行?"达志忽闪着眼睛。

"当然行!你知道我们有多少人?几百人!除了我们之外,反大清朝的人多着呐,知道同盟会,知道孙中山么?他们也反清,他们的人到处都是,比我们还多,孙中山也说要建立一个有吃有穿有住的社会!"那汉子满怀自信。

"孙中山的主张是民族、民生、民权,叫三民主义。"卓远这时接口。

"三有和三民是一样的,人不就是要吃、要穿、要住么?"那汉子辩道,"你们这次护枪有功,待我们将来夺下南阳城后,你们想干什么想要什么,只管说,只管来找我,我叫肖四,是伏牛山民军的副统领!"

"你们将来夺下南阳后,让不让人发展工商?让不让像我这样的人发展丝织厂?"达志先问自己关心的问题。

"当然!你发展丝织是为了让人们有穿,我们为啥不让?放心,到那时,你想怎么干就怎么干,想把厂办多大就办多大!"

"不再收高税搞摊派?"达志的脸上露出喜色。

"当然!"

"好,要是这样,我就盼你们早成功!"达志高兴地搓搓手,笑看了卓远一眼,"也不枉我们为这枪受场惊!"

卓远没吭,只是眉头微皱,在那里轻轻踱步。一股夜风陡然从外边的屋檐下游过,摇动了檐下挂着的什么东西,当啷一响,四人一惊。

夜,无月无星的夜,黑得越来越浓……

14

　　南阳府最早开始收发电报是在一九○五年。这一年的夏秋间,鄂西北古城老河口至南阳段的电线架设完毕,全长二百零七点五华里,于是,南阳遂设局开办电报业务。到了一九一一年,南阳电报局的收发报设备已挺齐全。

　　一九一一年十月十二日凌晨,在南阳电报局值班的一个年轻报务员收到了一份自老河口拍来的奇怪电报,这份电报的报文是:"武昌光复军政府都督黎元洪国号中华民国。"电报没有署拍报人名字也没有收报人的地址姓名。那位报务员觉得奇怪,便敲击电键询问老河口电报局,可那边默不作答。报务员不知该如何处理这份电报好,无奈之中,便把电文贴到了电报局门口,心想,是谁的电报谁就来看吧!

　　这便是南阳人最早得知的辛亥革命消息。

　　这份电报的手抄件于当日午饭时分放到了晋金存面前,晋金存反复审视揣摸着手下人抄来的这份电文,半晌之后,方威严地对手下人发话:"这是不轨之徒利用电报所做的扰乱人心之伎俩,应即防止扩散!速将电报局那个报务员关押起来,把贴在墙上的电文撕下,并拟一告示,说明此电文系报务员伪造!"

　　手下人喏喏而退之后,晋金存重又审度那电文:国号中华民国?小子们真是狂妄,竟然想到了要改国号,国号是随便可以改的吗?大清国的国号已经用了二三百年,谁能改过来?凭你们这些无名小辈么？

不过他的眉头也还是皱了起来。和大清朝廷作对的人为何如此多呢？光今年以来，国家就出了多少事呵！先是广州的同盟会土匪暴动，继是川、鄂、湘、粤四省匪人掀起的保路之乱，再是匪首吴玉章率人对荣县的占领，真是多事之年呐！

"看啥子呢？"云纬这时手握着一本书从后门踱进来，斜瞥了一眼晋金存，漫声问。

"电报，一份造谣的电报！"晋金存扭过头，愤愤地把那电报抄件朝云纬递过去，"竟然想到用电报扰乱人心，这些坏种！"

云纬没接那张纸，只是散漫地朝纸上瞥了一眼，便在一旁的一把椅子上坐下了，边坐边淡声问："啥叫中华民国？"

"大概是说这国家是所有平民百姓的吧，这不过是一种妄想罢了！"晋金存也在另一把椅子上坐了，"自古以来，这国家都是属于当国君的那个人的，怎么能属于全体百姓呢？倘是属于全体百姓，百姓们对于国事都可以七嘴八舌议论，都想做主，那不就天下大乱了？国家国家，国和家一样，像咱晋家，若不是属于我，由我决定你们吃啥、穿啥、住啥，由我决定你们谁坐轿、谁地走、谁干活，而是由你们决定谁坐轿谁地走，那不就乱了？莫说这'中华民国'根本不会出现，即使退一万步讲，真的出现了，那这个民国最后也必定是属于一个强人的！"

"那咱们为啥不让这'中华民国'快点出现，看看它究竟是怎么一个结果？"云纬又顺口说。

"胡说什么？"晋金存的眼瞪了起来，"我今日的一切都是谁给的？这官服、这大院、这房子、这花园、这官轿，包括你们这些女人，不都是大清国给我的？没有大清国，我能得到这些东西？我们晋家和大清国休戚相关，从今往后断不许再说此类胡话！"

"哦——"云纬打了一个长长的哈欠，用书盖住了脸。

武昌光复？晋金存又去看那份电文。甭说武昌不会让几个不轨之徒夺走,就是真让你们夺走了又有什么不得了的?大清国的地方大着哩!……

栗温保和他的民军得知武昌起义的消息时,已是十二月了。他虽然不懂这场起义的目的,但他却本能地明白这是一个可以利用的机会。尤其当他的探子报说在湖北的河南人正组成旅鄂奋勇军,将和湖北民军一起北伐时,他拍着腰中的短铳高兴地叫:这下该是我们打进南阳城的时候了!于是,他派肖四连夜启程去湖北联络,自己则带部队由内乡县境向邓州南部运动。

一九一二年的二月十二日,当北京的宣统皇帝宣布退位,统治中国二百六十八年的清王朝终告灭亡时,栗温保的民军已和湖北公安、郧阳、随州招讨使季雨霖部下的兵马以及旅鄂奋勇军联合在了一起,开始了对新野、邓州城的进击,南阳城已经遥遥在望了。

晋金存,你栗爷我终于要杀回来了!

草绒,我就要见到你和女儿了!

攻进南阳城是在一周之后的那个凌晨。那个凌晨天飘了一点雪末,北风像被宰的猪一样长声嚎叫,草屑、纸片在街巷里旋上舞下,人和马嘴里呼出的都是白气。栗温保领着人马将晋府团团围住的时候,天才刚刚透亮。他那时只有一个担心,担心晋金存跑了,因为有消息说南阳知府和总兵已于昨日逃走,万一姓晋的也跑掉了,这仇可咋报?

晋府的卫兵对栗温保的人马进行了顽强的抵抗,抵抗的时间虽然只有半天,却显示出了部署的精心,栗温保从晋府门口走进晋家内院,不过几百步的距离,付出的代价竟是几十具民军士兵的尸体。

晋金存没有跑。他不是跑不成,而是不愿跑。他始终认为攻城的叛逆们不会长久,大清皇帝很快还会派兵来剿灭叛匪,以往也不是没出过叛匪作乱的事情,不是很快便被平息了?这时大清皇帝退位的消息虽然已经传来南阳,但他却坚信这是谣传。他得知知府、总兵偷偷出城的消息时甚至有些高兴,心想他们临阵脱逃,一旦大清皇帝派兵来剿灭了叛匪,他这个至死守城的五品同知定会得到嘉奖高升,南阳知府这一官职便非他莫属了!人生全靠机会,谁敢说这于己不是一个显示对大清国忠心从而功成名就的机会?

他于是对自己府宅的防护做了精心的部署,他想他只要坚持上三四天,驻开封的援兵便会赶到,开封离南阳并不是很远,骑兵甚至不用走两天。但交火之后他才明白,不走实是下策,对方的火力之猛兵员之勇远远超出他的预料,一座府宅的回旋余地太小,要守上三四天根本不可能。当外院被攻破之后,懊悔慌张中的他拉着云纬和儿子的手奔入内宅的一座柴房,原来这柴房里有一个不大的暗洞,可以容三个人藏身。晋金存用柴草把洞口盖好之后喘息着说:"我们在这里藏到天黑,然后趁黑摸出院子,在城中找个人家躲起来,再相机出城去开封!总有一天,我要带着你们再回到这院中!"他在黑暗中抓住云纬的一只手晃晃说:"大难之中,我只带着儿子和你,可见我对你的爱心,将来再回到这院中时,你便是大夫人了!"

黑暗中的云纬没有吭声,只是双眸在眼眶中鄙夷地一抡。爱心?狗东西,你对谁有过爱心?大夫人?你以为老子稀罕做你的大夫人?你作的恶已经够多,该你来偿还了!想跑?恐怕你跑不脱了,上天会长眼的!她侧着耳朵,在晋金存和儿子一粗一细的喘息声中紧张地倾听着洞外的动静。噔噔噔。是脚步声向这里响来。好,快来搜吧,晋金存就藏在这里!"仔细搜查,决不能让晋金存溜了!"一个陌生男人的声音。云纬的心里一阵兴奋。接下来是用刀、枪拨拉柴草的声响。哗、哗、哗。有一次,一把刀尖分明已戳到了洞口上盖着的柴草,可惜那刀尖又晃走了。"栗司令,这柴房里没有藏人!"一个年轻的声音在报告。云纬的心一下子高高悬起:笨货,你们连这个洞口都找不着!"这里没有就快去别的屋找!"先前的那个陌生声音在命令。糟糕!云纬一下子跌入深深的失望。黑暗中,她听到晋金存低微地笑了一声。她的牙倏地咬起:不,决不能让姓晋的逃掉惩罚。她听见洞外的脚步声在向远处移,她在黑暗中抬手迅速从头上取下了一根发簪,尔后咬牙狠狠地向儿子的屁股上戳去。"呀——"儿子凄厉地叫了一声。晋金存慌忙抬手去捂,但是晚了,洞外响起一阵欢呼:"这里有人!"话音刚落,杂沓的脚步声便围住了洞口,几把刀几乎同时把洞口罩着的柴草挑开,几个乌黑的枪口对准了洞里。

云纬悠长轻柔地舒了一口气。

晋金存面孔发青双眼绝望地看着那些转瞬间指向自己的枪口。

"快点出来吧,里边太憋气!"一个嘲弄的声音在洞口叫。

云纬缓缓拉着儿子站起了身,在走出洞口之后,她心疼地瞥了一眼儿子屁股上的伤口:原谅妈妈吧,孩子!

晋金存也慢腾腾地爬出了洞口,他手上原来握着的那把短铳已被收走。

"咋样?晋大人,还认识我吧?我就是你这些年一直想捉拿的栗温保!"身高体大的栗温保晃晃自己的身子,嗤笑着望定晋金存。"你还想捉吗?"

晋金存从牙缝里迸出一句:"你反叛大清皇帝,早晚会被捉拿归案的!"

"哈哈哈哈。"栗温保响亮地笑了,"你的大清皇帝已经完了,这中国是爷们这些平民百姓的了,你就永远死了这条心吧!"

"咱们看谁的心先死!"晋金存在咬牙说这话的同时,忽然间从袖筒里掏出一支暗藏的短枪来,对准栗温保就扣扳机,但机警的栗温保早一秒扣响了手中的枪,晋金存拿枪的右手啪地被打断,他的枪在落地过程中子弹出膛,嗖地钻进一边的墙土里。

209

"打吧！开枪打吧！你这个叛匪！"晋金存捏住自己那只断了的手脖，朝栗温保疯了似地吼道。

"我是要打的！"栗温保也咬了牙冷声说道，"我们两个之间的账是该结一结了，为了你杀死我的民军弟兄，我打断你的左腿！"说着，啪地一枪，将晋金存的左脚脖一下子打断，晋金存的左腿顿时跪了下去。

"为了你对我妻子、女儿的折磨，我打断你的右腿！"说着，枪又啪地一响，晋金存右腿也跪了下去。

"为了你对满城百姓的欺压，我打断你的左手！"声落枪响，晋金存的左手腕也一下子断了。

"打呀，你这个叛匪、畜生！朝老子心口窝上打！"四肢全断的晋金存发疯似的吼。

"你想死，是吧？"栗温保笑着吹了一下冒烟的枪口，"不，你不能死！你已经享够了福，也该把人世上的苦尝尝了！来人，把他关进一间屋去！"

当晋金存被几个人像抬一块肉似的抬走之后，栗温保转向云纬冷笑道："我想你就是盛云纬吧？我们不是第一次见面了。我现在告诉你，从今天起，你和草绒换换位儿，她做你的主人，你做她的女仆！"

云纬没有说话，只是一边紧搂着被刚才的流血场面吓得索索乱抖的儿子承银，一边冷冷望定这个当初抢劫聘礼从而改变了自己命运的人……

15

达志从织房里出来,一边匆匆地用破布擦着手上的机器油痕,一边喊着娘快把水壶里的水烧开。刚才,镇守使署来人通知,说待一会儿新任副镇守使栗温保大人要来尚吉利大机房看看。达志虽然对这场推翻清朝知府衙门的革命十分欢迎,尤其是对晋金存的被打倒感到高兴,但此刻听说新任副镇守使要来家里看看,心里仍不免紧张。他要来看什么?

达志把茶桌、椅子在屋中摆好,将茶壶、茶盅擦净放在桌上,心神不定地绕桌走了一圈,又快步进了后院,隔了院墙朝卓远家喊:"卓远哥,你过来一下!"

"有事?"正在书房里用左手练字的卓远闻声出门,走到院墙跟前。

"待一会儿副镇守使大人说要来机房看看,我担心应酬不好,你过来帮帮我!"

"噢,"卓远笑了,"怕他什么?他过去不也是一个种田的人,他既然称自己是民军首领,大约办事会为平民百姓们考虑的。也好,我过去帮你说几句话!"……

栗温保骑一匹白色战马,在随从们的前呼后拥下昂然向尚吉利大机房走来。北洋军的军服穿在他那魁梧的身上使他显得很是威武。他注意到了街道两边的市民们向他投来的目光中有羡慕有新奇也有感激,他不时向两边的人群抱一抱拳,他很高兴,他知道他将继续赢得人们的感激。这些天,他用得到的权力已经为平民

· 211 ·

百姓们做了三件事:一是开官仓给没吃的人家分粮;二是把知府衙门积存的几百方木头分给城中的无房户,让他们自找地方搭棚盖屋;三是收购了一批土布分给衣不蔽体的穷人。让平民百姓有吃、有穿、有住是他率领民军攻城时提出的口号,他要为实现这个口号去努力。当然,他知道仅靠自己分发东西不是让平民百姓达到"三有"的根本之计,重要的是让人们都抓紧干活,多种粮、多织布、多砍树、多烧砖瓦。他今天亲自去尚吉利大机房,主要目的也是为了向人们显示:他希望多产可供人们吃、穿、住的东西,他对所有从事生产的人家都很重视!

他在尚吉利大机房门前下马时看到了拱手相迎的尚达志。他注意地看了一下这个脸上已有皱纹的尚家主人,用手拍拍达志的肩膀说:"好好干,伙计!"

栗温保进院之后没有到客堂坐下喝水,而是径直进了织房看正隆隆作响织绸的织机,他这是第一次看见机动织机,他看得饶有兴趣,不时问这问那,走出织房时他望定达志说:"这织机好是好,可就是太少,你为啥不多买几台?"

"我何尝不想多买?可就是没钱,艰艰难难地挣一点银子,大部分又都交了税了!"达志赔着小心答。他对这个栗温保怀着极复杂的感情,一方面是气恨,气恨他当初对云纬家的抢劫;一方面又是佩服,佩服他带人打垮了晋金存,使那个多次打击刁难尚吉利大机房的大清朝的官从此不得作恶;再就是怀着希冀,希冀他对工商界的发展开扇方便之门。

"栗大人,"一直默然跟在达志身后的卓远这时接口,"人生在世,最基本的需要是吃、穿、住、用、玩,掌管社会权利的人,要做的最重要的事情,也就是满足人们的这些需要,这件事做好了,在内部,就会稳定;在外部,就会强大。而要达到这点,根本的办法是保护生产,是鼓励工、农、商诸业的发展。眼下南阳城中百事待举,然我认为,最重要的是减轻赋税,让办厂、种地、经商的人有个休养生息继续发展的机会和力气!"

"嗯,有道理,你是——?"栗温保听了这番和自己想法有些相近的话很中意,便望定这个有着儒雅气度的人问。

"大哥,他叫卓远,是师范传习所的学监,"站在栗温保身后的肖四这时认出了说话人,急忙趋前介绍,"当初我们来城中买枪时,还亏他和尚老板帮忙才没出事!"

"呃,这么说,你们也是反清的功臣嘛!"栗温保抬起双手捶了捶卓远和达志的肩膀,卓远被捶疼得咧了咧嘴。

"这样吧,你这个丝织机房免征一年的税银,有人再来向你要税,你就讲是我说的!"栗温保看定达志当即表态,"你要抓紧积钱再买些机器,要办成一个像样的丝织厂,好多产绸缎,让人们拿到钱就可以买来绸缎做衣裳。如今土布的出产量也不是很大,况且城镇中稍有些钱的人也不愿穿土布,有你这个丝织厂,这穿的事情就好办了!"

"谢谢,谢谢栗大人!"达志有些喜出望外。

"卓先生,看来你有些学问,我手下正缺有学问的人,愿不愿到我的手下做事?愿的话,就做书记官,和我的营长们拿一样多的饷银!"栗温保这时又转向卓远笑道。

"谢谢栗大人看得起,我不是一个做官的料,还是让我在学界做些琐事吧!"卓远急忙谢绝,"再说,相面的人常讲:如果你一上来就喜欢一个人,则预示着以后你恰恰会不喜欢这个人!"

"这是相面人的瞎说!"栗温保笑了,"不过也罢,我不为难你,你只管做你爱做的事。"栗温保又拍了拍卓远的肩膀,"只是你日后倘看到我们当官的有什么地方做得不对,要尽早指出来!"说罢,便告辞往外走。

望着栗温保骑在马上的威武背影,达志感叹地说道:"到底比大清朝的那些官好!"

"他才刚刚走入官场。"卓远缓声接口,"但愿他能永远这样……"

16

　　草绒一时还不能适应自己地位的新变化。

　　早晨,她刚刚从床上坐起披好衣,看见云纬端一铜盆洗脸水进了门,骇得慌忙从床上跳下说道:"哎呀,对不起,夫人,我起身迟了,让你亲自端水。"直到云纬淡声说了一句:"如今你是夫人!"草绒才重又意识到自己的新身份,才明白云纬端那盆水是让自己来洗脸洗手,才手足无措地去穿丈夫给她买来的那些新衣服。

　　过去的晋府如今变成了栗府,外院、内宅、客厅、卧室、花园、水池,一切东西都没变,惟一改变的是主人。

　　因为栗温保每天早上要去军营观看兵士操练,回来得晚,所以早饭都是草绒和女儿枝子先吃。草绒和女儿在餐桌前刚刚坐下,云纬便用托盘把饭菜端来了。草绒看着云纬默默无言地往桌上摆着碗、筷、盘,一时想起过去自己干这事儿的情景,心上顿时有些发酸:人生咋这样无常?一会儿是这一会儿是那?她深深明白,如今的处境对云纬那颗孤傲的心将带来多么严重的伤害。此刻,草绒那良善宽厚的心里没有半点幸灾乐祸,她只是对这世道充满惶惑,对云纬满是深切的同情。当云纬把碗盘摆好的时候,她轻声说道:"云纬妹子,来,坐下,咱们一起吃。"

　　"不了,谢谢,我在那边吃。"云纬指了指下房。

　　"就在这儿吃吧,咱们一块儿说说话。"草绒见状,急忙拉住了要走的云纬的手。

"如今我是下人,和夫人坐一起吃饭,管家看见是要骂的!"云纬微声说着又要走,草绒急了,高声叫:"咱谁也不是夫人,咱是女人,咱坐一起吃饭有啥不得了的?!"说罢,硬把云纬按坐到椅上。云纬没法,只得默默坐定,拿起了筷子。

也是巧,不大时辰,栗温保从操练场回来,噔噔噔地进屋之后,一见云纬坐在饭桌前,顿时眼一睖,怒冲冲地叫:"咋回事?你怎么也敢坐到这饭桌前?你以为你还在当夫人呐?走开!再敢这样,小心我让管家打断你的腿!"

云纬面孔发白地站起身子。

"你咋唬啥子?你凶什么?"草绒这时霍地起身朝丈夫吼,"是我让她坐的!她坐这里吃饭小了你啥架子?你才当几天官?你过去不就是一个打兔子的?!你的身份有多高?呸!"

"你看,你看,"栗温保被骂得摊开两手委屈地叫,"我也是为你们娘俩出气,过去,她使唤你们,如今,让你们使唤使唤她出出气,报报仇,反倒骂我的不是了?"

"哼!"草绒白了一眼丈夫,转对云纬说:"不理他,我们坐下吃!"可云纬已经转身快步向下房走了。

"她已经享了十多年福,如今也该她受受罪!"栗温保边往饭桌前坐边恨声说。

"说那放屁!当晋金存那老东西的小老婆,能享多少福?"草绒又瞪眼朝丈夫叫。

"好,好,咱不吵,就算你说得对。"栗温保举起拿了筷子和肉饼的双手,表示向草绒认输。这举动惹得在一旁瞪眼看热闹的女儿枝子噗哧一声笑了。

215

17

尽管只减免了一年的赋税,但这已使尚吉利大机房大大恢复了元气,到了第二年春上,达志手里便攒下了一笔钱。有了钱,达志首先想到的,自然还是再买机动织机。刚巧,英国商人办的泰古车糖公司,那时每月都有马车队来往于上海、南阳之间,一天,泰古车糖公司一个叫梅恩的副经理,来尚吉利大机房为妻子买绸缎做衣服,达志便问他是否可以代为在上海机器局里买几台机动丝织机运来,来往运费由尚吉利大机房出。那梅恩是精明的中国通,觉得这是一桩赚钱事,等于低价买来机器再高价卖出,便满口应允。一个月后,马车队运来了四台丝织机和四台柴油机,价钱都比达志原来打听到的要高,而且运费也比原来说定的多,达志没说什么,心想虽然吃亏一点儿,但总算安全顺利运达了,倘是自己雇车去买,路上要出个拦截乱子岂不更糟?

四台新机动织机安好的那天中午,达志抱一块长方形的木板,含笑走进隔院卓远的书房说:"卓远哥,我想在门前换个招牌!"

正伏案用左手写着什么的卓远闻声起身问:"都安装好了?"看见达志点了头后,卓远接过那块木板,上下审视着说:"嗯,有六台机动织机了!加上那些脚踏织机,确实不是一个'房'字能容下了,好,就叫尚吉利织丝厂吧!只是我担心,我这左手写厂牌,万一写不好咋办?"

"卓伯伯,你就照这个字体写,写出来保准好看!"跟在达志身后的十二岁的立世,这时指了书桌上卓远刚才在一张纸上写出的字说。

"好！就照立世侄说的办,写行书!"卓远笑道,同时转向院外喊九岁的女儿:"容容,给我拿红漆来!"

扎着羊角辫的容容在隔壁屋里应了一声,用两只小手捧着一盒红漆跑过来。卓远左手握笔,饱蘸红漆,在那块光洁的木板上刷刷地写下了"尚吉利织丝厂"六个大字。

"好,好!"达志叫道,同时扭了头对儿子说:"立世,你日后在写字上要能到你卓伯伯这左手的功夫,就也行了。"

清瘦的小立世抿嘴笑笑刚要说话,不想容容已先开口道:"字写得好算什么？又不能穿到身上,绸缎织得好才算本领呐! 尚叔,让俺跟你学织绸缎行么？"

"行,行!"达志欢喜地揪揪容容的羊角辫,"我的织丝厂正要招织工哩,容容先算一个! 不过,那你可要先给我唱几支歌哟!"达志知道这闺女最爱唱歌。

"好,我给你唱!"容容一点儿也没有扭捏,大大方方地应道,而且立刻照妈妈教的样子,摆出了一个唱歌的姿势。"可是尚叔叔,你爱听什么歌儿呢？"

"什么歌儿都爱听。"达志忍住笑,一本正经地说。站在达志身旁的小立世,显然惊奇于容容的爽快大方,圆睁了眼看着容容。

"好,先给你唱支《百花洲见赠》。"容容言毕,清了清嗓子,便开始唱:

　　芳洲名冠古南都,
　　最惜尘埃一点无。
　　楼阁春深来海燕,
　　池塘人静下山凫。
　　花情柳意凭谁问,
　　月彩波光——

"甭唱这个，"卓远笑着打断了女儿的歌声，"唱歌要看对象，给你尚叔叔唱，应该先唱那首《绸缎谣》。"

"好的，"容容抹一把额头上的汗，旋即又放开了喉咙唱：

绸儿柔，缎儿软，
绸缎裹身光艳艳，
多少玉女只知俏，
不知它是来自蚕。

蚕吃桑叶肚儿圆，
肚圆方能吐出茧，
煮茧才可抽成丝，
一丝一丝缠成团。

丝经理，丝经染，
分成经纬机上安，
全靠织工一双手，
丝丝相连成绸缎。

一梭去，一梭返，
一寸绸，一寸缎，
经纬相交似路口，
路路相连可拐弯……

"好，好！"达志欢喜地上前拍拍容容的头，"就凭你这歌声，叔叔也要收你做织工哩！立世，来，拉上你容容妹妹去织房里看看。"

小立世涨红了脸扭捏着不敢过来，最后还是容容跑过去，叫了一声："立世哥。"拉起了他的手向外跑去。达志和卓远夫妇见状，一齐笑了。

说笑之间，那笔划上的漆已经干了。卓远起身去倒了两杯白干酒,递一杯到达志手上说:"这是一杯贺酒,但愿你的厂子能越办越大!"两人碰了杯把酒喝下后,卓远说:"走吧,去把招牌换上!"达志捧了招牌,和卓远一起走到尚家大门旁原来挂"尚吉利大机房"木牌的地方,正要换牌,却忽然想起什么似的哦了一声,说:"先等一霎。"随即便抱了招牌,匆匆进院到了正屋,对着神台上父亲的灵位扑通跪下说:"爹,你看见了吧,我又买了机器,总算办起了一个厂,虽说眼下还小,可我会慢慢让它变大的,这就是厂子的招牌,你老先看一眼!"说着,把手中的招牌对着父亲的灵位高高举起,咽了声叫:"爹,你看见了么?我知道你在盼着……"

尚吉利织丝厂门前变得空前的活跃起来,各地绸庄来进货的马车排成长长的行列,南召、镇平、内乡、鲁山等地丝厂来卖生丝的手推车也在街的两边摆满。由于使用了机动织机,产量高,成本低,价钱也随之降了下来,所以尚家的丝绸增强了竞争力,周围各处仍使用旧式脚踏织机的厂、坊,顿时变得门前冷落车马稀了。同时,由于盈利大,在生丝收购上,达志也敢稍稍提点价,故原料来得也较过去容易多了。

织房的机器整日隆隆作响,前店里来零买、批发的顾客接连不断,后院染印房里的蒸汽翻涌滚动。伴着这些,是银两、钞票的迅速增加,尚家进入自达志当家以来最兴盛的局面。

达志如今忙得不可开交。机器多了,工人增加了,管理一个厂和掌管一个家庭作坊终究不一样,尽管他在织房实行了织工"包机";在染印房里实行了染工"包批";在织前丝整理上实行了整理工"包匹",但各个环节都需要不时地进行检查督促指导,从早到晚,他的两只脚基本上不能闲住。

他感到了累,但却累得高兴、累得畅快。每到夜幕降下停了织机之后,他总要蹲靠在前院那块怪形石头旁,一边喝着顺儿给他端来的泡有清明前折下的柳叶的茶水,一边舒心地吁着气。哦,老天

· 219 ·

爷,你总算睁开眼了!"

十月的一个晚上,当达志又像往常那样靠着石头喝着茶水歇息时,虚掩的院门突然被哐啷一声推开,那阵儿机器已停院子里很静,陡然而至的推门声使得达志一惊,他扭眼往门口瞅时,只见一个细瘦单薄的身影已闪进了院子。那夜无月,前院又无灯,达志看不清来人是谁,便起身问了一声:"谁?"他的话音刚落,那黑影凄惶地叫了一声:"爹——",跟着便一下子扑过来抱紧了他。

"小绫?"达志听出是女儿的声音,也慌忙搂紧了她,同时就颤了声问:"小绫,这时不在董家,跑回来做啥?"

"爹——!"小绫又哀哀叫了一声,身子抖颤着又向达志怀里挤了挤,像要完全缩进爹的怀里,"他们……他们……他们要我——"

"小绫,咋着了?"正在厨房忙活的顺儿这时也听见了女儿的声音,端着一盏油灯跑出来惊问。小绫这时就扭身扑到妈妈的怀里哭着说:"他们要我圆房……"

"啥子圆房?"顺儿一时没弄明白这话的含义,一边擦着女儿额头上的一片血迹一边问,但蓦然间,她明白了,她停下手,惊慌地望着丈夫呻吟着叫:"她还不到十二岁呀……"

达志的脸已变得煞白。

这时,一阵急急的脚步声已由街上向门口响来,转瞬之间,一个写有"董"字的灯笼已经跳进了院子,与此同时,一个尖利的女人的叫声也从灯笼后戳了过来:"我家的儿媳妇尚小绫回来了没有?"

"咳!"达志咳了一声。

"噢,果然跑回来了!"那董家女人听见达志的咳声,先用灯笼照了照躲在妈妈怀里的小绫,这才向达志讪笑了一声道:"亲家公,快让小绫跟我回去吧,我今黑里给他们一双新人圆房哩!"

"她还太小!"顺儿先开了口。

"小?"董家女人的眼瞪了起来,"啥时算不小?我的儿子可是已经十八岁了,总不能让我儿子干等着吧?"

· 220 ·

"我把当初要你们的那些钱加两倍退还给你们,你们再找一个儿媳,让我们小绫回来吧!"达志的话音里带了气,对方的话说得太难听太噎人。

"嗬,你想赖婚哪?我们董家不稀罕钱,我们虽然卖菜,可也有钱,俺们要的是人,是儿媳妇!告诉你,你尚达志甭以为自己有了几台织绸子的机器就不得了了!"那董家女人跳着脚叫。

"你叫喊什么?我不是在和你商量么?"达志的声调开始变软且有些着慌,他看见这女人的叫喊已招来了左右邻居和住在附近客店里来买绸缎的外地客人,他担心这场吵闹会影响他的声誉,从而给刚刚兴盛起来的织丝厂带来影响。

"我喊叫什么?只要你姓尚的敢赖婚,老子还要跟你在公堂上相见!明白告诉你,俺们孩子他舅舅可在河南省护军使手下做官!"

女人的话顿时使达志觉着好像脊背那儿爬上了一个冰凉的蚯蚓。他知道惹住当官的那份厉害。咋办?让小绫回去?她还完全是个孩子呐,怎可以圆房?这不是生生不把她当人看吗?她的心会受到怎样的刺激?那么留下小绫,坚决不让她回?那势必要惹得董家大闹,万一真像那女人说的,再弄到公堂上,岂不要卷进一场可怕的官司?先不说官司能不能打胜,单是声誉和时间的损失,就不是刚刚兴起来的织丝厂所能受得了的!咋着办?忍?就再忍下这口气,让小绫回去?噢,我的苦命的孩子,爹真是没有法子呀。

"去,去把我们董家的儿媳拉回去!"那女人这时指使身后跟来的两个男子,那两个男子刚要上前动手,不防小绫的哥哥立世这时手握一把菜刀,突然冲到了妹妹前边叫:"我看你们谁敢动手?谁动手我砍了谁!"

"立世!"达志见状一惊,"不许胡来!"边叫边慌忙上前夺下了儿子手中的菜刀。

那两个男子这时便硬从顺儿怀里扯出小绫的身子,抬上就走。

"爹——"小绫挣扎着撕心裂肺地叫。

小立世握拳刚要扑上去,不防又被爹死死抱住。

"爹——"小绫的凄厉叫声已渐走渐远。

小立世扑到院中的那块怪形石头前,狠狠地朝石头上捶着。达志双腿一软蹲了下去,他那一刻才又一次明白,老天爷每次给他的欢乐其实少得可怜!

18

容容按着父亲给她规定的课程,高声读着宋人沈括的那首《二郎山下》:

二郎山下雪纷纷,
旋卓穹庐学塞人。
化尽素衣冬未老,
石烟多似洛阳尘。

接连读了两遍后,容容把一双秀眼瞪住"石烟"两字,蹙眉默想了一阵,尔后转向正坐在一旁读报的父亲问:"爹,石头还会冒烟么?"

"嗯。"卓远含混地应了一声,目光仍盯着报纸。

"石头会冒烟?"容容惊诧地扬起眉毛,跑到父亲身边又追问道。

"噢,容容,快去西院叫你达志叔来!"卓远这时从报纸上抬起头,没有理会女儿的问话,反倒向女儿发了命令。

"我不!"容容生气地一晃身子,嘟起嘴叫:"我问的事你为啥不先回答?"

"哦?什么事?"卓远这才认真地去听女儿的问题,待容容不高兴地把她的疑问又说了一遍之后,卓远忙含笑解释:"石烟在这里不是说石头会冒烟,而是指一种油燃烧时飞起的烟灰,这种油世人

· 223 ·

给起名为石油。诗作者沈括一生精研科学,他在调任延州任地方官后,在附近山中考察发现了石油,并观察了它的用途。这首诗就是描述作者本人为探索大自然的奥秘,在严寒的冬天去二郎山考察的情形以及发现石油后的喜悦心情。我们的国家要富强,需要许多像沈括这样实实在在做事的人,你读了这首诗后,明白了啥道理?"

"让俺想想嘛!"容容白了一眼父亲。

"好,现在边想边去西院叫你达志叔来!"卓远笑着重发指示。

容容跑了出去,片刻之后,身上沾了斑斑点点染印色的达志急步进屋问道:"卓远哥,有事?"

"嗯。"卓远捏着手中的报纸站起,"这报纸上说,美利坚合众国为庆祝巴拿马运河开航,要在他们国家的旧金山市举办万国商品赛会。目前世界各国都正在组织本国的一流商品参加赛会,我们中国也宣布要参赛,河南省为此还专门成立了'筹备巴拿马赛会河南出口协会',眼下好多厂商都正在向该协会送去自己的产品,争相准备参赛。我想,这对尚吉利织丝厂也是一个机会,如果你们的绸缎能够被允许参赛并且在赛会上夺魁得奖,对于织丝厂今后的发展,将有不可估量的影响!"

"真的?"达志欢喜地睁大眼,迫不及待地拿过报纸去看那条消息,读后,抬头急切地说:"行,咱们一定争取参加,可卓远哥,到底怎么个争取法?先找谁呢?"

"恐怕要先找一下栗温保,"卓远沉吟着说,"他如果支持,南阳其他的官吏一般就不会再拦阻。"

"那好,我后晌就去栗府!"达志立时点头。

"倘使他答应了,你就要考虑究竟送哪几个花色品种的绸缎去参赛,对所送品种的质量要有把握,要争取送到出口协会就能被看中、被允许参赛,而且在赛会上有竞争能力,会赢得喝彩!"卓远叮嘱道。

"这你放心,我想,要送就送五种:雪青捻线缎、银灰捻线缎、雪青湖绉、雪白湖绉、炼白山丝绸。这五个品种我心里有些把握。"

"去吧!"卓远拍了拍达志的肩膀,"但愿别失了这个机会!"……

栗温保回答得异乎寻常的痛快。他坐在当年晋金存常坐的那把圈椅上,一边用一块红绸擦拭他心爱的短把撸子,一边听尚达志述说送丝绸参加万国商品赛会的请求,达志刚一说完,栗温保就用撸子把磕打着圈椅表态:"去吧,这也是为咱南阳人争脸的事嘛!要是能入选参加赛会,或是能获个奖,大伙的脸上都有光嘛!"

达志慌忙鞠躬表示谢意。

出了栗温保的客厅,一抹欢喜还停在达志的脸上。

已经是黄昏时分了,栗府厨房里飘出了很浓的炖羊肉的香味,那香味在通往大门的小径上停了不动,惹得达志深深地吸了几口。

前边的房屋拐角处传来脚步响,达志闻声,估计是栗家的人,忙向树篱边一让,躬身站下。过来的却是一个女仆,手上端了一盆显然是刚洗过的衣服,达志让过她刚要移步,但一望她的侧影忙又停脚冲动地叫道:"是你?云纬!"

已是道道地女仆打扮的云纬闻唤一惊,端着洗衣盆朝达志转过身来,但只看了达志一眼,便慌忙闪开目光。

"我来找了你多少次,可每回门房都回说你忙,不见。"达志这时已冲动地走到云纬面前,伸出双手帮云纬端住铜盆一边。自从晋府变成栗府之后,达志多次来打听云纬的下落,得知她做了女仆之后,数次来找门房相约一见,可都没如愿,他知道是云纬不愿见他,他理解她的心情。可他又实在想见见她,想给她一点儿帮助。没料到今儿个无意中实现了这愿望。

"我想请你去我的织丝厂帮忙,行吗?那里活儿不累,我会让你们母子生活好的!只要你点头应允,我去找栗大人请求他放你们母子出去,好么?"达志急切地一股气把早就藏在心中的打算说出。他一直想为云纬做点事。这除了久埋心底的那份深爱之外，还因为他总在内心里认为，云纬落到今日这种地步，他自己有不可推卸的责任。

有一丝犹豫和感动在云纬的眸子中现出，但只是一闪即逝。她何尝不想去到达志身边？自从晋金存被栗温保抓起的那天，这个愿望就在她的心里蠕动了，可眼下能行？栗温保让她照料被关着的瘫了的晋金存，能放她走？再说达志如今好好的一家人过日子，自己去了算啥？不是生生要给他妻子添烦？"你走吧。"云纬最后淡声说了一句，转身就要离开。

"你等等！"达志又急忙扯住她手上的铜盆，"让我为你做点事吧，你这样做女仆，实在让我——"

这句同情的话一下子刺中了云纬那敏感的自尊心，使她的脑子不由得跳跃着回想起导致自己今天这处境的最初原因，于是一股怨气和怒气便即刻又涌了上来："我原本就是个做女仆的料！"她恨声说罢，猛地转身急步走开。

"云纬！"达志又颤声喊了一句，云纬仍没停步。眼见她已拐入另一条小径，达志只好长叹一口气，默然扭身向大门移步。

其实云纬并没走远，她拐上另一条小径，便急忙隐在了一道树篱后，隔着树篱的叶隙去看达志的身影，不过是片刻之间，她的心便又被后悔揪紧：刚才不该对他那么冷淡，他毕竟是在关心你，如今在这世上关心你的还有别人？不见他时你日思夜想，见了他又这样恶声恶气，你这是怎么了？……

直到达志的背影在大门外完全消失，不远处响起了两个巡府兵丁的脚步声，云纬才收住思绪，双脚像绑了石块似的，一下一下走向囚禁晋金存的那个小院。

19

隔着窗棂,在越来越浓的暮色中,晋金存瞪大眼望着云纬在小院中往晾衣绳上晾晒着衣服,那些衣服都是他的,是后响云纬在一个看守兵丁的陪同下来他的囚室里拿去洗的。他看定绳上刚晾起的那件蓝底绣金的五品官袍,下巴轻微地颤了一下。过去,自己穿上那件官服是何等的威风,多少人见了都要纳头跪下,可如今——狗东西!栗温保你这个狗东西!我当初为什么就没有把你杀掉?反让你在这南阳抖开了威风?!看来,有权时就要把所有的叛逆者全部杀掉,只有把他们完全杀光你日后才能安全!奇怪,为什么一个好端端的社会,总要出些逆贼?

晋金存自从被打败打伤之后,便一直被关在这个只有两间房子和高高院墙的小院。起初,看管十分严格,看守的兵丁每昼夜三班轮换,外人谁也不许接近。后来,因为他的四肢都在腕部成粉碎性骨折,手脚都已萎缩变废,他成了一个离了人搀扶便不能移动的瘫子,看管这才变松。只在院门口设一个坐哨,且让云纬来送饭、洗衣、清扫。

"那件官袍晾干之后,记住给我叠好放起,"晋金存对晾完衣服走近牢窗的云纬说道,"我要等到大清江山恢复之后再穿!"

云纬一边撩起衣襟擦着湿手,一边冷冷地看了他一眼。她过去对晋金存一直怀着的那份厌恶,如今全变成了恶心,她一看见他那副手脚软塌塌干缩在那儿的模样,就有一种想呕的感觉。要不是栗温保的手下人命令她来做这份送饭、洗衣、清扫活儿,她是决不会来看他一眼的!

"我的那顶帽子也要刷净放好,这将来是都要用的!"晋金存又望着云纬交待。

"大清朝已经完了!"云纬没能忍住自己的厌恶,恨恨地开口叫了一句。

"完了?你也以为已经完了?"晋金存双目瞪住云纬质问,"没那么容易的!堂堂的大清皇帝就那么甘愿被打倒?鱼死还要甩几下尾巴哩!普天下保皇帝的人多的是,再说,老百姓没有皇帝咋过日子?偌大的一个中国,没有皇帝,谁来管理他们?人心岂能不散不乱?告诉你,大清皇帝早晚还要重登龙位,早晚要惩办像栗温保这样的反贼,早晚要嘉奖像我这样在反贼面前宁死不屈的忠臣!说不定我会官升两级,成为道台、巡抚大人!"

云纬不再理会他,转身就走。

"等等!"晋金存又叫住她,"看守的兵丁们给我说了,我的大夫人、二夫人都已经改嫁他人了,连我的女儿们也已改了他姓,只有你,仍对我忠贞不贰,侍奉在侧,这守节之举,令我感动。日后我若重理政务,一定上奏,争取让皇上也给你加封!"

"那我谢谢了!"云纬冷峭地说完这句,头也没回地走了。

晋金存望着云纬的背影,眉心陡然凶恶地耸起。贱女人!你以为你已经离开了我的手心,总有一天,你会明白的!……

院中的那棵槐树在夜色里成了黑黑的一簇,掠过院墙的夜风把槐枝摇得左右晃动,两颗星星在那槐枝间时隐时现,眼睛似的注视着默坐在囚室窗后的晋金存。

每日吃罢晚饭,他都要在这窗后默坐,沉入对往日奢华生活的回想,如今,也只有沉入这种回想时,他才感到了一丝快活。要在过去,像这种天朗风微的晚上,我不是在天祥戏院看豫剧,就是在云梦茶楼听坠子。逢我到了"天祥",戏院老板总是先递热毛巾,后递剧目单;当我进了云梦茶楼,老板则是一边捧上信阳毛尖茶,一边请我点唱段。那时,多少人看我的脸色行事,我只要把眼一闭,他们便知道剧目、唱段不合我意,会立刻更换新的;我若盯住哪个女角细看,他们必要让那女角在幕间歇息时来我的桌前敬茶。那晚,演崔莺莺的那位姑娘来到面前时——

院门外蓦然传来一阵杂沓的脚步声,他一怔,顿时扯断了回忆。往日这时辰,决没人来这小院的。听声音,不是一个两个,来人要干什么?晋金存朝院门瞪大了眼睛。

院门哐啷一声开了,先晃进一盏灯笼,随后便是栗温保和他的卫兵。狗东西,是你来了!晋金存咬牙收回伸出去的一双瘸腿,使坐姿显得更端正。

"姓晋的!"栗温保粗大的身躯像塔一样竖在囚室里,声音在四壁乱撞,"我明日要去打仗,今晚来是——你甭把眼珠瞪得牛蛋一样满怀希望!告诉你,我明日不是去同清军打仗,大清的军队和大清皇帝一样,早就完了,你别做恢复清朝的梦了,我明日是去同白朗打仗!知道白朗吗?是和政府作对的土匪!好了,不扯远了,还说我今晚来的目的,我今晚来是为了放你出去!"

"放我?"晋金存的双眉一提。

"是的。"栗温保铲形的下巴点点,"我不能总这样养活着你,你该出去自谋生路了!当然,放你出去不是没有条件,你必须在报纸上签发一个说明,这说明的内容嘛——,给他念念!"栗温保朝一个随从挥了一下手。

"我叫晋金存,曾先后任清朝南阳府通判、同知两职,"那随从高声念道,"我在任时,欺诈百姓,草菅人命,收受贿赂,奸淫民女,恶贯满盈,实乃罪不容赦。今蒙副镇守使栗大人训教,愿痛改前非,重新做人。今特登报声明保证日后做到以下诸点:一、与大清朝遗老余孽永远划清界限,永不参与任何复清阴谋。大清朝廷祸国殃民,被打倒推翻乃上合天意,下合民心,吾——"

"住口!"晋金存愤然叫道,"如果我不签发这张声明呢?"

"那就——"栗温保嗖地拔出撸子,朝墙角啪地开了一枪,子弹在墙角像老鼠一样呼啦拱进了土里。

"这么说,你是逼着让我自己去坏自己的名誉,让我在这南阳城里永远再无脸见人了!"

"这是你的想法,我可是为了你好!让你整日住在这黑屋里实在有些对你不住,放你出去,你每天可以自由自在地在街上行走,饿了,可以随时找人讨口饭吃,那难道不比关在这儿好?"栗温保的眼皮全张开来,眸子间闪过一丝恶意的快活。他所以决定放了晋金存这个已无任何危险的瘫子,就是为了折磨他——他要亲眼看看晋金存屁股蹭地沿街乞讨的模样!一枪打死这个折磨自己一家达十年之久的东西实在有些不解恨!

"那好吧。"晋金存的睫毛盖住了眼珠,声音淡然地说,"这事我想同我的夫人盛云纬和儿子再商议商议。"

"行!只是时辰不能太久,我给你两袋烟工夫!"栗温保挥了一下枪,"去,把他女人和儿子叫来。"说罢,便带了随从出门去了院里。

看见囚室门重被关上,晋金存的眼珠阴冷一抡,他吃力地抬起屁股,向地铺的一头蹭去,在地铺下的一块稍虚的土里,他那只因骨折而萎缩变形的手,抖索着摸出了一把不长的刀。

他把那刀塞到了屁股下边。

云纬和儿子承银原本已经睡了,这会儿突然被叫醒带到晋金存的囚室里,一时不明白发生了啥事。小承银已经很久没看见父亲了,如今看见头发、胡须很长的父亲朝自己伸过畸形的手来,骇得急忙扑进妈的怀里。

晋金存放弃了抚摸儿子的企图,缩回手去,慢腾腾地转着眼珠看定云纬说:"这么晚叫你来,是因为有一桩急事想同你商量。刚才,栗温保告诉我,他打算放我出去,但有一个条件,就是我必须在报纸上签名发表这个!"说着,他把栗温保的随从刚才临出去时扔给他的那张声明朝云纬递来,云纬犹豫了一下,伸手接过默默看了一遍。

"咋样?你帮我划算一下,我该不该签名发表?"晋金存仍是慢吞吞地问,"姓栗的说了,若是我不签名发表,他们就处死我!"

云纬轻轻地抚着儿子的头顶,无声,也未动。

"好吧,既然你懒得替我划算,那我就把我的划算给你说说。我算了一下,如果我签名发表出狱,我会得到三个称呼:叛臣、怕死鬼、乞丐!我在忠于大清的人那里成了叛臣,在讲究气节操守的人那里成了怕死鬼,在世人眼里成了乞丐!这样一来,大清皇帝将来复位了我不会有好处,大清不复位我也不会有好处。而如果我拒绝签名被他们杀了,我就会得到两个招牌:忠臣、硬汉!这样,日后大清皇帝复位了,会把我作为忠臣立碑旌表;即使皇帝复不了位,百姓们也会把我当硬汉看待永远传诵我的事迹!记得文天祥吧?他忠于南宋朝廷,被元军杀死后,其忠贞事迹一直被后世传诵。我权衡了一下,一头是三个耻辱称呼,一头是两块金字招牌,我只有要后者不要前者了!现在你明白我的意思了吧?"

云纬的身子微微一动,她虽仍低首默默抚弄着儿子的头发,可她已分明感到有一块沉重的东西从后背上滚下去了。

"承银,如果你日后活不下去,那就罢了;倘使你能长大成人,你要记住你父亲是谁杀的,要替我报仇!来,拿住,这是一个金戒指,是爹过去手上戴的,留给你!没钱时可以换点钱用。好了,现在你先出去,我和你妈说几句话。"

云纬闻言抬头望了一眼晋金存,她觉出自己的心里有一种奇怪的舒畅感。她替儿子接过戒指塞到儿子手里,又无言地把儿子朝门口推去。她虽然不知道晋金存要对自己说什么,但对一个将

· 231 ·

死的人的要求,她不能不满足。

"对我的死,你心底里是怎么个想法?"晋金存这时望定云纬问,嘴角上依稀闪过一丝讪笑。

云纬仍是无言,只淡然望着墙角。

"你不说其实我也明白,你心里感到高兴,你认为到底把我这个老东西甩掉了,从此可以过自己的舒心日子了。这我理解,我这么大年纪,让你这个如花似玉的人儿跟着是有些委屈你。不过,一想到我死之后你成了别人的妻子,睡到别的男人怀里快活,我总有些难受。也罢,这是没有办法的事。来,请最后帮我一次,把我的那件官服给我穿上。"晋金存指了指放在一旁的他那件官袍,阴鸷的目光像蛇吐信子一样向外一伸,眨眼间又缩了回去。

云纬走上前,拿过那件衣服,轻轻抖开,弯腰帮他穿。他因为四肢活动不便,穿衣异常艰难,云纬累出了一身汗,总算帮他穿好了,正当云纬低头为他系腰间的带子时,他悄悄伸出一只手去屁股下的草垫里抽出了那把短刀,待云纬系好带子刚要直身时,猛地抬手向云纬的胸口刺去。

"呀——"云纬惨厉地叫了一声向后倒去。

"我总得从这阳世带点东西走,我想来想去,还是把你带走好,我不能把你留给别的男人,留给尚达志!你甭以为我不知道你和姓尚的约会的事,我只是见你没有和他真睡我才饶了你们,你们当初只要睡上一次,你的死期就不会拖到今天,他也早不会再织绸缎!还有,你以为我是傻瓜,以为我就不明白我是怎样被抓住的?以为我不明白小承银在地洞里为何叫的?再说,到了阴间,我也得有人服侍!"晋金存那干瘦的爪子握了带血的短刀,一边咬了牙冷酷地飞快说着,一边在地上移蹭着身子向云纬接近企图再刺。这时节,站立院中的栗温保和他的随从闻声已推门冲了进来,就在晋金存又扬起短刀时,枪声响了,晋金存仆倒在地,手中的短刀跌落到正在地上翻滚的云纬身旁。

"狗日的,心好狠!"栗温保把趴在地上的晋金存踢翻过身,"临死你还要拉一个垫背的!"

"反……贼！大……清……皇……帝……早……晚……会……惩……治……你……会……替……我……报……仇……"晋金存捂着汩汩涌血的胸口咬了牙断续说道。

"那你就等着吧!"栗温保"乓"的一声,又朝晋金存胸口开了一枪,尔后指着还在地上翻滚的云纬对随从命令:"快把她抬到安泰堂药铺去!"……

20

达志绕着面南雄立的龙亭匆匆走了一圈,在正对龙亭大门的雕龙石阶那儿站了一霎,没上亭去看宋太祖赵匡胤的塑像,便开始转身沿着潘湖的堤岸,向城里自己留宿的那家汴梁旅栈走去。

他是几天前带着丝绸样品来到省会开封的,把样品送到"筹备巴拿马赛会河南出口协会"后,便一直住在这家旅栈里等待丝绸是否能入选参加赛会的消息。按协会人员那日的交待,今天该是给回音的日子,所以达志根本无心细看那威名赫赫的龙亭,急急忙忙又回到了旅栈。

"看报,看报!袁大总统下令解散国会,停止参、众两院议员职务!"在旅栈门口,一个报童迎上来,硬把报纸向他怀里塞,他闪开报童,几步赶到旅栈门内的信插处,把信插里的十几封信翻看了一遍,见并无出口协会给自己的信函,这才又松了绷紧的神经,信步重向街上走去。

但愿能够选上!我用的蚕丝是最好的蚕丝,我用的山丝也是一等的山丝;我对织工的操作要求那么严格,织工们的织技也都不错;再说,我的染印技术又是家传绝技,绸缎质量应该是第一流的,应该能够入选参赛!老天,保佑我如愿……

一阵磬钹响声打断了达志的漫想,他抬头一看,方发现已经走到了相国寺门口,那磬钹响声是从寺内传出的,大约是在做法事。他在寺院前那座金碧辉煌的琉璃牌坊前犹豫了一霎,最后走了进去。大雄宝殿里的释迦牟尼佛祖像前,果然正在举行着什么仪式,那么多善男信女跪了一地。望着那慈眉善目的佛祖,一向不信佛的达志忽然想到,自己也应该求一求佛祖,请他老人家保佑尚吉利的绸缎能够入选参加万国商品赛会!这样想着,就学着别人的模样,也扑通跪了下去。达志双手合十地小声说了自己的请求之后,正要起身去向佛祖献点香火钱,却突然双眼一亮,盯住了在他前面跪着的一个女人身上穿的缎子夹袄,那夹袄上的花纹新鲜而怪异,且不是印的,而是直接织成的。"大姐,请问,你这上衣的缎料是从何处买的?"达志迫不及待地扯了一下那女人的衣襟,这样开口问。

正双目微闭虔诚跪拜佛祖的那位妇人,被达志的举动惊得身子一战,她回头害怕而厌恶地看了达志一眼,又急忙扭过了脸。

"大姐,你——"

"罪过,罪过!这是圣洁之地呵!"那女人满面红晕地急忙又向佛祖磕了一个头,低声说道。

达志见她误解了自己的举动,不敢再说下去,就起身去献了香火钱,尔后站到远处,一直盯着那个女人。直到法事结束那女人起身向寺外走时,达志才又追上去说道:"大姐,我是一个织绸缎的,刚才看见你这缎子夹袄上的花纹织得好看,很想找到织家请教,烦大姐告诉我你这缎料是从啥地方买到的?"

那妇人这时方明白达志并无坏心,遂笑了笑答:"是从城东十里铺游家买的,他们会织绸缎,价格也便宜。"

达志从十里铺游家回来已是晚饭后了。游家是一个只有两部老式织机的绸坊,但那老式织机上的织花装置确实奇妙,这是一个意外的发现,回去也做做那装置试试!达志伏在灯下,边回忆边绘着那装置的图样。正这当儿,旅栈老板差人送来后晌代他收到的一封信,达志一看信封上的"筹备巴拿马赛会河南出口协会"的落款,便知道是自己盼望的回音来了,他带着喜忧参半的忐忑心情,抖颤着手撕开了信封,惶惶恐恐地去看纸上的字迹:

南阳尚吉利织丝厂尚达志先生雅鉴：

所送之雪青捻线缎、银灰捻线缎、雪青湖绉、雪白湖绉、炼白山丝绸等丝绸产品，经国家权威人士评审后，除雪白湖绉外，余四种皆被定为万国商品赛会参赛之品，谨告，请于明日来协会——

"入选了！"达志还没读完信，便忍不住以拳击桌，发出了抑得很低的欢呼……

达志还没到家，报纸上已经公布了尚吉利织丝厂四种绸缎赴美参加万国赛会的消息。达志到家没有几天，这消息便给尚吉利织丝厂带来了第一批慕名而至的买主。一时，尚家门前车马拥挤、人声喧嚷，一片热闹景象。十几天时间过后，原来积存在库房里的所有产品便一售而光。

"卓远哥，你当初的预料一点儿不错，这参赛的事影响还真不小！"库房售空的那个晚饭后，达志兴冲冲地跑到隔壁卓远的书房叫。

"你下一步打算咋办？"正伏案用左手写着什么的卓远放下笔，含了笑问。

"我想再办两桩事，"达志思忖着说，"第一，继续提高质量，除了抓好丝漂白整理、织机操作和染印几个关口外，还要试装新的织花装置；第二，再买一部分织机，尽快扩大生产。"

"嗯，这想法行。"卓远沉吟着点头，"重要的是不能满足，参赛只是外部世界对你家绸缎的初步承认，并不说明你们的产品已能在世上夺魁，我心里认为，你们的产品在这次赛会上获奖的可能不大，因为世界各国的丝织工业都在很快发展，而你的厂才刚刚复苏不久，过去称王的产品如今未必还会称王！"

"是的，这次我心里也不敢抱获奖的奢望，"达志在椅子上坐下，"但总有一天，我会让世界再尊我的丝绸为王！"

"这一点我信!"卓远轻拍了一下达志的肩,"但愿你能早日赶到那个目标跟前。我甚至替你想了,你将来应该建立一个包括养蚕、缫丝、丝织、成衣厂在内的大型联合企业,而且也可以把资金再投到炼铁、织机研制等其他行业,真正把我们南阳的工业往前推进一大截!一旦我们国中遍是你这样握有雄厚资金的大工厂主,那咱们的国家不也就富裕强大了?别的国家还敢如今天这样欺负我们?"

"卓远哥,你想得真远!"

"我这也是从攻打咱们的那些国家身上看出的道理,英国、法国、德国,能让他们的兵拿着洋枪、洋炮,坐着洋船来中国行凶劫掠,还不是因为他们有钱?!没钱,哪里造得出枪、炮、船?哪里能派出兵?这些钱是从哪里来?除了从其他国家掠夺的一些外,大部分肯定是来自他们本国,想想,如果他们没有一大批富裕的工厂主,只是像我们国家这样都是些种几亩地的小农,他们能收到那么多的金钱?所以我想,我们的国家要富要强,就也要发展工厂,建立成千上万的大工厂,有了无数的工厂有了钱,咱们就可以发展军队,可以造威力大的武器,可以让人尊重而不是招人欺负!"

"是的,是的,"达志又急忙点头,"譬如我,倘使国家现在急缺钱用,让我拿,我一下子拿出个几百两不成问题,要在过去,我去哪里拿?"

"究竟怎样才能使咱们的国家尽快出现成千上万个大工厂?这些天我一直在想这个事情。"卓远说着,用手指轻敲着摊在书桌上的纸,"我琢磨,一开始应该鼓励像你这样的小坊小厂,而且主要是生产人们吃、穿、住、行方面急需物品的小坊小厂,待这些小坊小厂逐渐发展,有了雄厚资金,再鼓励他们去办炼铁、炼钢、造大机器、大轮船这样的大厂!那时——"

"嗳,你们还吃不吃饭了?"雅娴这时腰系着围裙出现在门口,"你们一见面就是说大话,说呀,说呀,没个完!这些大话有啥用?"

"嗨,这咋能叫大话?这是对未来的一种设想!好了,先不说了,吃饭!达志今晚就在这里吃,咱们喝几盅邓州黄酒,庆贺你家产品参加万国赛会!"

"这酒得到我那儿喝才对!"达志笑道。

"就在俺这儿占个便宜吧!"雅娴笑罢,刚要起身去摆酒,忽又想起什么似的转过身道:"要我说,达志,你该去晋府看看云纬,她伤得好重,后响我听说她才能从床上坐起身。你们当初好歹——"

"咋,云纬受伤了?咋伤的?"达志吃了一惊,他从开封回来,整日在厂里忙,连门也没出,根本不知道这消息。

"晋金存临死时戳伤的。"卓远沉声答道,"来,边喝我边给你细说!"

"哦,天!"达志眼里一下子结了冰,双眸冻结了似的一动不动……

栗府门前的灯笼,把黑夜推到对面的街边,也把达志的身影,在街面上拉得很细很长。他焦急地在灯前踱步,等待着门房通报。卓远原是说好同他一起来的,临动身时师范里来人找他商量事情,达志不想再等他,便三脚并两步地赶来了。云纬,你究竟伤得咋样?伤着骨头了没?我真该死,这些天只顾忙厂里的事,竟不知道你被刺伤,拖到这会儿才来!晋金存,这个狠心的狗东西,临死竟还要对人下毒手,天下会也有这样的男人?!……

"尚老板,栗老爷不在家,禀告太太后,太太答应让你进府探望女仆盛云纬。"一个门房这时出来招呼。达志闻言,便急急进院,在那门房的带领下向云纬的住屋走。

云纬的住屋在一排下房的中间,一位年纪大些的侍女为达志拉开了屋门。灯光下,达志一看见枕头上云纬那张苍白无血色的脸,便踉跄着奔到床边,呜咽着喊:"云纬——"

"云纬,你看看是谁来了!"达志背后传来一声女子的轻喊。达志扭眼一看,认出是栗温保的太太草绒,他过去见过几次的,忙点头致意。草绒示意他在床沿坐下,又转对云纬喊了一声:"云纬!"草绒刚才听说达志来探望云纬,立时应允,她知道云纬被晋金存刺伤后心里很苦,估计达志的探望对云纬会是个安慰。

云纬从昏沉中睁开眼来。这些天,她大部分时间都沉在昏迷和昏沉中。晋金存那一刀差一点点就刺中她的心脏,倘不是晋金存的手腕骨折手指萎缩力气不够,云纬的性命就难保了。她双眸迟缓地动着,一时看不清面前坐的男人是谁。

"是尚吉利织丝厂的尚老板!"草绒在一旁提醒。

一听"尚吉利"三个字,云纬的眉梢陡然一颤,她的目光在达志脸上一闪即灭,她又闭上了眼睛。

"云纬,我刚刚知道你受伤,所以才来,告诉我,我能为你做点啥?这一回,你一定要接受我的帮助,我现在有钱了,你想找哪个大夫看伤,想吃啥样东西,只管说!"达志冲动地握住云纬放在床边的一只手,声音低而急切。

云纬静静躺在那儿,眼仍然紧紧闭着,只是将手慢慢从达志的掌中抽出。这两天,她每次清醒过来后,心都被一股强烈的悔恨咬得疼痛难忍,她都要在心里对自己叫:你这个傻女人!你这个笨东西!你不是很早就要报复晋金存吗?可你是怎样报复的?你不仅给他生了儿子,甚至在他瘫了的时候还给他洗刷照料,你等着去挨他这一刀,你为什么不早动手杀了他?为什么不杀了他?但现在她一看见达志,这股悔恨却又一变而成为对尚家的恨。我为什么会落到这步境地?我为什么会成为晋金存的夫人?还不是因为你尚达志当初变了心?!——人的思维都有一个习惯,在反思一件事时,总要去找导致这件事的最初原因。云纬现在也是这样,在她回想被刺受伤这件事时,她不能不想起导致自己落到晋金存手里的那些最初的缘由。

"说话呀,云纬,我把你接出去,住到我家养伤,行吗?"泪珠在达志的眼眶里打转,"如今,我只有为你做点啥,心里才安呐……"

看见达志掉了眼泪,草绒那颗率直而柔软的心也有些难受,她不忍再在这里看下去,悄步出了屋门。

"你应该高兴!"双眼闭拢的云纬忽然这样开口,"一个你扔掉的女人被扎死了,你的心不也就可以安下来了嘛!"

"云纬!"达志抹了一下自己眼上的泪。

"你走吧!"云纬眼睛没睁,又说了这三个字。

"云纬!"

"走吧,你!"云纬闭眼说出的仍是这三个冰冷的字。

达志只好吸一下鼻子,不舍地站起身。

云纬依旧双眼紧闭,没动也没吭。直到达志退出门外脚步声远了之后,她才又睁开眼睛,在眼帘打开的同时,大股的泪水倾泻了出来……

21

鹿鸣山在月色下耸峙着它那黑色的身躯,山脚下的鸭河如一匹白绸一样地铺绕在那里,一座石桥线一样地扯在河上,两条土路从东西两个方向若隐若现地伸进前边那个叫云阳的不大的镇子,镇中的草房、瓦屋错错落落蹲伏在月下。栗温保默站在一株山梨树的阴影里,静静观察着周围的地形。四周很静,镇中只偶尔传来一声狗吠和白朗军哨兵的喝问。

栗温保和他的兵马,是半夜时分完成对这座镇子的包围的。

自从接了参加围剿白朗起义军的军令之后,栗温保这些天一直率着自己的人马东奔西走,先到新野曹溪营,继到邓县白牛镇,再到淅川荆紫关,一直没有追上白朗军。昨天后晌,正在南召城歇息的他,听说白朗军的一股辎重部队,隐在大山中的云阳镇里,才算有了这次成功的包围行动。

从潜进镇中的探子口里知道,这股辎重部队的人数不多,与自己的兵马相比,自己占着明显的优势。包围圈已经形成且十分严密,所有的进攻准备已经做好,单等着栗温保发出进攻的号令,可他在此时却有了犹豫。

打还是不打?

白朗军队里的人也全是农民!

"去,把你肖四哥叫来!"他对身边的一个卫兵交待。片刻后,那卫兵领着他的副手兼军师从包围圈的另一侧走来。肖四刚刚站定,便低而急切地问:"大哥,我们一直在等你的进攻号令,你怎么不发? 天快亮了,趁天黑打进去才会更顺利!"

"四弟,"他挥手让四周的护卫退到后边,单独对肖四说道,"我有点不忍心。"

"咋?"肖四一怔。

"你想,两年前我们不也和这些白朗军的士兵一样,是反抗官府的农民? 大伙本是同根,动手杀他们心里总不安生!"

"可你想过没有,大哥,前不久南阳镇总兵高文贵就是因为围剿白朗迟延,被袁世凯亲自下令革职的! 你如今是南阳的副镇守使,我们混到这一步经历了多少苦难,难道你也想丢了官职,再去过往日那苦日子?"

"这——"栗温保的心脏一缩。

"大哥,我们如今已是在仕途上混,在仕途上混的人可不能总想别人,不的话,那官位可也就要落到别人头上了! 我近日也读了几本史书,其中有一本上说,天下仕途皆用血肉铺就,无狠心无胆魄者别上此路,我觉得这话说得有几分道理!"肖四的双眼在月光下一闪一闪。

"能不能这样,我们网开一面,把他们打跑?"栗温保又低首沉吟着。

"那样做一是有可能走漏消息,说我们故意放走反贼,谁也说不准我们的队伍中有没有告密者;二是失去了一个立功受褒扬的机会。打仗中,像这种兵力占绝对优势又把敌人全数包围的机会很难遇到,失去了这个机会,可能也就失去了荣誉,失去了战胜仕途上别的对手的资本! 大哥,下决心吧,无毒不丈夫!"肖四的声音里满是催促。

"这些人也有父母妻儿呀!"栗温保挪动了一下双脚,低声叹了一句。

"你应该首先想想你的妻子女儿,难道你想和妻女搬出现在的栗府,再回卧龙岗西的落霞村种那亩把岗坡地,再过吃了上顿没下顿的日子? 再说,历史上有哪个大官手下没有几条人命? 你犯不着为这些人的死心疼,我们当初和晋金存打仗时死的那些弟兄,有哪些人替咱心疼了?"

"唉,白朗的这些人也不过为的是想过几天好日子。"栗温保再一次叹道。

"就算我们不打他,让他们胜了,他们过上了好日子,那我们还怎么过好日子? 他们还不要把我们当官军杀掉?"

"那依你说打?"栗温保的心显然被肖四说动了。

"打!"肖四抬手朝下一劈。

"好吧,那就打!"栗温保最后下了决心,转对站在身后不远处的传令兵下令。

三个传令兵立时对着黎明前月色苍茫的夜空,举起了牛角号,转瞬之间,呜呜的牛角号便在四山之间回荡,在小小的云阳镇上空跳跃。几乎在牛角号声响起的同时,镇子四周骤然亮起了火把,在一圈火把的映照下,几千人马呐喊着朝镇子冲了下去。

栗温保没有再朝镇子看,而是扭过脸,默望着已步入西天的圆月,一边倾听着镇子里的枪声、刀剑相撞声和哭喊声,一边在心里说道:老天,你看见了这一切,原谅我吧! 我也是没有办法,人人都有一份想过好日子的心呐……

山下镇中的战斗并没有持续很久。

由于兵力优势也由于是突然袭击,白朗军的这支辎重部队的抵抗和突围都没有奏效,第一抹晨曦由鹿鸣山顶飘到镇中时,杀声已经岑寂,栗温保的兵们已开始清理战场。

"大哥,咱们下去看看!"肖四翻身上马。

栗温保从对面黛青色的鹿鸣山顶收回目光,缓缓地蹬鞍上了马。

像一切战场一样,镇中也是一幅残酷之景,到处是尚在流血的尸体，一只胳膊斜挂在一辆马车上，一颗人头滚在一个盛水的瓦盆前，一个人因死前的爬动把肠子拖在两丈远的路上。栗温保不忍再看，在马上又把头扭向了鹿鸣山峰，那山峰酷似一头正引颈鸣叫的小鹿，那小鹿是在为什么而叫？是因为发现了吃食高兴？是见到伙伴激动？是看到了敌人惊恐？是受了伤而发出哀鸣？

"大哥，我们缴获的东西真多！"肖四这时兴冲冲地从另一条街上飞马赶来，"我刚弄清，这是白朗的老营辎重队，有几车枪刀和很多粮食布匹银钱，我们要赶快上报战绩，这次受嘉奖是肯定的了！"

"哦。"栗温保应了一声，又扭头去看鹿鸣山顶，去继续自己刚才的思索：这鹿鸣是因为高兴还是因为惊恐？……

    肖四的判断没错。云阳之战的战绩上报之后，河南省的都督高兴非常，星夜又把这战果报往了北京，袁世凯看罢这份关于端了白朗老营辎重队的战报之后，欣然提笔在上边签了两个字："奖赏！"

    奖赏的仪式十分庄严。

    河南省都督专门派人送来了奖品和赏物，镇守使吴庆桐特意把当时唱红南阳城的宛梆"金嗓班"叫来助兴。

    仪式在镇台府院内举行。当都督的特使把一柄刻有"卫国"二字的短剑捧到栗温保面前时，应邀出席仪式的来宾们掌声雷动。另外奖赏给栗温保部队的一百支洋枪和一箱银元，由肖四上台领下。

    接下来开始演戏助兴，剧名是《吕布戏貂蝉》。戏开演之前，饰演貂蝉的绝色姑娘特意在幕前宣告：今特为卫国英雄栗温保献艺演出！

    掌声又起，栗温保佩剑起身颔首致意。

    戏在一幕一幕演下去，锣鼓弦乐声中，栗温保那颗一直有些不安的心渐渐安静下来，早先总在脑里浮现的云阳镇战后街上的那幅惨景不知不觉被推到脑的深处,他开始全心全意地看戏。

长这么大以来,他这还是第一次正正规规地坐着看戏,而且这戏还是为他这个英雄专门演的。

他发现看戏是一桩很惬意很有意思的事。这么些漂亮的男女在台子上又走又唱,加上鼓乐齐鸣,多么热闹!过去我竟然不懂得看戏取乐,真是憨货一个!

散戏的时候,他看到台下台上那么多羡慕的目光向他投来,他觉出心里有一股慢慢扩大的得意。

此后一段时间,每当他骑马佩剑从街上走过,街两边总有些羡慕和敬畏的目光粘在身上,这目光使他心中对云阳之战的最后一点不安彻底消失,剩下的全是舒服。

他的部队在城里城外休整,他除了去各营转转之外别无其他事情。看书又看不懂;与草绒和女儿坐下聊天聊不了多长时间便没了话题;吃饭、穿衣的事儿又完全不需要操心。他觉得闲着难受,便突然间想到了看戏,对,去"金嗓班"看戏散心去!于是叫来了肖四,肖四一听说去看戏,自然高兴,忙叫人备好马车。

"金嗓班"那阵的演出地点,在三皇庙戏楼。这戏楼是一种固定性建筑,殿阁式砖木结构。南阳那时的戏楼除三皇庙之外,还有两座:城隍庙戏楼和医圣祠戏楼,但其中以三皇庙戏楼演戏最经常。

看见栗大人一行来看戏,"金嗓班"主自然高兴,示意演员加劲演出。宛梆的唱腔既有秦腔的激昂豪迈又有豫东派豫剧的高亢活泼,演员唱起来十分悦耳动听。那天演出的剧目是《林冲》。演林冲和林冲娘子的两位演员唱得都很美,但栗温保却没留心去听那唱腔,而是饶有兴味地看着演员们在台上来来去去的走动姿势。女演员们轻移莲步袅袅娜娜的走姿令他觉得格外有意思,尤其那位演娘子的演员,走动起来飘然若仙,而且那腰身那脸蛋真是令人百看不厌。他定睛分辨了一下,辨出这位演"娘子"的实际就是那日庆功会上所演《吕布戏貂蝉》中的"貂蝉",这个发现使他更有些高兴,便把一双眼珠直直地盯在她一个人身上。那女人抹了胭脂化了淡妆的脸显得多么水嫩红润,那偶尔露出的颈项莹白如雪,那酥胸、那丰臀,看得栗温保的脸越来越热,越发目不转睛。轮到那女人下场别的演员唱时,他便有些不耐,在心里烦道:唱这么长干啥?待她重新上场时,他便又眼睛发亮脸上放光。他这是第一次细看妻子之外的女人,虽然有"看戏"这层掩护,他心里还是有些发虚,间或地将眼往左右一抡,看是否有人在注意他,见人们都在注目台上,他这才放下心来。

傍晚回家时,他仍心神不定,那"貂蝉"的影子总在脑里闪动。一向生活正派的他意识到这是邪念,便努力想从脑里赶走她,急忙走到卧房去同妻子草绒闲话,企图用草绒的身形把那影子从脑中挤走,可是非但没有奏效,那影子反而更清,反而要站出来同草绒比比,无论是脸蛋、是腰身还是肤色,一下子把草绒比得没了颜色。他摇摇头无奈地叹口气。那晚他睡在草绒身边,却再无去动草绒的兴致,每次想朝草绒伸过手去,那貂蝉便站面前朝他讪笑,笑得他急忙缩回了手。

第二天,因为闲来没事也因为思念,他又说要去看戏,肖四于是又陪。如此一连几天下来,精明的肖四终于明白了温保要看的是什么,肖四当时暗暗一笑,便借故出场去了一趟后台,做了一番安排。

这日戏散场时,肖四一本正经地说:"大哥,我看演貂蝉的那位姑娘唱腔很中听,让她单独给咱们来几段清唱如何?"

"清唱?人家愿意?"栗温保有些迟疑。

"那姑娘叫紫燕,我刚才去后台问了她,她说她非常愿意。"

"唔。"栗温保漫应了一声,不敢露出心里的高兴,"依你说去听听清唱?"

"听听吧,反正回家又没事情。"肖四装作是自己十分愿听,"他们戏班住在清和客栈,班主让我们先去,紫燕随后就到。咱们走吧。"

清唱所在的房间是清和客栈最雅致最大的套间,里边是卧房,外边是客厅。那紫燕就站在客厅里为栗温保和肖四清唱。没有伴奏的人,也没有别的听众,班主开始进来应酬一下,随后便退出了。紫燕先唱了《桃花扇》中的唱段,又开始唱《王宝钏守寒窑》。卸了妆穿了褂子长裤的紫燕,比穿着长戏袍的她更显出腰身的苗条匀称,饱满的胸更是颤得让人心动,尤其是她那双大而乌亮的眼睛,活泼泼热辣辣朝人身上一抓,真有抓走魂魄的力量。栗温保看着看着,感到心里有一股难耐的东西渗出并在那里翻动,他偷眼瞧了一下旁边的肖四,这时才发现肖四已于不觉间出去了,他先以为肖四是出去小解,却干等也不见来。他趁紫燕停下喝水润口的当儿,出门问了一下站在门外走廊上的贴身侍卫肖四哪去了,那侍卫讲:肖四爷说他忽然想起家里有件急事要办,先走了。栗温保听罢先是有些不安,觉得自己一人听姑娘清唱不很方便,继而却又不由自主不知所以地舒了一口长气。

栗温保重又进屋时,那紫燕娇笑着起声问:"栗大人,俺给你唱一个乡野间流传的段子行吗?"

"行,行,唱啥都行。"栗温保被紫燕颊上两个酒窝里斟着的娇媚弄得有些醉,连连点头。

那紫燕今年虽然才二十一岁,但因为走南闯北唱戏,与各色人等交往,加上爱慕虚荣,向往浮华生活,早已尽识风月。今日临来清唱前,班主悄悄附耳交待:栗大人可是如今南阳城中有兵有权有钱的人,你要想法攀上他!其实哪里用得上班主交待,紫燕早已从栗温保坐在戏楼下望向自己的目光中知道他对自己动了心,今日这个机会她决不会放过!只要抓住了这个副镇守使大人,还愁下半辈子不享荣华富贵?今日有人安排这场清唱,真是天赐良机!她刚才所以提出要唱一个在乡野间流传的段子,就是为了借唱词进一步撩拨栗温保的心。

只听她低抑声音用宛梆韵调脆脆唱道：

月亮出来亮堂堂，
三郎约奴去烧香，
两只人影月下叠，
但愿二人成一双。
月儿入云濛濛白，
小奴和郎身紧挨，
只要无人来打搅，
直到天亮不分开。
月落之后天变青，
两手相捏慢慢行，
郎是指甲奴是肉，
情投意合过一生。
隔河望见花一岗，
郎愿采花没桥梁，
奴家担来三担土，
垒好土坝任你上。
见花不必心发慌，
干啥都要有胆量，
只要你把手伸出，
顷刻能闻花儿香……

紫燕边唱边把媚人的眼光直朝栗温保的脸上抚，粗莽的栗温保虽没听懂那唱词的含意，但却看懂了紫燕的目光，更加耳热心跳，一时竟不敢抬眼去直视紫燕的眼睛了。紫燕此时也看出了这个农民出身的镇守使是第一回想做这事，还没有足够的经验和胆量，于是陡然停了唱，一手按了额头轻叫："哎呀，栗大人，我猛然觉得有些头晕，你快扶我去里间稍歇一霎，再接着给您唱。"说着，纤手已朝栗温保伸了过来。栗温保不由自主地伸出手去,他刚一触到紫燕,那柔软温香的身子便已整个靠在了他的怀里。他慌得一退,想把她推出怀抱,草绒的面孔同时在他眼前一闪,但他的两手刚把她推出两寸,却不舍地重又揽了回来。这当儿,紫燕的两手早已环抱了他的脖子,温润的双唇已贴在他的脸上了,他不安而胆怯地望了一眼门口,贼一样地抱起了紫燕的身子……

栗温保第二天见到肖四,真有些不好意思。他想起当初在伏牛山葛条凹与官府作对时,有次肖四抢来两个民女遭他斥骂的事,脸禁不住烧得厉害。但肖四仍如往常那样与他说话,并不露一点揶揄神色。他的心这才又渐渐有些平静。不过在家里,一看见草绒,他的心就又怦怦跳了,就有一种无地自容的感觉,他内心里禁不住开始了自责:你这样做如何对得起与你共过患难的草绒?

自责归自责,可只要一想起那个销魂的夜晚,温保就又变得有些神不守舍了。那是怎样癫狂的一个夜晚呵,那个夜晚把栗温保这些年的婚姻生活一下子比得没了颜色。紫燕是一个多么妙不可言的女人呐!那如水中刚捞上来的鲜藕一样白嫩的胴体,看上去晃人眼睛,抚上去柔如鳗鱼,贴上去软若无骨;她那格格的低笑,喃喃的撒娇,轻轻的呻唤,让栗温保充分体验到了做男人的满足;她那双灵巧如蛇一样游动的手,那带着香甜气息无所不至的舌尖,那会说话般百依百顺又花样百般的躯体,让他体验到了一种飞入仙宫的快感。只要一想起那个夜晚,他就要禁不住想起草绒那粗糙的双手,那带了些微汗味的身子,那总是被动等待他去动手的态度,那千篇一律毫无新鲜感的姿势。嗨!他又长长地叹一口气。

这种对那个夜晚的回想渐渐又变成了对紫燕的思念,而且这思念日益增强,终至于压倒了他心中的那股自责,他又产生了要见见紫燕的愿望。这愿望初起时,他暗下决心:再见她一次,就永远也不见了!其实他自己也知道,这决心不过是自己对自己良心的

· 249 ·

安慰,像一切遇到美女且已越过了那道堤坝的男人一样,他也已经欲罢不能了!

下一天他再见到肖四时,装作很随便地说:"咱们再去听听那紫燕姑娘的清唱吧。"他还不想对肖四直接道破自己的心事,未料肖四听罢神色不动地低声说:"大哥,清和客栈的那个套间已经以队伍上的名义包下了,我也已跟金嗓班主说好,这些天只要你去了客栈,就不安排紫燕演出,你愿让她唱什么只管点就是!大哥放心去,一切都已妥帖,草绒嫂子不会知道,外人更不会知晓!"

栗温保被肖四这番话弄得脸上有些难堪,不过心上还是高兴,暗暗感激他安排得周到,于是也不再说别的,只是含义复杂地笑笑,上车走了。

自此之后,栗温保军务、政务之余的绝大部分时间,便都是在清和客栈紫燕身边度过的。

这种偷养外室的生活虽然美妙,但钱财上的开支却暗暗让栗温保感受到了压力,房费倒是不必付了,肖四已用队伍上的公款付过,单就紫燕的吃、穿、用就让他难以应付。这紫燕极能花钱,穿衣服、吃饭都非常讲究,有时一顿夜宵就花两个银元。这种开销远不是栗温保副镇守使的那点月俸所能支得起的,而且平日家里的一点积蓄都掌握在草绒手里,他自然不敢要。没办法,他先是在成衣店和客栈里欠账,可欠得太多了不免心焦。

就在栗温保为银钱焦心的时候,民国四年的春节到了。每到春节前,各县知事都要派人给镇守使、副镇守使送点礼来,这礼物中有当地的土特产品,也有银钱。因为栗温保深深厌恶官府中的贿赂风气,过去每到节前,都要给肖四和手下人交待:各县送来的礼物一律不收!个别的硬要放下,便分配到各营充作公用。今年最先送来礼物的是内乡县,礼数中有一麻袋大米,三十斤红枣,半爿猪肉和四封银元。随从们不敢擅自收礼,接过礼单后忙送给栗温保请示咋办,栗温保接过礼单后没有像往年那样喝令"拿走",而

· 250 ·

是默默地看了一霎,叹口气说:"唉,他们大老远地跑来,送上一番好意,不收也着实令他们难堪,也罢,就收了吧,告诉他们,下不为例!"

有了这四封银元,栗温保轻松地把各处的欠账还了,心情也就平静了下来。

春暖花开的一个晚上,栗温保和紫燕在床上正玩到兴处,那紫燕又娇声提出想买一辆马车,好在心情烦闷时坐车出外走走。栗温保当时自然满口答应,可第二天一想,买一辆马车的花费可不是一个小数,又有些发愁:去哪里弄钱?他皱起双眉的愁态被肖四看见,肖四便问及缘由,栗温保因为知道肖四眼下也在另一家客店偷养了一个外室,同他说话便也不再避讳,就直说了紫燕想买马车的事。肖四听罢沉吟一霎,说:"弟弟倒是有一个办法,只不知大哥是否同意。"

"啥办法?"栗温保精神一振,忙问。

"这个月的兵饷不是还没发吗?"肖四的眼挤了挤,"咱一人略扣一点,就说是政府困难,请大家体恤,我想不会有人明白的!"

"这——"栗温保的浓眉蹙了起来。克扣兵饷是他过去三令五申要禁绝的,属下的一个营长因为扣了点兵饷曾差一点让他枪毙。不过眼下也实在无别的办法了,他把眉头蹙了半晌,最后又缓缓松回原位,他软了声说:"记住,就这一回,以后永远不能再干!"

"只这一回!"看见肖四要出门去办,他又低声叮嘱了一句……

22

草绒尽管做了副镇守使太太，可一切习惯仍是过去的。穿衣，仍不讲究啥式样，只要穿上不冷就行，有些衣服破了，舍不得扔，缝个补丁照样穿；还是没有穿袜子的习惯，只要天不凉，总是一双大脚光着穿双布鞋，有时有了急事，赤着脚或是趿着鞋就走到院里；早上起了床，也并不像别的官太太那样抹粉搽胭脂地梳妆半天，她只撩几把清水把脸一抹梳梳头发就罢了；吃饭，也很少让炒七碟蒸八碗，总是剥一根生葱和几瓣蒜，拿起就吃；偶尔出门上街，也不坐马车，一个人沿街就匆匆走了。如今，她本没有什么事要做，女儿大了，且有家庭教师管着；家务事都有仆人办了，但她闲不住，总要找点事做，不是去厨房帮忙濯菜，就是去门前那块空地上挖土平畦说要种点麦子。碰见仆人中有拆洗被子的，她便也拿了针上前帮忙缝。她不会看书，不爱看戏，也不会玩麻将，和其他的官太太们很少来往。栗温保整日在外边忙，她又是一个爱说爱笑的人，这便让她有时觉到了苦闷，每逢苦闷时她就去找活儿做，实在没活做了她就打扫院子和屋子，有时甚至帮助仆人去照看他们的孩子。对于这种过于闲适孤独的生活，她真有些过不惯，常常在一人独坐时，她会想起在卧龙岗西落霞村同温保刚结婚时所过的那些日子，那时生性爽朗直率的她，和邻居妇女们在一起高声嬉笑欢闹的情景多么值得留恋。

对于丈夫温保在外养女人的事，草绒一点儿也不知道。她一向晓得丈夫在男女之事上的正经,从不对他在这方面起疑;卫兵和下人们虽有人听说,但谁也不敢在她面前提起。不过作为妻子,她还是有些感觉,感觉之一是平日丈夫在家的时间越来越短了,常常半夜方回,有时干脆整夜未归;二是丈夫和她很少再做那种事。正值盛年的草绒,在这方面当然也有要求,可生性爽朗喜欢直来直去的她,偏在这事上羞于出口,总是等待丈夫提出要求。有几回,丈夫半夜回来,她饥渴的身子满怀希望地等待丈夫伸过手来,未料他倒头就呼呼睡了,使她沮丧非常。遗憾的是,草绒对感觉到的东西并未作什么分析,她那坦直的头脑也一向不善于分析,她只把这些都归因于丈夫公务太忙。他把精力都用到公务上了,哪还有心思去想这些事?她时常在心上这样替丈夫解释。

六月的一个凌晨,鸡刚叫头遍,镇守使吴大人府上派人送来一封急信,说是利用大理石为袁世凯大总统登基做皇帝赶制的第一批进献礼品,已于昨夜午时完工,今晨红日东升时辰就要启运,启运前要举行一个仪式,请栗温保大人届时参加。那晚栗温保偏偏没在家住而在紫燕那里。门房喊醒了睡意尚浓的草绒,把急信交给了她。她虽不识字且也不懂什么进献礼品什么启运仪式,但她一听门房说是急信并要求丈夫天亮就要到会,也非常着急,一边叫人备马车一边叫人喊来栗温保侍卫班的人,问他们丈夫那晚宿在哪座营里——她一向以为丈夫不回家是因为在兵营有事太晚便留宿在了营内。侍卫班的人自然知道栗温保住在哪里,只是在夫人面前不敢直说,都吞吞吐吐地说记不太清楚,草绒一急,吼道:"快给我想想清楚,否则误了公事小心你们脑袋!"这才将那伙卫兵吓住,其中一人才说栗大人住在清和旅栈。草绒听罢一愣:住旅栈干啥?再说清和旅栈离家又不太远,有去旅栈的时间,回家住多好?她没容自己多想,只是转身上了马车就走。她所以决定亲自去并不是起了什么怀疑,而是怕卫兵们睡眼迷瞪地把急事误了。马车飞奔到清和旅栈门口,天还没亮,大门未开,不过守门人听说是找栗温保有公事，不敢迟延，急忙打开了门并告诉了栗温保住的那座房子。草绒大步咚咚地走到那房子门口，看见一个卫兵正坐在门口打盹，她没理那兵径直敲门，敲门声惊醒了门口的卫兵，那卫兵起身想拦，一看是太太也不敢再开口。屋里传来了栗温保不甚高兴地喝问："谁呀？啥事？"草绒正要回答，守在门口的卫兵先回答道："大人，快，急事！"那卫兵的目的原是要提醒栗温保你夫人到了，可昨晚同紫燕欢闹到半夜才睡的栗温保，这时头脑还不清醒，哪能去琢磨这话中的含义？只听他一边嘟嘟囔囔地说有什么毬急事，一边点亮蜡烛拖拉着鞋来开门。他拉开门一见是草绒站在门口，霎时惊愣在那里，好在那烛光太暗且栗温保背光而站，草绒并没看清他的神情，此时草绒仍没有起疑什么，她只是顺口问了一句：你咋睡到了客栈里？说着，就把那封信朝丈夫怀里一塞："吴大人派人送来的急信！"恰在这时，里间的紫燕娇声嗲气地问了一句："啥子事呀？吵死人了！"草绒一听女的声音从内室传出，顿时双眼瞪圆了，她噔噔几步跑到里间门口，往里一望，只见床上的紫燕正裸着上身在揉自己的眼睛。

"噢——栗温保呀——！"草绒立时没命地叫了起来。"我日你个八辈老祖宗，你竟敢背着我做出这种事?！我日你奶奶呀！你个丧尽天良的狗东西！"边骂边就飞身抓了屋里桌上的花瓶、茶杯、茶壶往栗温保身上砸去，只穿一条裤衩的栗温保在这打砸中吓得左右乱躲。"栗温保！老娘今天非跟你拼了不可！"草绒被这意想不到的背叛气疯了，愤怒至极地扑到丈夫跟前，伸手就朝丈夫脸上、身上抓去，栗温保不敢还手，只是抬手挡着躲着，那个卫兵和栗府赶马车的进来，用身子挡住草绒的撕扯，草绒见抓不住丈夫，这才又转身向紫燕骂道："你这个从哪里来的野货！不要脸的贱东西！我先把你这张脸撕烂！"说着就冲过去，抓住紫燕的头发扯起来，紫燕虽走南闯北，却从没有遇到过如此可怕的撕打场面，早吓得软瘫在了那儿，幸亏客栈里的人此时都已被吵醒，几个妇女过来，勉强拉住草绒,让赤裸的紫燕披上衣服跑开了。

"栗温保——,你这个断子绝孙的杂种,"草绒这时又转对栗温保哭骂开了,"你的良心叫狗吃了!老子当初一个人带着女儿过日子,等你等了十年!那一回为救你的性命,老子们差一点死在晋金存刀下,没想到你今天用这个回报我呀——老天爷,你该打雷呀,打雷呀!用雷打死这个忘恩负义的东西吧!……"

草绒越哭骂越伤心,及至最后哽咽得骂不成了句。这当儿栗温保一边对刚刚赶来的几个卫兵交待:"你们想办法把太太架到马车上拉回府里,不论她怎样哭骂踢打,你们都不准弄伤她!"一边慌慌穿好衣裤,满脸通红地急急骑马去找肖四。这场灾祸得靠肖四来帮忙平息了。

那天早上,栗温保没有能参加向袁世凯进献礼品的启运仪式,他甚至没有来得及去细看那封急信……

草绒被拉回到栗府还一直没有停止哭骂,过度的气恨攻心甚至使她吐了两口血。耿直暴烈的草绒一颗心全被恨磨碎。她虽然不识字,但一直把夫妻间的忠诚视作天经地义永不可改的事情,所以如今丈夫的背叛带来的打击就显得格外沉重。

她就是在梦里也没想到自己会遇到这样的事情。她平时很少照镜子,偶尔照时,也能发现自己脸上有了些细细的皱纹,看到那些皱纹,她不但没有不快,反而有些自豪,她常在心里说:我这些皱纹是为温保和女儿操心惹来的,他们父女看见我这些皱纹,就会知道我的劳苦,这是我辛劳的标志,这些皱纹会得来报答的……

可现在丈夫竟是用这个来回报她的!

她的嗓子已因为哭喊怒骂变哑了。刚刚能够起床做点轻活的云纬,这时端过来一杯开水喂她喝。也就在这当儿,栗温保畏畏怯怯地跟在肖四身后进来了。草绒看见,挣起身又要扑上去抓撕丈夫,但被肖四拦住。肖四一边示意云纬和其他下人们走开,一边对

· 255 ·

草绒说:"嫂子,你先息息怒,听我跟你讲道理,咱俩道理讲不通了,你再骂大哥撕大哥,行吗?"

"啥道理?"草绒的眼又一次瞪圆了,"你说他栗温保做这事还有道理?"

"你平心静气听我说嘛!"肖四扶草绒在椅上坐下,"你说大哥如今是不是一个官?"

"咋不是,副镇守使嘛!"草绒气恨讥诮地撇撇嘴。

"他既然是个官,那他做事应不应该像个官?"肖四问得一本正经。

"我没有说不让他做事像个官!"草绒有些恼了。

"好,好,既然嫂子承认这个就行,那你看看从上到下那些官,有哪个官不是三妻四妾,不是几个老婆?"

"噢,所以他栗温保就也跟着学——"草绒又气愤地站了起来。

"不跟着学不行呀!"肖四苦起脸来,"你要不养一个两个侧室,不接一个两个小老婆,官场里的那些人就看不起你,就说那小子不是当官的料,根本就没能耐!要不就骂你假正经,假道学,想立牌坊,就一齐来挤对你,想法子把你这个行为出格者弄倒!这就像大家同桌喝酒,人人都喝,惟有你一个人就是呆坐着不举杯,这势必弄得满桌人不高兴,大家恨不能你滚了才好!嫂子,你要是不想让他当官了,你就跟他闹,就不准他养女人;你要是想让他当官——"

"就是,我不是才养一个嘛!"栗温保这时接了腔。

"放屁!你俩说这些话全是放屁!滚你娘的脚这些狗道理!老子不想让他当官!你们这些王八蛋算什么官!狗官!驴官!……"

草绒骂着就又扑上前,这次是连肖四一块撕抓,两个人见草绒那个怒状,一齐吓得转身跑了。

一连两天,栗温保都没敢进门。

失去了骂的对象,草绒没法骂了,但心里的气恨仍没有消失,而且越是回忆自己带着女儿在晋府做女佣的那段苦日子,这气恨就越是聚得多,越想越气,气着气着就气起自己来:你当初救他命干啥?让他死了不是更好?你为啥要苦苦等他?你那时为什么不再找个男人过日子?就是,那时我为什么不找男人?偏要为他护着身子?你护你的身子有啥用?

去你娘的!老子从今往后再也不为谁守贞守节了!你栗温保敢找女人,老子为啥就不敢找男人?找!老子明日就找!老子今日就找!老子这会儿就找!

草绒想到这儿,在一种强烈地要侮辱报复栗温保的心理支配下,真的立时去到门口对站在那儿的一个卫兵说:"你来!"那卫兵不知草绒叫他何事,急忙跑了过来问:"有事,太太?"草绒说:"跟我走!"径领那卫兵进了自己睡屋,一进屋草绒就转对那卫兵叫:"你们栗大人在外边跟别的女人睡,太太我今天就跟你睡!俺和他一对一了!"说着就哧啦一声撕开了自己的上衣,将雪白的胸脯露了出来。那卫兵先是一呆,继而扔了枪扑通一声跪下了双膝叫:"太太、夫人,饶我一命吧,栗大人知道了会要杀我的!天呀,饶了我吧!……"

"滚、滚、滚!"草绒被卫兵这种窝囊弄火了。待卫兵跌跌撞撞地奔出门后,她又扑倒在床上,撕心裂肺地哭了起来……

23

　　和卓远的判断一样,在美国旧金山万国商品赛会上,尚吉利织丝厂参赛的四种产品都没有获奖,整个南阳参赛的产品中,获奖的只有一项土产——邓州的烟叶。

　　但参赛本身已经给尚吉利织丝厂的生产带来了巨大影响。买主的大量增加使尚达志手中的钱迅速变多。有了钱,达志又很快购买了八台机动织机;在西侧邻居家买了六间房子;又增雇了工人,使织丝厂的规模进一步扩大,在远近州县,尚吉利织丝厂的声望越来越高。

　　就在尚家人喜上眉梢的日子里,一位举止儒雅头发半白的中年男子在一个上午走进了尚家院子。他说他是开封一所学校的老师,专门研究古代的神秘文字,听说尚家院里有一块石头上刻了无法辨识的图案,他怀疑它和原始文字有联系,所以特地跑来看看。达志听他说明来意,立刻领他到前院竖着的那块石头前。那人站在石头前对那图案看了好久,又从包袱里拿出一些拓片反复对照比较,最后慢吞吞地开口对达志说:中国现在已知的有五种神秘文字,一叫"红岩天书",刻在贵州关岭布依族、苗族人居住的晒甲山悬崖岩壁上,有数十个符号,大者如斗,小者如升,呈铁灰色;二叫"巴蜀符号",发现于从四川出土的一些春秋战国时期的器物上;三叫"东巴文字",发现于云南纳西族人居住的地方;四叫"岣嵝碑"文字,存于衡山,刻在石碑上,似篆非篆;五叫"仙居蝌蚪文",刻凿在浙江仙居县淡竹附近一个高达百余米的高山陡壁上。你们这块石头上刻的图案,和"红岩天书"的个别符号有些近似,我个人的看法,它有可能是一种原始文字,表达的是当年人对世事的一种看法,即认为世界上的事情都是互相交织有联系的,人扯动一个地方,另外一些地方就能感觉到;一个地方发生了变化,另外一些地方也会随之发生改变……达志有些惊异地听着,觉得这人说得有些道理,世事也的确是互相交织有联系的,武汉发生了辛亥革命,南阳也跟着换了当官的人;官府、政界发生了变化,我们尚家的丝织业也跟着出现了转机。先辈们把这个原始文字刻在石头上竖在门口,是不是在提醒我们后人,搞丝织不能只看着丝织,还要注意观察、关心周围的各种世事?……

达志那天很热情地招待了那位老师,把那位老师送走后,他在内心里告诫自己:从今以后,你心里想着丝织,但眼睛一定要看着整个世界!……

这件事过去两月之后的一个中午,邮政局忽然给达志送来了一封全用外国字写的信。达志那阵正在检修一台织机,他诧异地在裤子上抹去手上的油泥撕开信去看,满纸的外国字一个也不识得,他慌慌地追上那送信的邮差,求他给说说信上写的什么,那邮差摊开手说:"我也是查了英汉字典后,才勉强明白信封上的两行字是:中国河南南阳尚吉利织丝厂经理先生收,余下的我确实也看不明白。"达志不知信上写的啥,很焦急,恰好那两天卓远应邀去邓州蚕桑实业中学堂讲学,也不在家。无奈之中,达志想起了靳岗教堂,那里有外国人,只有请教他们了。达志当即就顶着北风向靳岗教堂跑,半下午时到了教堂。向守门的讲了自己的请求后,守门的进教堂叫来了一个外国教士,达志辨出,这教士就是当年和他外甥威廉一块去自家机房的那个英籍教士格森。达志说明了来意,格森有些鄙夷地不甚高兴地伸手接过了信。起初看信时还在嘴角浮了一丝讥笑,但看着看着,那讥笑被一缕意外替代,末后又换成了

· 259 ·

恭敬,只听他软了声用流利的汉语说:"尚先生,这是美利坚合众国的费城一个叫汤姆逊的商人写给你的一封定货信,信是这样写的,"说着,就直译成汉语念了起来:

尊敬的南阳尚吉利织丝厂经理先生:
您好!
我是汤姆逊,美国费城皇冠绸缎公司的经理,我前些日子在旧金山的万国商品赛会上,看到了贵厂出产的丝绸产品,我非常喜欢其中的银灰捻线缎和炼白山丝绸,十分希望能从贵厂买到这两种产品,如蒙应允,我首批拟买进银灰捻线缎500匹,炼白山丝绸500匹。付款办法、交货时间和质量标准,不久我即派人专程赴贵厂洽谈。
我十分殷切地盼望着您的回音。回信或回电请寄:中国上海外滩路87号美国皇冠绸缎公司驻中国办事处艾韦尔特先生。
谨致,并祝
工厂发达!

您的朋友汤姆逊

"谢谢,谢谢!"达志极力掩饰住心中的高兴,向格森鞠躬致谢。他告辞出了教堂大门没多远,便忍不住将压在喉咙口的一阵笑声放了出来:嘿嘿,嘿嘿嘿……这是第一笔外国的大宗定货!它说明我的绸缎质量和世界水平相差还不是太远,倘使太远他们就不会买了!哦,我们尚家人的心血到底没有白费!爹,你看见了吗?这是一大笔外国定货,一千匹!外国人到底重新注意到了我们的产品!你可以放心了,虽然眼下我们的绸缎还不能在世上称霸,但起码离那个目标又近了一步。爹,这一笔定货卖出,我差不多又可以添置机器和工人了,这一回,我要买最新的机器,哈哈,世界,世界到底注意到我们尚家了!……

顺儿在安泰堂号了脉买了药出来,靠在廊下的柱子上闭眼歇了一会儿,这才沿着街边慢慢地往回走。

她这些天总觉得浑身乏力,她先以为是因为给美国商人赶定货,连续加班加点照看织机累的,便也没有在意,每日仍坚持着上机房,直到今后晌在织机前头晕身软得厉害,她才来了趟安泰堂。刚才大夫说她是血亏,需要吃一段中药补血。

街两边的不少人家已在门前挂起了风灯,黑暗已开始在街面上游动,该是停机下班的时候了。顺儿想赶快回家做饭,但脚踩下去却有些发飘,依旧走得很慢,待她进了自家院门时,织房里的织机已经停了,工人们正在西院的大伙房里吃饭,丈夫还在机房里忙活。她走进自家三口人的小厨房,看见儿子小立世正在锅灶前生火,弄得满屋子是烟,便急忙放下手中的药包走过去。

达志的娘是去冬得病去世的。老人的死给顺儿肩上的担子又加了分量,如今顺儿每天除了和其他织女们一样上班之外,还要挑水、做饭、扫地、缝衣服、缝鞋,家务活全靠她做。她的身子原本就瘦弱,这种劳累自然难以承受得了,她很早就觉出自己身子总是困乏,可一直没有在意,现在到底落下了个血亏。前些日子,达志见她脸黄瘦得厉害,曾劝她不要再进织房,可她说自己不上机就又须增雇一个女工,要开支工钱,仍执意坚持上机,达志没有办法,只好随她。

晚饭做好一家三口坐下来吃时,立世在灯光下看见娘的褂子前襟上又挂破了个口子,就指着娘叫:"看!"顺儿笑笑说:"吃罢饭再补个补丁就得了。"正大口扒饭的达志,闻言注意地看一眼妻子的那件土布做的旧褂子,一时想起,自打顺儿嫁过来后,还从没给她做件像样的衣服哩,唉,织绸缎的老板的女人穿土布,真有些说不过去。他忽然想起,零售绸缎的柜台里,有一匹缎子还有六七尺长,是一个妇女买剩下的,于是就说:"立世,吃过饭你去前边铺子里,把零售柜台下的那块灰缎子拿来,让你娘剪剪做件衣裳穿。"

顺儿听了,就急忙摇头:"我穿什么缎子?我整日在织机前忙活,穿那样好的东西给谁看哩?"

　　吃了饭,达志去织房擦拭保养织机时,顺儿就换下身上的褂子,坐在灯下缝补起来。小立世见了,不吭声拿了前边铺子里的钥匙,去柜台里把那块灰缎拿了来,啪嗒一声扔到娘的怀里,说:"甭补了,前襟上弄个补丁多难看!"顺儿拿过那块灰缎在手上展开,轻轻抚触着,这闪着柔和光泽的缎子她何尝不喜欢?可她总觉得自己穿这东西有点太讲究,眼下丈夫常在外边同人交际,他穿好点倒是值得!早些日子那两个来签定货合同的美国洋人,看见丈夫穿着的一身土布,不也有些惊奇吗?她伸开手指量了量,行,这缎料够给达志做件马褂!她飞针走线把自己褂子上的口子补好,尔后拿过剪子,将那块灰缎往床上一铺,就照丈夫的身材尺寸咔咔地剪起来。

　　达志在织房忙完,已是三星偏西了。他打着哈欠回到睡房时,仍坐在灯下走针的顺儿停针咬断线头,把大致上连缀起来的马褂提起说:"来,他爹,试试看合不合身?""咋,不是说给你缝件褂子吗?"达志一怔。"俺穿这么好的东西有啥用处?你整日在外边跑,穿好点不也长咱尚家人的脸?"顺儿说着起身走过来。"你呀!"达志又感动又生气地抬手在她肩上拍了一下,谁知身子虚弱又坐得太久的顺儿没能经得起这一拍,只听她哎呀轻叫了一声,身子便软软地向地上倒去,达志见状急忙伸手扶住问她:"咋了,你咋了?"顺儿努力笑了一下,微弱地说道:"头有些晕。""你呀,再不能这样不顾自己地累了!"达志边说边心疼地把她抱放到床上,小心地伸手为她脱着衣服,当顺儿那瘦得可怜的胸脯在灯下现出时,达志心疼至极地俯身去吻了吻。这还是他第一次怀着爱和真诚去吻这毫无魅力的胸脯。当他的双唇抬起时,在顺儿那瘦小变长的两乳之间,有两颗晶莹的水珠在颤颤晃动……

　　因为是首批外国定货,达志亲自把着质量检验关,力争用目前水平上最好的产品出口,以在国外市场获得信誉和声誉,从而让定货单源源不断飞来,使生产更快地扩大开去。

如今,达志为了管理方便,已把厂子分成了三个车间,一个是织前准备车间,包括络丝、上浆、整经、穿经、卷纬等工序;另一个是丝织车间;再一个是织物整理车间,染色、印花、增重、轧光等活儿都放在这里;此外还有一个管动力机的机房。每个车间和机房都由一个技术最好的工人领班,小立世则负责全面,不停地在三个车间走动,以了解情况,和车间领班一起处理遇到的事情。达志自己管着质量检验和售货、进料、记账等事。

一日头晌,达志在检验一批新织出的银灰捻线缎时,发现其中几匹上有一根或几根经丝的外形白度不同,颜色与其它经丝不太一致,他正琢磨造成这种疵点的原因是不是在于使用了纤度偏差和匀度稍差的生丝时,在前边店堂里站柜台的一个工人跑过来喊他,说有一位官家的太太在前边店堂里等着见他。达志闻言不敢急慢,就急步向前店走,进店一看,却是一位自己不认识的穿着华贵漂亮的年轻女人。"请问夫人是——"

"我叫紫燕!"来人傲然地自我介绍,"栗温保大人告诉我说你们这儿的绸缎好,我今儿个特来买几匹蓝缎和紫绸,哎,这是他给你的信!"说着,将一个印有南阳镇守使署的信封递了过来。

达志接过信封取出信笺,只见上边是两行树倒枝飞似的墨笔大字:

尚老板:请交紫燕两匹蓝缎和两匹紫绸带回。

栗温保

达志的眉头轻轻一跳,不给钱要货还这样厉害?这种蛮横的口气略略使他不快,但他想起当初栗温保对自己免税给予支持的事,忙又含了笑说:"好,我这就去仓库里看看还有没有夫人要的这两种绸缎,因为给美国人赶大批定货,已经有些日子没再出这两种货了。"

也是不巧,仓库里恰恰没有了这两种绸缎,达志有些抱歉地回到前店对紫燕说:"夫人,能否换成别的颜色,蓝缎和紫绸刚好没有了。"

"不,"紫燕坚决地把头摇摇,"我就喜欢这两种颜色!"上次草绒在清和客栈大闹之后,栗温保干脆明做明来,把紫燕娶成了二夫人,另在老箭道那儿买了一处房子。紫燕因为如今是正式的副镇守使夫人,所以说话就很带一股气势。

"那夫人说咋办呢?"达志心上也很有些生气,他自然早已由她的名字知道了她的身份,但对方的那种语气实在令他不快,不过,他的话语还是平和的。

"你能不能后响就加班给我织出来,我急等着做衣服穿哩!你大概不知道,社旗镇山陕会馆几天后有庙会,我得穿了新衣去看庙会哩!"紫燕漂亮的双眉一扬一跳地叫。

"那恐怕不行!"达志心中的不快在迅速膨胀,语气中也抑制不住地露了出来,"我的厂子正在为外国客商赶织定货,忙得很,你大概不晓得,不按合同交货是要罚钱的!还有,就为两匹缎子和两匹绸子去调色印花也太不值当。"

"嗨,这么说,俺们是没有外国洋人重要了?"紫燕嫩白的嘴角一撇,撇出两股不满和讥诮来,"洋人是爷?"

"不能那样说,"达志还没有遇见过说话如此傲慢和不讲理的女人,一时有些气急,竟一改一向隐忍的脾性,冷了声说:"请夫人说话放尊重些!"

"哼!"紫燕两只秀眼凶凶地一斜,转对随来的女佣叫:"我们走!我们祝尚大老板厂子兴隆!"临出门时,"哐"地把门一带,声音响得吓人。

"他爹,你咋能惹她?"吃了几付汤药身子有了些力气的顺儿,这两天开始在院里帮助做些整经的轻活,这当儿闻言走进店堂,在丈夫身边不安地说,"听人讲,她如今在栗大人面前说一不二哩!"

"管她!"达志隔窗望着外面街边正上马车的紫燕的背影,仍气鼓鼓地说。

"你忘了爹临终时嘱你的话了,"顺儿低低地提醒,"你忘了'忍'了!"

"唉——!"达志长长地叹口气,声音里露出了些后悔。为了让自己不再去想这件事,他岔开话说:"我这些天一直在想,这厂子兴起来了,可咱的小绫还在受苦,嫁出去的女,泼出去的水,如今想让她回来是不行了,不过该常去看看她,在银钱上给她和她婆家些接济。"

"我早就想去看她了,"一说到女儿,顺儿的眼圈便红了,"今黑里吃罢饭,你要是有空,咱们就——"

"好吧,记住给她捎上点她喜欢吃的东西。"

小绫正坐在院里洗衣服。堂屋当间的灯光懒散地踱过来,照亮了木盆里那一大堆花花绿绿的衣物,照亮了小绫那一双在搓板上来回晃动的手。她洗得太用力太专注,没有注意到爹和娘已从洞开的院门里走了进来,就站在她的身边。

"绫绫——"顺儿含着泪喊了一声。

小绫抬起了头,因为光线太暗也因为没想到,有一霎她没认出来人是谁。

"我和你爹来看你,给你带来——"

顺儿的话没说完,小绫"哦"了一声,猛然站起身子,双目直直地盯着爹娘,最后把目光完全停到爹的身上,只听她颤了声说:"你来干啥?你们来干啥?你们不是已经有了丝织机嘛?守住机器多好!"

"绫绫……"达志伸出手想去抚摸女儿,但小绫迅疾地闪开身子,猛地扭身向屋里跑去。

"哟,是亲家公、亲家母来了,快,快请进屋!"小绫的婆婆这时发现了达志和顺儿,忙不迭地向屋里让。这女人如今看到尚吉利织丝厂的兴盛劲,早丢了往日对尚家人的那股冷淡,极力想和这门亲戚套近乎。

"她婆婆,这是给亲家你们带的一点银钱,多少是俺们的一点心意;这是给小绫带的一点穿的和吃的,这孩子日后全靠你们关照啦……"顺儿进屋坐下,急忙把带的东西放到了桌上。

"嗨哟,用不着,用不着,俺们在吃上穿上从来没让绫绫亏着,我就她一个儿媳,俺待她比待亲闺女还亲哩!"那婆婆一边笑逐颜开地说着,一边迫不及待地把桌上的那堆礼物往胸前拢了拢。

达志一直没有开腔,只是拿两眼紧紧看着通里间的门帘,他看见小绫就跑进了那屋,他盼望着绫绫会掀帘出来,会走过来偎在他的怀里。绫绫,爹对不住你,爹让你吃苦了,爹知道你气恨,可你知道爹多么想你吗?知道爹和娘在怎样记挂你么?爹给你带来了一匹蓝绸一匹灰缎,你做衣服穿吧!爹还给你带来了你最爱吃的油炸糖陀螺,你出来吃吧,爹爱看你吃东西时的样子。你长高了,可还是那样瘦,是不是饭食不好?放心吧,孩子,以后每隔一段日子,我会送些银钱过来,让你婆婆把饭食弄好。如今我手上宽裕了,我要把过去欠你的都补上,让你把日子过好……

通里间的门帘却始终没动,更没有小绫的身影。那位婆婆终于注意到了达志的目光和神态,于是紧忙走进里屋喊:"绫绫呀,快出去,跟你爹娘说说话!"

没有回答,甚至连一句哼也没有。

"嗨,这孩子,使性子呐。"小绫的婆婆红着脸从里间走出来,摊了摊手。

达志的头垂了下去。呵,绫绫,看来你是不原谅爹了……

坐在一边的顺儿早把丈夫的伤心样儿看在眼里,她知道再这样坐下去,丈夫就会因为心里难受失态,那就会让亲家母难堪,她于是强忍了自己的眼泪,起身去搀住达志的胳膊说:"咱们先回吧,改日再来。"

达志蹒跚着随顺儿向外走,身子的重量几乎全移在了顺儿肩上。镰刀似的月牙儿早落了,巷子里好黑好暗,两个人一脚深一脚浅,那模样儿像在白河的泥滩里跋涉,走得那样艰难。

两个人都没有发现,几乎在他们刚走出亲家的院门,小绫就奔出来跟在了他们后边,一直看着他们进了尚吉利织丝厂的院子……

24

卓远臂下夹着他那个平日用来装书本、手稿的蓝布兜儿,缓步向师范传习所的大课堂走去。今天,是应届学生的毕业典礼,按照惯例,他这个学监也要出席并做一次演讲。

典礼开始后,先由学生、教员、来宾们发言。卓远坐在第一排的座位上,眼睛虽然看着发言的人,但耳朵却并没有去听,他的脑子还在想着昨天从报纸上看到的那个消息:袁世凯死了。

这段日子,他一直在关注着社会政局的演变。从袁世凯的宪法顾问、美国政客古德诺发表《共和与君主论》,鼓吹帝制开始,到杨度、孙毓筠、严复、刘师培、李燮和、胡瑛等组织筹安会,宣称主张君主立宪;从袁世凯下令召开国民会议议决国体,到参政院推戴袁世凯为中华帝国皇帝;从蔡锷、唐继尧通电各省,组织护国军讨伐袁世凯,到孙中山发表《讨袁宣言》;从各省相继宣布独立,到袁世凯宣布取消帝制。他都在密切地注视着。

下一步政局将会怎样变下去?

会不会还有人要复辟帝制?外国人会不会又要乘机勒索敲诈?有没有人来关心城市工厂作坊和农村小农的生产?

唉!

"同学们,欢迎卓学监给我们以训导!"典礼主持者的声音让卓远回过神来。他站起身,在掌声中向讲坛走去。掌声停下之后,室内变得鸦雀无声,学生们都把目光对准了他。每当他站在讲坛上,室内向来是这种静肃,他那袭洗得略白而一尘不染的长衫,那一丝不乱的头发,那儒雅的风度,那微锁的显出一丝忧凄的眉心,都在把学生们的目光往自己身上吸。

"同学们,你们就要毕业了,在我们南阳,你们这种学历就已经算是知识者了。在你们这些知识者就要离校的时刻,我很想同你们说说知识者的作用!"卓远的声音里有一股沉重的东西,那东西开始压向学生们的肩头,使有些人轻轻动了一下身子。

"你们只要注意观察就可以发现,人类社会基本上是由三部分人组成的:一部分是实物资料的生产者,一部分是组织社会的权能者,一部分是洞察世事从事精神劳动的知识者。在这三部分人中,第一部分人生产吃、穿、用诸物以使人类社会得以生存;第二部分人通过自己的努力使社会得以安宁稳定;第三部分人,也就是知识者,则承担着开拓视野,战胜无知,不断向社会发出危机警告信号,从而促使社会向前发展的职责!你们,就属于这第三部分人,你们走上社会之后,将怎样去履行自己应负的这份职责呢?"

没有人吭声,偌大的教室里只有轻微的呼吸。

"眼下,我们的国家已是百孔千疮。对外,去年与日本人签订了《二十一条》,与俄国签订了《呼伦条约》,我们的国土和主权又一次丧失了许多;内部,当官的忙于'称帝'、'防剿'、谋杀,国力在迅速下降。如此下去,我们的民族和国家将会落到一个什么下场?你们身为知识者,看到了这些没有?如果看到了,又想没想过怎么来挽救?"

"咳咳。"来宾席上,有人发出了咳嗽声。卓远扫了一眼,是一个陌生面孔。

"你们离开了学校之后,不管去到哪里,脑子中都应该装着我们这个处于危机中的国家,都应该去时时思虑解救的办法,做到了这点,你们可以被称为知识者;忘记了这点,至多只是一个识字者!我还想特别提醒你们,通常,可供中国知识者选择的道路有三条:

第一是入仕做官,做了官可以施展抱负,当然也可以获得荣华富贵;若仕途受阻,第二条路是隐居苟安,在田园山水、诗酒隐逸的世界里优哉游哉;第三条路是看破红尘,皈依佛门,管你世道如何,我在禅堂打坐,大彻大悟,侍奉我佛。你们既是从师范传习所走出去的,我希望这三条路你们都不走……"

卓远整整讲了一个钟点,他把自己积在心里想对学生们说的话全说了出来。演讲结束的时候,掌声的热烈程度告诉他,学生们愿听,演讲是成功的。但当他掏出手帕去擦额头上的汗时,主持典礼的那个学校的总务,却走过来面露不安地轻声告诉他:"卓学监,我开始前忘了跟你说明,今日邀请的来宾中,有官府的人,恐怕——"

"恐怕什么?"卓远有些诧异。

"恐怕他们会对你今日的演讲挑毛病。"那总务好心说出自己的担忧。

"哈哈,难道一个学监连几句话也不能说了吗?"卓远笑了,"再说,我今日也只是讲讲知识者的责任,并未指摘南阳官府,不会出什么事情!"

"但愿,但愿。"那总务急忙点头。

可卓远的情绪已被这话破坏,眉心不由得皱了起来。

每年的阴历七月,是南阳各学堂学生放假的日子,逢了这时,学界同仁总要利用空出来的学校校舍,举办一点有益的活动,或是文体方面的讲座,或是艺术方面的比赛。今年举行的是绘画和烙画比赛,发起者是卓远和高等女子学堂、桑蚕实业中学堂的校长,地点就在师范传习所的教室里。

今日是比赛的第一天。来自城内和周围各县的参赛人员分成两组,一组是绘画,一组是烙画。参赛的大多是青年人,也有中年人。比赛采用"同题"赛法,即由主办人出一个题目,参赛的所有人都按此题进行创作,尔后把自己的作品悬挂起来,由行家们来品评出名次。

卓远出的题目是谭嗣同的一首诗:

世间无物抵春愁,
合向苍冥一哭休。
四万万人齐下泪,
天涯何处是神州!

题目出罢,参赛的人大都蹙眉凝思一阵,尔后开始握笔作画。卓远缓步在几个教室里走着,默默观察着一幅幅作品的出现。在烙画组所在的教室里,在一盏盏烟灯所飘散出的袅袅青烟中,卓远注意到了一个长辫子姑娘在一块椴木板上烙出的画面:在一片波涛汹涌的水上,漂动着一幅中国地图,那地图的边、角已被波浪撕去了不少,而且更大的浪头分明就要砸向那已经湿透了的图上……

卓远站在那姑娘身后,无言地看着她那灵巧的手指握着烧红的烙笔在画板上移动,这姑娘的天分不低!他很想夸奖她一句,不想就在这时,学校门房突然来到他身后,拍拍他的胳膊低声说:"刚才栗温保大人派人来传口信,要你立时到他府中见他!"

"哦?"卓远略略有些意外,"没说有什么事吗?"

"没有。只说让你快去!"

卓远沉吟了一下,出门对另外的主办人交待了几句,便匆匆向栗府走去,边走、边仍在心上琢磨:这么急急地召见,会有什么事呢?

进得栗府,都是熟路,卓远径向客厅走去,在离客厅还有十几步远时,便听到有悠扬的弦乐声传来,到得门口,一个清脆的女声正用南阳大调曲子唱着:

……原来姹紫嫣红开遍,

似这般都付与断井颓垣。
良辰美景奈何天，
赏心乐事谁家院，
朝飞暮卷，云霞翠轩，
雨丝风片，烟波画船……

卓远在门口一站，正半仰在靠椅上听戏的栗温保坐起身，挥手让唱戏的女子和伴奏的琴师从侧门里出去，欠身朝卓远叫道："快请进来，卓学监。"

卓远进屋做了寒暄之后，便问："栗大人叫我有事？"

"呃，是有点事，"栗温保把脸上的笑容收走，慢悠悠地开口，"听说你早些日子搞了一次演讲？"

"是的。"卓远蓦然想起那天主持典礼的总务的提醒，看来还真有人来告了状。

"有人说你在会上讲了不少危言耸听的话，什么眼下当官的都忙于防剿、谋杀啦，什么我们的国家正处于危机之中啦，这可是当真？"栗温保眼斜了过来。

"当真！"卓远点头。

"嗯？"栗温保有些意外，他没想到卓远当他的面也敢这样回答，"你不怕我以妖言惑众治你的罪？"

"我想不会，"卓远坦然地笑笑，"我先不说我讲的那些话全是真的，都有实例摆着，单说我这种不唱赞歌唱哀调的态度，你作为一个头脑清醒的官人，也应该欢迎。一个政府如果听不得一点逆耳之言，只喜欢听颂扬，那这个政府的寿命就不会太长了！一个理想的社会里，应当存在着两个各自独立的领域，官吏机构与思想文化系统。前者把持着社会的运转，为现实服务；后者思考上下四方、古往今来，批判现今，指出危机，提出理想，为明天的选择提供思想上的基础。两个系统各自遵循自己的逻辑，前者的逻辑是追求秩序，重视实情，解决紧迫的问题，照章办事，下边服从上边；后者的逻辑是:求实精神,服从道理而非人格化权威——"

"好了,你甭给我讲大道理!"栗温保有几分不耐地打断了卓远的话,"我今日叫你来,是想告诉你,下不为例,以后再不准胡说乱道,老老实实做你的学监,让学生全心读书!否则,一旦南阳城中出了什么乱子,我可要拿你是问!"

卓远默默地望定栗温保那张脸,此刻他才发现,这张脸与他最初见到的刚刚带民军入城的栗温保那张脸相比,变化委实太大了,这张脸上已没有了风吹日晒的糙皮和黧黑,面皮已变得有些白嫩;往日有些凸起的颧骨,如今已被丰厚的软肉掩住;胡须已不再杂乱无章,而是修剪得有模有样;原先罩满脸孔的诚厚之色已经褪走,代之而起的是一种冷然和威严;眼睛已没有先前那么大,看人眼缝眯小了。

"明白了,大人,那我就告辞了。"卓远淡声说罢,扭身便走。

25

栗温保觉得如今的日子过得真是惬意。坐天下与打天下简直不能相比,眼下再不用操心衣食住行,再不用谋划行军宿营,再不用担心被围失利,再不用害怕部属变心。想吃什么,说一声就行,厨子很快就会送上来。比如吃米,厨房里的贡米就有三种,唐河湖阳出的"香汤丸",内乡灵山长庆川出的"长庆米",西峡五里桥出的"九月寒",点定哪一种,两袋烟工夫,香喷喷的米饭就端上了桌。想喝什么,叫一句,侍卫立刻就会送上来,养生酒、国公酒、赊店酒应有尽有。想玩什么,麻将、牌九、象棋,讲一句,下人们立刻就会摆上。吃饱、喝足、玩够,就睡,搂住紫燕那温软喷香的玉体睡他个昏天黑地。如今栗温保已不再早起,每每睡到日上三竿,反正又没有什么更多的公务要去办理。这两年,北京政府的头头不断变换,总统一会儿是黎元洪,一会儿是冯国璋,走马灯似的换人,对下边自然就无心来管,栗温保只要经管住自己的队伍,有人有枪,还怕啥? 还操心什么? 人活到这个份上,你还要什么?

栗温保活得心满意足。

像过去的每天早晨一样,他今日又打着长长的哈欠,穿着睡袍,走出卧室,在客厅里的黑漆靠椅上坐下,接过侍卫递上来的装有邓州冠军折子烟丝的烟斗,长长地吸了一气。

他又打了一个长长的哈欠。

"咋了,还没睡好?"已经梳妆完毕的紫燕走进客厅,挑挑眉问。

"还不是因为你!"栗温保咧嘴笑道。前些日子,他也曾为自己的哈欠连连和小腿肚总酸有些着急:睡的时间挺长可力气怎么总恢复不过来?以为是有了病,后来让安泰堂的中医看了看,中医说了句:"色上所得!"他才算明白了原因。

"大人,肖大人来了!"一个侍卫这当儿进屋报告。栗温保此时才想起,今日原本说好要请肖四和他新纳的二房夫人来吃面条宴的。于是急忙对下人吩咐道:"我和夫人的早饭就不吃了,告诉厨房立时准备面条宴!"

"面条宴"是栗温保独创的一种宴席。栗温保和所有的河南人一样,从小爱吃面条,可惜前些年家穷吃不起面条,总喝稀粥,当了官之后,一心想把前些年的损失补回来,便想了一个绝招:吃面条宴。这种宴席上一个菜不摆,只摆面条,面条是用小铁锅蒸、炒、炸和用社旗镇出的袖珍小火锅下的,一锅为一种,一种只有几口,宴席上每个人要吃二十四锅二十四种面条。这二十四种面条分四种一套,第一套是四种不同做法的素面条:擀面、甩面、扯面、削面;第二套是卤子不同的肉面条:羊肉面、牛肉面、猪肉面、鸡肉面;第三套是加熟法不同的荤面条:蒸面、炒面、炸面、煎面;第四套是浇汁不同的凉面:蒜面、麻汁面、辣椒面、黄瓜面;第五套是用汤不同的汤面:鸡汤面、狗肉汤面、鱼肉汤面、鸭子汤面;第六套是用面不同的热面:麦面条、绿豆面条、黄豆面条、杂面条。栗温保说,用这个吃法,我吃上十年,就能把前半生欠吃的面条全补回来!

第一套面条端上桌子,栗温保、紫燕和肖四及肖四的新夫人分宾主坐下,正要吃,紫燕方注意到肖四的新夫人穿了一件蓝缎子夹袄,于是就想起自己那次去尚吉利织丝厂买蓝缎遭到冷待的事,就再次气恨恨地提起那天买缎子的经过。这事,她已经数次在栗温保面前哭诉过了,每诉一次,都使栗温保对尚达志的气恼加了几分。这回诉罢,栗温保还没吭声,肖四便先叫起来:"这还了得?他不就是一个办厂子的嘛,叫他办他办,不叫他办他还不得办哩!他如此狂傲,该教教他怎么拿眼睛看人!"

"罢了,罢了,吃面!念他当初帮助过我们。"栗温保挑起面条,把头摇摇。

"大哥,我这些天一直在想,我们还没有使人害怕我们!"肖四吞下一口面条,吸着气说。

"害怕我们?"栗温保停下筷子。

"是的。大哥,你说,啥叫权?"

"那不是可以给我们带来富贵的东西嘛!没有权,我们今儿个能坐在这儿吃面条宴?"

"这仅仅是一个方面,正是因为这个方面,人们才喜欢权。但权还有另外一种解释:权是一种叫人害怕的东西!人们所以敬畏有权的人,原因也就在于这个!"

"哦?"栗温保边吞着面条边应道,"我倒没想这么多。"

"我们以后办事,该狠的时候,要狠,这样才能使人害怕,才能不出像嫂夫人在尚吉利织丝厂遇到的这种事!"肖四猛把筷子插进了火锅。

"嗯,有理!"栗温保点头。

"说到织丝厂,我倒想起了一件事。"第二套面条上来的时候,肖四又晃着眼珠说。

"啥?"

"如今天下动荡,我们要想在这乱世之上长久站稳脚,必须把咱们的队伍保持住,必要时还要再扩大一些,只要有人有枪,就好办。可要扩充队伍,就要有钱,仅凭政府拨下来的和各县送上来的那点钱,明显不够,我们必须另想办法!"

"依你之见?"

"办工厂!"肖四敲了一下火锅沿,给自己的话加了着重号。

"办工厂?"栗温保一愣,"你我懂啥办工厂?"

"不懂不要紧,如今不是有不少当官的都办了商店、工厂吗,他们就懂？这里边有门道,我们可以用我们手中的权和枪做资本,与懂工厂的人合办!"

"噢？怎么个合办法？"栗温保来了兴趣。

"譬如这尚吉利织丝厂,我们可以和尚达志说明,我们作为一方和他合办这个厂,我们负责保护他厂子的安全,负责和税局交涉让他少交税,缺生丝了我们负责让各县丝厂往他这里送,往外地运丝绸时我们负责押运,外地厂商与他发生什么矛盾,我们可以用武力帮助解决。然后我们与他平分红利。"

"好!我赞成!"紫燕第一个拍手叫道,"那我以后再去尚吉利厂里拿绸缎,就是拿我们自家的东西了!"

"只是,尚达志愿干么？"栗温保担心地问。

"有这个,还怕他不干？"肖四霍地从怀里掏出枪,"啪"地往桌上一放。

"这倒是。"栗温保缓缓把一筷羊肉面送进了口里……

年年的农历腊月初八,是南阳民间传统的赛神大会。这赛会有两个内容,一是神像比赛,目的是让各路神仙们高兴,从而使出神力保佑一方;二是物资交流,方便百姓们购买农具用物。赛会一般是以社团或村庄为单位组织进行。每到这天的早饭后,城里和城外四乡的人们,把早已雕塑好的土地爷、火神爷、观音菩萨、风伯、雷母等各种神像抬出来,放在精雕细刻的神龛之中,有的还让年轻俊秀的男子装扮成各种各样的神仙人物。这些神像放在木板上,被人们抬着进城参加赛神大会。赛神队伍威武雄壮、浩浩荡荡,人们吹着喇叭,放着鞭炮,敲锣打鼓,队前的五彩旗帜耀眼夺目,队中的大刀长矛银光闪闪,队后的高跷、旱船载歌载舞,狮子、龙灯翻滚跳跃。

栗府门前的朝山大街,是每年赛会时最热闹的地方,所有的队伍都在这条街上汇合。街道两旁摆满了各种商品:镰刀、铲子、桑叉、竹筐、绳索、犁耙、水桶、瓦罐……栗府门口的小小广场,是各路赛神队伍放置各自制作的神像以进行评比和进行高跷、旱船表演的场地,栗府大门前是观看神像和表演的最佳位置,每年官府都要在这里用木板搭一个观览台,请城内的官人和各界名流在台上就座,充当各村各社制作的神像的工艺水平和演出技能的评判者。一九一八年农历腊月初八的赛神会上,尚达志也首次被邀坐在了这个观览台上。

这是栗温保特意安排的。他要借这个机会,把合办尚吉利织丝厂的事儿给尚达志说明。贸然跑到尚家家里去说同人家合伙办厂有些不妥,请尚达志到府上商议也显得是先有预谋,不如在这种热闹场合,在闲谈说笑中顺口讲出合适。尚达志是聪明人,料他听了这建议也不敢一口回绝。

达志的座位在栗温保和肖四之间。他略略显得有些不安,他当初接到那个邀他到观览台上就座的大红请柬时就有些意外,那历来不是他这样的人坐的地方,但说心里话他感到了高兴,被人看重总是件好事。他心下估计他的被邀可能与前年农商部举行的那次国货展览会有关,在那次展览会上,河南各种获奖产品共四十二项,南阳占十项,在南阳这十项获奖产品中,尚吉利织丝厂一家就占三项:炼白山绸、白湖绉、白纺绸。那次展览使尚达志名声大振,他想,也许因此他们把自己归入了社会名流。

"尚老板最近忙吗?"栗温保把盖碗茶朝达志面前推推,含了笑问。

"是有些忙,"达志从正在进场的一路抬神像的队伍上收回目光,笑答,"托栗大人的福,厂子很有些兴旺,眼下又买了一批织机和动力机,正在安装,加上房舍不够,正搭棚子,所以忙些。"他随口说着,根本没想到这话给人家提供了一个借口。

"噢,四弟,"栗温保朝那边的肖四看了一眼,"既是尚老板的厂里忙不过来,你明日就调一批兵过去帮帮,反正咱那兵们也没啥子事儿！过去帮忙搭搭棚子、抬抬机器、干点杂活吧！"

"行！明日去五十人，听凭尚老板指派！"肖四立刻应道。

"不，不，哪能麻烦你们。"达志急忙摆手。

"这怎能说上麻烦？"肖四豪爽地笑笑，"我们那里有的是人是枪，以后你要买原料、送成品了，只管说一声，我们的人马负责搬运、护送。这年头土匪盗贼遍地都是，有了我们，保证让你安安全全。我甚至想了，如果尚老板愿意，咱们干脆合伙办厂，官府上的应酬，税局那边的支应，原料的保证，统统由我们来办，你只管安心照管生产，再不用操心杂七杂八的事！"

达志听了这话一怔，没料到会引出这番建议，于是急忙改口："不，不，我其实并不忙，谢谢肖大人的好意，厂里的事我能应酬过来。"

"其实，这年头，由我们合伙办厂，厂子可能发达得更快，知道武汉的毯呢厂吧？那就是前些年湖广总督张之洞与一商人合办的，对上的一应事务均由张之洞出面办理，那厂子发达得多快?!"肖四眨着精明的眼说。

"不了，我很感谢肖四爷的关心，只是这厂子是祖传下来的，与人合办怕有违祖宗的意愿，还是让我自己慢慢办吧。"达志明白，一旦答应合办，这厂子变成了两家的，支配权就不属于自己了，那就等于把这份祖业毁了。

"我们合办，厂子也还叫尚吉利，房子、机器也都还是你们尚家的！"栗温保这时接口。

"看，那火神爷的像塑得多好！"达志手向台下一指。他想岔开话题，他不敢沿着这个危险的话题说下去。他期望那个满面红光的火神爷能吸引住栗温保和肖四的注意力，使他们不再提合办的事。方头大脸的火神爷也似乎有意要吸引观览台上人们的注意，泥塑的头向这边转了一下，达志还感觉到他向自己看了一眼。

火神爷保佑！

"这么说,尚老板是不愿同我们合办了?"栗温保还在追问。

"栗大人,快看,那座观音菩萨绣得真漂亮!"达志仍想引开话题。

"大哥,那就罢了。"肖四朝栗温保眨眨眼,拉着长腔说。

达志假装没有听见两人的话,仍是兴致勃勃地倾身向前看着台下各路赛神队伍的表演,他这时才有些后悔今天上了观览台,他眼望着那个渐走渐近的巨大的栩栩如生的观音菩萨,在心里求道:"保佑我平安度过今天,让他们再不提合办的话吧……"

26

云纬在夜色里瞥了一眼左右,见偌大的栗府后院里确实无人注意自己,这才迅即地拉开一扇角门,闪身出去。她沿着僻静的街巷,以从未有过的大步,疾疾地向尚吉利织丝厂走去。

她要去告诉达志她刚刚知道的一个可怕消息!

今日晚饭后,她在栗家厨房里洗刷完毕,像往常那样去马棚里喊在那儿帮助马伕蔡老黑铡草的儿子回来睡觉。马棚位于大院一角,她进了棚门,意外地看见几十个当兵的全换上了黑衣黑裤,正在那里悄悄地擦枪装子弹整理马鞍,不免吃了一惊:莫非又有什么战事发生?她在棚子一角马伕蔡老黑的床铺前找到儿子时,蔡老黑也正坐那儿闷头吧嗒旱烟。"老黑,他们换了衣服这是要干啥?打仗?"那老黑摇摇头,取下旱烟袋扯云纬走出棚外悄声答:"唉,作孽呀,他们这是化装成土匪要去砸尚吉利织丝厂的!""哦?"云纬当时骇得退了两步:"为啥要砸尚吉利?""不知道,总是惹着了他们吧。"老黑叹口气,返身向马棚里走,云纬又急忙抓住他的胳膊追问:"他们啥时去?""大约待人们睡下街上静了就去。"云纬在原地呆了一霎,看着老黑摇着头走进棚去,随后她让儿子回屋,自己就慌慌从栗府跑了出来。

她要把这个十万火急的消息告诉达志,让他赶快去想对策。

她康复之后这几年,达志来看过她多次,但每次她都想办法回避了,这倒不是因为那股气恨还在起作用,而是因为她害怕两人会面交往所带来的结果。她知道自己心里对达志的爱有多深,晋金存的死又使这种爱的表达失去了羁绊,如果两人常常见面来往,她担心自己很难控制住自己,倘使两人真做了她在无数个梦里都憧憬的那些夫妻间的事,那达志的妻子顺儿咋办?那个局面可怎么收拾?她常常用这个理智的问号问自己,问得自己失去了见达志的勇气。

她感觉到汗水已把内衣浸湿,胸口因为喘气太急太粗开始疼痛,但她不敢放慢脚步。她从自己的亲身经历中知道,尚家对他们的家业看得是怎样的重要,她不敢想象,一旦那些兵真砸了尚家的织丝厂,达志会痛苦到怎样的程度。

她跑到尚家门口敲响大门时,已经气喘得几乎不能说话了。

是小立世来开的门。

"你爹呢?"云纬喘嘘着问。

"我爹和我卓伯一块去蚕桑实业学堂了。"立世没能认出面前的女人是谁,只是礼貌地让道,"婶子,请进屋坐,他也许要晚一些才能回来。"

云纬心里一紧:他没在!怎么办?告诉他的儿子和妻子?会不会吓坏他们?再说,他们没经过这样的事,会不会做出不恰当的举动?不,干脆去蚕桑学堂找达志,还是让他来想办法!

她说了一句:"我去找他!"随即转身就走,没走几步,又慌慌拐回来对正要关门的立世交待:"你爹没回来时,你和你妈甭睡!"

小立世诧异地望着这个急急而来匆匆而去的女人,没有应声,只是有些摸不着头脑地看着她的身影消失在街的远处。

云纬还从未去过蚕桑实业学堂,她只是知道大体的位置,街上已经没有行人,二更的锣声已经响过,做生意人家门前的灯笼亦已收回,街面上显得很黑,她跟跟跄跄地向前奔着。边跑,她的心还在向上提着:那帮化装的土匪会不会已经出了栗府大门?

她终于摸到了蚕桑实业学堂的门口,慌慌张张地去拍门,没提防脚下绊了砖块,扑通一声栽下去,脑袋嗑了一下,她忍疼爬起来往额头上一摸,感觉到有滑腻的东西沾到了指头上,她没去多想,只管捶门。看校门的老头开了门听说是找尚达志的,便引她向一个亮灯的屋子走。达志那刻正和卓远一起劝说一位头顶微秃的学堂老师去尚吉利织丝厂当记账师——随着厂子的逐渐扩大,达志迫切地需要有才能的管理人员。当满脸是血和汗的云纬出现在门口时,达志和卓远都吃了一惊,达志扑过来扶住云纬惊问:"你、你这是咋了?"

"快……快……快回去!……栗温保派人化……装成土匪……去砸你的……厂子……"因为慌张因为气急因为疼痛,云纬只说出了这一句话,便身不由己软软地向地上坐去。

"云纬!云纬!"达志摇着云纬喊。卓远这时急步过来扶住云纬转对达志叫道:"快,快跑回去点亮所有的灯笼,使劲把邻人们喊醒!"

达志心疼地抹了一把云纬额上的血珠,扭身就向外跑去。根本不需要多问,他便明白这是怎么回事。他使出最大的力气往家跑,上衣的扣子刚才没扣,衣襟飘飞着影响他奔跑的速度,他立刻边跑边脱下扔了开去。但还是晚了,他刚刚飞奔到离自家厂子还有两条街的地方,清脆的枪声响了,与此同时,几股火光冲上了天空,根本不用判断,响枪和失火的地方是自家的厂子。天呀!达志惊恐无比地停了一下步子,仅仅是一下,他跟着又发疯似的向前奔去,边跑边撕心扯肺地喊叫:"你们这些挨枪子的哟——"

达志疯了似的在劫掠焚烧后的尚吉利织丝厂址上奔跑着。店堂烧了,店里的绸缎还在燃着,钱柜空了,织房变成了废墟,几架织机被砸坏,动力机房塌了,放丝的原料仓库变成了平地,成品仓库里一匹绸缎也没有了。整个大院只剩下自家三口人住的那三间房和灶屋还算好的。顺儿满头是血地躺在前院那块怪形石头前,她是最初听到跳墙声出来查看时被击伤的,浑身是灰的立世正抱着娘在那儿哭喊着。达志没有理会他们娘俩,也没有理会围观的街邻们的劝解,更没有去看贴在自家屋门上的那张揭帖:桐柏山马大杆子到此一走!他在废墟上疯跑了一阵,尔后站下呆望了一霎,随后便钻进睡屋里摸出一瓶赊店白干,仰头咕嘟嘟喝下了大半瓶,接着去厨房里拿过一把菜刀往怀里一塞,便向街上走去。街邻们以为他这是去向官府报告被土匪抢劫的经过,就没有拦他。

"杀!杀!"达志边瞪着血红的双眼往前走边在口里含混地叫,"栗温保,你毁了我的厂子,不让老子们活,老子也不让你活!爷们跟你拼了!拼了!老子非把你的心挖出来看看不可,看看你的心为啥这样黑?我要砍你三百刀,三百刀!一刀一刀剁碎你……

达志被气疯了。一想到十来年含辛茹苦建起来的厂子顷刻间化为乌有,他的一颗心像被钝刀割着那样,疼得几乎不能吸气。杂种!狗杂种,你毁人毁得这样彻底哟!就为了不答应与你合作办厂,你就下这样的毒手哟!……

因为气恨至极而引起的四肢哆嗦,也因为那半瓶白酒的酒力开始在体内涌动——达志平日根本就没有喝酒的习惯,他在翻越栗府院墙时连续两次都没成功,第三次总算翻上了墙头,却又因为手抓不准砖缝,身子像摔布袋一样重重地摔倒在墙内地上,发出了很大的声响。所幸的是并没被人发现,府里的兵丁们因为前半夜的化装劫烧行动太累,这会儿都睡得正香哩!

他踉跄着向前走,他过去来过栗府,知道去客厅和卧房的路径,但被酒精烧得矇眬的双眼已使他不能准确地分辨道路,他有一次撞到一堵墙上,有两次撞到树篱上,他的双腿也开始发软,他不停地摇晃脑袋想使自己的头脑清醒起来、双眼明亮起来,他最后总算摸到了栗温保的卧房门口。他看见窗子里有灯光,狗东西,你还没睡?没睡更好,老子就在灯下把你剁碎!他强咽一口唾沫,把胃里要翻上来的酒液压下去,尔后上前猛地推门,他没有行刺的经验——他平日连拿刀杀羊的事也没干过,他不知道如此推门会使屋里的人有准备从而向他开枪,他只是按着自己的思路行事:推开门,我摸出刀就砍栗温保这个狗日的!门其实没插门闩,他一推便吱呀一声开了,他没遇到抵抗——他不知道栗温保已经很久不回这个卧房睡了,这个卧房里只有草绒孤零零一个人;他更不知道栗温保为避嫌疑,早在下午就带了卫队同紫燕、肖四一起,坐车去社旗镇山陕会馆看京戏去了,根本就不在南阳城里。

"嗬,到底有男人来了!我还以为就没有男人敢来睡栗温保的女人哩!"正倚坐床头在灯下纳着鞋底的草绒,这时抬起苍白的脸,望定站在门口的达志嬉笑着说,"多少天了,我夜里睡觉一直不插门,我估计总有胆大的男人来睡栗温保的女人,到底等来了,来呀,尚老板,来睡他的女人!他跟别的女人睡,我就跟你睡,我和他两抵了!来呀!"草绒说着,呼一下撩开被,露出雪白的裸着的身子。对丈夫变心另娶紫燕,草绒一直怀着刻骨的气恨,深浸在气恨中的她,根本没看出尚达志脸上的那股疯狂。

"栗温保哩?!"达志的舌尖已因酒力的发作开始打卷,出音含混,他再一次感觉到肚里的东西已翻到了喉咙口,眼看就要吐出来了。

"他找他的小老婆去睡了,你甭担心,他不敢管的,你只管来睡他的老婆!来呀!"草绒脸上嬉笑着,眼中带着一股终于得报仇恨的快意。

杀了她!栗温保不在,就杀了他的女人!杀了她!也让栗温保知道爷们的厉害!杀了她呀!达志一边转动着血红的眼珠,一边去怀里摸出那把菜刀。他挪动双腿想朝床上的草绒砍去,但软极了的腿已经提不起脚来,他的脚在门槛上一下子绊住,他跟跄了一下"嗵"地扑倒在床前的地上,手上的刀嘡啷一声落了,与此同时,一直停在喉咙口的酒液哇地喷了出来。他在地上翻滚着想站起,却怎么也站不起来。这当儿,草绒嬉笑着从床上下来说:"还用

285

你拿刀？不拿刀我也不会反抗！来吧，看我怎样帮你！"她弯下腰，刚要去抱达志的身子，不想达志这时又已摸住了菜刀，猛地扬起向草绒砍来，草绒被骇了一跳，幸亏她躲闪得快，只是手腕被刀尖划破了一个小口子，直到这时她才真正慌了，才失声地叫道："快来人呀——"

因为已是后半夜了，仆人们都已入睡，所以听到草绒那声呼叫的，便只有云纬一人。云纬那阵正躺在床上为尚吉利的被毁替达志伤心，听到草绒的喊声奔来一看，不用半句解释，便立刻明白了原委。她急忙上前夺下了达志手中的菜刀。达志那阵儿还在地上翻滚着想爬起来，但力量显然已经耗光，他翻滚的幅度越来越小，终至于躺在那儿不再挣动，双眼闭上昏昏睡去，只剩被酒力烧得发直的舌头，还能含含混混发出一些谁也听不明白的话语。

"夫人，尚达志家的织丝厂刚刚被土匪劫掠烧毁，他一定是气疯了，加上又喝醉了酒，才胡乱撞到了这里，恳求你能宽恕他方才的无礼举动，不要把这件事张扬出去！"云纬一边按住达志的身子一边向草绒哀声求道。她知道，一旦达志持刀撞来栗府行凶的事被栗温保知道，那就会给达志带来新的灾祸，她必须设法把这件事遮掩过去。

草绒这时已定下心来，一边披着衣服一边惊诧地问道："尚吉利被土匪烧毁了？哪里来的土匪？"她这些日子一直沉浸在对栗温保的气恨中，整日闭门坐在自己屋里，对外边的事一概不管不问。

"不知道，反正毁得很惨。"云纬不敢说出真相，只简单应道。

"那也真让人心疼，当初，尚达志为了办厂子，不是把亲生女儿都卖了？"草绒叹了一口气，在床沿上坐下，忽然想起自己当年和云纬一起目睹过的尚家女儿被抱走的那一幕，语气中顿时含了同情。爽直的草绒一向是见人做了恶事就火气冲天，见人遇了灾难心肠立时就软的。

"夫人,那我把他扶走?"云纬试探地问。

"扶走吧,我知道他也不是那种作恶的人。"草绒点头。

云纬不敢耽误,立时去扶达志,但哪里扶得起!达志已经软瘫成了一堆泥。她只好去抱。

"先把他弄到你屋里给他擦洗擦洗,瞧他身上这脏!"草绒在云纬临出门时又在后边交待。达志那刻浑身都已滚上了自己吐出的东西,脏得已无法让人看。

云纬应了一声,其实哪用草绒交待?云纬怎能此时就把昏沉沉人事不省的达志送走?她能忍心?

好在云纬平日和儿子独住一间下房,这时抱达志进屋也没有惊动别人。这间下房用高粱秆一隔为二,承银睡外间,云纬睡里间。酣睡着的承银并没被惊醒,云纬把达志抱进里边,扯去他身上的脏衣服,把他放到了自己床上,尔后开始去擦他的脸和手和脱下的脏衣服。

一定是因为酒精的烧灼加上呕吐过多,达志的胃里难受,只见他在床上发出了轻微的呻吟。云纬心疼地看着达志那张蜡黄的脸。他的眼还在闭着,还沉在昏沉的梦中,但那梦境一定痛苦,因为他的两个眼睑在不停地抖动,两个拳头也在紧紧攥着,他也许又在梦中看到了自家织丝厂被烧毁的惨景。云纬看着看着,一阵巨大的痛惜之情从胸中泛起,使得她弯腰冲动地把他的头抱在了怀里,口中喃喃地叫道:"噢,达志……"

昏沉中的达志渐渐停了呻吟,把自己的头紧靠在云纬的胸上又沉沉睡去。屋里屋外一片静寂,云纬不忍再惊动他那不安的睡眠,便用脚蹬掉自己的一双鞋,搂抱着他也侧身躺在了床边。达志像孩子那样枕着云纬的胳膊,把脸偎在云纬的双乳间酣睡着,一股柔情慢慢在云纬的身上弥漫扩展,终于完全控制了她,使得她不由自主地俯过双唇,去亲吻达志的脸……

不知过了多久,达志终于从昏沉中醒了过来,他最初借着窗外的月光发现自己躺在云纬的怀里时,感到茫然而吃惊,当他摇了摇头从脑子里忆起自己撞进栗府的事时,才模糊猜到了原因,他刚想开口说什么,一直睁眼躺在那里的云纬轻微地说了一句:"再睡一会儿吧!"就是这句轻微的充满爱意浸着心疼的话语,唤起了达志心中那股巨大的疼痛和委屈,使他像终于找到了倾述委屈的母亲那样,猛把脸藏到云纬的怀里,发出了抑得很低的伤心至极的啜泣。

云纬只能更紧地把达志搂在怀里,用手轻拍着他的后背。

达志的啜泣声在逐渐变高,这种男人的哭声听上去是那样地令人心惊和心碎。必须尽快止住,不然就会被隔壁的仆人或巡夜的卫兵们听到。但云纬低声的劝慰根本无效,达志越哭越伤心越哭声越高,满怀柔情的云纬在惶急中无计可想,只好哗地一声扯开胸衣,像哄孩子那样,把自己那温软颤抖的乳头,一下子塞进了他的口里……

第 三 部

1

又是一个春天了。

但残冬的寒气还迟迟不肯退走,已经是三月中旬,竟又落了一场雪。

雪是水化雪,落地即融,尚吉利织丝厂的废墟被这水化雪浇得一片泥泞。

雪是半夜停的,但天依然阴得很重,晨光来得比往日嫌迟,鸡们仿佛也被天上的阴云所迷,叫得有些晚了。达志和儿子立世在烧坏的店堂废墟上清理了好长时间,天才麻麻亮,鸡们才开始叫第三遍。

"歇歇吧,立世。"看见儿子头上、脖子里、背上都蒸腾着热气,达志说了一句。立世嗯了一声,手却没停。父子俩这些天一直在清理废墟,预备再把房子建起来。眼下只有这样做了,别的还能怎么办?同栗温保硬拼?他有权有兵,他一怒之下甚至可以把你全家杀了,那时还讲什么祖业?只有把这股恨咽了,无声无息地咽到肚里,咬着牙忍下去,按爹的嘱咐忍了,忍了!

忍吧,忍吧!为了不负爹爹和祖宗们的遗愿,为了让传之千年的丝织祖业不在自己手上中断,我尚达志就忍下了!但栗温保,你这个该挨千刀的东西,这笔账我在记着,我会永远记下去!

他长长地吁了一口气。这些日子,他常常这样吁气。人要把一股气恨生生咽进肚里可真不容易,那气恨进肚之后并不消散,总如一个线团一样在那里梗着,而且间或地还要翻动一下,让你时时感觉到它的存在,让你体验到一种难言的苦痛!

"爹,买的砖瓦后天能送来?"

"窑主说好后天送来的。"达志应道。这次厂子被栗温保派人劫掠焚毁,不幸中之万幸的是,他们没有抢走多少银子。达志平日把一部分流动资金存在钱庄里,把另一部分照爹教的办法深埋在自己睡屋地下,正因为有了这些流动资金,厂子的恢复重建才有可能,要不,一下子去哪里弄这么多银钱?他估算了一下,手上的钱差不多可以够重建用了。

天在逐渐变亮,四周的东西开始抖落掉身上的最后一缕夜暗,正显出自己的模样来。那些前几天清理整修好的织机,那些重又被钉好的放丝放绸缎的箱、柜,那些幸存的被收集起来的染印用物,那块耸立在前院的刻有▦形图案的石头,都开始映进达志的眼里。达志的目光在掠过那块石头时,停了下来,默默地罩定它那刻有▦形图案的平面。列祖列宗,你们刻出这个图案,是不是为了警告我们这些后人,任何一条路的两边,都满布着陷阱?那一个一个空白的方块,是不是就是陷阱的形状?我猜得对吧?我这会儿就在陷阱里扑腾!我过去不懂你们的警告,只顾高高兴兴地在路上走,根本没发现路边还有深坑……

哐啷一响。达志闻声扭头,见是街对面一家邻居男人挑了水桶向街头的水井上走,方记起自己也该做早饭了。顺儿自那次被击伤之后,头一直晕得不能起床,还动不动就恶心呕吐,大夫说这叫脑子受了震动,要静卧歇息,于是这做饭洗衣刷碗的家务活儿就也落在了达志身上。为了省钱,女工是早已不敢雇了。

"立世,我去做饭了,你记着先把这块地方清好,好堆放窑主送来的砖头!"达志交待完,就起身边拍着手上的泥土边向住屋走。

顺儿也已醒了,但她只能睁着眼睛躺那儿,不敢动,一动头就晕就疼。

· 292 ·

"今儿觉得好些了没?"达志上前轻轻抚了抚顺儿的头,用一块湿布巾替顺儿把脸擦擦。

"唉,家里忙成这样,我却睡在这儿不能动。"顺儿的话里满是不安,"泥瓦匠人都请好了?"

"请好了,砖瓦一拉到,匠人们就来动手盖屋。你安心养伤,伤好了再说,我去做饭了。"达志说罢,走进灶屋,先往锅里添了几瓢水,然后去灶前点火烧锅,火点着后,又忽然想起锅里还未放红薯,才又急匆匆到竹筐里拿了几个红薯去洗……

第二批砖瓦送到门前,达志和儿子立世正和牛车伕一起往下卸时,忽地听到背后响起一声招呼:"尚老板,忙着哩?"达志在听到这声招呼的第一瞬便辨出是谁来了,那一刻,他倏地把手中正卸的砖头抓紧,他真想猛地转身,把两只手上握着的砖头一齐朝背后那张脸砸去,把那张脸砸扁砸烂,把那脸上的一双眼珠砸瘪砸飞!不过,这些念头都是一闪即过,最后占据脑子的还是理智早已做好的决定:忍!他慢慢地转身,待身子完全转过时,他脸上原有的那股仇恨已让位给一抹笑容:"哟,是栗大人到了,达志有失远迎,请多宽恕。"

"我听说你遭了土匪劫掠,特来看看!"栗温保挥着手上的马鞭,环顾着变成废墟的尚家大院。

"谢谢栗大人关心!"达志勉强说出这句话,心中的恨已涌到了喉咙口,他自己感觉出最末两个字已浸上了仇恨的味儿,不过还好,栗温保并没听出来。

"我听说是桐柏山上的马大杆儿那股土匪干的,奶奶的,总有一天,会找他们算账!"栗温保身后的肖四这时慢悠悠开口,"他们留没留下什么把柄?"

达志急忙摇头,他知道肖四是在探听什么。

"你是不吃亏不知道我的话对呀,当初,我不是一再跟你说过,

· 293 ·

眼下土匪太多么?"栗温保摇着头叹道。

"狗日的,你以为老子们全是傻瓜?!你们做了坏事还要在这里假惺惺充好人,老天爷有眼,他看得很清,你们早晚要遭报应!""是呀,怨我脑子太死,没有听栗大人的话,要不,也不会遇见这样的灾难!"达志慢吞吞地说,头却微微低着,惟恐对方从自己的脸上看出了仇恨。

"下一步打算咋着办呢?"肖四这时含了笑问,"这厂子重建一回不易,万一再碰上一股来偷袭的土匪,可不糟了?"

达志身子打了个寒噤。是的,你辛辛苦苦把厂子重建起来,他们还会轻而易举地把它毁了。咋着办?答应同他们合办?那样,厂子的支配权从此也就不属于尚家了,不,还是干脆送银子吧!认了!认这个倒霉吧!"对这个事我也想了,"达志强抑住心疼说,"我想今后每年都把厂子收入的一半送给栗大人、肖大人,请你们用这笔钱买枪养兵,只要你们兵强枪好,把南阳城镇守住,我这小小厂子也就安全了,谅他土匪们也不敢再进城来捣乱!"

栗温保闻言"嗯"了一声,压住心里的高兴去和肖四的眼睛对视,看见肖四的眸子也在快活地眨着,这才开口:"尚老板的主意令我感动,既然尚老板如此大方,要这样支持我们,那我也就表个态度,从今往后,我保证你厂子的绝对安全,决不让土匪进城的事再次发生!"尚达志既是答应把厂子收入的一半交给我,我不动不摇就可坐分一半利润,那何必再去要求什么合办?这样岂不更省力气?!

"十分感谢栗大人的关照。"达志弯腰鞠了一躬,直起身时,却又厌恶地去捶了一下自己的脊背,在心里恨恨地向自己骂道:你这个脊骨什么时候才能硬起来?

"那我们回了,你重建时遇到啥子难处,只管去给我说,奶奶的,我这人讲义气,你大方,我也大方,只要是我有的东西,你要啥我给你啥!"栗温保说罢,和肖四上马就走了。走出几百步之后,他才又转对肖四说道:"毁得太厉害了些,当初该告诉他们毁得轻些。""不这样姓尚的感觉不到疼!"肖四悠然挥了一下马鞭……

一半!今后的一半收入都要给这些狗东西了!达志望着他们的背影,又一次心疼至极地想着自己刚才的这个答复,可是不这样又能咋办呢?咋办呢?他痛苦地仰头望天,天还是那样呆着一张漠然的圆脸……

砖瓦拉齐之后,请来的泥瓦匠人便开始砌墙盖房。达志因为想赶时间,织房、机房、店堂一起盖,请的帮工多,铺的摊子大,他既要监督匠人们的砌墙质量,又要招呼小工们递砖递泥,还要和临时来帮忙的几个邻居女人商量给匠人们、帮工们做饭做菜的事情,忙得简直气都喘不匀。好在工匠们那边,有立世替他来回跑着招呼;灶屋这边,有卓远家嫂子和他们的女儿容容替他照应。

直到太阳在西城墙那边没了头顶,街上开始有了夜暗流动,工匠们都十个一圈的蹲在院里地上吃喝起来,达志才松了一口气,才在垒有半人高的店堂墙外的一堆砖头上坐下来,用双拳捶着酸极了的腿。

"达志,累坏了吧?"一声轻轻的招呼从背后传来。达志扭脸一看,见是刚从学堂回来的卓远哥,忙应了一声要起身,卓远按住他的肩膀说:"坐下歇着,我有几句话跟你说!"

"啥?"达志望着卓远双眼里的红丝,问。自打前些日子省里直接任命卓远为设在南阳的省立第五中学的校长以后,达志注意到他的双眼也总是熬得通红,看来当校长也不轻松。

"我要给你出一口气!"卓远把手中装书的蓝布提兜狠狠扔到地上,人也蹲了下去。

达志一怔:"你是说——"

"我要给栗温保一个警告!"

"不,别,卓远哥,栗温保咱们惹不起!我已经想通了,我认了,忍了!"达志有些着慌。

"你放心,"卓远拍拍达志的肩膀,"我的警告让他抓不住任何把柄,我只是要让他心里明白,他的伎俩社会上已经知道,他也该收敛收敛了!"

"你咋警告他?"达志还是不放心。

"今晚有个机会,南阳镇守使执事官包炳玺,委托上海的一个什么人,以两千七百元现洋的价钱,购买了一台三十五毫米旅行式电影放映机、一部手摇发电机和一些外国影片,并从上海请了一位放映技师,今晚在我们学校操场搞首场放映,我要利用这个机会——"

"啥叫电影?"达志不解。

"就是把预先拍在胶片上的一些影像,通过电光,让它在白布上映现出来,具体怎么着,我也没见过,你晚上去看看!"

"不会再惹出啥子事吧?"达志仍有些害怕。

"放心!"卓远又拍了拍达志的肩膀,那动作里满是宽慰。

达志心绪不安地吃了晚饭,嘱咐好立世照看院里的东西,自己迟迟疑疑地向五中走去。他刚进校门,就吃了一惊:操场上的人黑鸦鸦一片,好像全城的人都来了。操场中间挂着几盏风灯,借着黯淡的风灯光,他看见栗温保、肖四和一批着官服的人坐在一台机器前面。这时,随着一阵嗡嗡的马达响,悬在操场中央一根竹竿上的一盏灯骤然亮了。他从来没有见过这样亮的灯,光芒如银,耀人眼睛,倏然间把罩在操场上的黑暗推出很远,他估摸这就是人们常说的电灯了。正惊奇间,忽见灯前的观众席上有几排人各各举起了一张写有墨笔大字的白纸,那些白纸组成了两句话,一句是:"土匪可恨乔扮土匪更可恨匪患何日能绝?!"再一句是:"人眼雪亮,是鬼是匪,是奸是贼,总有一天会分清!"正在惊看电灯的观众,这时全移目去看那两个用单字组成的横幅,一时有念读声叫好声掌声响起。达志在雪亮的灯光下注意到,栗温保和肖四先是吃惊地去看那些字,继而不安地互看一眼,把头扭了开去。

电灯又骤然间灭了,悬挂在操场边的白布上开始出现人影,那些白纸也一齐倏然间消失了。

呵,卓远哥,你办得真妙!真妙!他们看见了字,却看不到举字的人!是的,你替我出了一口气!一口气!起码你让他们知道有人看破了他们的把戏!

呵,卓远哥!

厂房的新墙在达志的期盼和泥瓦匠们的敲打声中,缓缓地向上升高。这天,他正在和泥瓦匠们绑扎脚手架,忽听街上有人喊他,过去一看,见是一个街邻领着两个骑马的外国人站在街边,那街邻对他招手说:"这两位洋人找你!"他闻言略略一怔,就迎过去,那两位洋人急忙下马,其中一个迎上来用汉语自我介绍道:"我是美国费城皇冠绸缎公司的汤姆逊,我和我的助手这次从上海来到南阳,是为了参观尚吉利织丝厂并想同贵厂签订一个长久的供货合同。上次贵厂供给的一千匹绸缎,质量很好,我们非常满意!"

达志"唔"了一声,一时不知该说什么好,脸上满是尴尬:现在参观尚吉利织丝厂?去哪里参观?厂里乱七八糟连个站的地方也没有!

"我们本应先到此地官府报告一声再来,可我们看厂心切,就径来找你了,你不会感到不方便吧?"

达志只能含混地把头摇摇。

"我们此行来,为了表示我们对贵厂信守合同供货的谢意,我们还想为贵厂做点事情,就是要为贵厂的产品、厂房和织工工作情况以及当地所产的独特的丝拍一组照片,我们回去后在美国的报刊上发表介绍,让世界上更多的人知道你们这个生产优质绸缎的厂家,也算义务为你们在世界上做个广告!这个广告也许会给你们带来更多的顾客和定货合同。尚先生想必知道,销售刺激生产,如此一来,你的厂子就会有更大、更快的发展,也许,会使你的尚吉利成为中国乃至亚洲和世界上最大的织丝厂!"那位身材阔大的汤姆逊先生说得颇诚恳。

"谢谢!"达志苦涩一笑。如今哪还有东西让你拍照片?

"尚先生,请带我们去贵厂参观吧,我们虽然骑马刚到,但我们不累,我们参观过后再去旅馆休息!"

"汤姆逊先生,尚吉利织丝厂现在看不成。"达志只好尴尬地开口。

"怎么,你是说厂子离这儿还远?那没有什么,我们骑马去就是!尚先生是骑马还是坐汽车?你尽管坐你的汽车在前边走吧,我们在后边能够跟上,我们这两匹马都是在开封买的最好的马!"

"不是,"达志痛楚地把头摇摇,"我的厂子被土匪毁了,唉,这就是,我正在重修。"

"哦?"汤姆逊和他的助手吃了一惊,"土匪?政府没有对你们加以保护吗?"两人边说边进院巡看那些尚未盖好的厂房,及至看到露天放置在院内的织机,又都摸着惋惜道:"哟,如果它们不停地工作,将会给你带来多少金钱!"

达志能说什么?只有在嘴角露一个苦笑。

"尚先生,"汤姆逊看了一圈之后显然十分失望,"我们对你的遭遇深表同情,我非常遗憾地告诉你,你失去了一个重要的让世界了解你的机会,失去了一个很可能促使你的厂子大发展的机会!当然,待你的厂子恢复生产以后,我们还会来定货。既是这样,我们也不再停留,就告辞了,再见,尚先生!"

达志默默地望着他们上马走远,待那两人的身影在街的尽头消失之后,他缓缓抬手捂住了胸口。

2

云纬这些天开始发慌。

前些日子为了宽慰达志,为了让他从那场劫掠中挺过身来,不至于被那场灾祸击倒,她主动约会过他几次。约会时,一看见达志那副失魂落魄痛不欲生的样子,她就忍不住总要把他搂到怀里,眼见言语的解劝效力不大,她便只好用出了女人们安慰男人的最好法子。那法子还真有效用,竟渐渐使达志的精神正常了起来。但她没料到,那不多的几次肉体接触竟然会有了结果!

发现自己身子的变化是在上个月。经期的最初推迟并没引起她的注意,过去也有过推迟几天的现象,但半月之后仍无半点讯息加上呕吐乏力,使她开始觉得不妙。她毕竟是已经生过孩子的妇女,有过这方面的经验,不过为了证实,她还是包上头巾只露两只眼睛借出门给栗府买菜的机会,去南关一个陌生的坐堂中医那儿让他给号了号脉。号脉的结果是"喜脉",和她的预感一致。这一下她不能不慌:一个寡妇忽然怀了孩子,你将怎样对周围的人分辩?四周围的舌头将会嚼出多少咒语?你如何能经受住那许多双眼睛的查究?

咋办?去找达志商议个主意?他能有啥好主意?他有妻子,又没法立时娶你!再说他家织丝厂的被毁已几乎把他压垮,你如何能再拿这些烦心的事去往他的肩上压?他已经够苦了,这件事不能再让他知道!

· 299 ·

那么就想个法子把孩子打掉？先不说打孩子要买药、找大夫，走漏风声的可能性很大；也不说万一打得不顺利自己身子受亏；就说能够保密能够顺利，你就能忍心？这可是达志的孩子呵！你能为晋金存生个孩子为啥就不能为达志生个孩子？你不是天天都在想他吗？你不是说为了他一切都可以舍弃吗？你不是在无数个梦里已经为他生过孩子了吗？这是他的骨肉，孩子长大肯定像他，到那时你看到孩子差不多也就等于见到了他！不，不能打掉！

可你怎敢把这个孩子生下来？你是一个寡妇！人们理所当然地要问你这孩子的父亲是谁，你敢说出来？你的名声咋办？就说你不要名声，承银和这个出世的孩子还要名声哩，他们还要在这世上过日子呵！

必须想个办法！想个办法！

这些天，云纬就一直在发慌地想着办法。

晚饭后，云纬在栗府的厨房里忙活完，一边擦着湿淋淋的双手一边又倚在洗碗池上发慌地想着这事的时候，栗温保的马伕蔡老黑进厨房去泔水缸里舀泔水饮马。蔡老黑今年五十多岁，个子不高，脸黑多皱，但腿脚勤快心地颇好，平日马棚里活儿干完，就常来厨房帮助云纬做点杂事，所以和云纬相熟。他进屋看见云纬双眉皱着的样儿，就含了笑问道："咋，碰见啥不顺心的事儿了？是啥活儿做不及了吧？要我来帮忙吗？"

"没，没啥。"云纬回过神来，勉力一笑。

"噢，对了，"蔡老黑舀完泔水，忽然想起什么似的叫，"昨日我随栗大人去南召，那里的官人们拿出不少柿饼让俺们吃，我顺手给承银带回来几个，呶，你带给孩子！"边说，边就从怀中的衣兜里掏出了一个纸包，递到了云纬手上。

"你又给他带东西。"云纬有些感动，这栗府大院里，平日愿和儿子承银说话玩玩的，只有这个老黑了。

"外气啥，他还是个孩子嘛！"老黑挑着水桶往外走，到门口时又扭头说了一句:"有啥事儿忙不过来,要我帮忙,喊我一声就是!"

"哎。"云纬漫应一声。帮忙?她望着老黑在暮色中越走越远的背影,心里突然一动:帮忙?

一个她过去从未想到过的念头突然在脑里一闪。但几乎在这个念头刚一闪过的时候,她就厌恶得急忙把头摇摇。

你怎么能往这上边想?她嫌恶地用手指拧了一下自己的下巴,使那里起了一阵尖锐的疼痛。你嫌你的一颗心还没有全被撕烂吗?你嫌你受的屈辱还少么?马佚,跟一个马佚?两团浓浓的羞恼的红云升上她的脸。周围的人会咋看?会不会把你看作连一个像样男人都找不来的饥不择食的寡妇?!但是不这样又能咋办?难道真要把他的孩子打掉或者让他的孩子在众人鄙视的屈辱境况中出生么?……

呵,达志,我想不出别的法子了。

当她向自己的住屋走去时,那个念头又胆怯而执拗地从什么地方溜进了她的心里……

蔡老黑清扫完马棚,又给马槽里续了草之后,便脱了鞋往棚子一角的床上一躺,跷起腿在那儿哼起了不成调的曲儿,悬空的那只脚很自在地左右晃荡,整个身子沉浸在舒服之中。

老黑对自己的日子很满意。他早先给内乡城一家大户喂马,后来因受不了那家主人的欺负打骂,便跑到伏牛山栗温保那儿干起了民军。到民军不久,他就做了栗温保的马佚。由于他勤快加上有喂马的经验,栗温保的两匹坐骑被他喂养调教得很遂心意,所以很得栗温保赏识。有一次去淅川打大户,对方的一个家丁藏在暗处举枪向栗温保瞄准,站在后边的蔡老黑先发现了这个险情,那一阵再喊叫已经来不及,他便扬鞭猛抽了一下栗温保的坐骑,那匹马一惊蓦地跳起,使栗温保差一点落了马,但也因此使得对方家丁的那颗子弹扑了空,为此事栗温保很感激老黑,自己做官后便把他带进了府里。老黑对生活一向不抱很高的希望,只要有东西填饱肚子有衣服穿有个地方睡就行,而这些栗府都已经给他提供了,所以他心里很满足。

蔡老黑哼曲儿正哼到兴头上时,忽见云纬捂了一只眼走进了马棚,他一怔,急忙从床上坐起来问:"承银他妈,你这是咋着了?"

"快,我眼里刚才不知是飞进了草屑还是沙子,磨得好疼,你快帮我看看!"云纬径走到床边坐下,把脸伸到了蔡老黑面前。

老黑闻言急忙跳下地,从窗台上端过风灯,一手端灯一手去翻云纬的眼皮,可临到手指去挨近云纬那白皙的面孔时,又有些迟疑犹豫。老黑长这么大年纪,一直过着安分守己的光棍生活,还从未用手去碰过女人的面皮哩。

"快呀,我眼睛好疼!"云纬睁着另一只眼催。

老黑只好抛开犹豫伸手去翻云纬的眼皮,他那粗糙的手指一触到云纬那光滑细腻的肌肤就开始有些发抖。云纬的眼皮好难翻,云纬呼出的甜香气息也令他的心跳有点加急。好不容易把眼皮翻开了,却根本看不见那草屑或沙粒在哪里,他急得出了一身汗。云纬好像也忍不住眼疼,哎哟了一声猛站起身,一下子把老黑手上的风灯撞落到地。棚子里顿时一片漆黑。老黑慌张地弯腰去摸风灯,不防又撞到了云纬身上。一定是撞疼了什么地方,只听云纬又哎了一声便倒在了他的怀里。他吓得不知如何是好,对怀中云纬的身子推也不是不推也不是,就那样呆立在那里。"老黑,没想到你的心眼还挺多,会变着法子把我抱你怀里。"云纬这当儿低了声说。

"不,不是,不是……"老黑不知该怎样分辩,慌得想把云纬推出怀,却又怕她倒下去。

"唉,也罢,"云纬叹了口气,"我知道你是个好人,你既是对我这样有意,我也就遂了你的愿吧。只是我不喜欢胡来,你要明媒正娶才对!"

蔡老黑听了前边一句话,吓得忙准备分辩,及至听完后一句,却又一下子惊喜地瞪大了眼:"明媒正娶?这么说你愿跟我——"

老黑的话未说完,感觉到自己的脸上被亲了一下,他的心忽悠一下提起,在胸腔里摇摆起来,浑身也轰然变得燥热难耐。对女人老黑心里何尝没有想过?但想了大半辈子却从来没有如愿,如今他对找女人结婚成家早已绝望,他常说凭自己的长相和财产,只有等下一辈子了。没想到云纬这样一个长得像天仙一样的女人竟会愿意跟自己,看来,我老黑碰上好运道了,好运道呵!……

云纬刚一走出马棚,身子就软软靠在了一棵树上。她的双眼久久地望着暗黑的远处,眼眸里是一种苦涩的平静。地上的一切都瞒不了你的眼睛,老天爷,但你会饶恕该饶恕的吧?这是达志的孩子,我一定要把他生下来,生下来……

栗温保第一次听见老黑说他要结婚时并没用心去听,以为他是在说别人结婚的见闻,及至听见他又说一遍,才惊诧地问:"你要结婚?跟谁?哪个女人?"

"嘿嘿,是承银他妈。"老黑笑得很有些自豪。

"承银他妈?盛云纬?她愿跟你?"栗温保有些意外。

"是的。"蔡老黑肯定地点头,"是陈妈从中说合的。"陈妈也是栗府的佣人,让老黑去找陈妈正式做媒,也是云纬的主意。

栗温保喊来陈妈一问,得知确有此事,并不是老黑白日做梦,这才叫道:"好!你老黑跟我这么多年南征北战,是该安个家享享福了!说吧,你想啥时候办喜事,办了喜事后有些啥子打算,以后还愿在府里干吗?"

"俺想近日就办,办完我愿告老种田过日子,在百里奚村买两间草房和几亩薄地。"老黑有这番打算,自然也是云纬促成的。

栗温保因对老黑心存感激,故立时就应允了,而且破例地赏给了老黑二十个银元。草绒听说云纬要同老黑结婚,先有些不舍,觉得云纬嫁老黑有些太亏,后想想云纬、承银母子二人过日子也真作难,总在府里帮佣也不是长久之计,就也收了劝止的心,拿出十个银元送给了云纬。

那老黑身边原本也积了些钱,得了栗温保的同意之后,就按云纬的交待,到百里奚村买了三亩地和三间草房外加一个小灶屋——云纬家原来的老屋早已倒塌,宅子也已被邻人占了。

十来天后,几件简单的家具买好,云纬和老黑就带着承银,在一个凌晨悄悄离开栗府,去了百里奚新买的屋里。没有举行什么婚礼仪式,只是在当天晚上,云纬炒了几个菜,热了两壶酒,让老黑痛痛快快喝了个大醉。

待承银睡下,又把醉得人事不清的老黑扶到床上之后,云纬一个人走出了屋子。时辰已近子夜,四周很静,几颗星星在云层中时隐时现,夜风偶尔摇一下近处的槐树枝头,发出飒的一响。云纬面朝城中尚吉利织丝厂的方向,默默把两手伸进上衣之内,解开了这些天一直束在腹上的一个白布带子,任自己那已显出不同的腹部恢复了原样,口中喃声说道:达志,你知道我这是为了谁?为了谁?……

3

一股微风踅进门里,悄悄爬上草绒的膝头,把她摊开正读的《圣经》又倒翻回去一页,使她的目光再次触到了她刚刚读过的那些文字:……我为你们起的愤恨,原是上帝那样的愤恨。因为我曾把你们许配一个丈夫,要把你们如同贞洁的童女,献给基督。我只怕你们的心或偏于邪,失去那向基督所有纯一清洁的心,就像蛇用诡诈诱惑了夏娃一样……

她抬手揉了揉眼,把书又翻了过去。这些日子,她就靠读《圣经》打发枯寂的时间。丈夫不忠所带来的极度痛苦、孤独,使草绒转而信奉了基督教。每天上午,她都要去建于四隅口的教堂,听那位来自挪威的牧师传教;下午,则去四隅口西侧的德育女子福音小学听教士讲解《圣经》。如今,云纬的离府还乡,又使草绒失去了惟一一个可以倾述心里话的对象,于是,她每日除了去教堂和福音学校之外,剩下的时间便全用于静读《圣经》,边查字典边读,有时一天都不说一句话。

"妈妈,你好吗?"屋外突然响起女儿枝子的一声亮亮的招呼,正要重新注目《圣经》的草绒被这喊声惊得双眸一跳。如今这个小院,除了几个仆人,很少有人进来,更少有这种响亮的满是活力生气的话音。

"妈妈!"草绒还没有站起来,穿着锦缎旗袍已是少妇打扮的枝子已急步奔过来从背后抱住了妈妈的脖子。"妈,你又读《圣经》?

读这东西有啥子用？又费脑子又费眼！有这闲工夫,你还不如坐那里养养神哩！"胖胖的枝子快嘴快舌如打枪一般地说完这串话。枝子同南阳镇守使吴大人的长子成婚之后,过的是贵妇人的生活,优裕的日子早已使她变得肤白肌嫩,但她从小受母亲影响养成的那种快嘴快舌吐话如刮风的习惯仍一直没改,一旦开口就字字相连句句相跟惟恐别人不让她说完一样。

"妈要不读《圣经》,这日子更苦得没法过了,"草绒叹了口气,"一个人整日就坐在这屋里,满屋子都是静,静得人心都发冷呵！"

枝子自然知道爹爹另娶新夫人的事,妈这话的含义她是听得明白的,她一时也不知该怎样安慰妈,想了一刻,这才又急急地开口："妈,要我说,为了你后半生的日子不枯寂,你该再给我养一个弟弟或妹妹,有一个小人儿在你身边哭哭闹闹说说笑笑,你不也不寂寞了嘛！再说,有个弟弟或妹妹,再加上我,你后半生即使有个三灾六难,也有了指靠！"

女儿的一番话说得草绒心里一动：就是,倘使我身边有个孩子,不管是男娃还是女娃,这冷清的屋里不也热闹多了？夜里睡觉不也再不用一个人在床上滚来滚去了？而且孩子长大也是我的一个依靠,这辈子自己有灾有病,甭指望栗温保来照顾了！……

枝子如今因为忙于上流社会的交际,所以每次回来看妈妈的时间都不长。母女俩坐那儿又说了一阵家常话,枝子的胖手指就从怀里摸出一个精致的金壳小怀表看看叫："哟,妈,快晌午了,马统领的三夫人今晌午宴客,派人给我送来了请帖,我得赶紧去,要不就该耽误了！这位三夫人据说同省长的夫人是表姊妹,以后说不定会用上人家,我得走了！妈,你记着把心放宽些,对爹要多原谅,他如今毕竟也是个官了,有些事他学着做做也合常理……"枝子边说边向门口走,人已走到了院外,声音却还在妈妈的耳朵里。

就是,倘使有个孩子,我读《圣经》也有人做伴,再不会像现在这样孤零零冷清清了……女儿走后,草绒又接着刚才的思路往下想,直到一只悠然进院的母鸡拍了一下翅膀,才把她的默想打断。

可要生孩子,就要去找栗温保。一想到栗温保,草绒的牙不由得又咬了起来。也罢,就去找他一回,就一回!就低下头抹下脸子去要他一回,但愿上帝使我去一回就遂了心愿。

她将膝上的《圣经》阖起,站起来向梳妆台走去。得打扮一下,既然要讨他的欢喜。她摸出一管口红——这是管家在为紫燕买的同时也给她买的——把双唇抹红,抹罢对镜一看,又不自在起来:这样把嘴唇弄得像流血一样有啥好看?一霎间她又想起刚结婚时和栗温保在落霞村种地的日子,那些日子夫妻间多么恩爱,倘使我们永远在乡下种地,哪能会有今天这样的事?上帝呀,我这些年一心盼着往前走能找到福气,可为啥子总是只有"气"而没有"福"呢?……

这是一所不大但极精巧的小院,一座黑漆门楼进去,右首是一间厨房,左首是一间下房,正面是三间又高又宽的瓦屋。瓦屋的当间是放满黑漆家具的客厅,东西两间都是卧室。三间正屋带着走廊,前墙下半部是木板,上半部是木格窗,窗上糊了一层雪白雪白的绵纸。院中种了几丛翠竹,放了几盆月季,微风进院,轻摇着竹枝,慢散着花香,使这座小院显得很是幽雅。

这便是栗温保专为紫燕建的住所。

房子建好,栗温保便基本上常住在了这里。

此刻,在窗外淅淅沥沥的雨声中,坐在床头的栗温保,又在仔细地擦拭他那把勃朗宁手枪,不看戏不玩牌不打麻将的时候,栗温保便常靠擦枪来消磨时光。他酷爱枪,对枪有着极深的感情,他认为他今天的一切都是枪带来的,没有枪,我怎能过如此舒服的日子?

"你又在摆弄那个铁东西!"紫燕去厨房吩咐了晚饭时要炒的菜肴回来,看见栗温保又把枪零件摆满了床头,就娇嗔地嘟起嘴叫。

"那你让我干啥?"栗温保抬眼一笑。

"跟我说说话嘛!"紫燕撒着娇。

"有话夜里床上说吧。"

"去!"紫燕嬉笑着将纤指戳到栗温保的头上,"俺跟你说正经的,俺想去邓县看看塔!"

"看塔?"

"听人说,'邓县有座塔,离天一丈八',俺还一直没去看过哩,那塔是哪一朝建的?"

"哪一朝建的我也不明白,不过看塔可是容易,明儿个吃了早饭,咱们坐上马车,带上两个班的骑兵去就是了!"栗温保挥着手上正装着的枪说。

"真的?那我可要先谢你了!"紫燕说着,弯腰噗地在栗温保颊上亲了一下。正这当儿,门口响起一个女佣的报告:"老爷,大夫人来了!"

栗温保和紫燕闻声都一怔,抬头看时,草绒已站在了门口。两人都有些着慌,以为草绒又是来大闹的,以致连话也忘了说。

"咋了,连个请进门的话也没有,看来是不欢迎我来了?"草绒边说边径直进了门,在床头的一个靠椅上坐了。

"哎哟,瞧大姐说的,你来俺高兴还高兴不过来哩!"紫燕最先做出反应,赔了笑走过来,把一盘瓜子放到草绒面前,同时扭头朝女佣叫:"快,上茶!"

"你来——有事?"栗温保惊疑不定地问。

"咋了,没事就不兴来看看?"草绒强装了笑说。

"大姐,你们坐这儿先说,我去端菜,今晚上咱姐俩可要喝上一杯!"紫燕打罢圆场,急忙去了厨房,她虽不明白草绒的来意,但她知道自己必须赔着小心,要不,就会招来一顿怒骂,草绒那身个那脾气都使她害怕。

"福音学校每天还去吗?"到屋里只剩下了两人,栗温保没话找话地问。

"去嘛,去听教士们讲《圣经》上的话:'不要与恶人作对。'"

栗温保听了这话,正不知如何应对时,紫燕和女佣把酒菜端来了,于是便把话题转向了喝酒。紫燕频频向草绒敬酒,草绒见是黄酒,也喝了几杯,一时桌上的气氛还好。酒罢饭罢,时辰已是不早了,可草绒还没有要走的意思,栗温保和紫燕不安地对视了一眼,却又都不敢催,只好无话找话地说下去,眼看已到人静时分,紫燕只好试探地问道:"大姐,天晚了,又下着雨,就不走了吧?"

"也好。"草绒随口应道。

紫燕在灯影里气得翻了翻白眼,可是又没办法,只好去收拾床铺,大夫人在,她自然不敢与栗温保再睡一处,只得去了西房独睡。

"草绒,告诉我,你今晚来究竟有啥事?"当卧室门关上时,栗温保一边不甚情愿地脱着衣服一边问。

草绒噗地吹熄了灯,强抑住心里的愤恨含了笑说:"想你了!"

"噢,原来如此。"栗温保在黑暗中笑了一声,草绒没容那声笑落地,呼地扑了过去,以她心中的那股仇恨,她真想用双手掐住他的喉咙掐死他,但在手触到栗温保的脖子那一霎,她想起了上帝的教导,又急忙把那动作变成了轻抚……

第二天早晨,当蒙蒙的曙色刚刚贴近木格窗上的白绵纸时,草绒已悄无声息地穿好了衣服,那时,她看见了放在床头的栗温保那支擦得锃亮的手枪,她禁不住抓过来,对着仍在酣睡中的栗温保瞄了一下,手指在扳机上微微一抹,终又放下,随即便见她在胸前急急划了个十字,轻轻拉开门走了出去……

4

"祸不单行"这话看来说得确有道理,正当尚吉利织丝厂新厂房的墙砌成,梁立好,要开始架椽定箔盖瓦时,一九一九年春末的大雨来了。往年的大雨多是在夏秋之间下,今年的大雨竟然一下子提前了这么长时间,而且来势凶猛,持续不停。淅川县连下三昼夜,造成丹水横溢,一片汪洋,平地行船;内乡县仅夏馆一地,就淹死三四百人;灌河口的范庄,共有五十二户,被洪水冲走三十八户;靠白河的刘村街全被洪水卷没;白土岗街水深数丈,大街行舟;南阳城的瓢泼大雨连下一天一夜外加一个早晨,从城墙上远望卧龙岗,中间如隔着一个湖泊,城内所有的街道都水深及膝。

大雨猛扑在尚家那些刚刚砌起的没有任何遮盖的墙上,狠狠地撕扯着推晃着,新墙经不起这番可怕的折腾,又开始相继倒塌。

达志傻了似的蹲在老屋门口,绝望地看着那些墙轰然倒下,听着随了墙倒木梁被折的骇人声响,每倒下一堵墙,每折断一架梁,他都要猛地用手捂住耳朵,闭了眼呻吟着叫:天呐,天呐,你难道一定要把我尚家往绝路上逼?……

当雨停风住,达志绕厂看了一遍又被大雨洗劫一次的厂子后,他像被骤然抽走了筋骨那样地软在了那里。完了,这下是真的完了,几乎所有的墙都倒了,梁都折了,不少的砖碎了,石灰被冲走了,手里的那部分流动资金早已经花完,现在还上哪里去弄钱再重新开工?完了,看来老天爷也不想再让尚吉利重建,那就罢了!罢了!爹,家业到底在我手上断了,断了,你骂吧,我没有办法了……"

他捂了脸,瘫坐在一堆浸在泥水里的砖头上,无声地抽噎起来……

不知过了多久,他感到了有一只手在轻轻地抚着他的头发,抚得那样轻那样柔,那每一抚里都含满了安慰,他在那手的抚慰下抑住了抽泣,他以为是顺儿不顾伤痛起了床,慢慢抬起了泪眼:面前站着的竟是云纬!

他只看了一眼云纬,便又把头埋进了双手,哽咽着叫:"我完了,完了,织丝厂完了……"

云纬无语,只从身上掏出一方手帕,塞进达志的手里。

大雨刚开始下时,云纬的心就飞到了这正重建的尚吉利织丝厂里。她前一天进城给老黑和儿子买鞋面布时,曾远远看了一阵尚吉利正建着的厂房,她知道没有上瓦的新房,最怕这种急雨浇泼,雨刚一停,她就借故进了城,路上有几处她都是蹚水走过来的。果然,她担心的事发生了,厂子又成了一片废墟!

太阳到底晃出了身子,但仍有流云不时相缠,使它下泻的光时断时续。街上有人向这边指划,不过当云纬扭头去看时,那些人又都急忙别转了脸。云纬这些年因为心一直浸在恨、烦、愁、苦之中,脸上原有的那层柔和已经完全褪掉,双颊上两眼里总是罩着厉色,所以使看见她的人总不由心头一缩,很少敢与她搭话。

"甭哭了,大男人坐这儿抹泪不嫌丢人?"云纬知道达志被这紧跟而至的打击弄懵了,心中需要安慰,她也想把话说得柔和些,可因为已养成了说话冷淡生硬的习惯,话一出口,仍是这样硬邦邦的!

达志被这句硬邦邦的话刺得停了抽噎。

"不就是这些墙倒了,梁折了?值得这样哭?不会再砌、再买?"

"我没钱了,都花光了。"达志抬起泪脸。

· 311 ·

"花光了不会再想别的办法?你当年为了祖业不是很有办法嘛,不和爱你的女人远走,把女儿卖了,今日可以再卖人呀,你不是还有儿子、老婆?把他们也卖了嘛!"云纬说着说着又想起当年自己的遭遇,火气不禁又上来了,两眼里开始发出恨光。

达志的泪脸倏然间涨红,他又急忙把头低了下去,呻吟着说:"我完了……"

"亏你还是个很早就识字的人,没看书上写过的那些话:'天欲福人,必先以微祸儆之,所以祸来不必忧,要看他会救';'倾险之人情,坎坷之世道,若不得一耐字撑持过去,几何不坠入榛莽坑堑哉?'这些话,还是你推我去晋府后我才读到的,你没读过?"

达志被这话刺得把头抱得更紧。恰这当儿,立世从一堵断墙那边走过来喊:"爹,盖房子的刘工头问,咱们家的厂房还盖不盖,他们还来不来上工?"

达志抬脸嗫嚅着:"待我——"云纬这时已冷然而干脆地截断了他的话:"告诉刘工头,盖,要他们五天后准时上工!"

"可钱……还没借——"达志有些着慌。

"你先回去换换身上的湿衣服,"云纬又把他的话截断,"睡下歇歇,五天后我来帮忙!"说罢,转身就走。

达志嘴张开似乎想说句什么,却终又把双唇阖了。

蔡老黑领着承银从麦地里薅草回来,到村边一看见自家草屋里那黄黄的油灯光亮,心里就涌上了一股说不出的安逸和舒服。唉,活了大半辈子,到如今总算有个家了,家里有了个疼惜你的女人,再不用过那种东奔西跑孤苦伶仃的日子了!

他捶了捶酸疼的腰,加快步子向家里走。到底是五十多岁的人了,半天弯腰的活儿做下来,是真有些累的感觉了,但他心里快活,走起路来还很有劲道,把一串亮亮的脚步声早送进了屋里。

"快洗洗手脸!"云纬这时已把一瓦盆清水放在小院中的石头

上。待父子俩洗罢进屋时,热腾腾的饭菜已经摆上了小木桌。老黑满怀感激地看一眼正扯起围裙擦汗的云纬,端起碗便大口吞了起来。

"累么?"云纬看着老黑问,声音里含着一股少有的温柔。

"不累!"老黑停止咀嚼,急忙摇头,"我想,只要几季庄稼收成下来,加上我手上积存的这二三十个银元,咱们就可以再买个好宅院,再添几亩地,再买几头牛,过上富日子了!"

"哦。"云纬漫应一声,忙着从盘里给老黑夹菜。

饭后,一向寡言少语的承银就去西间屋睡了,待云纬洗罢锅碗收拾完院里的东西同老黑进了东间睡屋时,西间早传来了承银沉沉的鼾声。

老黑坐在床边,慢腾腾地解着自己的衣扣。每天晚上,解扣脱衣服在老黑成了一个难关。他总是待云纬脱衣钻进被窝之后,一口吹熄了灯,才摸黑把自己的衣服脱下来。他害怕让云纬在灯下看见自己那赤裸难看的身子。他小时候父母双亡,无衣无鞋,到处流浪,风刮雨淋日晒泥糊,皮肤黑得出奇;长大当马伕过东跑西颠的日子,挑水、割草、喂马,这些粗活又使他的黑皮肤变得粗糙非常;如今,因为年岁已大,身上的水分减少,皮肤又起了皱,这儿的皮肤皱成一叠,那儿的皮肤枯成一把,老黑自己也觉着难看。特别是他看了云纬那雪白细腻丰润的身子之后,两相一比,他更有些自惭形秽,不愿让云纬看见自己丑陋的身体,他怕她看见之后会对自己恶心。

"老黑,有桩事我想同你商量。"云纬边脱衣上床边柔了声说。

"啥事?你看咋着办好就咋着办吧,不用跟我商量!"老黑嘴上答着,眼却在看着云纬那失去衣裤遮掩的雪白晃眼的身子,心上顿时又涌来一股半是自豪半是庆幸的激动:这么漂亮的一个女人竟然归我了,老天爷一定是匆忙之中把这事配错,便宜俺了。

"承银他一个远房舅舅,要做笔生意,想向我们借三四十个银元,你愿借吗？"

"三四十个银元？"老黑吃惊了，"咱们的全部家底不就是三四十个银元,都借给他了咱日后咋添置家产？"

"你不愿借就算！"云纬的脸子一冷,猛地躺下拉过被子盖上了脸。

"嗳嗳,你别生气呀！"老黑见状急忙俯身朝云纬赔着小心,"我又没说不借,我只是有些心疼,既然你已答应了人家,咱借给他就是,我们大不了是暂时不添置家产罢了。来,来,我这就给你拿！"老黑说着,急忙又掩好衣服,去墙角的一个墙缝里掏出一个小布袋,把里边的银元哗啦一声倒在了云纬的枕头边,"都在这儿了,你甭生气好么？"

云纬这时方慢慢抬起身,脸色缓和了些,一边说着"人家日后不会不还你",一边伸出两条光洁的玉臂,去帮老黑解着他的衣服纽扣。

"不,不,我——自己来。"老黑看看还在亮着的油灯,有些着慌。

"来吧！"云纬不由分说地伸手解着老黑的衣扣,"你那身子我摸都摸过了,还怕我看见？"云纬早看透了老黑的心思,"不就是黑一点、粗一点、皱一点？我不嫌！"

老黑心里一热,两只老眼里顿时有泪光在闪。

云纬麻利地帮老黑脱掉衣裤,在灯光下抚着他那瘦骨嶙峋皱皮丛集的身子。老黑害羞地往床上一躺捂上了眼睛。结婚以来,老黑从不敢主动伸手触摸云纬,更不敢主动开口要求亲热,长期光棍生活所造成的那种心理压抑,使他在这方面变得胆小如鼠。两人结婚后很少的几次亲热,都是云纬先动手。今晚又是这样,在云纬双手的轻柔抚爱下,老黑的身子慢慢摆脱了紧张和害羞,变得快活激动亢奋起来,捂脸的手也一点一点放开,浑浊的双眸里放出热热的光来。

"想来吗？"云纬的声音极微。

"嘿嘿。"老黑不好意思地笑笑。

"过来吧。"云纬掀开自己的被子，老黑怯怯地挪了过来。云纬吹熄了灯，在黑暗中摸了一下自己的腹部，随后向老黑俯过身去，与此同时附了老黑的耳朵轻声交待："我喜欢在上边，我还喜欢你动作轻点。"……

第六天早晨，云纬早早把那些银元包好，往裤带上一绑，跟老黑交待说这几天要去承银他远房舅舅家看看，就急急出门往城里尚家走。到了尚家才知道，尚达志由于这些天的伤心、操劳、焦躁，加上下雨时又淋了雨受了点凉，这几天一直在发烧，眼下还根本起不了床。立世看着躺在床上的爹妈，想着泥水匠和帮工们马上要来，正在屋里急得抓耳挠腮。

"不用着急，有盛姑我哩！"云纬拍拍立世的肩膀，"你先去安泰堂给你爹买点退烧的药煎上，工匠们来了由我安排！"

话虽是这么说，可当云纬绕着倒塌得乱七八糟的厂子走了一圈，心里也着慌起来，她哪里经见过盖房子尤其是盖工厂的事情？先干什么后干什么有哪些工种哪些工序她一概不明白。可现在没有人可以依靠，只有自己来出头办了。要紧的是自己得沉住气，别露怯，不能让工匠们看出自己啥都不懂。

立世出去买药的当儿，那个刘工头领着一帮泥瓦匠和帮工的来了。云纬定了定心，迎上去说："我想先听听你对于重建厂子的打算，看和我的主意能不能合起来，我是立世的姑姑，他爹、娘有病，重建厂子的事先由我来管！"

那工头见云纬面色冷峻，像个有主见的女人，就把自己关于先清场地、后运料、再砌墙盖瓦的安排说了一遍。云纬听罢，装作思忖了一会儿，点头说："行，就按这个顺序干吧。只是在清理场地时，工钱不再按天按人计算，而按清理的房间数算，四间房一个银

· 315 ·

元,谁清理的多谁就得的多,谁清完四间我立时就给他一个银元,现兑现!"云纬估计这工钱可能开高了一点,高一点就高一点吧,尚吉利织丝厂最害怕的是丢失时间!

　　匠人们和帮工们显然都为这个工钱数目感到高兴,便不再像在一般人家干活那样先蹲下吸烟歇息,而是争相进倒塌的厂房清理起来。立世买药回来,见工人们已各各散开,很有条理很卖劲地干起来,便颇有些钦佩地看了一眼这个陌生的姑姑。

　　半后晌的时候,有两个棒小伙最先把四间房基清理出来,云纬上前检查一遍,见没有偷懒,便当即掏出一个银元递给了他们。一个银元在当时能买到不少好东西,两个小伙敲了一下银元,一边含笑听着那当啷啷的响声,一边又马不停蹄地去清理另外四间。

　　本来需要几天才能完成的清理任务,在这种多干多赏的办法刺激下,仅用一天半就全部完成了。从第二天下午起,又开始恢复砌墙。

　　砌墙开始前,云纬把那个姓刘的工头叫到一边说:"建房子的工钱和时限照旧,但如果你在保证质量经得起检查的情况下使整个进度每提前半天,我奖给你个人一个银元!"那工头已经知道这个满眼厉色的女人说话算数,当下点了点头。回到工地上后,他把小工的搭配,各种原料的运进和木匠、泥水匠、瓦工的工作量重新做了调整,把每天的施工时间做了延长。结果,到第五天上,当达志高烧退去双腿发软地扶着墙壁走出睡屋门时,整个厂房已正在盖瓦了。

　　"哦?"他吃惊地瞪大双眼,在工地上寻找那个身影,直到用目光把那个来回走动的纤长而丰腴的背影捉住:云纬,我该怎么谢谢你呀……

　　尚吉利织丝厂的织机到底又响起来了。雪白的绸缎又像瀑布一样从织机上源源流出,染印房里重新飘出了特有的颜料味儿,卖蚕丝、山丝的马车又开始在尚家门前停下,尚家大院像灯光陡灭又复明的戏台一样,又恢复了旧日的热闹。

尚达志站在织造车间门口,望着被擦拭一新正咔咔工作着的织机,心里满怀激动:到底又活过来了,我的厂子!这次倘不是云纬帮忙,厂子即使能活,也决不会活得这样快!呵,云纬,真没想到,你原来还是这么一个有主见会筹划的女人!

尽管由于刚刚恢复生产诸事忙乱,达志还是要找机会悄悄地目不转睛地盯住正干着什么的云纬看上一阵,看她那个罩了黑网的乌亮发髻,看她那更显丰腴了的腰身,看她那比过去饱满多了的胸脯,看她那依然纤长的双腿,只有那张满是冷色但依然显得漂亮的脸孔他不敢看,他担心自己偷看的目光被她的双眼发现。每看一次,他都觉出被自己压挤在心底十几年的那团东西开始胀大一些。一个他不敢正视的愿望已在心里慢慢萌起:但愿云纬永远不走!

厂子复活几天后的一个傍晚,工人们都下了班去吃饭,达志正借着从车间西墙窗口透进来的一抹晚霞检查织机,云纬忽然来到了他的身后淡了声说:"呶,厂子已活,我明日该走了!"

"啥?"达志闻声,急忙直起腰抓住云纬的胳膊,仿佛害怕她立刻就飞走了似的,"你怎么能走?"

"我怎么不能走?这里又不是我的家!"云纬一边弱了声说,一边抹着沾到胸前的一缕霞光,"忙帮完了,不走干啥?"

"不,我不让你走!"达志捏紧了她的胳膊。

"留我干啥?"云纬的眼睛斜过来,乌眸晶莹闪光,她何尝想走?可不走咋办?一个女人常在别人家住,会引发什么样的议论?这几天,她瞧见街上已有人朝自己指指戳戳了,还有,老黑——

"帮我管理这个厂子,当管家!"达志在慌忙之中这样说道。他这段日子一直在为厂子焦心,无暇去打听别的,还根本不知道云纬同老黑结婚的事。

"当管家？你不是有顺儿吗？"云纬冷冷一笑,心头顿时淌过一股酸酸的东西。

"还有,我要报答你!我要让你今后就住在这儿享福!"达志一边冲动地说着,一边猛把云纬揽到了怀里。云纬没有挣脱,在多少个夜晚的梦里,她不是一直盼着就这样倚在达志怀里吗?四周好静,最后一缕晚霞也已退出窗口;一股饭菜的香味由敞开的门口飘进来,在车间里弥漫;夜暗开始由墙角向外扩散,逐渐地把车间弄成迷蒙一片;几只早出的蚊子在近处叫了两声,似乎怕惊了这对相拥的人,又飞离到了别处。云纬感到他的头在向下俯,一双嘴唇正怯怯地试探地接近她的头发,她仍然没动,不过也没有逢迎,只是微微闭上了眼睛。她觉出他的双唇沿着她的左鬓在向下滑动,他的短胡子使她的颊部有些刺痒,那刺痒引得她的身子颤动了一下,开始不由自主地向他更紧地靠去。她知道他的一只手伸进了她的胸衣,她没有拦挡,只用心去注意那只手的移动。摸吧,再向下摸,摸摸我的肚子,那里边有你的孩子,你的孩子……一股身不由己的哆嗦已开始由云纬的脚跟那儿升起,但理智就在这时又倏然回到了心里:你这是在干啥?顺儿就在旁边的屋里,她还有病,要是让她知道这事不是生生要把她气死?你不能去害那个女人……

她猛地把达志推开。毫无提防的达志被这个举动几乎推倒,他退了几步才算站稳……

顺儿听说云纬要走,忙从病床上挣扎着下来,拉住云纬的手忍了头晕头疼说:"纬姐,你不能走,你看我病得起不了床,达志和立世父子俩忙不过来,你留下全当是帮我的忙了!"她并不知道云纬同老黑结婚的事,不知道云纬也有自己的家事要忙。这些天,顺儿虽没起床,但立世已把云纬为尚家所做的事都告诉了她,善良的顺儿自然感动。当然,她也懂得,云纬这样来帮助尚家,原因只有一个,那就是她还爱着达志,要不,她怎会来?尽管顺儿懂得这些,可她并没有不安和妒忌,她那颗柔弱良善到极点的心,遇事总是先替别人着想,她觉得当年丈夫和云纬的一场美满婚事,被一件意外的事生生拆开,云纬受了这么些年感情上的折磨,如今这样做也完全可以理解。再说,云纬来帮的是尚家,也包括儿子和自己,自己只能表示感激。

"不了,顺妹,厂房盖好开始织绸,下一步我就帮不上啥忙了,我对机器织绸也根本不懂。"

顺儿听了这回答,也一时无话,可一想到云纬走了之后,因为自己卧床不起,厂务家务全堆在达志、立世身上,又有些着急。再说,云纬一走,达志这些天好起来的心情又会改变,昨晚,顺儿就注意到达志在床上翻来覆去地睡不着。顺儿明白达志也舍不得让云纬走。哪样对尚家好呢?顺儿的两道细眉一起一伏,片刻之后,她把牙一咬,仿佛下了什么决心似的,低低地开了口:"纬姐,我有个想法,不知当讲不当讲?"话到这里,苍白的双颊已泅出了红晕。

"说嘛!"

"我想,你要是永久留在这儿,对尚家织丝厂的发达只有好处,你有主见有办法,比我强得太多,可要长久让你留这儿,办法只有一个,那就是你做姐姐!"

"做姐姐?"云纬不解地竖起眉毛。

"我说直白了你可别生气,"顺儿那扁平的胸部急剧起伏着,"眼下,城里有许多男的,都娶了两个女人,就让达志也这样做吧,你当姐姐……"

云纬倒退两步,吸了一口冷气,两眼骇然地瞪着顺儿,她根本没想到顺儿会说出这话。在听到这话的第一瞬,她只是震惊:一个做妻子的竟会如此建议,真是世上少见!不过随即她便意识到,顺儿能提出这个建议,原因只有一个,那就是她对达志和尚家怀有一种深得可怕的爱,否则,她决不会这样做。而一旦意识到这点,一股妒忌便又蓦然升上心头:看来过去这些年达志和她生活得不错,要不,她不会爱他到这种程度!

"尚达志恐怕还没有这个福分!"云纬此时开了口,语气冷得吓人,"让他再去娶别的女人吧!"

"纬姐,你甭生气。"眼泪这时已涌上了顺儿的脸。"我只是说说,我只是想让尚家的织丝厂快点发达,我只是……"

"顺妹,"云纬轻轻拍了拍顺儿的肩膀,"我明白你的心,尚达志能遇上你这样的女人,也真是他的福气,他该好好待你!我是一定要走的!"

"纬姐——"顺儿扑到云纬怀里,放声哭了起来。

有一霎,只有一霎,云纬的心里升起一股后悔:看来当初不该再去同老黑结婚,要不然,我如今是自由身,真按顺儿说的去做倒也不错!就让尚达志有两个老婆,就让顺儿跟着他,但只要我一来,尚达志就会完全变成我的!……

她很快地摇摇头,止住自己的思绪,放开顺儿,逃也似的跑出了门……

5

像不少粗心的父亲一样,卓远也是突然间发现女儿容容已经长大成人。那日晚饭吃罢,他忽然记起,原来答应为沘源县创办的全南阳地区第一个图书馆开馆仪式送的贺联还未写,便走进书房点亮蜡烛,一边往桌上铺纸一边像往常那样喊道:"容容,来给我研墨!"容容听见,仍像往日那样燕子飞似的奔来,却没如往常那样立时往砚中注水拿墨研磨,而是调皮地朝卓远一鞠躬说:"对不起,恕不奉陪,本人今晚有事,请俺妈来吧!"

"鬼丫头,快来,我还要让你帮我推敲一下这贺联的字句:苦心搜索集甘露风云架架是锦,极力荐出给男女老幼部部皆宝。可以么?"卓远笑问。

"爹另请高明吧,我真有事!"

"什么事比我写字还急?"

"不告诉你!"容容朝父亲伸了一下舌头,扭身便向院门外跑了。

"这丫头!"卓远无可奈何地只好自己动手研墨。对容容他从小就溺爱,除了读书习字上严格要求外,在行止上从未按传统闺规约束她,一任她自由自在地生长,所以这姑娘养成了调皮任性的脾气,他的话常在她面前失去效力。

"你早晚要把她惯得上房子揭瓦!"雅娴这时进屋,一边抱怨,一边伸手拿过丈夫手中的墨在砚上研磨起来。

"你不也是惯,她说饭甜,你不是赶紧放盐,哪管我能不能吃得下?"

"哼。"夫妻俩相视一笑。就这一个独女,能不娇?

卓远写完贺联,又写了一封贺信,封好,摸着黑亲自去了东街口的宛南书店,那书店经理第二天要去沘源参加开馆仪式,贺联贺信就托他带去。卓远走出书店往回返经过一道巷口时,忽听巷内一个凹处的暗影里,传出了一阵男女的细碎低语声,卓远当时眉心一耸,因为那女的话音虽很低微,却极耳熟,他停步仔细一辨,不由一惊:是容容的!因为卓远自小常抱女儿,别说对她的声音,就是对她的呼吸、鼻息,也非常熟悉。她在这儿干什么?和一个男的在一起,而且是在这样黑的夜晚!他的心不由一紧,轻喊了一声:"是容容吗?"

从暗影里飘过来的那种细碎低语戛然而止,两个挤靠在一起的身影迅速分开,卓远明白了自己的判断正确,那是容容!"容容,你是和谁在一起?"他边问边紧步走过去。这当儿,那男的忽然噔噔噔地向巷里跑了。对女儿的关心使卓远非常想知道那人是谁,他不假思索地低叫了一声:"站住!"跟着便朝前追去,他听见容容在身后轻喊了一声"爹",但他没停步,他恐惧地认为被吓跑的一定是个引诱少女的坏人,要不他为啥要逃?幸好这巷子是个死巷,那黑影在巷底无可奈何地站住喘息。卓远刚要上前去抓,却忽然听到那人惊怯地叫了一声:"卓伯,是我。"

"立世?"卓远浑身的怒气顿时泄了,原来是这个老实巴交的孩子,"你和容容有什么话要躲在这里说?害得我吓了一跳。"

"我们……"立世吞吐着。

"两个家都有那么大的院子,还容不下你们,还非要跑到这里不可?"

"卓伯,我们……"

"说嘛!你们在商量什么?"

"商量结婚的事。容容说——"

"结婚?"卓远那松弛的神经一下子绷紧,"谁结婚?"

"容容和我,容容说我俩先商定个日子,然后再给你和俺爹说。"

卓远被这话砸得呆了:老天,容容要结婚?在平日和女儿逗乐的时候,他是偶尔想过女儿将来的婚事,但那不过是一闪而已,他总以为那是很久很久以后才能办的事,容容还是个孩子!他从未想到这事竟已来到了眼前,而且是以这种方式来的!他过去倒是常看见容容和立世在一块儿玩,可他总以为是两个孩子的自然接触,从没想到事情会往这方面发展!

"卓伯,我……回了?"

"回吧。"卓远低微地应允道,似乎刚才的那阵奔跑已耗完了他的气力……

书房的灯还在亮着,卓远推门进去的时候才看见,容容正气鼓鼓地站在书桌旁,雅娴正含着小心轻轻拍着她的肩膀。

"哼!"看见爹爹进来,容容气呼呼地哼了一声,赌气地转过脸去。

卓远在一张椅子上重重地坐下,默默打量着女儿,呵,这一刻他才注意到,女儿是真长大了,个子和她妈妈已经一般高了,粗长乌亮的发辫拖在浑圆的后背上,挺拔的腰身上的凸凹处都已十分明显,双腿带着一股强捷柔韧之气,她已经不是孩子而是个成熟的姑娘了!

"哼,跑着追人家,亏你还是个省立五中的校长!追上人家又怎么着?"容容脸没扭过,眼望着墙角气呼呼地说。

"不许这样和爹爹说话!"当妈妈的轻轻捏了一下女儿那粉嫩的脖子,算是警告。

"追上去看看他是谁嘛!"卓远被女儿的气话逗笑了。就是,这会儿再想想刚才如追逃犯的那个飞奔样儿,卓远自己也感到好笑,嗨,真是沉不住气。

"看清他是谁了又能咋着?"容容仍背对着爹气呼呼说。

"这种事你应该早跟我说一声。"

"你不是主张婚姻自由吗?早跟你说干啥?"容容顶道。

卓远被这话噎得只能笑不能出声。是的,他一直主张婚姻自由,他不止一次在学校里给学生们讲过他的主张,但他的"自由"里总还包含有父母参与的意思,总还有个订婚仪式,他根本没想到女儿的婚事会自由得这样彻底。

"你既然看清他是谁了,那你就说说你的看法吧!"容容稍稍扭过脸,嘴依然嘟着。

"立世这孩子是个好孩子,老实、好学、肯干,脾气也不像你这样任性,家里又开着工厂,应该说是比较富的,一般人都会认为,一个姑娘嫁给他,是会幸福的,但是我——"

"但是什么?"容容截断爹的话,翻了一个白眼,"你是不是嫌人家不是书香门第,他爹妈不像你和我妈一样会吟诗作画,和咱家不般配?告诉你们,我偏偏喜欢工厂,喜欢听机器的隆隆响声,我认为机器不仅是文明的产物,同时它还会制造出新的文明,发展机器、发展工厂,是富民强国之道,是人类——"

"好了,傻丫头,甭给我上课,"卓远笑了,"你忘了我对尚吉利织丝厂的关心了吗?你的这些话好多还不是从我这儿偷去的么?我的意思是说,你对立世的家庭认识得还太浅!"

"那么说是你认识得深了!"容容不服气地扭过身来,一副预备争论的样子。

"听你爹说下去!"雅娴这时又轻轻捏了一下女儿的耳朵,制止住她。

"世上的家庭按我的分法有三种:一种是得过且过知足常乐无目标型的,挣着吃着、吃着挣着,并不想别的,只想一家人平安活下去就行。另一种是企望改变处境,努力向好处走,有一定目标型的家庭。这种家庭时时提醒自己的成员奋斗,努力向自己的目标靠近,当然,如果由于什么社会的或自然界的原因使他们觉得目标达不到,他们也就会叹一口气罢手,转而守住已得的东西。再一种是由于历史的、家族的、政治的或其他的原因,有固定的目标型的家庭。这种家庭通过辈辈相传的教育,让为实现那个固定目标而奋斗的精神深深浸入他们家庭成员的血液和头脑,使实现那个固定目标成了这个家庭成员活在世上的目的。在这三种家庭中,我们通常所说的所理解的'幸福',即人的感情上的满足,心理上的平衡,情绪上的安宁,在第一种家庭中存在最多,因为无目标就无烦恼无痛苦;在第二种家庭存在较多;在第三种家庭存在最少。谁想进入第三种家庭或进入了第三种家庭,通常都必须放弃获得幸福的希望,都必须做好尝受痛苦的准备。而立世的家庭,恰恰就属于第三种!"

"你这是瞎划分!"容容气得跺了一下脚。

"当然,我这样划分,并不是说我就厌恶第三种家庭,害怕与第三种家庭交往,恰恰相反,我最佩服最喜欢的人,常是这种家庭的成员,因为他们通常都有超常的毅力!"

"那你为啥还要说这么多,你不是明明想反对我和立世——"

"是的,我不愿意你和立世结婚!"卓远脸上的笑意消失了,"我虽然喜欢尚家和立世,但我是你的父亲,我就你一个女儿,我希望看到你婚后得到的欢乐能够多一些!希望你终生幸福!"

"我不管你怎么说,我反正要和立世结婚!你们不答应也得答应!"容容涨红着脸叫,漆亮的双眸上,已有泪光在闪了。

卓远低下头,无言地望着地。

"我也觉得,你爹说得有道理。"雅娴轻声说道,"你应该——"

"我不听,不听,不听!"容容跺着脚捂上了耳朵,这同时,两串泪水已在双颊上流淌了。

"好了,"卓远站起身,"我说'不愿意',并不是就反对,如果你自己一心要这么做,我和你妈都不会拦你,你不是知道我说过婚姻自由吗?"说着,就抬手心疼地去揩女儿脸上的泪,容容这时就哇一声扑到了他的怀里。

"看不把眼睛哭肿?"卓远轻轻拍着女儿的背,同时与妻子对视了一眼,嘴角慢慢浮起一缕杂了不安的笑意……

容容和立世的婚礼,是来年的四月初四举行的。这日子是卓远和达志商定的,之后,达志又专门去找阴阳先生给看看这日子是否合适,阴阳先生说:好,春末夏初,花开人采,上合天理;双月双日,男女成侣,下合世俗! 于是就把喜日子定下了。

达志便忙着筹备。对于能把容容娶来做儿媳妇,达志和顺儿真是一百个愿意加满意:那姑娘长得多顺眼;又识文断字明事理;而且又是亲眼看她长大的,知道她心地好;重要的是,容容喜欢织丝这个行当,平日没事就往自家厂子里跑,早就对绸缎织造的各个环节一清二楚,这样的人一进尚家门,必是一个好帮手! 这样的媳妇去哪里找? 况且容容的父母同自己一家是多年的朋友,有这样一个亲家,多么让人高兴!

尽管卓远夫妇一再交待达志,两家相距这么近,又这么熟,通常办婚礼时的一些礼数可以省了,但达志为了图吉利,还是决定一切依礼依规矩进行。比如花轿,原是可以不必请的,容容的闺房和如今的新房,只隔着一道不高的院墙,相距不过几十步远,织丝厂的一些工人们同立世开玩笑说:你在院墙的两边各放一个凳子,让容容站在那边凳子上,你站在这边凳子上,然后你一伸手把她抱过来就行! 但达志还是请了花轿,而且是南阳城里上流人家嫁娶时常租的八抬大花轿。他想,在这事上俭省有点对不起卓远哥,再说,他如今手上也又有了些钱,虽然厂子还远没恢复到过去的样子,可经过近一年的努力,生产也已有了一个像样的规模。

因为两家相距得近,加上怕出意外,所以达志不依城里黎明起轿的惯例,把迎娶时间改在了日上两竿时分。这时辰正是街上人多的时候,所以当花轿迎到卓家门口容容开始上轿时,看热闹的人围得里三层外三层。两家的大门挨大门,花轿自然不能从一个门口接着抬到另一个门口,轿从卓家门前起后,先沿世景街往东,走到十字口后往南,到下一个十字口再拐向往西的街,待走到又一个十字口时,方拐弯往北返到世景街西头,由世景街西头再向东到尚家门口,花轿走的路线是卄形。花轿落地新娘进了洞房后,一个进院看热闹的邻居,忽然指了尚家前院那块怪石上的▦图案叫:"喂,你们看!今日这花轿走的路径,多像这图案的一角!"一旁看热闹的人闻言伸头细看一番,也都啧啧称是。站在那儿的尚达志听了这话,细一琢磨,也觉有些道理,不觉心上称奇:先人们刻下这图形,莫不是就为预告今日这花轿行进的路径?

接下来开始拜天地、吃喜酒,这一切都和其他人家的婚礼一样,令众人感到新奇的是容容娘家陪嫁的两件东西,除常见的箱柜被褥之外,有两个绫裱的立轴,一幅上边是卓远手写的一首诗:

　　娇女今做尚家媳,
　　想必已见大机器,
　　既知无工国不富,
　　便该勤谨效力气。

另一幅上边是雅娴亲手画的一幅画,画面上,两只在窝中偎依的小黄鹂美丽喜人,题款为:永相依。两幅立轴在新房里展开挂上时,看懂看不懂的,都鼓掌叫好称奇。

晚饭后闹房前,尚家专门请来给新人铺床的一个邻居嫂子,先拿了一个笤帚把床腿、床撑、床帮扫了一遍,而且边扫边唱:

　　新笤帚,扫新床,
　　今日娶个俏新娘,

两口睡到这床上,
　　你亲我爱床不响。

扫罢床,开始铺被褥,那邻居嫂子又边铺边唱道:

　　撩起门帘五尺长,
　　门帘挂在金钩上,
　　打开绣金红罗帐,
　　嫂子替你们来铺床。
　　先铺褥,后抻被,
　　鸳鸯枕放在床头上,
　　四个鸡蛋床角摆,
　　花生栗子撒一床,
　　核桃红枣配成双。
　　床头铺把干麦秸,
　　引个白胖小乖乖;
　　床尾铺棵干白菜,
　　引个闺女做国太;
　　床中铺个小竹筷,
　　引来男女双胞胎。
　　夫妻同入红罗帐,
　　鸳鸯交颈到天亮……

　　铺床的邻居嫂子这仪式歌儿还没唱完,闹房的人们便涌进了房,在织丝厂做工的男工、女工们,下班后也争相挤进来,围住了立世和容容,尽情地和这对未来的男女厂主笑闹。人们都知道容容爱唱歌,尤其那首绸缎谣唱得最好,便逼了她唱,而且要求她和立世轮句唱。容容倒是大方,红了脸捋捋鬓发说:"行,俺们唱。"这绸缎谣在南阳流传很广,儿童们几乎都会唱,立世小时候自然也唱过,可今日就是羞得开不了口,几个小伙上前捏了他的鼻子,硬逼着他嗯嗯呀呀开了腔,——

  容容:绸儿柔,缎儿软,
  立世:绸缎裹身光艳艳,
  容容:多少玉女只知俏,
  立世:不知它是来自蚕。

  容容:蚕吃桑叶肚儿圆,
  立世:肚圆方能吐出茧,
  容容:煮茧才可抽成丝,
  立世:一丝一丝缠成团。

  容容:丝经理,丝经染,
  立世:分成经纬机上安,
  容容:全靠织工一双手,
  立世:丝丝相连成绸缎。

  容容:一梭去,一梭返,
  立世:一寸绸,一寸缎,
  容容:经纬相交似路口,
  立世:路路相连可拐弯……

  这歌儿刚唱完,两个年轻媳妇又不由分说地上前用一条布带扎住容容的上衣下摆,尔后从她的脖颈那儿把四粒圆溜溜的豌豆放进了她的衣领里,那豌豆立时便贴着容容的后背滚了下去,这时人们就扯过立世来,让他从容容的衣领那儿伸进手去"摸金豆"——把四粒豌豆一粒一粒摸出来。立世羞得无论如何也不干,小伙子们就哄笑着又推又抬地去逼他。容容哪经过这种事,也早羞得垂下了头,可后来见众人把立世逼得满头大汗几乎掉泪,就咬了牙抬起脸爽声笑对立世叫:"来,摸吧!"同时就把脊背朝立世挨去。立世涨红着脸刚把手伸进容容的衣服里，众人就轰地一声笑开了……

闹房正闹得热烈时，一个邻居嫂子嬉笑着端了一盏油灯扭进屋来，而且边走边唱"送灯歌"：

> 小油灯，亮荧荧，
> 我给新人送房中，
> 有灯新娘好脱衣，
> 新郎一旁看光景，
> 先看脸，后看胸，
> 再看大腿白生生。
> …………

闹房直闹到午夜方休。在这笑闹中只出了一件意外的事：一只小狗不知什么时候也随着人群挤了进来，在人缝里支起前腿看热闹，不料一个闹客粗心，踩住了它的爪，疼得它汪地大叫一声，嗖然一窜，从正相挨而坐的立世、容容肩上跳过，这对新人被这突然出现的情况骇得一惊，急忙分开了身子，两人手上端着的酒杯也几乎同时落地摔碎。众人见状一齐捧腹大笑，独有一直在外间给客人们端送茶水、黄酒的顺儿，闻声一惊，皱了眉在心里叫：但愿这不是什么不好的兆头！……

尚达志得到容容这个儿媳，也等于得了一个极好的帮手。容容会写会算，织丝厂的一应文书、账目，慢慢便全由容容来写、来算，减去了达志不少负担。如今一家四口人这样分工：达志负责总的管理；立世在见习管理的同时主管动力机、织机的维修保养；容容负责文书、账目和前边店堂的零售；久病初愈的顺儿管理家务，偶尔也去织房里看两架织机。

厂子在逐渐地恢复，到了秋天，便基本上完全复原。冬初的时候,达志就又开始考虑下一年继续扩大生产的事了。那天吃罢晚饭,达志叫住儿子立世,问他对扩大生产有什么想法,立世含混地应了几声,便急急地进了新房。

达志不高兴地摇了摇头。

立世还沉醉在甜蜜的新婚生活里。只有极少数的小伙在这种含蜜的生活里能保持不醉,立世不属于这个少数。如今,动力机、织机、生丝、绸缎这些东西,都在他脑中变淡退远,惟一清晰的是妻子的身影,白天,他恨不得就和容容一块儿干活,一刻也不离开她;一到晚上,他进了新房便再不出来。他爱看容容走动时的袅娜步态,爱听她欢喜时的清脆笑声,爱闻她身上特有的那股幽淡香味,当然更爱把她紧拥怀中,把头放在她那雪白柔软的胸上,去体验那种令人颤栗如入仙境般的快乐。

立世从爷爷和爹爹身上承继下来了不爱说话的脾性,但越是不善语言表达的人,内心的感情越丰富,他会用眼神、用双唇、用双手,把自己心中的深爱一缕一缕全注进容容的心里。容容自然也愿意夜夜和立世沉入那夺人魂魄的美境里去,但她注意到了立世的眼圈开始发青,双颊少了血色,她心疼他的身体,有时就含了羞带了笑去推拒他那双伸过来的手。但她哪里经得起他那双眼和那双手的恳求,于是只好一切随他。立世像那些饿久了的小羊,乍见了一片肥美鲜嫩的青草地,扑上去就吃,不知节制地一直吃下去,把一切全都忘记。

自然地,他早晨开始迟起。

容容知道他需要恢复,需要歇息,于是自己起床时就很轻很轻,再把被头给他掖好。

立世第一次晚起时,尚达志皱眉在院中站了一袋烟工夫;第二次晚起时,尚达志围着屋子走了两圈;第三次晚起时,尚达志在后院朝桑树踹了一脚。第四天早晨,当容容轻轻起了床去前院忙活后,达志去水缸里舀了满满一瓢凉水,端着推开了新房门。床上的一切都还没有收拾,达志不敢转眼多看,只是径走到床头,猛把那一瓢凉水浇到了儿子头上。正在酣睡中的立世被这骤然而至的袭击弄得一跳而起,光着身子在床上边跳边去抹头上的水,待一看爹爹虎着脸站在床前,又羞得骇得急忙拉过被子遮住身子。

"立刻给我穿上衣服!我在后院等你!"达志冷厉地说罢,转身走出了新房。

眨眼工夫,立世已穿好衣服怯怯地站到了达志背后,喏嚅着说:"爹,有事?"

达志没有回头,只冷冷地说:"给我背背那三段话!"

立世挪动了一下双脚,拍了拍额头,极力把脑中的昏沉赶走,跟着背道:"自唐武德八年始,吾南阳尚家从丝绸织造,迄今已千二百……"

"列祖列宗在上,立世生为男儿,当为振兴祖业尽力,有生之年,誓为尚家丝绸再获'霸王'美誉——"

"咱们家的丝绸被称为'霸王'了?"尚达志截断儿子的话,声音中结了冰。

立世垂下了头:"没。"

"没有你咋可就睡懒觉了?就懂得享福了?"尚达志的目光镢头一样抡过来,"你以为这世界是个享受的地方,是个歇息的场所?告诉你,就你这种样子,甭说发展厂子了,连现有的这点家业你也守不住!各地、各国的丝绸织造业都在往前奔跑,谁要停下来歇息,谁就会被远远拉到后边!"

"啊嚏!"立世打了个响亮的喷嚏……

6

  秋阳快活地抚摸着饱硕的包谷穗,把裸露在外的包谷粒耀得金黄晃眼;轻风把一股股新谷的香气向四野撒去;几只雀儿在天上箭一样地划过,将一串尖脆的叫声送进人的耳朵。又是一个叫人高兴的丰收的秋天。
  云纬正在自家的包谷地里掰包谷。
  包谷秆没人头顶,包谷棒尖上的那些枯了的缨子,因云纬掰谷穗时对秆躯的晃动,不时地飞起来,粘在云纬的头上、肩上;变黄变硬了的包谷叶,不断地用它带了小齿的边棱,去云纬的手腕上、手背上、胳膊上轻划一下,引起一点轻微的疼痛。对这,云纬一点儿也未加理会,她只是快活而麻利地掰着。一个多好的年景呵!今年的新粮收下,除了留够全家人吃的,剩下的要拿去卖些钱,给老黑、承银和承达都各做一身新衣服!
  想到承达,她不由得停了手上的动作,扭脸顺着包谷垄的缝隙向地头看去,四岁的儿子承达正在地头一个人饶有兴味地逗玩着她刚才给他捉到的两只蝈蝈。"叫,叫呀!"她听见那孩子稚嫩的对蝈蝈的命令,沁满汗珠的脸上不由得浮上了一个笑容。
  这孩子长得太像达志!眉、眼、脸型、嘴巴,都活脱脱是达志年轻时的模样。所幸的是,老黑并没有对这孩子提前出世生出什么怀疑,一直把孩子当做自己的亲生儿子,爱孩子爱得比云纬有过之而无不及,常常让孩子骑到自己的脖子上满村子转。云纬把儿子起名为承达,其中自然有一层隐义,对此,老黑也浑然不觉,直说这名字起得好!有一段时间,云纬一直担心老黑从孩子的出世日期上看出毛病,曾心虚地反复向老黑讲一个生育道理:有些孩子早产是正常的。每次她讲完,老黑总要笑笑说:"孩子早一点来到世上有啥子不好?"

唉,总算蒙混过去了!

"妈妈,妈妈,有人来了!"地头的承达忽然叫了起来。云纬以为是村上的邻人谁也来地里收庄稼,没有在意,只漫应了一声,照样忙自己的,直到听见一个人的脚步声向身边响来,才扭过头去。

原来是达志。

"你?来这儿做啥?"

"你做这活儿太苦了!"达志没有回答她的问话,而是有些心疼地上前一步,摘下了沾在云纬头发上的一缕干包谷缨。

云纬的眼角闭了一霎,达志的这个关切举动令她心里一热,不过她还是后退了一步,淡了声问:"你不在厂里忙来这儿做啥?"

"厂里最近又销出一大批绸缎,钱有了,我想得给你带点来,你当初为帮我盖厂房,花去了那么多钱,我不能——"

"那就给我吧,我又有了一个儿子,也需要钱!"云纬很干脆地说罢,就把达志递过来的钱接下了。

"我还想为你们全家做点事,我想让你们全家都去我厂里帮忙,做厂里活多少要比干地里活轻松些。"达志当初刚知道云纬嫁给一个五十多岁的马佚时,心里曾苦酸了很长时间,后想想自己有妻,又不能娶她,难道就让云纬守一辈子寡?便也慢慢气平下来。如今,他是诚心愿帮帮云纬的忙。

云纬闻言心里一动:全家一齐去到尚家做工,外人大约不会说什么,自己从此就可以和达志朝夕相处了!但转念一想,有顺儿、老黑两双眼睛在看着,有承银、立世两个已经长大了的孩子在身边,你还敢和达志做什么?罢,罢,罢!

"俺们一家人干田里活已经干惯了,你只管把你的织丝厂办好就行。你走吧!"云纬担心待会儿老黑和儿子承银来地里挑包谷,让他们看见达志在这儿不好,就很断然地催。

达志过去已领略过云纬的脾气,见她这样说,不敢再站下去,只得轻叹了口气,转身向地头走。刚走到地头,却又听云纬在身后喊:"站住!"他停下步子,以为云纬又有话说,却不料云纬快步跑来地头,喘息着问:"你看我的小儿子承达长得咋样?"

"挺聪明的。"达志漫应了一声,瞥了一眼那孩子就急忙扭过脸去。他一想到云纬会为那个又黑又瘦的老马伕生个孩子,他的心里就别扭、疼痛得难受。

云纬望着达志怏怏走远的背影,在心里笑道:尚达志,你那双狗眼真不管用!总有一天,我要让你好好高兴高兴!……

云很厚,月亮没能挤破云层,只在云后转悠,天显出一片极朦胧的白;夜风踏动近处的树梢,发出一阵轻轻的响声;地上放着的三个空碗和一个菜盘,泛出幽幽的光。吃过晚饭的云纬,没有立刻进屋去刷锅洗碗,而是默坐在那里,一边散漫地望着这夜,一边回想着后晌在包谷地里同达志的见面。他又有些见老了,由鼻翼下来的那两道弧纹开始变深!他大约是因为太累,办那样一个织丝厂是不会轻松的,加上顺儿那女人没有精心也没有精力照料他,要是我给他做饭,早饭我一定给他炖一碗鸡蛋羹逼他吃了;晚饭时给他做上四个菜,让他喝一盅张仲景补酒;临睡前再给他下碗挂面,里边放几根拳菜;半晌里再用山萸肉熬点水让他喝了,保准让他强强壮壮精精神神地去忙厂里的事!嗨,想这些做啥?你又不是他的老婆!他要你来照顾?不过顺儿也真是不懂,达志是厂子和家庭的支柱,把他照顾好了,对厂子对家庭不是都好?不说这些,只说夫妻关系,你把他照料得强强壮壮,他上了床精气十足,对你难道就是坏事?想到这儿,云纬的脸蓦然热了,但她却不能禁止自己

335

顺这个思路去想,她的眼睛分明看到裸身的达志爬上床,看了一眼睡在旁边的顺儿,懒洋洋没精打采地躺了下去。另一个场面紧跟在这幅情景之后闪出来:她仰躺在床上,强壮结实的达志很快地撕掉衣服,虎一样跳上床照自己猛扑过来……

这场面已经不止一次地出现在她的脑里和梦里,她现在常靠这幅幻景来打发窝在心里的那股说不清道不明的烦躁。每当这幅幻景最初来到眼前时,都要使她产生一种羞耻之感:你爱他的最终目的难道就是为了要这个?但很快她便又陶醉在这幅幻景里,为这种想象所激动,她不知道这其实是一个正爱着的中年女人正常的心理反应。她把这视为一种堕落:你正在变成一个不知害羞的女人!

达志这会儿在干啥?结账?保养织机?吃饭?同顺儿说话?唉,你犯得着操这份心?见到他了,你很快把他赶走,不见他了又这样想他,你这是干啥?……

"他妈,睡吧。"抱着承达的老黑这时从屋里踱出,轻声催。

"你带承达先睡吧,我坐这儿歇歇。"云纬应了一声,又继续着自己的遐想。老黑闻言先去把承达放到床上睡下,又出来收拾碗盘去厨房里刷洗。老黑平日心疼云纬,家务活也差不多替云纬做去了一大半。

"唉!"云纬叹口气。你既是已经跟了老黑,就甭再去想达志了吧。

"妈,你还没睡?"去村里找人借牛预备几天后犁地种麦的承银这时回来,见妈没睡,招呼一句。

云纬抬头看一眼身子早高出自己的大儿子,忽然想起达志后晌说起的要让全家人进尚吉利织丝厂的话,自己和老黑、承达不去,倒是可以让承银去,承银小时候识些字,再去厂里学学,不说别的,学会个开动力机的手艺,日后不也有了养家餬口的本领?再说,有承银在尚吉利,自己日后也好常去那里走走,见见达志。

"承银,城里有家工厂愿让你去当工人,你愿去吗?"

承银在黑暗中站着,没有应声。这孩子本来就寡言少语,后来因为家庭变故的刺激,话语更少。他平日为了减少说话的机会,连走路也是低着头,绝少看人。

"愿去吗?"云纬又问一句。

"谁家的厂子?"一刻之后,承银突然反问。

"尚吉利织丝厂。"

"尚家的老板怎么会愿让我去当工人?"承银在黑暗中抬起头来,双眼一眨不眨地盯住母亲。

云纬一怔,黑暗里她感到自己的脸顿时有些发热变红,她没料到儿子会这样问,她觉出儿子似乎猜到了一点什么,她此刻才意识到儿子已经长大了。

"我听人说尚家贴了个雇工招贴。"

"我不去!"承银这句话说得很干脆。

"你不去拉倒!"儿子这种干脆的回绝和那种直视自己的冷淡阴沉目光令云纬有些恼火,当然也有些心虚。

承银没再说话,弯腰从她脚前进了屋。在灶屋里洗刷完了的老黑这时又来催云纬去睡,她烦躁地挥手让他走开。她坐在原地,抬了眼久久地望着被厚云遮住的夜空,也许是因为风的作用,天上的云团如砸烂的冰块一样,在慢慢地离散飘开,几颗星从云缝中蹦出,俯视着正向子夜沉去的大地。

不知过了多久,她又长长地吁了口气,才起身进屋。西间的灯在亮着,承银却已经躺在床上睡熟了,她走过去替儿子盖被,儿子手里还攥着一本书,她小心地抽出来翻看了一下封面,见上面写着"新青年"三个字,她没心去细看,只小心地把它塞放到儿子的枕边……

承银长大了。

很少有十八九岁的人像承银这样经受如此多的家庭变故。但这些变故他都用他那小小的肩膀，撑持过来了。

经历这些变故的后果，便是让他养成了冷峻内向的性格和常常独自低头思索的习惯。

差不多从搬到百里奚的第二年起，他常常低头思索的不再是自己家里的那些令他困惑的问题：母亲为什么不愿提起死去的父亲？清明节母亲为什么不去给父亲上坟？母亲胸口的伤是被谁刺的？……他这时开始思索起了另外一些问题：自家一家和村里的那些农人，为什么一年到头辛辛苦苦在庄稼地里忙活，过的却仍是半饥不饱破衣烂衫的日子？城中的那些官人凭什么吃那样好穿那样漂亮？难道庄稼人就永远这样苦做苦活一辈子？世上有没有一个地方，那儿的人家家过的都是有吃有穿有住不忧不愁的日子？……

他所以转而思索这些问题，是因为他的家境促使的，他和他的家庭所过的这种一天到晚在田间劳作的日子的确太苦了，这种苦日子使习惯于思索的他不能不去动脑筋。

他自然思索不出什么答案。于是他就越加感到苦闷、孤独。为了排遣这种苦闷和孤独，他常在晚上去位于村边的"五羊塾馆"，到那里找一个姓张的塾师借些书看，那位张先生的藏书不多，除了教学用的《三字经》、《百家姓》、《千字文》等常见书外，就是一部掉了不少书页的《聊斋志异》。这部残本的《聊斋志异》，帮助承银度过了许多苦闷的夜晚，但《庙鬼》、《婴宁》、《聂小倩》这些鬼怪故事，终也使他厌倦了。有一天，当他去还这部《聊斋志异》时，无意中碰到了那位塾师的儿子，那位年轻人见他还想借书而自己的父亲又拿不出什么新书时，就笑着说："来，我借给你一本！"说着，拉他到一个僻静地方，从怀里摸出了一本书递到他的手上，他打开一看，只见那封面上印着三个活蹦乱跳的字："新青年。"

就是从这天起，他结识了一批年轻的朋友。

也就是从这天起,他知道了在这个国家中,有很多人也在和他一样地思索着怎样去建立一个人人可以过好日子的世道,而且他们已经有了许多新的设想和打算……

他觉得自己的眼界一下子变宽了,他感到前边的日子有了盼头。

刚才,就在刚才,就是妈妈来给他掖被子的那刻,承银正沉浸在一个美好的梦里:一幅镶着金黄色边框的画向他飘来,在那幅画上,到处堆的都是白馍、卤肉、烧酒和绸缎衣裤,到处都是一排排红砖青瓦新屋,画上的人们有的在吃,有的在喝,有的正试穿绸缎衣裤,还有的则在挑选房屋,他看见继父和娘正拉了弟弟承达在那人群里转悠……

7

　　草绒从教堂做罢晚祷回来,进门做的第一件事便是去看儿子。儿子如今也已经四岁,此刻正坐在一个女仆的膝上让她给喂饭,草绒过来,不由分说就抱住儿子的脸,噗地亲了一口,以致她颊上也沾了儿子嘴角上的一截面条。

　　"妈喂,妈喂!"儿子向她扎煞开双手。草绒闻声急忙放了臂下挟着的《圣经》,上前接了女仆手上的饭碗,把儿子放到自己的膝上,用羹匙舀起一匙,先轻轻吹了吹热气,尔后小心地向儿子口中送去。

　　如今,草绒把一个中年女人胸中所有的爱,都倾注到了上帝和儿子身上,儿子成了她在人间关注和关心的惟一对象。她把儿子起名为"秉正",期望他将来能正正派派做人。

　　儿子现在成了她全部精神的寄托。

　　"吃呀,正正,吃得饱饱的,长得高高的,将来成为一个正正派派的男子汉!"草绒又亲了一下儿子的额头。

　　"正正派派?"小秉正抬起懵懂的眼。

　　"对,正正派派!当一个正派男人,就千万不能去做官,官场是乱葬岗,人一进去就得把自己的魂灵和心肝埋了,就变成身斜影歪无心无肝无魂灵的鬼了,咱小乖乖日后要么做工,要么经商,要么种田,就是不去做官,你说好吗?"

　　"好!"小秉正不明所以地叫。

"我的乖乖真聪——"草绒还要说下去,门外响起了脚步声,管家的声音随即在门外响起:"大夫人,为庆贺栗老爷荣兼混成旅旅长,今晚在前院摆了酒宴,老爷说让请你也去参加。"

"不去!"草绒头也没扭,像扔石块一样地扔出了这两个字。

"不去恐怕不合适,紫燕夫人已经到了!"

"啥叫不合适?!"草绒呼地扭过脸瞪了眼叫,"你去告诉栗温保,老娘就是不去,不去!看他能把老娘咋着!"

"也罢,也罢。"管家被草绒的怒状吓慌,惶恐地向后退着身子。

荣兼旅长,官又当大了!你当吧,栗温保,不该你得到的,上帝早晚还会收回去!你得到的越多,他收回去的就越干净!你前半生得到的,后半生他会收走!你生前得到的,死后他会收走!栗温保,你甭高兴,我在看着你的下场!只要我不死在你的前面,你最后的下场我会看到的!……

草绒一边在胸前划着十字,一边在心中叫。

一九二三年的春末夏初,南阳军界发生了一次大的变动:驻守南阳的奉系驻豫先锋队被改编为河南陆军第一混成旅,调往豫北驻防;把收编的第二混成团和栗温保的部队,扩编为混成旅,驻防南阳,栗温保任副镇守使兼旅长。

今晚栗府前院张灯结彩摆设酒宴,就是为了庆贺这个。

栗温保满脸喜色地半仰在一把圈椅里,静听着部属们和二夫人紫燕的恭贺之语,身心都处在一种舒服之中。旅长,这官职栗温保过去连听说也没听说过,人生有时候真是奇妙,只要你交上了官运,你原来根本不敢想望的职位,竟也会不知不觉间就属于了你。从今以后,你就可以号令几个团的官兵,你的手指只要动一动,这南阳的地面就会被震得晃一晃,这地界的大小各级官吏,都不能不看你的眼色,人到这个地步,是真该喝几杯酒庆贺庆贺了!自然,你还是个副镇守使,不过正如肖四他们说的,副职也有副职的好处!这年头京城里的总统、总理不断易人,你今日支持的,明日可能会变成狗屎;你今日得罪的,说不定明日就是你的上司。当副职可以不必事事表态,这就有了回旋余地,就可以随时易帜,这个顶头上司下台了咱就听另一个上司的;当正职就不同了,正职必须明确表态支持顶头上司,顶头上司倒台,他也就得跟着倒台!……

"栗老爷,刚才镇守使署马大人派人通报,"书记官这时打断了栗温保的沉思默想,走过来报告,"说今后响由省立五中师生牵头,益智预备中学、南阳学生联合会、教育会、商会等团体联合拍电报给北京总统府,要政府为旅大问题速向日本政府严重交涉,电文上说,旅大租期已满,日本抗不交还,实属有背章约,万望严重交涉,保我疆土。据悉,明日这些团体还准备集会游行,散发传单。马大人要你派人密切注意事态发展,一旦发现有反政府言行,就立即制止,以防事态蔓延!"

"哦,又是省立五中!那年看电影让学生们举纸牌牌的不也是省立五中?"栗温保扭过头去问肖四。

"是的,那件事后来查清了,那主意是省立五中校长卓远出的!"肖四低声答道。

"好嘛,这些识字人,不好好的教书念书,净出他娘的歪点子!像交还旅大这样的国家大事,要你们这些教书、念书的去操心?依我之见,要想天下平安,就干脆别办学校,甭让人们识字,人一识字他就不安分!要不要往上报报,把这个省立五中和卓远撵走?"栗温保瞪了眼叫。

"那倒不必,再说撵走一个学校也不是简单的事,"肖四接口,"眼下我们一方面派人对明天的游行进行监视防范,另一方面可以对卓远来点警告!"

"咋警告?"

"这样——"

"报告栗老爷,尚吉利织丝厂老板尚达志在门外求见!"门房恰这当儿走过来高声禀报,将肖四的低语截断。

"他这会儿来干啥子?"栗温保有些意外。

"是我安排他今晚来的,"肖四笑道,"他不是每年都把利润分给我们一半吗?我让他今晚提前把今年的那一半带来,也算是对大哥荣任旅长的一点祝贺!"

"太好了!"紫燕和肖四的两位夫人听说送银钱的来了,都高兴地拍手叫着。

"传他进来!"栗温保矜持而懒散地挥了一下手……

8

也许是因为参加后响的集会游行跑路太多,也许是因为高喊了"还我旅大"的口号泄走了胸中郁愤心情畅快,卓远晚饭时饭量大增,接连吃了三大碗面条,而且破例地喝了四杯白酒,把一张脸喝成了通红一片。

"好,要是每顿饭都吃这么多,包你身子能壮起来!"雅娴满意地收拾着饭桌上的碗筷。

卓远含笑刚要开口,一个尖脆的声音已抢先跳到了室内:"什么好东西让爹吃光了?为啥不给我留一点?"伴着这声音,浑身都裹着喜气的容容跳了进来。

"哟,是我的宝贝闺女回来了!"卓远快活地叫道。

"天哎,回娘家的路太远,让我整整走了一天,摸黑摸到这个时辰才到了家!"容容故意皱起眉,夸张地拍着自己的腿叫着苦,但话没落音,自己先就格格格地笑开了。

"疯丫头,世界上的媳妇,怕就你回娘家的路近,总共只有几步路!"雅娴伸出指头点了点女儿的前额,"做了媳妇,举止就应该沉稳些,哪还能这样走路一步三跳的?"

容容没有理会妈妈的指教,而是扑到爹的背后,伸手抱住他的脖子,把脸伸到他肩前叫:"爹,看看我是不是又吃胖了?"

卓远一边抬手轻抚着女儿的头发,一边扭眼含笑打量着女儿:"嗯,是又有点胖了,告诉我,在婆家都吃什么好东西了?"

"好东西可多了！早上,俺娘总要给我炖一碗鸡蛋羹;晌午,总特意为俺烙一个小油馍,而且只许俺一个人吃,俺要掰一半分给立世,娘也不许;晚饭,他们一家吃生拌萝卜丝、白菜心,也总要给我炒一个热菜。前天,俺公爹去街上办事,还专门买了一只野兔回来,让娘炖了给我吃!"

"他们要再这样娇你,只怕你胖得连衣服也要撑破了!"卓远满意而亲昵地拍着女儿的头,跟着又问:"其他方面呢,譬如让没让你受气？训过骂过你没？"

"根本没有的事!"容容急忙摇头,"那日,立世让我帮他擦机器,嫌我手慢没擦净,要自己擦,从我手中扯抹布时无意中把我扯了个趔趄,刚好被俺公爹看见,公爹当时就狠狠瞪住立世叫:你凶啥子？有啥事不会慢慢说？你自己多干一点不就行了?！那晚吃饭时,俺娘也冷了脸对立世讲:你有多大本领,动不动就对容容使厉害？……你说,谁还敢训我骂我?！"

"好,好,"卓远笑着拍拍女儿的头,接了又仔细问:"穿的呐？你的衣服——"

"这你放心!"容容从父亲身后绕到前边,扯起紫红缎褙让父亲看:"这是俺娘给我做的第五件衣服,俺娘只要看见合意的绸缎料子,总是给俺公爹交待,零卖时记住留几尺,给容容做件衣服！每回公爹都高兴地点头!"

"嗯,行,看来我的宝贝女儿到了尚家仍是宝贝!"

"可你当初还反对我去尚家哩,说我到那里不会幸福！"容容故意撇了嘴去斜眼看爹。

"我很高兴我的预言错了,而且希望生活不断证明它的错误！"卓远笑捏住女儿的辫梢,轻轻地抚弄着。

"爹,我把我高兴的事给你说了,你也把你高兴的事给我说说呀！"

"我高兴的事？好,就给你说一桩！今日后晌,我们几所学校的师生为要求日本交还旅大举行游行,可我们的队伍后头,总有几个人举着一条横幅在不远处晃,那横幅上写着一行大字:'饭有吃,衣有穿,本该静心读书,何必到街上添乱,惹得众人烦?'队伍不论拐到哪条街,那条横幅总跟着我们,后来看见栗温保手下的人穿着便衣走在那伙人中,才明白是栗府派来的,于是我就叫两个学生到街边买了一丈白布,我边走边用笔在上边写了一句:'昨造反,今做官,原当为民争福,为啥只拥妾坐怀,招来百姓怨?'尔后叫学生们也扯起来当一横幅,两条横幅相对,街两边的人都争相观看议论窃笑,最后使得那几个人只好卷起自己的横幅跑了。据刚才学生们传来的消息说,那几个扯横幅的家伙回到栗府后,遭了栗温保一通大骂,说他们若不举那横幅,也招不出坏他名誉的横幅来!"

"好,痛快!痛——"容容正笑叫着,院门外突然响起了敲门声,容容闻声脚步轻快地跑出去开门,片刻之后拿着一个信封跑了进来说:"有个人给爹送来了一封信。"边说边把信递到了卓远手上,卓远扫一眼信封上"卓校长台鉴"几个字,便漫不经心地拆开封口展开了信笺,在信笺展开的瞬间,卓远的双眼陡然瞪大,脸上原有的笑容一下子僵住。

"怎么了?"妻子最先发现丈夫神态的变化,慌忙走上前,容容见状也急忙跑到父亲身边去看,母女俩的目光一触到那信笺,几乎同时吸了一口冷气:那信笺上没有一个字,只有用红笔画出的五个血淋淋的断手指!

屋里一瞬间静得只有三个人的呼吸。

"这是什么意思?"雅娴的声音有些发颤。

"是恐吓?!"容容的眼睛瞪圆。

"天呐,八成是你惹恼了官府,你以后再不要领着学生上街去招惹他们了!"雅娴慌慌地拍着丈夫的肩膀。

"害怕了?"卓远把目光移向妻子的脸。

"就你胆大!"雅娴火了。

"不,我也害怕。"卓远平静地说,"我不是只剩这一只左手了?要把这左手上的五个手指再砍掉,我连吃饭、睡觉都很难了。谁不想平平安安无灾无难地生活?我也常常在心里劝自己,你自家的日子也不是不能过,安生读你的书教你的学吃你的饭多好!可我的眼睛不让这样做,我的眼睛看到,正是由于许多中国人的胆小怕事和惟恐引祸上身,反倒使我们的国家灾祸连连,结果是人人无平安。于是我就想学学古人'不为五斗米折腰'的那股劲,学学前人'在狼虎中间读道经'的那个样,学学先辈们'任尔东南西北风'的精神……"

卓远边说边把目光定在先父留下的那两个条幅上:易弯最数腰,能软当推膝。父亲,我不会忘记你的告诫!

容容双眼圆睁着看定父亲……

9

尽管每年要将差不多一半的收入白白交给栗温保，但尚吉利织丝厂在尚达志的精心经营下，还是发展起来了。不仅产量慢慢超出了被毁之前的水平，花色品种也比过去多了许多。到一九二七年秋天，尚达志手中又渐渐积下了一些钱，他利用这部分资金，添买了几台上海出的新式织丝机，扩建了几间厂房，使厂子的规模又大了不少。此时，尚吉利织丝厂的绸缎又开始在全国各大城市的绸缎庄里出现，名声再次大了起来。

面对这种转好的生产形势，尚达志并不满足，他又在琢磨新的发展点子，他计划招雇一些社会上的裁缝，筹办一个绸缎服装分厂，让裁缝们利用自己丝厂出的绸缎缝制成衣，然后卖出去，他划算了一下，卖成衣比成匹卖绸缎的收入要多差不多三分之一。他想用服装分厂赚来的资金，再去为织丝厂添置更新织机、动力机和染印设备。不想就在他为组建服装分厂操心时，顺儿害了重病，而且竟渐渐发展到了病危。

顺儿一开始发病时的症状是腹部疼痛，因为她平日体弱常常小病不断，达志便也没有在意，只嘱她注意歇息，喝点姜汤什么的暖暖肚子。顺儿也没把自己的病放在心上，每日里照样强撑着身子忙家务，时常还去车间里帮助女工们照看织机。后来就见她的脸颊黄瘦得越来越厉害，她自己也感到身上的力气在一点一点消失，终至于连走路也开始发晕，她不得不卧了床。达志这才重视起来,停了手上的事儿去请郎中,郎中看罢说可能是内脏什么地方出血,然用了药效果并不显著,人依旧黄瘦下去,头晕得已抬不起来。顺儿大概预感到了什么,有回达志喂她喝药时,她攥住达志的手含了泪说:"他爹,俺想见见两个人,一个是小绫,一个是云纬。"达志急忙点头说:"行,这就去喊她们。"

女儿小绫是达志亲自去喊的。小绫这时也已是一个女儿的妈妈了,她在婆家虽然常遭婆婆和独眼的男人打骂,但这些年她从不再回娘家哭诉了。长大了的她在恨婆家的同时,对自己的爹、娘也生了恨意:家里开着织丝厂,有吃有穿,为什么偏把我卖给人家做童养媳? 让我受这般折磨? 她的脾性虽和顺儿一样温顺,却又多了一份执拗,她暗暗下了决心,就是死也不再回娘家。这几年,随着织丝厂的发展,尚家的日子好过了,达志和顺儿又常让立世给妹妹送点吃的穿的来,但小绫一概不要,有时干脆躲到屋里连哥哥的面也不见。她想用这种办法,向爹娘表示自己对被卖做童养媳的气愤。

达志来到小绫婆家时,小绫正在灶屋里抱了女儿烧火做饭,因为灶屋小,没处躲开,小绫只得淡声招呼一句:"你来了。"也并不给爹爹让座。达志因为晓得女儿为被卖做童养媳在生自己和妻子的气,而且自己心上也一直内疚,所以也就不计较女儿的冷淡态度,只开口说明来意:"你娘想让你回去一趟,她想见见你。""我正在做饭。"小绫仍然淡了声说,但心里还是一颤:娘要见她,她何尝不想见娘? 她夜夜做梦不都在家里? "你娘已经病重,怕是没有多少日子好活了,你就回去见她一面吧。"达志哽了声说。小绫听说娘病重,强自硬起来的心一下子软了,原来的至死也不回娘家的决心一下子像雪一样化掉,她三几下弄熄了灶膛里的火,起身抱着怀里的女儿对达志说:"走吧。"说完,自己先急急走在了前面。

母女俩相见,免不了要流一场泪,哭一阵后,顺儿用微弱的声音让达志出去,说要和女儿单独说几句话。达志就抱过小外孙女走出了门。顺儿待门关上后,擦一把脸上的泪,攥住女儿的手说:"我知道你在为被卖做童养媳生气,可你知道当初是谁出主意要把你卖出去的?""是谁?"小绫吃了一惊,她未料到娘会谈到这个事儿。"是我!"顺儿平静地望着女儿说。"是你?""对。那时家里穷,恰又遇上了买织机的机会,你爹一心想买织机却又没有钱,愁得没有办法时,我想出了这个主意,当时你爹不愿意,是我给他说:卖了小绫,以后想要女儿了我再给你生!""哦?"小绫的眉头扬了起来。"我给你把真情说出来,是为了让你明白,你要恨就恨你娘,不该恨你爹!他在这事上一直护着你,恨他有点太冤枉!我死后,你要常回来看看你爹,跟他说说话,帮他洗洗衣裤,他身边虽然有你哥你嫂,你哥心粗,不会心疼人;你嫂虽很孝顺,可她是儿媳,有些事不便做的,比如内裤脏了,你爹不会好意思拿出来让儿媳去洗,你做女儿的,就该去做这些事。娘是不久要入土的人了,你要原谅了娘就罢,不原谅了,我死后你可以不去坟上哭,也别去坟上烧纸——"

"娘——"小绫抱住娘哭了起来……

顺儿第二个要见的人是云纬。云纬是达志让儿子立世去喊来的。云纬听说顺儿重病中要见她,便买了二斤红糖急急提了来。云纬进屋时,顺儿说话已是上气不接下气了。顺儿照样示意让达志、让儿子、儿媳、女儿都出去。待屋里只剩云纬一人时,她喊了一声云纬姐,随即就挣扎着起身在床上朝云纬跪了下来。云纬见状吓了一跳,忙上前扶住并想让她重新躺下来,但顺儿用煞白的手抓住床帮坚持着跪的姿势。"你这是干啥子哟?!"云纬有些着急。

"我要你答应我一个将死的人的请求,你答应了我就起来,你不答应,我就一直跪到死!"顺儿有气无力地说道。

"啥子事?快说吧!你这样下跪是要折我寿限的。"云纬用两臂紧搂住顺儿那瘦小的身子。

"我死后,我求你和达志结婚吧!你们原本就是一对,只是阴差阳错,让我插进来了;这么些年,他心里其实一直还在爱着你,这一点我看得很清楚;还有,我死后,孩子们都还年轻,达志办织丝厂会很累很操心,他需要你来帮助,你也有帮助他的本领!再说,你和老黑在一起过日子,心里也苦,云纬姐,答应我吧!……"顺儿虽然这几年一直病病恹恹,足不出户,没有见过老黑,但她知道云纬还深爱着达志,云纬和老黑在一起心里不会不苦。

云纬怔在那里,她未料到顺儿叫她来是为了说这番话,她没有出声,只是用双臂把顺儿那瘦小的身体搂得更紧,一向冷峻的双眼里,也渐渐渗出了两滴泪水。

"你答应吗……纬姐?"顺儿的声音已断断续续,微弱得近乎耳语。

"我……答应。"云纬颤颤地说出了这几个字,她知道她此刻只能这样答了。

"噢……我的好姐姐……这么说……我可以……放心……去了……呃,还有……云纬姐……达志平日……容易上火……隔几日……记着给他……熬点芦根茶喝……"

云纬含泪点头,尔后轻轻地抱起顺儿的身子,小心地把她平放在床上。

"达志……叫达志来……"顺儿又朝门口拼力喊。云纬走过去开了门,示意达志进来。达志刚一走到床边,顺儿就抓住了他的手,煞白的脸上现出一阵激动:"云纬姐……应允了……你们在我死后……就举行婚礼吧……孩子们那儿……别担心……由我去给他们说……"说着,又抓住云纬的一只手,把达志的手慢慢交到云纬的手上。达志吃惊而尴尬,默默抬眼望了一下云纬,云纬没有看他,已经满脸是泪……

顺儿是第二天傍黑时分咽气的。咽气前那阵,因为她喘息急促且伴有咳嗽,达志把她抱在怀里轻拍着她的后背,她是在达志怀里和这个世界告别的。那一刻,达志望着顺儿那完全消失了血色的干枯蜡黄的脸,才第一次意识到,他很少认真地端详过这张小小的并不漂亮的面孔。在婚后的最初日子里,他每次见她,都要情不自禁地把她和美貌的云纬相比,比较之后,便总要对她生出一股厌恶;以后日子长了,厌恶淡了,却又换上了一股冷漠,从未去关心她的喜怒哀乐,对她说话,用的都是命令的口气,从未去看她脸上的表情。此刻他才发现,在这张并不漂亮的面孔上,罩着一层在别的女人脸上很少见到的类似宽恕近乎慈和的表情,那表情仿佛在说:拿吧,你要喜欢什么东西尽管从我这儿拿吧,我可以给你一切!达志的心针刺似的一缩,是的,我从这个瘦小的女人身上拿走了许多东西:一个高高大大的儿子,一个有模有样的女儿,一个和和睦睦的家庭,一份周周到到的照拂,一番尽心尽意的支持……可我给了她什么?冷眼!冷语!冷待!我甚至连一件绸缎衣服也没有给她做!噢,尚达志,你真是个混蛋!

整整一夜,达志都坐在顺儿的遗体旁边自责。

顺儿的葬礼,基本上是由云纬一个人来操办的,立世、小绫、容容是因为不懂,达志则是因为精神恍惚。从做棺材、做寿衣、给死者擦洗、换衣、入棺,到挖墓坑、请喇叭、买鞭炮火纸,以及扎纸人纸马,都是云纬来指挥人办的。棺材封口前,达志从仓库里抱来几匹上好的绸缎,执意让掖在顺儿身边,哭着说她生前没有穿绸着缎,就让她死后在阴间穿吧……

埋罢顺儿,达志病了一场。达志有病期间,云纬每日早饭后由城外百里奚村赶来,给达志洗衣、煎药、喂饭,晚饭前再赶回去。立世、容容和小绫都已知道父亲和云纬姑姑过去的关系,就没有感到意外,只平静地看着两人的接触。

达志安心地接受着云纬的照料。两人这样安静地不受打扰地相处在一屋,这还是第一次,但在两人的心里,却都以为这种生活已持续了许多年月。两人很少说话,但一方的一个眼神一个动作,另一方即刻便能理解。一次,达志想小便,没好意思开口,只在床上轻轻动了一下身子,云纬见了,立刻便拿起便壶朝被窝里塞去,达志为云纬准确地知道自己的心愿而感到一惊。

达志病好的那天黄昏,云纬又要走时,达志无言地抓住她的手,直直地看她的眼睛,云纬没挣也没动,半晌,方垂了眼帘微声说:"待我同老黑离开后,就过来。"达志闻言,一时有些激动,举起云纬的手就往嘴边送,云纬这时却又脸一冷,猛抽回手厉了声道:"张狂什么?顺妹刚入土,你就去亲另一个女人,不觉得脸红?"

达志被训呆在那儿,尴尬地张了眼,目送云纬走出门外……

云纬一连几夜睡不好觉。

她在苦苦琢磨怎样向老黑说分开的话才不至于伤他的心。

她知道老黑是多么看重自己、看重这个家,如果没有任何借口地突然说出和他分开的话,那对老黑将会是一个怎样沉重的打击!

但借口能是什么?

说他对你不好?不能!老黑几乎把你当神敬,好吃的,先尽你吃;地里活儿,尽量不让你干;家务杂事,争着去做;你有个头疼脑热,就执意让你躺下歇着;夏天,你睡下时他用蒲扇为你赶蚊子;冬天,临睡前他先用火笼把你的被窝烤热。作为一个男人,还能怎么着?

说他对孩子不爱?不能!老黑待承银、承达都视为亲生,从未对孩子训斥打骂;他偶尔进趟城,回来总要给两个孩子买把糖豆呀买根甘蔗呀带点吃的东西;村上正月十五看花灯,哪次都是他带着两个孩子去,让小承达就坐在他的肩膀上;小承达断奶之后,夜夜差不多都是他搂着小承达睡;有时去地里干活,他不还要把小承达背在背上?

说他邋遢、窝囊?也不能!你那次说他身上有股汗味,他后来不是天天晚上上床前都要用手巾把身子擦擦,寒冬腊月也要用手巾沾水把腋窝抹抹?你那回抱怨他脚上有股怪味,他此后不是天天临睡前都要洗脚？

说他懒惰？更不能！连每晚的尿罐都是他拎的,连你的裤头、胸衣平时都是他洗的,你还要他怎么勤快？他什么时候让你去井上挑过一担水？什么季节让你往地里送过一担粪？

说他脾气暴躁？你说得出口？他什么时候对你高声吆喝过一句？你有时发起火来把他骂得狗血喷头,他回过你一句？那次他把小米饭煮煳你气恼之下用锅铲敲了下他的额头,他不是连大气也没敢吭一声只管用袖头去揩额上的血？

说他长得丑？那是天生的,他有什么办法？当初不是你要跟人家？

云纬自己把自己问得没了借口。

她现在只有后悔自己当初的举动:为啥就不能想想其他的办法把小承达生下来,而偏偏找了老黑？倘是没有老黑,自己如今不是抱上承达、叫上承银就可以去尚家了？这么多年对达志的苦思苦想不就可以了结了？

和前几天一样,经过差不多一夜的失眠,云纬天亮时分才睡着了。待她醒来时,老黑已把早饭做好,已给小承达穿好衣服洗了脸,已把院子扫过、鸡笼打开,鸡们正欢喜地在院中鸣叫着迎接开始出山的冬阳,小承达正在院中稚声稚气地唱着她平日教给他的绸缎谣。

老黑蹑手蹑脚地进屋拿什么东西时见她睁开了眼睛,就轻了声说:"夜里我听见你不停地翻身,估摸你是为埋葬承达他舅妈和照料承达他舅的病累坏了身子,要不要去请个郎中到家来给你号号脉？"云纬摇了摇头,同时警觉地瞥了一眼老黑,想看出他是否怀疑到自己和达志的"兄妹"关系,怀疑到承达的这个舅舅的身份,后见老黑一脸平静,才又把心放了下来。这当儿,老黑已赶忙又说:"不看郎中,那就多歇歇养养,你就坐在床上吃饭,吃罢再接着睡吧。"说罢,就急步出去,片刻后拿一个拧干了水的热手巾进来,先

· 354 ·

把云纬轻轻扶起,替她披好衣,把热手巾递给她让她擦手擦脸。待云纬把手、脸擦罢时,老黑已端了一碗包谷糁稀饭,拿了一块新烙的油饼和一个咸鸡蛋进来,递到了云纬的手上:"吃吧,你这两天气色不好,得补补。"

云纬叹了口气说:"鸡蛋让承达吃吧。"

"有,煮了仨,承银和承达都有一个,你吃你的。"

"那你哩?"

"我有腌辣椒,那东西下饭,更有味道。"老黑说着,就在床帮上磕破鸡蛋,剥了壳放进云纬的碗里。

云纬心中一热,把原本要开口说出的分离的话又咽了下去。

待吃罢饭老黑来端空碗时,云纬又鼓足勇气开口说道:"老黑,这个家太让你劳累了,我想——"

"这有啥?!过去我老黑想找个家劳累还找不到哩!上天有眼,让俺碰上了你这个好心肠的女人,让俺有了个暖暖和和的家,让俺也当起了丈夫当起了爹,俺在这个家里快活得能多活二十岁,你对俺的恩情,俺就是当牛做马也报答不了!你快甭说劳累的话,如今呐,倘没有这个家让俺劳累,我还真活不下去哩!你快歇着,我已借好了驴,今日去磨坊磨面!"老黑说罢,就又急急拉上小承达的手,出门走了。

云纬怔怔地听着越响越远的脚步声,半晌,方抬手捂住了脸……

每每到了夜晚,有了夜色的遮掩,云纬心中对达志的那股思念就会膨胀开来,一股急迫就会从心中升起:人已经四十来岁,难道还要耽误下去?

今晚因为要等待迟迟未归家的承银回来——这些天承银总是很晚才回来,云纬坐在外间灯下纳着鞋底。老黑已上床搂着承达先睡了,屋里好静,只偶尔有老鼠在顶棚上一动。这静夜使得压在

· 355 ·

云纬心底的对达志的思念又活动起来,慢慢地,她停下了针,一霎之后,她起身去小橱柜里拿出了一个布包,小心地把布包打开来,原来那里边放着她这段日子悄悄动手自剪自缝的一些预备去达志家时穿的东西:一件蓝底碎花新袄,一条黑裤,一双前头绣了暗花的布鞋,一套用白底碎花细布做的胸衣、内裤。她看着这些衣物,想象着达志拥她入怀的那个欢喜样儿,双颊禁不住像未婚姑娘似的艳红了。

她又像过去许多个夜晚一样,开始设计自己在喜日那天的举止:不要笑,但也不能冷着脸;不坐花轿,最好坐一辆马车;不用伴娘,自己一人坐进车里就行;车上不搭什么红绸,车子的装饰就如平日人们走亲戚的模样;车到尚家后,不再拜什么天地,可先到立世、容容和小绫面前说几句话,然后进屋坐上片刻,便去厨房和孩子们一块儿做饭;不送喜帖不请客,至多把邻院的卓远夫妇请过来,和全家人坐一桌吃顿饭;晚饭后,自己要不忙进卧房,免得惹孩子们笑话,要先到车间里看看,待孩子们都睡下之后,自己再进卧房……

咚咚咚。猛然响起的敲门声使她把想象中断。她知道是承银回来了,急忙去开门,门开时却吓得低叫了一声:"呀?!"只见承银右手提着一把手枪,浑身是血地站在门口。

"你这是——?!"

承银这时已很快地闪进门,迅疾地把门关了,尔后低声叫:"妈,给我拿块干净白布来!"

云纬扭身从针线篓里拿过一块白布,承银接过,弯腰撩起左腿上的裤子,把小腿肚上的一块擦伤三几下缠住,这才抬起头来说:"妈别怕,我只是伤了一点皮,我身上的血都是别人的!"

"你究竟干啥去了?"云纬已从最初的震惊中挣出来,厉声问,她担心儿子去干什么抢劫的勾当了,她厌恶地看着他插在腰里的枪。

"妈,你甭问,你不需要知道,你快去给我弄点儿吃的吧!"承银重重地坐到一把椅子上,粗粗地喘一口气。

"混说!"云纬猛捶了一下身边的桌子,桌上的油灯一晃,油溅了一下,灯亮骤然间变大,她的双眉已经凶凶地竖起:"你知不知道玩枪的早晚会在枪下亡吗?你究竟去干了啥坏事,不给我说清楚休想吃一口饭!"

面色一贯阴沉的承银看了看妈,眼珠缓缓一转,似乎在权衡着什么,片刻后,他压低了声说:"妈,既是你想知道,那我就告诉你,不过你可别怕!我已经参加了共产党,最近我们一直在栗温保的部队里策划兵变,原想今晚把兵变的部队拉出城的,不想有人泄密,栗温保提前动手抓人,两下打起来了。"

"共产党?共产党是干啥的?"云纬有些惊异,她平日从不问政事。

"这一下子很难说清楚,简单点说,它是想让全中国像我们这样的穷人都过上富日子!"

"他能有这么大本领?"

"有!我们现在先做的第一步是把权夺过来!而要夺权,就要有枪!"

"那人家如今有权有枪的人能容你们?"

"自然不会容,所以有危险,我今晚就不能住在家里,我待会儿吃点东西就走,而且,妈,也有可能给家里带来麻烦!"

"给家里?"

"是的。他们这些人心狠手辣!"

"那你逞什么能,偏要去惹他们?"

承银坚决地摇了摇头,目光中闪过一丝执拗:"妈,我已经认定了,我不想过现在这种憋闷人的穷困生活!我也不想再种地了!妈,快去给我弄点吃儿的,现在三言两语说不清楚!"

云纬想想眼下是不能说话耽搁时间,就急忙去给儿子拿吃的。

承银大口吞吃了几个包谷面窝头,喝了一气水,就又掖了枪,迅疾地消失在门外的夜暗里。临出门前,他扭头嘱咐道:"妈,我去武侯祠后的破瓜庵里躲躲,你和爹和承达可要多当心!"云纬无语,只将一份不安隐在眼里,静听着儿子的脚步声被黑暗吞去……

云纬在不安中把后半夜熬走,天亮之后,她的心方有些放松,以为不会再有什么事情,不料刚把早饭做好,一阵马蹄声骤然在屋后响起,出门看时,只见房子四周已围满了骑马的兵。"喂,叫你儿子出来!"为首的一个人朝她挥着枪叫。

"他不在家,一夜都没回来。"老黑这时在云纬身后平静地应腔。老黑天亮时分听云纬说了承银的事,他毕竟在栗温保的队伍上干过,他不怕。

"搜!"那人挥了一下手,几个拿枪的下马朝屋里冲去。她和老黑站在门口,听着屋里的东西被踢开、捣翻、撞掉,那一刻,云纬心里忽然对大儿子生了恨:你为啥要去招惹这些人?我们才过了几天安生日子?她努力想回忆起儿子是从什么时候开始干上这个的,她后悔往日对他的行止过问太少,她一直以为这个整日不爱说话面孔阴郁的儿子不会在外边惹什么祸,不想惹出的祸竟会这样大!

"听着,三天之内,你必须让你的儿子去栗公馆自首!否则,我们抓住他就会把他毙了!"

云纬默然地看着那些兵走远,心里不免有些着慌。"别怕,"老黑轻声宽慰她,"待一会儿我就进城找栗老爷去!"

半后晌老黑慌慌地从城里回来,说栗温保看见他就大发脾气,并发誓要把承银抓住,说栗温保讲眼下只有一条路,就是把承银送到栗公馆自首。云纬听罢也没了主张,呆坐那儿不知如何是好。倒是老黑最先镇定下来,说:"我看还是告诉承银,让他远走他乡,躲过这个风头再说!"云纬听罢,觉得也只有这样办了,就点了点头:"那好吧,待天黑时咱们去武侯祠后的破瓜庵里见他,让他连夜走吧。"

天黑之后把承达哄睡,将门锁了,云纬和老黑都穿一件黑衣,老黑拿一根木棍,拉着云纬悄悄出了村,向卧龙岗上摸去。也就在这刻,今冬第一场雪的前锋到了,天上飘起了雪粒,打得人眼都睁不开。很少走夜路的云纬在风雪中早辨不出了东南西北,好在老黑过去在军队里当马伕,常夜间行军,有走夜路的经验,最后到底在武侯祠后找到了那个破瓜庵。云纬和承银一喊一应之后,承银走出瓜庵,在风雪中向妈妈身边迎来,到了妈妈身边承银刚要说话,云纬不由分说扬手就打了儿子一个耳光,那耳光打得又重又响,承银被打愣在那里,云纬这时才呜咽着说:"你这个不成器的东西,你怎能惹出这样大的祸?!"承银急忙辩解着:"这是为了以后我们穷人能过好日子!为了——""甭说了!"老黑急忙拦住娘俩的争论,"眼下不是说道理的时候,给,拿住!这是一点钱,这是干粮,你拿上今晚就赶紧往远处走,他们发誓要抓住你,藏在这儿太危险,要走远点,什么时候咱这儿太平了再回来!"

一团冷风裹着坚硬的雪粒朝三个人冲了过来。承银没再说话,返回瓜庵拿了自己的一点东西,过来朝老黑和妈妈鞠了一躬,说了句"你们多保重!"就转身疾步走了。雪粒开始变成雪花,风在变大,夜暗似乎被雪花挤走了不少,天地间变成了混茫一片……

儿子承银的离家出走使云纬心中难受非常,虽然因为对晋金存的厌恶使她对承银的爱中夹了一些别的成分,但承银毕竟是她的儿子,这种爱毕竟是母爱,因此免不了要牵肠挂肚。这么冷的冬天,承银一个人远走,白天能吃饱?夜里睡哪儿?会不会遇上歹人?能不能找到一个安全的藏身地方?……

近些日子,对儿子的牵挂暂时把她对达志的思念压了下去。这天,老黑领着承达去村西的铁匠铺里买镰刀,云纬一个人坐在屋里,又开始猜想着儿子可能的行踪时,忽然听到一阵脚步声响到门口,抬头一看,竟是达志。

"你咋来了?"云纬有些意外。

达志笑了一下,见屋中没有别人,就进了屋说:"想你想得厉害,就来了。"

云纬听罢,便木木地叹一口气。

"怎么样?离开老黑的事办得咋样了?"达志因为织丝厂的生产这段日子进展顺利,心情好多了。心情一好,对云纬的思念就越发强烈。尤其是一想到尚吉利织丝厂的重建全仗了云纬的帮助,就更盼云纬早日过去,自己要好好让她享享福!加上当初云纬向他许诺过要离开老黑的事,所以他这段日子一直迫切地等待云纬送来消息,可一等二等总不见有信来,他就急了。今日,他是实在忍不住跑来的,他根本不知道云纬这里出了什么事。

"还没向老黑开口说呐。"云纬又叹了口气。

"哦?"达志很是意外。

"他已经那么大年纪了,一颗心又全都操在这个家上,我真怕一说出口,把这个家拆了,他会受不了的。"

"那——"达志也一时不知自己该开口说啥。

"我真后悔我当初……"云纬猛地抱住了自己的头。

"过去的事就甭想了,"达志轻抚着云纬的脖颈,"能不能这样,把承达留在他身边,他们父子一起生活,他也还有个家。我们在银钱上常接济他们,日后孩子长大了,他也有个依靠。"

云纬猛地抬眼看定达志。你这个傻瓜,你竟看不出承达是你的儿子!你知道当初我嫁给老黑是为了什么?就是为了有一天把你的儿子送到你面前!要不要这会儿给他说破?不,还是留到我进了尚家门的那一天吧!到那一天再让他高兴——

"妈——"小承达这时忽然欢喜地奔进了院门,手里举着一截甘蔗。

云纬慌张地站起身来,她估计老黑就跟在承达的身后,这下糟了,这两个男人站在一起,我该咋样说话?

"你爹呢?"云纬有些失措地迎到承达身边问,她没想到这一老一少回来得这样快。

"我爹说他累了,蹲在房后那棵老枣树下歇哩。"承达一边回答一边啃着甘蔗。

噢。云纬嘘一口气,转对达志急急地说:"你走吧,我不想让你们两个见面。"达志听云纬这样说,也怕见了老黑尴尬,就快步出门走了。待达志走远,云纬便也出门到了院外,绕过院墙,她看见老黑就蹲在院后的那棵老枣树下,脊背靠着树干,双手捧了脸,两眼闭着,身子一动不动,僵了似的。

"你咋着了,蹲在这儿?"云纬有些诧异地走过去问,老黑平日干什么还很少有累得蹲那儿不动的时候。

"呃,"听到云纬的声音,老黑睁开眼,慌乱地挣着站起身子,"刚才走到这儿时头忽地有些晕,就蹲在这儿歇歇。"

云纬仔细地看了一眼老黑的脸,想弄清他是否看见达志来过,可老黑的神情没显出什么异样,只是眼角好像有变干了的泪痕。

"还晕得很吗?"云纬上前要去扶他。

"好多了。"老黑笑笑,急忙迈步向院子走了,步子似乎有些趔趄不稳。

10

风,微得近乎没有,空中的几朵白云,如染印在天幕上的图案,久久不动。但在此刻内乡城至南阳的大路上,却有一团烟尘被风卷起,在路面上翻滚。这风不是源于自然界,而是来自栗温保和他的卫士们的马蹄,几十匹坐骑疾奔时挟带的风,起着呼呼的啸声,把地面上的灰尘抓起,像飘带一样向后撒去。

栗温保刚刚参观完宛西地方自卫团司令别廷芳在其家乡老虎寨创办的枪炮厂。不过几年时间,名不见经传的别廷芳,依靠手中掌握的内乡民团的力量,搞地方自治,已成了内乡的土霸王。栗温保今天参观的这个枪炮厂,已很成规模,拥有大型机器十几台,工人四百多,不仅造步枪,还能造手提机关枪、重机枪、八二迫击炮、一百五十毫米口径大炮和炮弹。我怎么办?也走他的路子?栗温保边纵马回奔边思忖。

自从冯玉祥部第五军军长石友三率部进入南阳后,栗温保为了防止自己的兵马被收编,已将部队缩编成一个团,宿在郊外,对外佯称南阳民团,自己任民团团长兼公安局长。但这并不是长久之计,这些天,他正苦苦琢磨下一步应走的路。

"大哥,看,据最近得到的消息,共匪晋承银就领人活动在这一带的山里!"肖四这时靠过来,手指着路北边不远处逶迤的山岭说。

"一定要想办法把那小子捉住!"栗温保一听这话顿时来了气。他一向把自己的部队视为宝贝,可没料到晋承银竟敢来他的部队里策划兵变,狗小子,你吃了豹子胆了!我只要捉住你,就要把你碎尸万段,我要让所有妄想向我的部队伸手的人都因此胆寒!我不管你是哪个党的,谁也休想夺走我手里的枪杆!

　　一想到党字,不禁又勾起了他另一桩心事:究竟加入哪一个党派?这段日子,在社会上有点名气的人好像都入了一个党派,大多数入的都是国民党,自己咋办,栗温保一直犹豫不定。此时想起这事,他提了下马缰,让坐骑放慢速度,低了声问肖四:"你以为咱们加入哪个党好?"

　　"这些天我按大哥的嘱咐,找了些人了解各党的情况,眼下政党很多,有国民党、共和党、民主党、共产党、进步党、公民党、自由党、中国社会党、公民激进党等等,在这些政党中,若从势力大小看,以国民党的势力最大,它不仅眼下执政,很可能要长远执下去,大部分军界要人都是它的党员,如果加入这个党,于我们日后的发展会有好处!若从民众的拥护程度看,以共产党得到的拥护者最多,因为这个党的口号是让穷人过上好日子,所以对老百姓有很大的吸引力,不过以后它能不能成气候还很难说!"

　　"我们自己能不能成立一个党?咱谁也不加入?!"

　　"那当然也行,党嘛,就是一帮人为了一个什么目标聚在一起罢了。只是我们若成立一个党,就得为这个党操心,发表宣言啦,发展党员啦,开会啦,与别的党竞争啦,弄得我们连和女人们相聚过安乐日子的时间也没有了,咱何必呢?再说,指望咱那点兵马,也抗衡不住其他党的挤压欺负!"

　　"这倒也是,"栗温保叹了口气,"那以你的看法,是加入国民党了?"

　　"最后的主意还是由大哥来拿!"

　　"加入这个党后,它会不会改编我们的队伍?我如今担心的就是这个!"

　　"这个不足怕,我以为我们倒不如看准一支部队后,直接要求他们收编,尔后我们在那部队里往上图发展,说不定能弄个军长、司令干干,如果总是这样窝在南阳,怕很难超过别廷芳,干不出大名堂!人生有时就得冒点险,不经大险,难得大福!想当初我们如果不冒险进葛条凹当民军,会有今日的富贵?"

"哦,你是这样看——"

"官人,请买玉石长命牌!地道独玉雕的,买回去戴到儿女脖子上,会给他们带来平安!"几个小贩的叫卖声打断了栗温保的话,他抬头一看,方知已进了镇平城,几个小贩把手中的玉雕长命牌举到他的马前。他这刻忽然想起草绒给他生的那个儿子秉正,那孩子长这么大还没有得到他送的一件礼物哩,也好,就来一个!

他来了兴致,笑着朝小贩伸过手去……

栗温保已经很久不进草绒母子住的后院了,晚饭后他手提着在镇平城买的那个玉石长命牌走进后院时,满眼都是陌生。那一刻夕阳还有几根光线在院墙上搭着,院子里还是一片暮色初至的朦胧,他看见一侧的院墙上挂着一个雕有耶稣受难像的十字架,草绒和秉正母子俩正跪在那十字架前无声地祈祷。院子里静得出奇,这寂静中生出一股庄严肃穆的气氛,使得栗温保不由得敛息屏声站在那儿,直到那母子俩祈祷完毕站起身来。

"看爹给你带了啥来!"栗温保扬着手中的长命牌说。

那母子俩闻声双眉都一蹙,一齐向他扭过脸来,草绒的目光只略微碰了一下他的身子就倏然闪开,小秉正则惶惑而失措地看着这个很少见面的父亲。

"来,戴上,这是我在镇平城给你买的!"栗温保一边把长命牌戴到秉正的脖子上,一边端详着秉正那圆圆的面庞,这个儿子比紫燕生的孩子显得结实健壮,这一霎,他那一向粗糙的心里忽然对草绒生了一丝感激,他扭头去看草绒,那时草绒已在院中的一把椅子上坐下,双手捧起了《圣经》。

"这书上的字你都认识吗?"他在另一把椅子上坐下,很有兴味地问。

"边学边读。"草绒冷了声答道,同时翻开了《圣经》,天色已暗,书上的字自然看不清楚,她不过是借此扭开眼睛,不往栗温保身上看,看见他她觉着心上别扭。

"真有一个上帝吗?"栗温保感到好奇。

"没有经受过苦难、挫折的人是感受不到他的存在的,像你这种要什么有什么,一切都顺利的人根本不会看见他!处在顺境中的人们双眼通常只看路的前边,急切地想看到前边更好的景致,想得到更好的东西。他们没工夫去看路的两边,其实他们只要看一下路的两边就会发现,有许多先前在顺境之路行走的人正倒在路边哭泣、伤心,那些人原本也不想倒在路两边的,但有一个人让他们倒了,这个人就是上帝!上帝在人间公平地分配快乐与悲伤、幸福和痛苦,他发现有的人在顺境之路走得已经不近,得到的幸福和快乐已经够多,就轻挥一下手指,让那些人从路上跌下去,让他们在那里痛苦、伤心,让他们来靠回忆过去的快乐度过艰难的日子。直到上帝发现这些人得到的痛苦和悲伤已和当初他得到的幸福和快乐相等,和他周围的人得到的幸福和痛苦、快乐与悲伤相平,才又挥一下手指,让他重回到顺境路上前行。"草绒的目光投向那渺远而浑茫的暮空,声调徐缓而平静。

"嗬,没想到你已经挺能说了,"栗温保对草绒的变化很有些吃惊,"那照你的话,我今后是继续在顺境上走呢还是要倒霉?"

"你过去吃过不少苦,你小时候因为家穷也流过不少泪,受过不少难,但你今天得到的已经够多,上帝会看到的,他会做出衡量,他的标准和我们凡人的不同,听凭他的旨意吧!……"

栗温保定睛看着平静说话的草绒,他的目光渐渐被她脸上浮现出的那种恬静神圣和庄严所吸引,他第一次注意到草绒的眉眼其实很周正很耐看,她的双颊不仅比过去变白且显出中年女性的丰满,双唇淡红柔润,他的心霍然一动,他不再去听她的声音,他开始观察她的身子,眼睛抓住她那饱挺的胸脯不动,一霎之后,他挥手让身后的女仆将秉正领走,跟着起身上前捏住草绒的肩,低了声说:"我们去屋里说吧!"

草绒的身子一颤,但她没有回过脸来,她只是更加抱紧了《圣经》,声音略略有些发硬:"我知道你是我的丈夫,你有权对我做一切,上帝也要我们女人爱丈夫,但我眼下却一时爱不起你,我正在向上帝祈祷,祈求他赐给我回到你身边的力量,我希望你能等待那一天。当然,如果你愿意,你是随时都可以把我的肉体拿去的,但那样你得到的就只是肉,而没有心!"

栗温保一愣,捏着草绒的手指不由自主地放松了,他有些惊愕地望着草绒,而且那惊愕里还掺了一点敬畏。他根本没料到草绒会说出这番话来,他记得过去的草绒说话爱高腔大嗓,总是三言两语就说出自己的想法。眼前的草绒不仅说话的神态语气变了,而且一套一套的,确实令他感到陌生。

他无声地后退了一步,依旧望着端坐在那里一动不动的草绒。夜色浓上来了,一股冷风从院墙上悄悄爬进,猛在院子里一旋,栗温保不由得打一个冷噤……

11

  如今,达志每日一吃过早饭就钻进了机房。
  云纬那边迟迟没有消息,达志便明白云纬还没有下定离开老黑的决心,他知道她心里也难也苦,不能再去催她,于是便把一堆思念和苦恼压在胸里。
  孩子们都很懂事,都默默地给他以关心。小绫如今常回来走动,给父亲洗洗衣服,同他拉拉家常,尽量生些法子来让父亲高兴,她的婆家如今见尚家的织丝厂又越办越红火,也很愿同尚家来往,不仅不再阻止反倒催她常回娘家看看。
  儿子、儿媳和女儿的关心,慢慢使达志把苦等云纬的烦恼暂时放到了一边。恰好这时,南京政府的农商部给国内各丝绸生产厂家发了通知,说中秋节要在北平城办一次丝绸产品展销会,让各厂家带产品到会参展,尚吉利织丝厂也收到了一份。立世、容容和小绫知道这消息后,为了让父亲散散心,都劝他去北平走一趟。达志也觉得这是一个扩大自家产品影响的机会,不应该失去,便同卓远商量了一次,定下去。
  达志是提前八天在一个秋阳初升的早晨动身的。因不知道行情,他不敢多带产品,只带了二十几匹绸缎样品。他先搭乘来厂里进货的一个许昌绸缎商的马车,到许昌后,又转乘京汉铁路上的火车,向北走。火车在路上走走停停,有时一停就是一夜,直走了六天,才算到了北平。

达志这是第一次来到这个著名的京城,满目都是新奇。可因为路上耽误,展销会已经开幕,他无心游玩,一到客栈就打听展销会的地址。得知在大栅栏,第二天早上一起床,就背了样品雇了辆人力车向大栅栏赶。到了大栅栏一问才明白,展销会并没有专门的展销厅,来得早的、有钱的生产厂家,可以租临街的店铺摆放自己的产品;来得晚的、没钱的,就在大街两边用木板搭个柜台就行。达志在展销区来回走了两趟,见临街的店铺都早已被人租去,自己又没熟人,不知去哪里弄木板搭柜台,无奈之中,只好去一家布店里扯了几丈蓝洋布,在街边的地上铺开,把自己带来的二十几匹绸缎样品摆了上去。

因为达志的摊位在展销区里最偏僻,加上又是在地上摆放,所以很少引起人的注意。展销区里人群熙攘,红光满面西装革履的男人,浓妆艳抹穿红着绿的女人,金发碧眼高鼻凸腹的洋人,在展销区里来来去去,却都很少朝达志摊子上的绸缎投来目光,偶有顾客来到摊前,也只是匆匆看上一眼,连价钱也不问,便又踱开了。达志冷清地蹲在自己的摊位后边,一边把目光投向远处立在灰色天幕下的正阳门楼,一边在心上后悔不该花钱来北平跑这一趟。倘是在家,这些天又该能干多少事情!

一直到第三天的上午,才有一个身穿长衫神情儒雅的老者,缓步由临近的摊位踱了过来,先是很仔细地看了看达志用红纸写的厂牌:"南阳尚吉利织丝厂",然后蹲下逐一拿过那些绸缎验看了起来,片刻之后,那老者抬头问道:"你带了多少货来?"

"就这么多。"达志心绪不佳地答。

"这些货我全要了,请不要卖与别人,我这就去取钱!"老者神色庄重地叮嘱。

"哦,那价钱?"达志知道是识货的人到了,顿时精神一振。

"价钱好说!"那老者点头,"你厂里这样的货还多吗?"

"多!你要多少都可以!不过需要你去我们南阳拉!"达志站

起身子笑道,脸上的沮丧一扫而光。

"请你在这儿稍等,我片刻后就回来!"那老者朝达志说罢,似有些不放心,又向站在临近摊位前看货的两个年轻小伙叫道:"喂,你们过来,就守在这里,待我回来!"那两个小伙应声过来后,老者才朝达志抱拳一揖,匆匆走了。

"请问二位,刚才那位大叔可是做绸缎生意的?"达志向那两位小伙打听。

"不是,"其中的一个小伙摇了摇头,"不过,他可比一般的绸缎商人识货,你知道他过去是干什么的出身? 清宫里皇帝爷身边的服装总管! 对各种各样的绸缎可是见得多了。今儿个他是受命替阎司令家和几个外国绸商挑货,他选中了你的货可是你的福气,你要发财了!"

"哦?"达志心中一惊一喜,"哪位阎司令?"

"阎司令都不知道? 阎锡山,京津卫戍大司令!"

这番对话被一旁的几个人听见,便传了开去,不一时,展销会上便风传开尚家丝绸被阎司令派的挑选绸缎的行家看中的消息,于是一些厂商纷纷围拢过来观看尚家的绸缎,一时间把达志的摊子围得水泄不通,有些人就喊出高价要买摊上的货,要不是那两个年轻小伙替达志围护,会有人扔下钱拿了绸缎就走。众人正喧闹间,只见有两辆黑色的雪铁龙轿车鸣着喇叭开了过来,车在摊位前停下,前辆车上,先是下来那位穿长衫的老者,接着又有两个挎枪的卫兵护着一位年轻的太太下来;后辆车上下来的几个人全是高鼻子的洋商。先前围在摊前的人们见状,纷纷闪开。那老者领着这伙人来到达志的摊位前,先向达志揖了一礼,尔后对那些人指着达志的绸缎说道:"这是我在这次展销会上看到的好绸缎,它的染色、亮度、质感、匹重,都是很不错的,而且这也是老字号的出品,我记得听家父说过,过去皇室里也用过尚吉利出的货!"

"尚吉利?"一个洋人听到这名字用汉语惊叫了一声,只见他先是急去看厂子的标牌,尔后睁大眼去端详达志,一霎,两掌猛地一击,快活地叫:"尚先生,还认得我吗?"

达志望了那洋人一阵,茫然把头摇摇。

"还记得许多年前,你们南阳靳岗教堂的一个神甫,领着一个青年人去你们尚吉利大机房——"

"噢,你是——"达志忆起了久远的已经变得很淡的上次见面的场景,却一时记不起这个洋人的名字。

"威廉。"洋人笑着指了指自己。

"噢,威廉!"达志也笑了,他没想到会在这儿碰见一个曾经去过自己家的外国人。

"威廉,你打算签定购合同吗?"和威廉同来的另外两个洋商中的一位,这当儿扯了扯威廉的胳膊,商量地问道。

"签的!怎能不签?我的先辈人就从尚吉利买过绸缎!"威廉说着蹲下身,仔细地托起达志带来的那些绸缎验看。

展销交易会的组织者见这儿这么热闹,早已走了过来,这会儿一见要签合同,立时让随行的部属拿出合同文本,并作为见证者参加合同的签订。不过一刻钟工夫,三份和洋商的供货、定货合同便已签好。威廉要了两千匹,那两个商人一是美国籍一是法国籍,那位美籍商人要的是一千五百匹,那位法籍商人要了三千匹。达志带来的这些绸缎样品,则都由那位大约是阎司令的姨太太的女人买走,给的价钱是展销会上的最高价。

几位国内绸缎商人,见洋商都抢着定购尚吉利的货,便也过来要求签定购合同,达志自然高兴,就又签了四份,一份是与石家庄恒太绸庄签的,一份是与前门瑞蚨祥绸缎庄签的,一份是与桂林隆兴丝绸行签的,一份是与长沙裕发绸店签的,桂林和长沙这两家还各付了一个金条的定金。展销交易会聘请的这些协签合同的人中,原本就有北平公证处的人,所以所有的合同上也同时盖有了公证处的红印,使合同具有了法律效力。

威廉他们那伙人在那位长衫老者的带领下,又在展销会上转悠了一圈,临上车要走时,威廉快步走过来,把达志拉到街边一个无人的屋角,用流利的汉语说:"尚先生,请允许我向你表示祝贺,你们尚吉利的绸缎的质量,比我当年见到的要好多了!不过,我想坦白地给你一个忠告,你们的绸缎在织造上仍然显得粗糙;幅宽更是远远落后于西方,我想这是因为你们所使用的机器太老!眼下,你们占优势的仍然只是两个方面,一是你们的蚕丝和柞丝的天然质量,一是你们传统的染色印花本领。前者大约得益于你们南阳特殊的气候条件,后者是得力于你们祖先神奇的独创。但靠这两条是很难永久在这绸缎市场上站住脚的!西方也正在丝的精炼和染印技术两方面努力,小心我们在这两方面也跑到前面!我和我的家族一直是尚吉利的顾客和朋友,我衷心地希望你们能在丝绸的生产上一直走在前边,使你们的绸缎能在这世上仍称霸王!"

"谢谢,谢谢!"达志抓住威廉的手轻轻摇着,这个外国人的话让他听了很信服也很感动,是的,我用的还是二十来年前的织机,这织机西方人可能早不用了,我得想办法进行更换!"威廉先生,我欢迎你以后能再去南阳我的家里作客!上次你去我家连杯酒也没喝成,下次我会好好招待!"

"去的,我会去的,我不会忘掉我的祖先常去的地方!"威廉也紧紧地握住达志的手摇着……

西山顶上漫起的一团阴云缓缓把秋阳吞没,栖息在正阳门楼上的大群雀儿开始啾喳着归巢,暮色正贴着房墙屋檐一缕一缕地往街上飘,有几家饭铺的煤气灯已经点燃,卖冰糖葫芦的小贩已扛着插满了糖葫芦的草把沿街叫开,直到这时,达志才背着一包新买的绸缎向住宿的客店走去。

整个后晌,他都在交易会上转,在每个厂家的展品前,他都要仔细地看上一阵,凡在某一点上好于自家产品的绸缎,他都要买上

· 371 ·

一匹,准备带回去做点儿分析。在苏州、杭州的几个厂家的展品前,他都看得格外认真仔细,苏、杭的绸缎生产厂家历来是尚家在国内的竞争对手,他希望了解得更多一些,他把他们的展品几乎每种都买了一匹。

尽管威廉的那番话让他意识到离产"霸王绸"的目标还有一段不短的距离,心里沉甸甸的,但口袋里装的那几份定货合同还是使他感到了高兴。有了这一大批定货,他就又可以积累起一笔可观的资金,为工厂机器的更新和工厂的扩大,为提高织造工艺和产品质量打下基础;而且"尚吉利"绸缎的受欢迎程度,也证明了他朝那个目标又大大前进了一步!

看来,这次北平之行还真值得!

几天来,他是第一次带着笑容走进小客栈的。他刚进客栈门,小个子的旅栈老板就一反往常那副冷漠面孔,笑迎上来问候:"尚先生回来了,快请进屋歇息,来人呀,给尚先生上茶!"

达志洗了手脸,刚端起茶杯,饭菜也破天荒地给端送进了房间。达志正诧异间,旅店老板拿着一张报纸走进来拱手笑道:"看不出,尚先生还是丝绸大王哩,哝,报纸上都登了你的消息和照片了!"达志一愣,慌忙接过报纸,那是一张《燕京晚报》,只见二版的左下角,有一张甚是清晰的照片,照片上,阎家太太和威廉他们几个外国人正在观看尚家绸缎,达志含了笑半低着头站在那儿。照片的一旁是一则框了花边的消息,消息的题目是:"南阳尚吉利绸缎受到青睐,中外绸商纷纷要求签约购买。"达志正惊疑着什么时候让人拍了照片,那旅栈老板又笑着开口:"在我们这儿,凡是发了财的客人,都要乐一乐的,不知尚先生可愿乐一乐?"

"当然,当然。"达志一边随口应着,一边又把目光移到报上去细看那则消息。不料待他看完消息吃罢饭菜时,忽见旅栈老板领着一个怀抱琵琶的艳装姑娘走了进来,他吃了一惊,忙问:"这是——?"

"尚先生刚才不是说要乐一乐吗？我专门去揽秀楼上叫来这位宋小姐,宋小姐琵琶弹得极好,在我们这一带远近闻名！宋小姐,你请坐!"那旅栈老板说罢,拱手一笑,就退出门去,并顺手把门掩上了。

达志不由得暗暗叫苦,后悔刚才不该顺口乱应,原来这京城的旅栈还有这等规矩,想必这又是要花一笔钱的。本来刚才达志已为吃饭的事心疼不已——平日他不管是在旅栈还是在街上饭铺吃饭,都是一碗面条一个烧饼,可今晚送进房的却是四个热炒加上一碗蛋汤和一盘蒸包,账虽然还没结,但达志估计这顿饭的花费不会少了。眼下又来了这个抱琵琶的姑娘,唉,天呐！

"请问先生,你愿听什么曲子？"那姑娘这时躬身相问,声音倒是极温婉好听的。

达志平日里哪听过什么琵琶曲子？可既然叫人家来了,不听一支又说不过去,于是就叹口气说:"你随便弹吧,我什么都可以听。"

"那就弹一支《秦宫怨》吧。"那姑娘似乎从达志的叹气声中听出他的心绪不是很好,就伸出纤长白嫩的手指,轻拨慢弹,让一支低缓凄楚的曲子在房中响了起来。

达志自然听不懂那些从手指上流出来的乐句,再说,他也没心思听,他心中只为今晚的花钱多生自己的气。不过,渐渐的,那乐曲声还是钻进了耳里,而且随着那凄楚的曲调,他不由得想起了许多往事:厂子的几次被毁,顺儿的死,至今和云纬的分离……他的目光渐渐缩回眼眶,静静地坐在那里默想。

一曲终了,达志还没来得及开口,那姑娘就欷然一笑软声说:"这曲子太伤感,我给你弹支欢快的吧。"于是又弹,白嫩的手指在琴弦上跳得令人眼花缭乱,达志这次没去注意听曲子,只惊奇地看那姑娘手指的欢跃拨动。这支曲子一完,达志便急忙说:"不再弹了吧!"他担心这姑娘是按曲子收钱的,弹多了曲子收的钱会更多。

那姑娘听了他这话,也没再坚持,就缓缓起身,款款走到桌前,把琵琶放下,双眼微阖了望定他,双颊上带一缕柔柔的笑意。达志这当儿就急忙去衣袋中摸钱,摸出一叠钱后略略有些尴尬地问:"你要多少?"

"这会儿不必,明早再给吧。"那姑娘缓缓摇了摇头,轻步朝他挨近过来,颇秀气的双唇微微张开。

达志吓了一跳,一瞬间明白了这姑娘的身份,于是急忙退了一步,一边把那叠钱朝她手上塞一边慌慌地说:"快走吧,姑娘,你快走吧!"

那姑娘闻言一惊,张大惶然的双眼颤了声问:"先生不喜欢我?"

"不,不,不是。"达志有点手足无措,心中也更恨起那旅栈老板来,"你快走吧,我给你钱就是!"

"先生不能赶我走呀!"那姑娘这时竟突然朝达志跪了下来,哽了声说:"我们这种人,你给的钱多少倒还无所谓,可不能往回赶呀,倘若今晚我被你赶回去,明天这周围的街巷里就会传开我不会服侍客人的消息,那从此以后,这四周的客店就不会有人再来找我陪客了,我的生计就也断了呀……"说着,便幽幽地哭了起来。

达志被弄愣在那儿,一时不知如何是好,有心想出去找客栈老板发一顿脾气,又担心那老板说是自己点头应允的。姑娘幽噎的哭声令人心碎,他那种心肠经不起这哭声的煮熬,不一刻便如下了沸水的面条,软了下来。他弯腰搀起那姑娘,温声说:"不必哭了,那依你说该咋着办?"

"先生若是可怜俺,就让俺在你这里留住一夜,我知道你看不上我,那不要紧,我夜里坐在这椅子上就行。"

"嗨!"达志无奈地拍拍额头,只有这么办了。好在这里没有一个熟人,倘使有熟人被他们看见,自己如何能说得清楚?日后这张脸还往哪儿搁?

姑娘见他话中有了允许的意思,便在椅子上坐了下来。达志见状,就又叹口气说:"长长一夜,天又很凉,你一个女子家坐椅子上如何受得了?还不如你到床上躺着,我在这儿坐着。"

"不。"姑娘摇摇头,"先生明日还有事要做,坐熬一夜如何受得了?若是先生可怜我,就让我在你的床边边上躺一躺。"

姑娘话中的凄凉味儿让达志听了心酸,他实在不好意思拒绝姑娘的请求,可又觉这样做有些太荒唐,犹豫着不知如何是好。那姑娘见他不吭,以为是默许了,就轻步走到床边,在一侧和衣躺下。达志见了不好再说什么,就在另一侧坐了没动。夜在慢慢地向深处沉,四周的市声渐被寂静替代,只偶尔传来一声两声火车的鸣叫。达志忙了一天,这会儿乏累得实在无了坐下去的精力,就也和衣在另一侧躺下,把被子横着抻开,自己盖一半那姑娘盖一半。他没有吹熄蜡烛。

达志很快便沉入了睡乡。在酣梦之中,他模糊觉出有一种触摸令他十分惬意舒服,他那不清醒的意识希望这种触摸进行下去。一股快意渐渐在身上腾起,这股腾起的快意终于使他的意识慢慢恢复过来,他立时感到有一只纤柔的小手正熟练地在他小腹上游动,他几乎是下意识地抓住了那只手并把它捏紧,他觉出了自己身子的激动和哆嗦,几乎没有犹豫,他把那只手急切地向自己的胸口拉,一个滑腻温软的身体立时贴紧了他。他睁开了眼,借着窗隙漏进来的天光,他看出了那雪白的肌体的轮廓,他的呼吸开始变粗,他一只手去扯自己的衣服,一只手去揽那温软的肉体,但就在这时,他耳边忽然响起了云纬的一声冷笑:嗬嗬,尚达志,你还是挺有胆量的嘛!而且床前,分明就站着云纬,她那两只他熟悉极了的眼睛正刀一样地剜着他:做嘛!让俺们见识见识!那声音像鱼钩一样扔进了他的心里。

这幻觉使他那激动的身体一下子僵住,他几乎是恐惧地霍然赤脚跳下了床,急急整理自己凌乱的衣服。

剩下的半夜,他便是坐在那冰冷的椅子上度过的……

第二天早上天刚亮,那姑娘就羞红了脸匆匆起来穿好衣服走了,临走前,达志默默朝她衣袋里塞了一卷钱。

那姑娘刚走,小个子的旅栈老板就进屋嘿嘿笑着说:"怎么样,北平城里的姑娘,味道儿还可以吧?"

达志厌恶地别转了脸,冷声问:"你做这样的事,一次要收多少钱?"

"尚先生看着给吧,我们这小店,自然是希望你这大厂主给点关照了!"

达志摸出一卷钱,没好气地递过去。

"俺们在这种事上一向不收纸钞!"

"哦,"达志吃了一惊,"那你要什么?"

"金条就行!"

"金条?"达志几乎跳了起来,"还能要金条?"

"对的,而且俺相信尚先生是会给的!要不然,报纸上若登出一条消息:南阳尚吉利织丝厂主尚达志昨晚在客栈狎妓。那尚先生的名誉不就完了?尚先生开工厂,整日在社会上混,自然知道名誉的重要!再说,谁要再把那报纸往你家里一寄,让你的太太、儿女看见,家里不又要起一场风波?"

"你?!"达志张嘴喘不上来气。

"我知道别的绸商签合同时,已经给过你金条,金条你手上有!"

"有也不给你!"达志几乎是吼了。

"不给当然可以,"那小个子老板拱手一礼,转身就往门口走,边走边自语:"我正想去报社看一个朋友!"

"等等!"待那老板走到门口时,达志忍不住慌慌喊了一声。天呐,万一报纸上真的登出这消息,那还了得?罢罢罢,就算倒霉失了盗,让他拿走一根金条!他咬了牙,心疼至极地从怀里摸出一根金条,恨恨塞到那小个子老板手里。这一根金条就差不多是一部织机呀!老天,我真真是住上了黑店!

达志立即结账,逃也似的离开了那客栈……

达志离开那客栈之后,气得真想立刻去坐车回家,但想想来了一趟北平,至今还没有看看皇宫;加上他还想到城中几家卖纺织机器的公司看看,倘碰上新式丝织机,他很想就势买一台,所以决定再停一天。

他又找了一家旅馆,把东西在房中放下,便上街去转。结果两件事都让他失望。他先是坐了人力车跑了全北平城的几家主要纺织机器公司,可惜里边的丝织机都和达志厂中用的是一个牌号,根本没有新式的。他带着沮丧去看皇宫,可皇宫根本就不开门,朱漆斑驳的故宫大门紧紧闭着,他只能从远处望望那金碧辉煌的宫殿殿顶。

太阳刚晃过南天,忽然起了大风,风把长安街上的纸屑先是聚成一堆一堆,尔后又把它们扬起,让它们像无了窝的鸟一样在半空乱飞。不大时辰,金水桥两边的水面上,便飘了一层乱七八糟的东西。达志沿着长安街向东,他想徒步绕皇城走上一圈,仔细看看皇城的模样,不想刚走没多远,忽见从东单那边的街上,涌过来一长溜人,那些人举着白纸的横幅,举手高呼着什么。风把他们的声音刮得七零八落、细细碎碎,达志听不清他们呼的什么。他觉着好奇,就停了脚步。那伙人慢慢走近,这时街两边都已涌出了人,而且人们也相继加入了那游动的队伍,队伍在很快地变宽变长。也许是近了也许是人多了的缘故,那呼声到底盖过了风声,清楚地传到了达志的耳里:"强烈抗议日军占领沈阳!……"

达志的心咯噔一响。

"……坚决反对日军的侵略暴行!……"

国家又出事了?

达志看见有几个戴眼镜穿长衫的人在散扔白色的纸片,跑上去抢了一张,只见上边印着两个黑色的大字:"国耻。"下边写着:"日军制造'九·一八事变',今晨已占我沈阳,侵略仍在进行中……"

出事了,果然又出事了!

一股冰凉的东西蠕动着爬进了达志的心里。天呐,这个国家为什么总出事呀?!

他的游兴顿时消失得无影无踪,他扭身最后看一眼笼罩在风尘和浑黄斜阳里不远处的故宫和天安门城楼,那一刻,这些建筑原先给他的那种威严之感已经没有,剩下的只是一种老的感觉了。

他绕开人群,急步奔回旅馆,取了行李,向火车站跑去。

晚饭时分,在越来越大、越来越冷的秋风里,他背着那包买来的绸缎样品挤上了一列南行的火车。在车轮的轰响声中,他第一次学着已故母亲遇事时的样子,双手合十放在胸前默声祷告:老天爷,看在中国人命苦的分上,别让这场战火扩大,我求你了……

12

卓远从印刷机旁拿起新一期的《宛南时报》的清样,快步走到隔壁的编辑室里,去做最后一遍认真的校读。尽管编辑部已安排有专人进行这付印前的最后一遍校对,可卓远还是要亲自审校一遍,以便把可能出现的错误消灭在付印之前。对于这份自己亲自创办的报纸,他怀着一种父亲对孩子那样的热爱,他不希望它出门时身上带有任何污点。

冬日的阳光瑟缩着从窗玻璃上探进身来,先是触了一下卓远手上清样的边儿,片刻后便又缩回到了窗台。屋里很静,只有卓远手上的笔偶尔在桌上一顿的响声。

卓远如今仍任着省立五中的校长,《宛南时报》主编的工作,他大多是在夜间做的。他最初生出创办报纸的愿望,是"九·一八事变"后,他觉得有好多话想对人们说却又无说话的阵地,加上看见南阳人渴望了解时局的现状,所以下了决心。他创办报纸的决心得到了几位朋友尤其是达志的支持,办报的款项除了卓远自己拿一部分,知识界的朋友们捐一部分之外,剩下的都是达志资助的。

他审校完了报上今日的社论:《日本何以敢欺吾国》之后,又逐条去校那些消息:"杆首王太纠土匪三万大犯镇平,彭氏禹廷率四县民团前去迎击";"河南省第六行政督察区专员公署成立,毛龙章任督察专员兼南阳县长";"红胡子贺龙率部翻越桐柏山西进,与追兵鸿逵马部在苗店激战";"镇平三小教员郭伯恭写成巨著,《四库全书考》、《永乐大典考》由开明书店出版";"内乡县首办中医学校,张仲景医术有人承继";"新野王俊臣开办打包厂,新棉轧后即可成包出运"……

"卓校长,外边有人求见。"一位印刷工在门口喊。

"请他进来。"卓远最后用笔在清样上签了"付印"两字后,抬头看见一位戴茶色眼镜的青年人站在屋内,便蔼然问:"找我有事?"

"我来想请卓先生帮助写篇文章!"那青年的声音低而庄重。

"噢?什么文章?"

"邓县县长耿子谦,嗜鸦片,暗中鼓励种鸦片烟苗,每亩征税十二元,且所征的四十余万鸦片烟苗税,全部入了私囊。邓县人敢怒不敢言,我们想请卓先生在贵报写篇文章予以揭露,好敦促当局对这个赃官做出处置!"

"哦,是这样,可你怎么想到了让我写文章?"

"我常读《宛南时报》,尤其爱读报上的社论,我听说报上的社论都是先生写的,所以十分佩服和喜欢先生手中的笔!"

"喜欢我这支笔?"卓远看着手中的那管狼毫笑了笑,"可当局并不喜欢!"

"当局不喜欢你的笔,可他们也喜欢笔!"那青年说得不紧不慢。

"怎么讲?"卓远对这个青年感到了兴趣。

"他们喜欢那种给他们写赞歌写喜歌写颂歌的笔!"

"说得对!"卓远差不多有点欣赏这个思想敏锐的年轻人了。"看见了吗?"卓远伸出自己的右手,让那青年看那四个断指,"这就是过去的政府当局对我握笔写字的奖赏!"卓远对自己手指被砍的真相,还是在云纬来急告栗温保要烧劫尚吉利织丝厂的那晚,听云纬说明白的。

"握笔的人,命运只有两个,要么被统治当局喜欢,要么被民众喜欢。被当局喜欢的握笔者,可以享当世的荣华,被民众喜欢的握笔者,会在后世留名!两下很难兼得。先生选择后者,我以为是对的。"

卓远敛了笑容,声音有些庄重:"我不过是一个普通识字人,哪敢求后世留名?我只是以为,在人类争取好世道的过程中,握笔的人作为人类中的智者,理应付出更多一些的力量!"

"先生所言极是,那我刚才所说的文章,先生是答应写了?"

"我答应,我会再做些调查,尔后动笔在报上披露。"

"我代表邓县的民众,先谢谢先生了!这样,我就告辞了。"那青年站起身来。

"等等,"卓远也起了身,"你还一直没有告诉我你的身份哩,我总觉得对你有点面熟!"

"我的身份还是不说为好,要不,可能会使你担惊!"

"嗬,有这么严重?"卓远恢复了笑容,"你倒是说说看我惊不惊。"

"我就是当局悬赏捉拿的共党分子晋承银!"

"这么说我没有猜错!你一进来,你的面孔就让我想起了你的父亲。"卓远笑道,"刚好,既然见到了你,我就顺便问问:贵党的奋斗目标是什么?请用一句通俗的话来说,好吗?"

"为民众谋求幸福!"

"你们为实现这个目标,眼下和今后将干些什么?"

"我们先要抗日救国,然后改造或者推翻现政权!"

"如果你们掌握了政权,你们将给民众哪些幸福?"

"我们会让民众吃好、穿好、住好、玩好!让他们在物质和精神两方面的享受要求都得到满足!"

"对我们这类人呢?就是像我这样的好用笔挑刺的人,会是怎样一个态度?会不会压呢?你可能知道,我们识字人的腰可是很容易压弯的!"

"我们将把你们都看作自己人,当做会使我们保持清醒状态的宝贝!"

"谢谢你使我增加了对贵党的了解,如果你告诉我的这些你们的党真能实行,那你们早晚会在中国站住脚的!顺便说一句,你以后若有什么事需要我做,可以化个名字给我来信,譬如只署名'小晋'就行,不必贸然亲自跑来,街上到处都有悬赏捉你的画像,这对你是有危险的!"

"谢谢先生的提醒,告辞了。"晋承银深鞠一躬。

"从后门走,那儿是一个菜市场,人多,容易混进人群里!"卓远低声叮嘱……

13

尚达志这一年忙得几乎脚不点地。为了按合同规定的时间、质量把货交给那几个中外丝绸商人,他先是跑到柞丝、桑丝产区,把收购丝的网线进一步建起,以李青店为中心,建起了山南、山北两条收购网线,沿山南线有白土岗、板山坪、马市坪、乔端各点;沿山北线有四棵树、赵村、二郎坪、归北石、上汤、中汤、下汤各点。接下来开始抓丝准备、织造、印染几个环节上的质量,对招收来的工人逐个进行技术摸底,技术稍差的,要么配上老师傅传教限时提高,要么就干脆解雇。此外,他还专门通过卓远在江浙一带和省内的一些朋友,聘请来了四个世代制作丝织机的工匠,专门花钱给他们买了几间房屋,让他们参考现有的织机,研究制作新型的比现在的机动织机更好的丝织机。他记着威廉的叮嘱,一心想造出比外国先进的织机,他知道要想使自己的绸缎在世界上称霸,织机上不去是根本不行的,为此花些钱他认为值得。

眼下,达志的心里开始有些轻松,这一来是因为那几笔合同上定购的货都已按时按质交出,银钱也都已收了回来;二来是栗温保已领着他的兵马离开南阳投奔了别的部队,自己每年的收入再不用上缴栗家一半;三来是中日战事好像已趋于稳定,似乎没有了进一步扩大的可能。所以,如今的每日晚饭后,他也能稍微悠闲那么一阵,踱上街在韩记茶馆前听半个钟点的大鼓书。

这日晚上他放下饭碗,出了灶屋门刚要向街上踱,忽听灶屋山墙那儿,儿媳容容正弯腰扶墙在哇哇地呕吐,他一惊,喊了一声:"立世哩?"立世闻唤跑过来,一见媳妇的样子,先是端了一碗清水来让容容漱口,接着转身就向外跑。

"你慌慌张张地要往哪里去?"达志喝问。

"我去药铺给容容买点药,她这八成又是冻着受凉了。"

"你甭自作主张地去买什么药,去,到安泰堂把老郎中请来!"达志凭经验估计,儿媳是有喜了。去年他从北平回来时,已隐约从女儿小绫口中听出容容流过了一回产,唉,这一对孩子,有过了那一次教训,还是什么都不明白!嗨,也难怪他们,年龄都不大,没有经验,再说,他们没有一个做娘的来指点。倘是容容有一个婆婆,这种事不就有人操心了?想到这儿,他眼前又忽然晃过云纬的面影,他摇了摇头,又叹出一口气来。

老郎中来给容容号了脉后,果然说是喜脉。达志听了心中一阵欢喜,这么说,自己也将要当爷爷了!尚吉利将要有新一代的承继人了!送走了老郎中,达志走到容容身边关切地缓声交待:"从明天起,你啥活儿都不用干了,做饭的事,我找一个女佣来做;你想吃什么,给立世说一声让他去买就行;平日走路,要小心甭绊住了啥东西摔跤!"

容容羞红了脸朝公公点头,平日爱说爱笑爱闹的她,因为知道了自己将要做母亲,顿时变得有些害羞和庄重了。

"立世,你过来!"待容容进了卧房之后,达志喊住了儿子,他想,为了使容容孕期不出意外,他必须在那种事上对儿子做点交待,可父子之间说这种话的确难以出口,他默然了半晌想找一句合适而能让儿子听懂的话,但是没有找到。

"爹,有事?"儿子在催。

"嗯,是这样,容容怀了孩子之后,很怕碰撞,因此,你不能再动她!"达志只好困难地开了口。

"不能动她?"立世没有听懂,对这话颇惊疑,"不能动她?"

达志感到了狼狈,脸开始变红,话不能再说得更直白了,可这事不作交待是不行的,万一……现在只有靠眼神了,但愿立世能从我的眼神中看明白:"是的,记住不能动她!"

一定是达志的奇怪眼神震动了儿子的某根神经,使他蓦然领会了父亲那话中的含义,只见他的脸和脖子倏然间全部红透,他低而快速地说完了三个字:"我明白。"便逃也似的离开了父亲。

达志这时才长长舒了一口气,重重地在一张椅子上坐了。他抬手摸了一下额头,竟发现额上全是汗粒,呵,老天,说这几句话竟要累出一头汗来!这全是因为容容没有一个婆婆,倘是顺儿不死,或者云纬来了,这种话哪须我这做父亲的来交待?唉!云纬!

他的眼前又一次现出云纬的面孔。

14

草绒拉着儿子的手缓缓走出教堂,沿着街边慢步向家中走。从街边槐树枝叶间漏下的春阳,不时照在草绒那张平静安恬的面孔上。自从栗温保领兵离开南阳之后,这母子俩的生活变得更加有规律了:除了进教堂,便是在屋内读《圣经》,再不就是母子俩一起到院中的菜畦里不慌不忙地劳作种菜。如今,偌大的栗府大院里,除了几个仆人之外,就只剩这母子俩了。当初栗温保离开南阳时,曾因只带了紫燕走,心中略略有些愧疚,来向她辞行那天很是不安地说:"我此番出去是过军旅生活,女眷不宜带多,让你留下看家,实在有些于心不忍,一旦我在外边有了大的发展,即回来把你接去!"草绒当时听罢,平平静静地说道:"我很感谢你把我们母子俩留下,我喜欢过无人打扰的生活,你尽管放心走吧,愿上帝保佑你平安。不过我还想提醒你一句:人生在世,不可想望获得太多,获得太多的人,有时还会被迫交出去……"

"妈妈,我们为什么要常来听道?"儿子的问话突然打断了草绒的回想。

"孩子,听道也是敬拜的内容之一,我们是上帝的儿女,上帝的儿女要时刻接受他的教导。圣经是我们的课本,圣灵是我们的老师。听道是敬拜,是心存敬畏的心来领受神的话语,正像哥尼流一家聚集要听神的话一样。讲道的人也是敬拜,是替神传话作真见证的,而不是高举自己,自由发挥随心所欲,因此要照着神的圣言讲。听道的人要用信心与所听见的道调和,而不是故意挑剔找毛病。"草绒边走边轻声向儿子解释。

"妈,刚才那位讲道的牧师说到'人生','人生'是啥?"儿子又扭脸瞪了乌亮的眼问。

"那一次,教会里你那位姓齐的大姨不是来给我们讲过一回吗?人生,就是人生活在现世的过程,人生的真相有四:一曰业果之相续,二曰群体之共存,三曰智慧之创造,四曰苦恼之拔除。何谓业果之相续呢?业也就是事业,人之所造,即谓工作,亦即行为。所谓果,人之所受,亦即结果。凡人必工作勤劳,而后得暖衣饱食,亦必暖衣饱食而后得工作勤劳。不耕不耘,收获无望,不制不造,器用何来?如此由业而果,由果而业,业果果业,辗转无息,使生命赖以支持,人世赖以长久,这便是业果之相续。"

"啥叫群体之共存呢?"儿子蹙紧了眉头问。

"你齐大姨那次不是说过了嘛,湿生之虫,乃不需有父母。鳞介之属,有父母,但不赖父母之养育。走兽飞禽,有父母,且须养育,却不必有家庭有社会,无师父教诲,无友朋教助,亦仍可生存。独人类相异,必有父母才生,必由父母长养才长,又必有家庭社会之组织,师长朋友之教助。一人之身,百工之为备,由分工合作之关系得以相养而共存,这就叫群体之共存。至于智慧之创造,那日齐大姨也说得明白,看来,你那天是没有用心听了。你也知道,鸟有两翼以高飞,兽有四足以捷走,牛有角,虎有爪牙,以事攻取。它们的羽毛又足以蔽身体,本能又足以给生养。而这些人皆无之,何以生存于世?便只有依赖智慧之创造了,创造工具,创造生业,创造家国制度,创造学说艺术。创造出这些东西,或供人类之生养,或供灾祸之防御,或以团结人群,或以调治人心。说到苦恼之拔除,你更应该明白,人生在世的一切言行,目的皆为拔除苦恼,食以除饥苦,衣以除寒苦,宫室城垣以除风雨盗贼之苦,财富以除匮乏之苦,名势以除孤立倾危之苦。所谓人生快乐,不过是苦恼拔除时所暂得之安适。故人生不能一味追求快乐,贪求不已,否则快乐反成苦恼,荣誉反成贱辱。你齐大姨不是说过,财富过多,势位过隆,反为身家之累吗?苍蝇食蜜,蜜胶其身。犬贪粪,溺粪池。自古至今,贪权嗜利之徒,急功好名之辈,朋比为奸,祸国殃民,当其盛时,炎炎赫赫,炙手可热,一喝众诺,龙起云从,谓天下莫如我何?一旦机变时移,报应昭至,家室为墟,身首异地,燃腹为灯,饮头为器。楚霸王自刎乌江,拿破仑幽囚荒岛,王莽族诛于汉兵。早知今日,何必当初!故知足——"

"妈,你看!"儿子突然打断了母亲的话,指着前边的一条街,那街上驶过来几辆汽车,其中有一辆车上站着几个五花大绑的男女,每个人胸前都挂着一个写有"共党分子"的纸牌。

"呵,上帝呀!"草绒急忙在胸前划着十字。

"妈,他们把这些人绑了做啥?"

"游街示——"

草绒的话突然被一个女人的喊叫打断,母子两人凝目看时,只见一个女人被两个警察扯住胳膊,从那辆载有"共党分子"的汽车旁拉过摔到了街边,那女人边从地上爬起边叫喊道:"你们既是示众,凭什么不让我到车前看?"

这声音听来好耳熟,草绒在一霎的愣怔之后辨出是云纬,便急步跑过去拉住了云纬的胳膊。

"是你!快,帮我看看那车上有没有承银!"云纬一认出草绒,就急忙指了一下那辆汽车低声说,"我总觉得有一个人像是承银!"

草绒又定睛看了一霎,摇摇头说:"不是。"

"唉,"云纬长吁了一口气,脸上的紧张这才有些淡了,"我真怕他们抓住了他。"

"走吧,快跟我到家里洗洗,看你手上摔破的这血!"草绒拉上云纬就向自己家走。云纬没说别的,默然地跟在草绒身后。

"以后要小心,那些警察都拿着枪。"到了家,草绒一边擦洗着云纬手上的血,一边轻声嘱道。

"我现在一看见那些四处抓人的警察,真恨不得用刀砍了他们!"

"你应该信上帝,信了上帝之后,上帝会使你在一切灾难面前保持心平气和,会使你有平安的喜乐,在一切苦难面前,只有对上帝的信仰能够给人安慰。"草绒把一杯热茶递到云纬手上,软声劝道。

"上帝要让我信他,他就该显灵给我点好处,可我这辈子上帝没给过我任何好处,先让我得到那样一个该死的丈夫,又让我儿子离我而走,还让我这样每日生活在慌恐里,我凭什么信他?"云纬的声音冷得怕人。

"大姨,牧师说,"小秉正这时望着云纬怯怯地开了口,"当人的道路走到尽头,也就是身临绝境的时候,人会感到自己的软弱、无能和走投无路,在这种情况下,他应该选择上帝!"

"哦,好孩子,"云纬闻言一阵感动,轻轻把秉正揽入怀中,颤了声说:"大姨觉着路还没到尽头,前边还会有幸福,会有的……"

草绒执意留云纬在家吃了晚饭。吃罢饭天已昏黑了下来,草绒要云纬今晚就在这儿住下,云纬说家里没人照看坚决要走。其实她是不愿在这座熟悉的旧宅里多呆,这里的一草一木都勾起她对过去日子的回忆,而那些日子她是从来都不想回首去看一眼的。

出了栗府大门,云纬才忽然想起,今日进城的目的是称盐、买油、扯鞋面布,而这些事儿还一桩没办。她匆匆沿街寻找还没关门的铺子,不知不觉间走到了世景街上,她抬头看见尚吉利织丝厂门前挂着的风灯,双眉立时一动,跟着便身不由己地向前走去。快近大门时她迟疑地停了下步子,似乎在和内心陡起的那个要见见达志的念头斗争,片刻之后,她还是又向前迈了步。

织工们大概正下班吃饭,织机已经停了,尚家大院一片安静,临街的铺子里还亮着灯。云纬走到铺子门前,却没有敲门,只隔着门缝直直地向里边看。达志正迎面站在柜台前,仔细地卷着几匹绸缎。

呵,达志!

一看见达志,云纬心里就涌上了一股巨大的揪心扯肺的缺憾之感,这种感觉有点类乎面对一样众人称赞而你又十分喜爱吃的食物,却偏偏只能看不能吃,听凭别人又把它端走所引起的那种遗憾。云纬不知道该怎样表达这种难受,但她心里就是难受。她这段日子所以迟迟没有下决心离开老黑来和达志结合,除了可怜老黑感到对不起老黑这个原因之外,另一个顾忌就是害怕承银的事会连累到达志。如今,为了承银的被通缉,官府的警察三天两头到家里找麻烦,一会儿是搜查一会儿是盘问,一会儿又是在房屋四周暗暗埋伏下兵丁。云纬不止一次地想过,如果自己现在离开老黑去到达志家,官府的警察就会跟着把麻烦找到尚吉利织丝厂,那时达志就不得不分出神来应付警察,他还怎能去安心织绸?先不说会不会给尚吉利织丝厂带去大祸,单是那些警察经常借搜查共匪去厂里捣乱去勒索绸缎,达志能受得了?她心里不是不明白达志对织丝厂对绸缎的那份看重。

达志,原谅我,我现在还不能来!

可是达志,你的左鬓那儿怎么有了白发?是不是我眼看花了?但愿是因为灯光的缘故,你还不到有白发的时候!你的眼泡也有些浮肿,是不是熬夜太多?莫不是厂子里又有了烦心的事?你已经是近五十的人了,该明白绸缎是织不完的,要爱惜自己的身子……

"爹,容容说她肚子疼得厉害,莫不是到了产的时候?"通院内的那扇门这时忽然被推开,立世站在门口慌慌地说。

"是么?"达志闻声推开绸缎,扭身就向立世所站的门口走,但走了两步又停住脚,突然醒悟似的说:"我去也没法子帮忙,你先去东院喊容容她妈过来,再去杏柳街叫郝家产婆!"

立世咚咚地跑走了。达志这时开始在屋里不安地踱步,灯光映在他那刻了横纹的额上,云纬分明地看见那上边沁出一层汗来。

唉,难为你了,达志!这种事儿本该是由做婆婆的操心的,倒让你来安排了。也罢,你就先辛苦一段日子,只要一待官府不再找承银的麻烦,我就离开老黑,就搬过来,我那时就全心来尽一个妻子和婆婆的责任,家务方面的事再不用你来操心,你只管织你的丝绸就是!我那时要让你吃好、歇好,要让你整日精精神神,要把你脸上的那些皱纹都一一抹去!你不是说我俩要白头到老嘛,我和你从此再不分开……

远处的街面上有一盏灯笼在向这边移近,云纬估摸是产婆来了。不能让他们看见我在这儿。她最后看一眼仍在不安地踱步的达志,轻轻退回到街上,快步向就近的城门走去,称盐、买油、扯鞋面布的事早已忘到了脑后,她的眼前仍全是达志那清瘦的面孔……

15

容容生了个胖儿子。

当郝家产婆手摸着那初来人世的小子的鸡鸡快活地宣称"有一根旗杆"时,达志高兴地在外间屋连转了三圈。

"我尚家的人丁还旺着哩!尚吉利织丝厂将又会有一个新厂长!看来,上天同意让我尚家把丝绸织下去!"

达志想了两天,给孙子起名为昌盛。

小昌盛百日那天,尚家像做满月时一样,又办了庆贺酒宴。孩子的外公、外婆也被邀了过来。席间,容容骄傲地抱着白胖的儿子让人们观看,因坐月子被养得越加丰腴白嫩的容容,仍像过去做姑娘时一样,不时把清脆的笑声向四周抛撒。

"怎么样,三奶奶,这孩子像我么?"容容停在一个邻居老太太面前,抑住笑声故意问。

"像,像,眼像,口像,鼻子像,就是没你笑得响!"老太太伸手在容容嘴巴上点了一下。

格格格。容容笑得更响地把孩子抱到了另一桌。

爷爷辈是可以和孙子媳妇开玩笑的,容容从卢五爷身边过时,卢五爷神情严肃地抱过小昌盛仔细看看叫道:"好呀,原来这孩子是偷来的!仲景街上刘家的孩子丢了两天,到处找找不到,原来在这儿,你们众位看,刘家孩子的脖颈里有个小痣,这孩子的脖子里不是也有个痣吗?走,我这就抱了给人家送去!"说着便一本正经地站起身来。正高兴的容容一时没醒过劲来,以为五爷这是当真,忙慌慌地高叫:"你胡说什么,这是我的孩子!""你的孩子?"五爷把眼瞪了起来,"你凭什么说是你的孩子?""这孩子像我!"容容急得要上前夺儿子,但被五爷坚决地挡开:"小孩子很难说像谁不像谁,我看这孩子更像那刘家媳妇!""立世,你快来!"容容边喊丈夫边急得流出了眼泪。

"哈哈哈,"五爷和满屋的人都大笑了起来。

容容这才知道上当,才羞得捂上了脸跑到自己妈妈身边,把头扎到了妈妈怀里。

"你呀你,"雅娴疼爱地笑拍着女儿的背,"你哪是一个孩子的妈妈,你自己也还是一个孩子哟!……"

酒喝完的时候,达志让立世去叫相面的五奶,让她把她的"测志班"带来。"测志"是相面五奶为了生意兴隆而想出的一个新主意,这个主意是找八个六七岁的男孩,给他们每人缝一套分别代表做官、从军、教书、行医、务工、经商、种地、唱戏的衣服让他们穿上,谁家有儿、孙过百日时,她受邀带着这八个名为"测志班"的男孩上门,为这家的儿孙预测其长大后的志向。预测的办法是,让这八个男孩站成一个松散的圆圈,尔后由百日婴儿的妈妈把婴儿交到这八个男孩中的一个手上,让他依次往下传递,婴儿传到哪个孩子手上,哪个孩子就要对婴儿笑一笑。婴儿什么时候不哭,这种传递就什么时候不停,最后婴儿在哪个孩子手上哭了,就表明婴儿长大后的志向是要选择那个孩子所代表的那种职业。婴儿在着官服的孩子手上哭了,表明婴儿长大后是要做官;在着军服的孩子手上哭了,表明婴儿长大后是要从军。五奶说所以用哭作为预测的标准,是因为人长大后不能没职业,而任何一种职业又都伴随着苦难,婴儿用他天生的还没有被破坏的灵敏感觉,在选定他喜欢的那项职业的同时,也感受到了那项职业背后的苦难,所以他要哭。

相面五奶说她的这项预测十分准确,还在十天前,就登门表示要为小昌盛预测志向。达志原本是想用抓器物的方法预测孙子的志向的,后被五奶说动,便改用了这种。

看见五奶领着她的测志班进院,亲友们都新奇而欢喜地围了过来。

五奶指挥她那穿着八种衣服的测志班围成一个圆圈,尔后示意容容把小昌盛抱过来交给那个"当官的"孩子,那孩子努力把小昌盛抱在怀里,对着他甜甜一笑。

小昌盛没哭,他只瞪了他那乌亮的双眼,看着那"官人"头上的乌纱帽。

"做官的"把小昌盛传给了"从军的"。

"从军的"笑得依旧甜蜜,可小昌盛仍然没哭。

传递在众人的屏息凝神中继续。在所有的观众中,只有达志怀着真正的紧张,尽管他心里也知道这件事近乎一个游戏,但他却不能抑制自己的紧张,他从小相信凡事都有预兆,万一这孩子选择了别的而不是他期望的务工,那会让他心里一直不安下去。重新织出"霸王绸"是尚家几代人的愿望,这个愿望的实现看来还要很长时间,他不能设想自己会有一个不爱务工的后代!

小昌盛仍在八个孩子手上传递,这已经是第二圈了,可他依旧没哭,依然瞪着晶亮的双眼看着每个抱他的孩子的脸,似乎在仔细地做着选择。终于,征候出现了,当第三圈传递开始的时候,小昌盛在"当官的"手上皱了一下眉,到"从军的"手上吸了一下鼻子,在"教书的"手上撇了一下嘴,在"行医的"手上蹬了一下腿,当"行医的"向"务工的"手上递时,小昌盛哇一声大哭了。

"既行医也务工!"五奶宣布着预测结果。

"噢——,"众人笑了。

达志松了一口气,呵,到底是尚家的孙子,没有完全忘记务工。他急步走过去,忙不迭地从五奶手上接过昌盛,把自己那满是皱纹的脸朝孙子那粉嫩的颊上贴去。昌盛,记住,咱家祖传的不是行医,而是务工,是丝织,丝织是一项事业,它可以为我们的家族也为你赢来世人长久的尊敬,一个人在世上获得的尊敬越多,他才活得越值当!……

16

栗温保一身戎装,身骑一匹枣红色战马,在几十个护兵和随从的簇拥下,沿着南阳城墙外围,缓驰慢走,视察着拆城工地。

七年了!栗温保率兵离开南阳已经七年过去,他是前不久才又回到故城的。这七年间,一切都发生了变化,时局的巨变出人意料,日本于三七年七月七日在卢沟桥发动事变,开始了全面侵华战争,抗击日寇侵略成了全中国的大事。南阳城的变化也非常触眼,自从三八年二月九日日本飞机首袭南阳以来,已有上百架次的敌机飞临南阳上空投下无数枚炸弹,炸毁房屋几千间,炸死炸伤人员近千人,城内到处都是弹痕弹坑。最近,国民党第五战区司令长官部认为南阳和所属各县的城墙在客观上给日机指明了轰炸目标,为防日机空袭,令立即拆毁城墙,眼下,数千民工和兵士们正奉命拆挖着南阳城墙。

南阳城自战国时期修筑,距今已经两千余年,两千多年间,历经修葺。战国、秦、汉时南阳称宛,当时的宛城有两重,皆用土"版筑"而成。外城,即郡城,有"大城"、"廓城"之称,城周三十六里;内城,即小城,位于大城的西南隅。大城小城相连结,和当时的临淄、邯郸等名城布局相似。明洪武三年,南阳卫指挥使郭云重修南阳城时,始用砖加固,改建为砖石城,东西南北设四门,皆有通街大道。清同治二年,知府傅寿彤又环城修筑了寨垣一周,也叫廓城,周长十八里,并划廓为六段,俗称六关,即大东关、大南关、小东关、小西关、大西关、大北关。由于东、西、南、北四关寨垣相互隔绝,自成一堡,状若梅萼,故曰"梅花寨"。可怜这座雄伟壮丽之城,如今被民工和兵士们拆得面目全非了。

这七年间,栗温保自己的身份也发生了很大改变。他先是投奔到国民党河南省主席门下,当上了师长;抗战开始后,又到第五战区当了独立师师长;前不久南阳成立警备司令部,五战区司令长官李宗仁令第二集团军第六十八军军长刘汝明兼司令官,委栗温保为南阳警备司令部副司令,主管南阳全城的防御事宜。

栗温保今天便是到任之后第一次视察防务。

"告诉各部队和各防御单位,在把城墙拆平后,要速挖交通沟并修筑防御工事!"栗温保转对身边的一个参谋交待,"拆城这件事既有好处也有坏处,好处是让日机轰炸时不再很容易地辨出哪是城区,坏处是日后我们对日本步兵的作战失去了依托,所以要抓紧修工事!"

"是!"那参谋应了一声,扭转马头去传达命令。

栗温保依旧缓辔前行。

天阴了,一块乌云由独山那边飘来,慢慢地在城区上空伸展蔓延;风中的冷意开始增加,且渐渐大了起来。栗温保的坐骑喷了个响鼻,身子一战,栗温保自己也不由得打了个冷噤。

前边有一群人闹嚷嚷地迎面走来,几个护兵驰马上前拦住,片刻后一人回来报告:"是《河南民国日报》、《宛南时报》、《建国日报》、《民报》等报刊的一群记者,他们坚持要采访栗副司令,怎么办?"

栗温保皱了下眉头:"娘的,我最讨厌和这些识字人说话!"不过还是扭头询问地望了一眼跟在身后的警备区参谋长肖四。

"不见怕也不好,"肖四轻声说出自己的看法,"见了面无非说说我们的抗敌决心。"

"好吧。"栗温保挥了一下手,那群记者顿时朝他的马前跑来。

397

一个年轻的小伙朝栗温保晃了一下记者证,便先开始发问:"栗副司令,南阳如今是河南的后方,省政府和省财政厅、民政厅、教育厅、建设厅、邮务管理局等重要机关眼下都迁来本城,南阳的安危关系甚大,一旦日寇来袭,你能否保证古城不步开封后尘而陷于敌手?"

"我栗温保拿脑袋担保,南阳城决不会沦于敌手!"栗温保挥一下戴了雪白手套的手,"日本人长几个蛋子?不也是两个?我就不信他比老子强!我倒要和这些狗日的比试比试本领!"

"城里有传闻说,栗副司令把自己的家眷、细软、甚至桌椅橱柜都已用军车送往了西峡山里,做好了撤退的准备,这消息可否当真?"一个戴了眼镜的记者语调冰冷地开口。

"放屁!这是谁造的谣言?"栗温保的脸骤然红透,血仿佛要破皮而出,手也禁不住挥了下马鞭,坐下的枣红马身被鞭击,不由得扬起前蹄,险些把栗温保摔下马来。

"诸位不要听信这些涣散军心民心的传闻,"肖四这时接口道,"栗副司令和我等守城官兵,决心和古城共存亡!……"

记者们后来又提了不少问题,都由肖四回答,栗温保气哼哼站在一旁,当人群散去时,他才猛然回头向副官骂道:"送家眷拉家产走的事怎么立刻就让人知道了?笨蛋!马上给我想办法补救!要让全城军民知道,我和我的全家一直留在城中!"

"是!"……

17

灾难竟然又来了。

尚达志的双眉像受了惊的蚕,紧缩起身子,在那儿轻微搐动。他默站在织机车间,久久地望着那一架架无声呆立的织机,一动不动。

他几年前就担心的事到底已经出现:战争扩大了!而且扩大到如此令人吃惊的程度,连地处中原一隅的南阳城也落下了日军的炸弹!

战争已像疯狗一样逼到了眼前。

因了这逼到眼前的战争,尚吉利织丝厂一个很好的生产局面被毁掉了!那是多么红火的一个局面哟!中外绸缎商人的定货单源源不断飞来,大批的新丝由自己设置的收购网点上源源不断运到,一匹匹绸缎由一台台织机源源不断地吐出,一批批成品绸缎由一辆辆马车源源不断地拉出厂子。厂子里开始实行了三班轮换制生产,昼夜织机不停;染印车间新添了烘干设备;请来的那几名新织机研制人员已开始试装新的机型;资金在迅速地积累起来,达志已准备购买一辆拉送原料和产品的汽车。没想到就在这时,卢沟桥上的枪声突然响了!

而且不久,日军飞机就飞临了南阳上空。达志至今还记得九架日机首袭南阳那天的情景。那日他正在临街的店铺里检验新出绸缎的质量。那是一个天蓝日暖的初春的上午,谁也没料到在这

· 399 ·

样一个日子里会出事,尽管在这之前有过关于要躲空袭的警告,但警报并没有响。达志只听到一阵巨大的嗡嗡声由远及近,他有些惊奇,他和几个工人一起奔到街上去看这声音的出处。他刚刚跑到街上,便见机群向下俯冲而来,随即附近就响起了猛烈的爆炸声。工厂对面的一家饭馆里落了一颗炸弹,老板和他的小女儿及几个吃客被炸得血肉乱飞当场死掉,老板娘抱着丈夫的断腿和女儿喷血的脖颈晕死过去,浓浓的血腥味一直弥漫了整个街区。那是达志第一次近距离地看到战争。

因为战争的逼近,原有的那种保证丝绸生产的环境全都发生了改变。没有人来定货了;来零买绸缎的人也日渐见少,在这兵荒马乱人命不保的时候,谁还会去考虑穿绸着缎?原料供应也发生了困难,生丝收购量越来越小,到处都在做跑反的准备,养桑蚕、柞蚕的人越来越少;动力机用的柴油也已没法买到,随着开封、武汉的沦陷,早先购买柴油的道路已被切断;厂里的工人们和请来造新丝织机的技术人员也都无心再干,都在操心自己家人的安危。到最后,所有保证生产的条件都已失去,织丝厂只好停机关门。

天爷爷,这么多机器全停下来,一天就丢掉了多少金钱呵!

"爷爷,爷爷,你站这儿看啥?"小昌盛这时从院子里跑进来,扯住爷爷的衣袖问。

"看看这些一声不响的机器,孩子!"达志缓缓弯腰把孙子抱起。

"爷爷,你的眼角怎么有水珠?"小昌盛用小小的手指抹着爷爷的眼角。

"昌盛,愿吃麻糖吗?爷爷带你去买。"达志岔开孙子的问话,抱着他出了机房,蹒跚着向大门口走去。

"爹,"容容这时从临街的铺子里走出来,"立世说让把铺子里的一切东西都集中到后院,你说行吧?"

"集中起来做啥?把门锁起来不就行了?!"

"可立世说,怕飞机炸住房子,还怕日本人攻进城来。"

达志的心咯噔一响:攻进城来?日本兵还会攻进城来?倘他们真的攻进城来,那我的厂房和机器不就完了?他的心脏因为骤缩而有些作痛,他还从来没想过这个问题,他现在只是为停工为空袭着急。

街上传来一阵马蹄响,他探头一看,见是栗温保被一帮人簇拥着由街西走过来。他知道栗温保如今是这南阳城的警备副司令,心中顿时一动:何不向他问问今后战事的发展?于是急忙放下孙子走到街边,向驰近了的栗温保躬身招呼:"栗司令好!"

"哦,是尚老板,"栗温保勒住马头,饶有兴味地望着这个过去常向自己送缴银子的丝织厂主,"我刚从拆城工地回来,顺便看看这条街遭受空袭的情况,咋样,你的厂子还好吧?"

"厂子倒还没被炸住,可是生产全停了!这几年厂子刚有个发展,绸缎质量刚可以和外地、外国的绸缎生产厂家比试比试,就又停了!"达志一时忘了对栗温保的仇恨和厌恶,动情地诉说起来。

"停就停了吧,你反正已经赚了不少钱!听说你非要让自己造出的绸缎在世界上称霸不可,逞这个能耐做啥?有好吃好喝不就中了?"

"栗司令,"达志见同栗温保说不到一处,忙问自己要问的问题:"将来日本兵总不会攻进城来吧?"

"当然不会!"栗温保厌烦地挥了一下马鞭,想把这个令人头疼的问题赶走,他实在讨厌人们一再地提问这个问题。"你把心放到肚里,该吃就吃,该喝就喝,该睡就睡!"

"谢谢栗司令,能保住城池是为百姓们造福呵!我和我的全家先向司令表示深深的谢意了!"

"尚老板不该空口说话,"肖四这时微笑着开口,"如今国难当头,俗话说当有人出人,有钱出钱,我等拼力守城,你作为一个家资万贯的厂主,也该有所表示才对!"

"尚家家产万贯说不上,可我会尽力支持守城的,所捐钱款,今晚就当送上!"达志听出了肖四的话意,当即表态。

"有像尚老板这样的爱国者的全力支援,我军士气定会更高!"栗温保淡声说罢,催马走了。

"爹,他咋说?城能保住吗?"容容这时跑过来问。

"他说能,我想也能!他们有那么多兵,有那么多枪,又是在熟地方打仗,倘是日本人要来,他们会打胜的!"达志低声答罢,放眼向远方的天地相接处望去。

但愿南阳城能得到上天的保佑……

夜,漆黑无边,偶有灯火亮起,也是转瞬即灭。由于实行战时灯火管制,一入夜南阳城就老实地钻入了黑暗,再无了往日晚饭后的人声喧嚷和灯光闪烁。不过,此刻在《宛南时报》的编辑室里,在厚厚的窗帘后边,却仍是灯火通明,卓远和他的助手们正在编印新一期的报纸。

这期报纸比往日的付印时间所以有些拖迟,是因为在等前线的消息。今天,在新野、桐柏两县城,抗日军民同时和来犯的日军十六师团酒井支队、铃木支队展开激战,战斗的结果刚刚传来报社:我打死打伤敌人千余,俘战马数百匹。"日人并非不可战胜,新唐一战已是例证",卓远此时正激动地手握毛笔审改着这条消息。

"咚咚咚……"门骤然被敲响,一个编辑刚一上前拉开门,一伙持枪的军人便呼啦闯进了屋里。

"你们有事?"卓远停笔站起。

"是卓先生吧?我想和你单独谈谈!"一个沙哑的声音从那伙军人中响起,卓远定睛一看,才认出那是警备区的参谋长肖四,便点了点头,示意报馆的其他人去隔壁屋里。

"卓先生的报纸办得不错,我听说在宛城各报馆中是订户最多印数最大影响也最广的一份报纸。"那肖四眯着眼挥退自己的随从,一个人走到桌前的椅上坐了。

"谢谢肖参谋长的夸奖,我们不过是做了一点自己该做的事。"

"我还听说你当初在报上发了一篇文章,就迫使当局枪毙了邓县县长耿子谦,厉害呀,卓先生,这小小的毛笔和我的手枪一样厉害呐!"

"那是因为耿子谦作恶太多,惹怒了民众。"卓远边答边猜测着对方的来意,"肖参谋长这么晚了来报馆,是——"

"是想请卓先生在报上发条消息。"

"哦?什么消息?"

"'栗副司令的夫人、孩子仍留在城中,全家人决心与城池共存亡!'就是这个意思吧,词句上你再推敲。"

"可我们知道,栗副司令已将他的夫人们、儿女和家产甚至桌椅橱柜全都用运送弹药的车辆送到了西峡山里!在全城居民都还没有疏散的时候,他先这样做,是会造成人心浮动的!"卓远的声音开始变冷,"这会让人们觉出守城无望心先散掉!"

"既然卓先生已经知道真情,我也就不再隐瞒,不过这消息你一定要发,为的是稳定军心民心,使万众同力守城!"

卓远面露愤色地扔下手中的毛笔,在桌后踱步,片刻后站住,抑了心中的气愤低声说:"好吧,为了保证守住古城,我破例让我的报纸说一次假话。如果栗副司令和你果真全力守城,那这个秘密我就永远保守下去;倘是你们守城不力使城破遭劫,我将会在报上把这事的真相公布出来!"

"我们先不说以后,我们只说眼下!"肖四的指头在桌上轻敲了一下,话中露出了几分不耐。

卓远上牙紧咬下唇,久久无语。

"好,卓先生还算识时务!告辞了。"那肖四说罢,起身就走。

403

18

小昌盛被尿憋醒时,鸡刚叫二遍,他推了推身边的妈妈,叫:"妈,我尿。"还沉在酣睡中的容容眼也没睁,就做着惯常的动作:伸出一只胳膊去窗台上摸住了洋火柴,啪的擦亮,朝着放油灯的地方伸去。灯亮后,小昌盛赤条条从妈的怀里钻出被窝,站在床帮上,捏着小鸡鸡朝放在床前不远处的尿罐撒去。哗啦啦。瓦质的尿罐立时发出一阵嘹亮的响声。

屋子里真冷,小昌盛不过是撒了一泡尿,身子已经冻得很凉,他哈着冷气重又钻进被窝时,把容容凉得身子一抖,她紧忙把儿子抱在怀里暖,小昌盛趁机头一低,用嘴嚼住了奶头。

"哟,丢脸不丢?六岁了还吃奶?"容容在儿子的屁股上轻拧了一下。小昌盛尽管已经长到六岁,还是要夜夜枕着妈妈的胳膊睡。

"不丢!不丢!"小昌盛在妈妈的怀里格格笑着拱动着身子,同时报复似的伸手去妈妈腰上拧了一下。

容容的睡意已被儿子赶走,于是爱笑爱闹的她便和儿子在被窝里逗开了,她胳肢儿子一下,儿子胳肢一下她,母子俩在被窝里格格地笑成了一团。

"你们还睡不睡?"躺在床那头的立世被吵醒,生气地把脚朝他们母子俩伸过来,一双大脚竖在容容胸前,生生把母子俩隔开。

容容望着丈夫的大脚,朝儿子眨眨眼,示意儿子用手指去挠爹的脚掌,小昌盛有些胆怯地伸出手指,朝爹爹的两个脚掌挠去,刚挠两下,那两只脚就哧溜一下缩了回去,同时床那头也忍不住爆出了一阵笑声。

格格格。母子俩得意地又笑开了。

咚咚咚。正这当儿,门外响起了敲门声,跟着传来达志的一声喊:"小昌盛该起床背书了!"机灵的小昌盛听了爷爷这喊,先是探出身噗一口吹灭了窗台上的灯,继而像泥鳅一样向被窝的深处缩去。

容容望了一下窗纸,窗纸还没有发白,而且听得出有雪粒扑打院中树枝的声响,这样冷的天让儿子起这么早她着实有些心疼,于是抬了头对外叫:"爹,反正厂里的机器也停了,白日没啥事做,让小昌盛白日背书吧,这样冷的天,他又这么小,起这样早不是有些划不来?"

"啥划来划不来?要紧的是让他养成勤快早起学习的习惯!眼下机器没开,可日后会开的!他没有勤快的习惯没有像样的丝织本领,将来咋去发展这份祖业?"达志有些发瓮的声音从门缝里挤进屋来。

容容听出公公的声音里有了怒气,不敢再做分辩,她伸了下舌头,起身点灯披衣,尔后从被窝深处把想偷懒的儿子抱出来,开始给他穿衣服。

小昌盛不高兴地嘟囔着,可他知道爷爷就站在门外,不敢高声抗议,只能在妈妈给他穿衣时做出点不情愿的动作。这时,睡在床那头的立世也已经起身,不声不响地很快穿着衣裳。

父子俩把衣服穿好,立世拉着儿子去开门。门刚一拉开,一股寒气便像竹片一样朝两人脸上打了过来,父子俩同时退了一步,不过立世很快便迈出了门去,向着早先的动力机房如今成为自己学习室的房子走去。父亲最近给他找来了一本电工学教本,让他趁着眼下不开工的时间学会。小昌盛这时也迈出门外,自觉地向后院那棵老桑树下走去,那是爷爷给他规定的晨读地点。

"今早上天冷,咱们先跑几圈,暖和暖和身子。"跟在小昌盛身后的达志说罢,便先绕着几棵树跑了起来,小昌盛跟在爷爷身后,也吧嗒吧嗒地跑着。不很密集的雪粒,在一老一少两个人的肩头上蹦跳着滚下地去。

爷孙俩都跑得额上沁汗时,停下了脚步,小昌盛从衣袋里掏出爷爷给自己写的课本,对着越来越亮的晨光高声念了起来:"蚕有两类,桑蚕、柞蚕;丝有两种,桑丝、柞丝……"

雪粒变大变稠了,天变得浑茫一片,地上原先蹦跳着的雪粒开始粘在一处,变成了薄薄的一层,有几只麻雀大约被起床挑水的人从什么地方惊起,尖叫着冲入空中,可能受不了密集的雪粒的击打,又哀嚎着钻入一家屋檐。

小昌盛把今天的这一课读完,雪粒已在他的肩上铺了一层。

"好了,现在背那三段话吧!"尚达志端立在雪地里,听任雪粒击打着自己的头、脸、颈。

"……列祖列宗在上,"小昌盛仰脸望着被雪粒挤满的天空,"昌盛生为男儿,当为振兴祖业尽力,有生之年,一定要力争使尚家丝绸再获'霸王'美誉!……"

雪粒已变成了雪花,大片的雪花纷纷扬扬飘着,南阳城转眼间变成了一个白色世界……

吃过午饭时,雪花已经在地上铺了厚厚一层。这样大的雪近年来还很少见,天性爱玩爱闹的容容想着反正厂里机器都已经停了,没有事干,收拾完厨房里的东西,就拿着铁锨铁铲拉着小昌盛来到了后院桑林里,在那儿冒雪堆起雪人玩。母子俩一个拿锨一个拿铲,格格格笑着往上堆,一个雪人的雏形就渐渐立了起来。

容容并没有把日军逼近的传言放在心上,她的心里一向不装沉重的东西,在她认为,尚吉利织丝厂要不了多久还会开机,一切都还会恢复如旧,眼下趁着这闲暇时间,可要好好和儿子在一起玩

· 406 ·

一玩乐一乐。

雪人堆好的时候,母子俩开始给雪人装饰头部,容容找来一把麦草,给雪人扎着头发;小昌盛找来两个瓦片,给雪人做着眼睛。容容因为高兴,手上忙着,嘴上就哼起了歌儿:

绸儿柔,缎儿软,
绸缎裹身光艳艳,
多少玉女只知俏,
不知它是来自蚕。

小昌盛早跟妈妈学过这支歌谣,这时就抢在妈妈的前面,高高地接唱:

蚕吃桑叶肚儿圆,
肚圆才能吐出茧,
煮茧方可抽成丝,
一丝一丝缠成团……

母子俩正玩唱到兴处,不远处忽然传来尚达志的一声喊:"小昌盛,过来,跟我去学算盘!"

"我不!"小昌盛正在兴头上,头也没回地顶了爷爷一句,照样玩自己的。

容容心里觉着,反正厂子已经停了机,天又下大雪,干吗还把一个孩子抓那样紧?让他玩玩有啥了不起?所以就也装作没听见。

"听见了没有?昌盛!到了干正事的时候,快跟我去学算盘!"达志的声音里添了严厉。

"爷爷,我要堆雪人!"小昌盛见妈妈没像往日那样要他服从爷爷,胆子大了些,就又这样回了一句,照样干自己的。

容容认为公公见孙子玩得这样开心,不会再坚持下去的,就也没有在意,照样轻哼着自己的歌儿。她刚又给雪人扎了两根发辫,

· 407 ·

就听到公公的脚步响到了身后,这下不能再装作没听见,她刚要扭脸去和公公搭话,不想忽见公公挥起手来,朝着小昌盛的屁股就打了过去。这一掌是太重了,小昌盛从雪人身旁滚下去,在雪地上又滚了两滚,随即便"哇"的一声哭开了。儿子是母亲心尖上的肉,小昌盛更是容容时时想捧到掌上呵护的宝贝,儿子的摔倒和哭叫令她心疼至极,这种心疼瞬间便变成了对公公的气恼和不满:"他下雪天玩玩有啥不对,你想要把他打死?!"这是她嫁进尚家以来第一次顶撞公公,她杏眼圆睁玉牙咬起瞪着公公。

但尚达志没有去看儿媳,只是冷厉地瞪着倒在雪地上的孙子低喝道:"起来!跟我学算盘学记账去!这个世界不是让人来玩的!我们尚家人更不能玩得忘了正事!"

小昌盛看看爷爷那眉毛耸起满是威严的面孔,不敢再哭,急忙爬起,用手背抹抹眼泪,慌慌地瞥了一眼妈妈,就乖乖地向前院走去了。

尚达志没再理会容容,默默跟在孙子身后。小昌盛听见爷爷的脚步声,怯怯地回头看了一眼爷爷,边走边辩解似的说:"加、减、乘我已经会了!"

"还有除法!我们还要讲怎样去核算一匹绸子的成本!"达志的声音依旧冷峻。

仍站在雪人旁的容容,这时气得狠跺一下脚,抹了一把眼中涌出的泪,转身就向娘家跑去。

卓远正伏在桌上读信,每隔一段日子,他总要收到一些他的学生们的来信。他督学训教当校长这么多年,培养出的有出息的学生实在不少。今天的这批来信中,有一个姓余的从事农学研究的同学说,他实验出了一个新的小麦高产品种,可惜眼下因战事临近人心惶惶,无法推广。一个在桐柏县公立小学教书的学生来信说,他编写了一本新的算学教材,学生用这本教材,可在四年内掌握过去要六年才能学完的内容,可惜目前因为跑荒躲日本兵,学校早已散掉,再好的教材也无用了。另外一封是从陕西寄来的,那是两个要去延安投奔共产党的学生写来的,信中说他们正在寻找时机向陕北走,早晚有一天会到达延安。卓远最后把目光停在一位留学日本东京的学生来信上,那位学生说:日本国内目前仍在大批征兵,到处都有支持圣战的标语,看来战争还要打下去!……

战争还要打下去!卓远久久地望着信纸上的这句话,沉入了默想。战争这个怪物,为什么每隔一些年月,就总要在人间复活猖狂一次?谁都知道战争会制造死亡、痛苦、眼泪,可人类为什么不群起而灭之,使它永远死掉?看来,战争是和想过好日子的愿望相连,日本人为了自己想过好日子而来打中国,德国人为了自己过好日子而去打苏联,难道一部分人想过好日子就必须靠用战争去掠夺另一部分人?一个国家的人为什么不可以就靠自己的劳动、自己的智慧去把日子过好?……

"嗵!"容容就在这时猛推开门,满脸泪水地扑进了爹的怀里。卓远吃了一惊,扔开信纸,忙扶起女儿急问:"怎么了,出了什么事?"雅娴听见女儿的啜泣声,也早已脚不点地从另一间屋里跑了过来。

"他……他打昌盛!"容容委屈无比哽咽着说。

"谁?谁打了小昌盛?"雅娴以为女儿和外孙在街面上遇见了坏人,摇着女儿的肩膀急问。

"是他爷爷!"容容于是抽噎着把事情的原委说了一遍。

卓远和妻子听罢都舒了一口长气且相视一笑。"哦,傻丫头,你为这样的小事把我和你妈吓了一跳。"卓远一边用手指刮着女儿脸上的眼泪一边笑着说。

"小事?这是小事?"容容生气地跺了一下脚,"他那一巴掌肯定把昌盛的屁股蛋打红了!"

"哟,我的傻女儿,你以为小昌盛只是你的儿子?一个人一出

· 409 ·

生就具有多重身份,每一种身份都同时附带着义务和权利,小昌盛既是你的儿子也是他爷爷的孙子,他爷爷不仅有抚养他的义务,也有管教他的权利,他本人不仅有要求抚养的权利,也有准备为尚家丝织业出力的义务!他爷爷固然可以换一个督促孙子的方式,但爷爷打孙子也属天经地义!你哭什么?就连你今天的身份也已经不单单是我和你妈的女儿了,你还是尚立世的妻子,尚达志的儿媳,尚昌盛的妈妈,如果你做错了什么事,尚达志也有权利打你!"

"打我?"容容不觉间停了啜泣,瞪大了眼。

"当然,如果你做错了事!"

"他敢!"容容挥了一下手。手挥起时不小心碰了爹的脸,卓远立时佯装着疼痛叫了起来:"哟,快来看呀,卓家女儿敢打他爹了!"

容容被爹的神态逗乐了,格格格地笑弯了腰……

19

　　云纬后响去村中的磨坊里磨了三升包谷,因为无驴无牛更无马来拽磨,石磨便只好由云纬自己来推。毕竟是五十多岁的年纪了,三升包谷推下来,真已经是筋疲力尽。回到家,她草草洗了一下,勉强扒了几口老黑做好的晚饭,就上床睡下了。

　　因为乏累,她很快就沉入了梦中。

　　她又看见了那台熟悉的织机,看见了织机上闪光的八丝绸,看见了满头青丝双颊鲜润的自己坐在织机上,梭子在自己的双手中飞动。门开了,达志满脸含笑地走了进来,她停了机,羞羞地将头垂了,他走到织机前,仔细地检查着她织的绸缎,尔后轻轻地攥住了她的手。她听到了唢呐响,两台响器班子就站在院里吹,长长的唢呐伸向天空不住地晃动,那么多看热闹的乡亲在院子外边挤。她看到女伴荆儿拿一块红绸子盖头向她跑过来,轻轻地盖在了她头上,于是周围的世界立刻红成了一片,在那片红蒙蒙的光线里,她看见穿得簇新的披着新郎饰带的达志站在街的那头。有鞭炮响了,鞭炮炸开的纸屑蝴蝶一样在天上飘飞。往前走,拉起手,入洞房!婚礼的司仪在向她和达志招手,示意他俩向一起走。她看见达志快步向这边走来,她也开始低头挪步,低头时她才发现,自己和达志站在一副巨大的方格棋盘上。她开始沿着达志走来的那条棋路迎上去,近了,近了,还剩一个方格,就要拉住他的手了,她已经闻到了达志身上那股特有的汗味,她的心开始狂跳起来,拉住了

· 411 ·

他的手,他就要带我向洞房里去了,呵,洞房! 就在这当儿,一个穿黑衣看不清面目的人突然站在了她面前:请往左边拐! 她听见那黑衣人断然的命令,而且不由分说,抓起她的衣袖就向左拉。干什么呢? 她挣扎着。稍微绕一下,你看,从这儿不是也可以去到达志身边? 她听到黑衣人说。她这时果然看见达志沿着又一条棋路向她走来,她急忙顺着同一条棋路迎上去,近了,近了,再有两个方格就可以到他身边了,但不想那个穿黑衣看不清面目的人又突然拦在她面前说:请向右绕一下,从这儿也可以去到达志身边! 说着,便断然地拉起她的衣袖向右拐。不,不,她挣扎着,不过她果然看见,又有一条棋路通向达志跟前……

"妈,妈!"一个喊声从遥远的什么地方响起,隐约而持续地传进她的耳朵里,这声音使她停下步,侧了耳听。

"妈,妈! 开门,是我!"那声音渐渐清晰,终至于把她从梦境中彻底拽出,她打了个激灵,从床上坐起。

"妈,妈!"

"是承银? 等一等。"她急急地披了衣,下床趿上鞋,跑去开门。睡得懵懂的老黑这时也已被惊醒,急忙起身披衣。

伴着一股使人打颤的寒气,腰插双枪的承银闪进了门里。

"妈,快穿好衣服,和爹和弟弟带点吃的东西,向西北边的山里走,走得越远越好!"

"为啥? 半夜三更的,让我们向西北走?"云纬和披衣出来的老黑都一惊。

"妈,爹,前天,日军第三师团从叶县的保安镇出发,经方城向南阳进犯,昨天,已经攻陷方城。日军侵占方城城南六里黄庄时,将全村焚为灰烬,烧房三百余间,烧毁粮食十万余斤;日军攻破包庄寨时,一次就杀死村民九十七人。估计今日天亮之后他们就会来攻南阳,为了减少损失,我们已动员立刻就要成为战场的城郊村子的村民,尽快向西边的山里疏散隐蔽,你们也必须立刻走!"

"他们能攻破南阳城吗?"云纬显然也吃了一惊,她虽然知道日本兵在向南阳逼近,但没料到来得这样快。

"我想他们会攻破的。"承银的眉头抽搐了一下,"我们这帮游击队想打,但武器太差;守城的栗温保他们,武器还可以,但战斗力不行。主要是他们的守城决心,我最担心的是他们的抗击决心!妈、爹,你们快走吧,找几个乡亲做伴,往西走!我不能再耽误,我还有任务!记住,要快,现在已是凌晨一点,离天亮的时间不多了!"承银匆匆说罢,向二老最后点了一下头,便迅疾地闪出了门。

云纬走到门口,看见有几个人影跟在儿子的身后,很快消失在了夜暗里。她便也急忙转身,一边去喊醒承达,一边吩咐老黑去收拾要带走的东西。云纬把睡得糊糊涂涂的小儿子喊醒穿好衣服时,老黑已把家里积攒的银钱和一些衣物捆成了一个包袱。三口人相继走出了门,云纬把门锁好之后,又有些不舍地在门前站了一霎,这房子、这院子、这房中的家具什物,这院中的柴垛,都是她和老黑这些年一点一点用双手挣来的,如今却都要扔下了,但愿日本人不会来到这儿!

她听到了村西边的人声,她明白该走了。她拉上承达带着老黑向村西没走多远,却又猛地停步,她忽然想起了达志。这些年,尽管由于不忍心丢下老黑,由于怕承银的事牵连尚家,云纬一直没有下定去尚家的决心,可达志一直装在她的心里。

达志知道这消息吗?他清楚这城会被攻破吗?他晓得要离开家先到西岗西山躲一躲吗?

得看看他去!

几乎没有任何犹豫,她立刻把承达往老黑面前一推,急声叮嘱道:"你们爷俩先前头走,在十二里岗的大枣树下等我!我要进城去,承达他远房舅舅家大约还不知道这消息,我得告诉他让他家也快出城!"说毕,不待老黑回话,便立刻返身向东,向隐在漆黑夜色里的城区快步奔去……

尽管已近天亮,可达志也还没有睡下。

最近一些日子,他一直在忙着挖地洞藏东西。他把所有的织机、动力机,全都涂上防锈的黄油,藏在了一个近似大地下室的洞里。这洞是他悄悄找来的十来个亲戚朋友,利用了二十几天的时间挖成的,洞口就在他的卧室里。为了保证这阔大的洞子不塌,他还专门买来了砖头和石灰,在洞的四壁砌上了砖墙;在洞的顶部用砖垒了拱顶;在下边又铺了砖头;为了防潮,除了留些暗的通风口外,还在洞的四角倒上了大堆的干石灰。

这近似一个牢固的地下仓库,厂里的全部机器都被抬放在了这里。

除此洞之外,还在前院和后院各挖了一个小洞,前院的小洞放置当初请人试制但还未最后完工的新织机、尚未卖出的绸缎和尚未上机的丝。这些东西全用木箱盛了,四周又放了许多防潮的物品。后院的洞则预备住人,里边放了吃的和水。

达志所以下决心花钱挖这三个地洞,是因为前不久发生的那次空袭。在那次空袭里,南街的梁丰造纸厂的厂房全被炸塌,结果厂里的机器、设备和产品全被塌掉的房顶砸坏压在了下边,而且因为空袭时梁家没有地洞躲,人也被炸死了三口。就是因为看到了梁家的惨状,达志才采取了挖洞深藏东西的措施。

一直到昨日傍黑,所有该藏的东西方全部安放入洞;从晚饭后开始起,达志领着儿子立世,又进洞用油纸把每台机器的细部零件包住,父子俩一直干到了午夜过后。云纬来尚家叩响大门时,达志和立世刚刚出洞洗罢手。

因为是深夜敲门,父子俩多少有些疑心,两人各拎了一把镢头来到门口,大门一开见是云纬,达志才一愣。

"快,快收拾了东西走!"云纬一进院门就连声叫。

"去哪?"达志莫名其妙。

· 414 ·

"去西岗、西山,越远越好,日本兵要来了,天亮差不多就要到,城是保不住的!"云纬一边大口喘息一边急急地说道。

"谁说的?"达志双眸一闪,前几天当局正式组织疏散时,还说近日不会有战事,还说城一定能保住,还说疏散只是为了减少空袭的损失,怎么会天亮敌人就要到了?而且城不能守住?

"我儿子。"云纬焦躁地望着达志,"他的话你应该相信,你知道他是干什么的!"

达志仍稳稳站在那儿,他自然知道云纬的儿子的身份,知道晋承银也在领着游击队和日本人打,从她儿子那儿来的消息不会没有根据,但达志还是有些将信将疑。"立世,你去东院把容容她爹叫来,他应该对局势知道得最清楚!"

立世应了一声,便向东院跑去。片刻后,立世领来的却是岳母。"容容她爹昨夜一直没回来,估计还在报馆里!"容容妈边扣着衣扣边说。

"看来不会有事,有事他会先回来的!"达志做出了判断。

"这么说你们是不走了?"云纬的话中夹了气。

"不走了吧。"达志做出了决定,"甭说日本人不一定会攻破城,就是城破了我们也不能走,工厂还在这儿,人走了谁照看?"

"那算怨我多事!"云纬愤愤地扔下一句,转身就走。

"云纬。"达志出门喊了一声,但云纬没应,云纬的走路姿势里还露着一股委屈、一股好心未得好报的怒气……

天仿佛知道今日有事,故意亮得很迟,在晨曦初露时又扯来大片阴云把半空遮住,使夜暗在城区里又延留了一些时间,不过,日头并不甘被厚云埋没,终于拼了力踏上云头,再一次俯视它看了不知多少回的南阳古城。

卓远是在太阳没出那刻揉着熬红的双眼匆匆由报馆回来的。他没进自家院门,而是先来到了达志家。达志那刻正和儿子、儿媳

415

和孙子吃着早饭。卓远进院时小昌盛最先看见,他喊了一声"外爷",便端着饭碗跑出去迎接。卓远没有像往常那样去抱起外孙亲吻,而是闪开扑过来的小昌盛走到门口急急对达志说:"准备一下吧,日军已接近东边的红泥湾,看来今天是一定要打了!"

"哦?"达志和立世、容容霍地立起。

"城能保——"达志的一句话还未问完,凄厉的空袭警报就突然响了。

"快,进地洞!"卓远说完这句,便扭头向自家院门跑去。

容容麻利地把锅里的饭舀进一只木桶,提上桶拉着小昌盛便向后院跑;立世端了昨晚蒸好的一筛窝头跟在后边;达志抱了两双棉被走在最后。一家人刚刚钻进后院的地洞,十来架飞机就呼啸着到了头顶。

轰、轰、轰。爆炸声在远近骤然响开。有一颗炸弹仿佛就落在临街的店铺屋顶,响声又尖又脆,爆炸引起的地动分明地传到了洞内,洞顶和洞壁上落下了不少土粒。

"别怕,孩子!别怕。"容容把儿子紧紧搂到怀里。

达志背靠洞壁坐那儿,侧了耳倾听附近响起的每一声爆炸,默默地在心里判断着炸点的位置。但愿炸弹有眼,别朝我的厂房上落,万一厂房挨炸,日后恢复生产又该先修厂房,那又要耽误许多时间了……

第二批飞机扔下的炸弹响过之后,达志打开了洞口。根据以往的躲空袭经验,日机一般是分两批临空,两批炸弹爆响之后,人们就可以从躲藏地出来救火救人。达志因担心自己的厂房被炸,尽管没听到解除空袭的警报,也慌慌地从洞口爬出来去前院察看,还好,最近的一发炸弹落在当街,把尚家临街的店铺的前墙炸开了一个豁口。虽然只是一个豁口,达志还是心疼不已。他急忙跑到豁口处,去拾那些碎砖想把豁口先堵一堵,以防外人由豁口处跳进店铺,不料他刚拣了两块砖,天空中突然又响起了飞机的嗡嗡声,他闻声抬头看时,六七架飞机又已临空。他惊慌地顺着墙根儿想重新往后院的洞口跑,但是晚了,他分明地看到空中有几颗白色的东西向院子飞来,他只来得及又跑出几步,一阵他此生听到的最大轰响塞满了他的整个耳朵。那伴着闪光的响声就来自他的丝织车间屋顶,在听到那响声的同时,他踉跄了一下向前仆倒。在仆倒的最初一刻,他还没有意识到自己受了伤,他只是惊恐地扭头去看他的丝织车间,他看见他的阔大的丝织车间像一个散了架的鸟笼一样摇晃着向地上塌去,他心疼万分地想站起来去拯救他的车间,但刚站起便又仆倒了,一阵他从未体验过的剧疼从左腿上传进了心里,他垂眼一看才发现,一块弹片像刀一样划过他的左大腿,把一块肉生生削开,可那块肉还没有从腿上完全掉下来,它还带着一块裤子上的布片在那里晃荡,鲜红的血正在涌流,白色的腿骨在鲜红的血流中时隐时现。

他本能地用手把那块肉又向原处按去,与此同时他痛楚地喊了一声:"立世——"

立世那时已经爬出洞口,反常的巨大响声已使他预感到不妙,他跑过来抱起浑身是血的爹时,第四批飞机又已呼啸着出现在东天。他们震惊地一齐向天看去:又来一批?日本人这是疯了?

不懂军事的尚家父子哪里知道,日军今天进行的不是寻常的空袭,而是攻城前的空中炮火准备,是要用飞机的轰炸来摧毁这个城市的抵抗能力……

20

　　肖四蹲在防空洞口,冷眼看着扔完炸弹拉起机身返航的日军飞机,手指在胸前的木挡板上下意识地敲着,敲出的声音却显得奇怪的轻松和轻快。
　　炸吧!
　　祸兮福所倚!
　　也许这轰炸之祸倒会给我肖四带来福气!轰炸毁了工事,毁了街道,毁了士兵们的士气,就会迫使栗温保撤出城去,而只要栗温保下令撤兵出城,使这座古城沦于敌手,那栗温保就会成为名载史册的罪人,成为民众仇恨的对象,成为上峰追究的败将,他的警备副司令就不可能再当下去,到那时,代替他的,只可能是我!
　　我也要尝尝当副司令的滋味,享享统率军队的乐趣了,我不能一辈子都给栗温保当助手!
　　温保大哥,这些年,我给你的已经够多!我为你付出的已经不少!你的每一步成功,都有我的心血!你想想吧,当初不是我劝你去抢盛家,会有尔后的上山造反?造反之后若不是我为你出谋划策,你最后会当好副镇守使?后来若不是我劝你投靠河南省主席,你会当上今天的警备副司令?如若没有我,你今天怕还在卧龙岗落霞村打兔子,穷愁潦倒一生!你该感激我,感谢我,报答我!可你给我的报答是什么?当你的副手,永远为你出力!这就是你给我的!我不能再傻下去,我不能让一切功劳都归于你,一切名誉都属于你,让你出人头地,让自己永远站在你身后!

我也该往前边站站了!人是要有点野心的,在仕途上混的人如果没有野心,还不如立刻退出去!

你甭怪我不客气、不仁义,谁都不想久居人下!

是从什么时候开始对自己的地位不满意的,肖四自己也说不清楚,反正好长时间以来,他心里就开始憋气,尤其是看到栗温保有时趾高气扬不再询问自己就处理事情,看到下级单单只给栗温保送礼时,胸中的那股气就越来越难忍下去!当然,他一直不让自己的怨气、怒气在神态上有丝毫显露,他知道栗温保也不是傻瓜,一旦让他看出自己的心思,就会招来祸患。他这些年读过不少史书,已经懂得,在官场里,身居第二位的人最为身居首位的人戒备防范,故平日处事一直十分小心,时时提醒自己牢记"帆只扬五分,船便安;水只注五分,器便稳"的道理,提醒自己记住历史上"韩信以勇略震主被擒,陆机以才名冠世被杀,霍光败于权势逼君,石崇死于财赋敌国"的教训,一切都让着栗温保。

但现在我可以不让了!

机会已经来到!

只要栗温保下令撤兵,使宛城沦于敌手,那他在仕途上的生命就完结了,那时就该我肖四来唱主角了!

仕途上的机会很多,就看你能不能看准并抓住!

我会抓住的!连日本兵也不会想到,恰是他们的进攻,给我送来了权柄!

要紧的是促使栗温保去下撤兵出城的决心!

"参谋长,敌机已飞走,部队已进入阵地,我们是不是也去指挥部——"一个参谋过来低声问询。

"好!"肖四猛地起身应了一句,双眸中闪过一丝急迫和殷切……

419

地面战斗是从半后晌开始打响的。

栗温保部署的第一道防线在城东北的盆窑至独山一带。但天黑时分,一线阵地便已相继失守,部队被迫撤进了城边二道防线,并开始准备巷战。

栗温保的指挥部安在小西关的一家玉雕坊里。夜色严严地围定这座门窗都挂了棉被的屋子;枪声由外边传进来时,已轻得近乎燃放爆竹;墙上挂满了地图,烛光在间或响起的山炮声中跳动哆嗦。

栗温保默坐在一张桌前,双手把玩着一个用独玉雕成的"南阳古城"——这是玉雕坊主专门送给他的一件礼物——雕品上那方形的有堞口的城墙和城门上的"南阳"二字,在烛光下闪着莹洁的光亮。

"副司令,据各部队报告,敌人的攻势在加强,我们咋办?坚持打下去吗?"肖四这时从外间匆匆走进,低了声问。

"如果我们继续打下去,会有几种可能?"栗温保没有扭头看肖四,只是声色不动地反问。经过这么多年政界、军界生活的磨炼,栗温保也已经养成了一种从容不迫和心绪不露的本领。

"只有一种,那就是城破兵损。"肖四说得很干脆。"日本人不拿下这座城是不会罢休的!"

"这种情况下我们的得失会是什么?"栗温保依然平心静气。

"我们如果不想以自杀换取'英雄'称号的话,我们只可以得到人们的称赞,记住,只是一点儿称赞。上边并不会授给我们'抗日英雄'的称号,因为中国人自古以成败论英雄,我们虽然全力抵抗但最后还是城破失败,这时人们给我们的尊敬是有限度的。好的败将在中国成不了英雄!可我们因此失去的将会很多!我们要损失我们的大部分部队,我们将从此失去我们的实力地位。一旦我们手中无了兵,我们就失去了同别人讨价还价的资本,在今天的中国,你手中无了兵,自然也就当不了官;你当不了官,也就享不到福;我们忙活到今天还享不到福,那日子还有啥过头?"

"如果撤走不打,那我们的得失会是什么?"栗温保翻转了一下手中的玉雕,仍旧慢了声问。

"我们得到的将会很多,因为我们手中的兵没有失去,有了兵我们就可以东山再起,可以再谋另一个城市的警备司令。我们失去的只是人们对我们的一点尊敬,可'尊敬'这东西值啥?有些教书匠可受人尊敬,不照样吃苦受穷?再说,'尊敬'是什么?不就是见了你笑容满面、称颂不已、送酒送肉表示心意?而一个人只要做了官,这些都可以得到!依我看,受人尊敬和让人惧怕差不多是一回事,一个人尊敬你了,他会听你的话;一个人惧怕你了,他也会听你的话,从这一点上说,这两种人类的感情形式在效果上是一样的!所以我们不必为失去人们的一点尊敬而犹豫不决!"

"那依你之见,我们是该撤了?"栗温保的眼皮耷拉下来,盖住了双眸。

"当然还是副司令下决心!"

"好吧,我同意!你去起草命令!"

片刻后,肖四拿了一纸命令过来说:"副司令,请你签个名!"

栗温保这时已起身披了呢子大衣,一边向门口走一边说:"你签就行,我去二团看看!命令签后立即送往各团!"说罢,便闪出了门去。

门外一片漆黑。枪声无了墙的隔离,骤然变得密集而清脆。偶有一颗曳光弹飞起,将黑暗划成两半。栗温保翻身上马,在几个随从的护卫下,过小东关沿河街向位于医圣祠方向的二团驰去。快到二团团部时,他猛勒住马,转对身边的一个贴身随从低声叮嘱:"待一会儿你到各团,把他们收到的撤退命令全部收回到你手中保管!"听到那随从应一声后,他才又仰脸向天,喃声说了一句:"我既要保存实力,也要人们的尊敬!肖四,得请你原谅我了……"

枪声更显尖利……

21

卓远贴着墙根,以一个五十多岁人能有的最快速度,向着魏公桥方向走。他是天黑之后离家出来的,他想到一线阵地看看,看看战斗的真实发展状况,看看士兵们的战斗士气。他想,自己既然办着报纸,既然要在报纸上反映这场守城战斗,就不应该少了这前沿阵地的亲自采访。

街上除了来往调动的守城士兵和前送弹药、后送伤员的人员之外,便是不时飞动着的枪弹。枪弹在街道上行走时,带着一股瘆人的嗖嗖声,听了让人脊背发麻。越接近前沿,人越稀少,枪声也越响。卓远在墙根蹲了一会儿,看见几个人挑了冒着热气的水桶和篮子向前走,他估计这是送饭送水的炊事员,随着他们便会找到正在作战的部队,便紧忙跟了上去。

炊事员们把他带到的是一个营部。一位方脸的营长在看了卓远的记者证件之后,一边大口吞咽着炊事员刚送来的包子,一边指着自己指挥所的后墙说:"看看,那就是敌人的决心!"卓远借着烛光朝墙上看去,只见那墙上写着五个字:"贾一柏之墓。""这是我们营长割破指头写的!"一个精瘦的士兵说,"我们已经干掉了至少一百零二个日本兵,日他娘,他们休想从我们营的阵地上打开缺口!""嘀铃铃。"这当儿电话铃响了。贾营长一边嚼着包子一边拿起了话筒。

卓远注意到营长脸上的咬肌骤然停止嚼动,并随之"啪"一下,把口中嚼了但还没咽下去的包子吐到了地上,跟着就见他对了话筒吼:"我能顶住,凭什么叫我撤?凭什么?"

话筒里的声音听不清,但贾营长的脸是变得铁青了,又过了片刻,便见他把话筒"啪"地扔下,一屁股坐在一个弹药箱上。

"营长,咋着回事?"那个精瘦的士兵最先上前开口问。

"唉,"那营长抬头长长叹了一口气,"上头让我们交替掩护向城西撤退,南阳城完了,完了!"

"为什么要撤?"一旁的卓远闻言,惊骇地上前抓了那营长的胳膊。

"我也不知道!你问我,我问谁?"营长颓然地摊开双手,"我还没有弹尽粮绝,我还有力量抵抗,可为啥让我撤呀?"一霎之后,营长转向他的手下人说道:"通知一、三连,用火力掩护二连悄悄后撤,全营立刻做好行动准备!"跟着,转向呆立在那儿的卓远道:"你也快走吧,要不了多久,这儿就要被敌人占了!快走吧!"

卓远记不得自己是怎样被忙乱的士兵们推出指挥所的,也不记得自己是怎样往回走的,他只记得有一队队的士兵从自己眼前跑过,只记得当他返回到自己家门口时,看见自己刚才站立过的魏公桥方向燃起了大火,火光冲天而起,火头噼啪着在天空骄狂地摇晃着,半个南阳城被火光照亮,就在那火光中,他听到了男人、女人们的哭喊声。

是那冲天的火光和人们的哭喊声让卓远恢复了冷静,他对奔过来向他询问守城情况的女婿立世和女儿容容说:"城已经破了!快回去把你爹抬进地洞,多往洞里拿点吃的、喝的,从现在起,我们只能在洞里生活了!"

待女儿、女婿去后,他才拉了妻子的手,一步一步向后院的那个地洞走——那是女婿立世专门为他俩挖的藏身之地。

过了有两顿饭工夫,默坐在地洞里的卓远,便隐隐听到了日语声。

· 423 ·

黎明时分,南阳全城沦陷,满街都是日本战马的嘶叫。坐在洞中的卓远,缓缓拿起毛笔,借着从洞口漏进来的一点火光,在洞壁上重重写道:"身为男儿当自羞,刻骨铭心记此仇……"

达志忍着剧疼,身靠洞壁紧张地听着洞外的动静。因这个地洞当初挖筑时,留的隐蔽的通风口较多,所以坐在洞中,对外边的声音听得颇清。

枪炮声是在天亮之后彻底停息的,代之而起的是砸门声、日军的哇哇吼叫声和本城人的哭喊声。这一切声音都表明:一场抢劫开始了!

儿子、儿媳甚至小昌盛都和他一样,双眼瞪大紧张地谛听着外边的响动,每个人眼里都弥漫着恐惧,一种等待不祥后果的恐惧。

但愿他们注意不到我的院子、我的工厂,但愿他们不来这个地方。达志在心里绝望地祷告,但他自己心里也明白,没有人会理会他的祷告,一切全依日本人的兴趣了。

第一个白天就在这种恐惧中一点一点挨过,天黑之后,一家人稍稍有些轻松,默默地啃了几口干粮,喝了点水。立世还轻轻地打开洞口,悄悄爬出去把尿罐倒了,且慢慢爬到院门口看了看,回来说,街上燃着一堆一堆的火,隔百十步远便有一个日军岗哨。

这一夜,全家人都多少合了一会儿眼。

第二天头晌,达志腿上伤口的疼痛加剧,当立世用盐水给他洗时,他几乎疼昏过去。不过,即使在疼得要昏的那一刻,他的耳朵也没有忘记捕捉外边的动静。还好,院子里仍很平静,这使达志心中的那个希望增加了:也许日本兵真的注意不到自家的织丝厂。

灾难是半后响来到的,酷爱用丝绸做和服的大和民族,不会忘记寻找织丝厂的!一阵哇哇的人声和嗵嗵的脚步声响到院里时,达志正在打盹,他的睡意被惊走之后,听到的第一个声音是中国人的怯怯的话音:"这就是织绸缎的尚吉利织丝厂!"

"哦,好的,好的,我这个人很喜欢绸缎,我夫人尤其喜欢用中国的绸缎做和服!"这个说着生硬汉语的显然是日本人。

达志和儿子、儿媳交换了一个惊慌的眼神。

"可是,这厂里已经没有人了。"还是那个中国人的声音。

"没有人不要紧,只要能找到绸缎就行!"那个日本人说到这里,忽地转用日语哇哇叫了一阵,随后,便听到十来个人的脚步声在各个屋子里跑,达志能猜出:那日语大约是给日本兵下的寻找命令。

"没有,房子都是空的。"依旧是那个中国人的声音。达志极力想辨别这声音自己是否熟悉,可惜辨不清。

"一个织丝厂不会没有绸缎,根据我在华北的经验,我知道中国人总爱把自己的东西埋到地下;他们通常并不把自己的东西带走,他们担心带了东西走在这兵荒马乱的日子里会遭人抢劫!好吧,让我们来挖挖试试,也许我的判断会被证实!你的,去找镐头!"日本人的声音里充满了自信。

达志抽了一口冷气,手紧紧抓住了洞壁上的砖缝。

大约几袋烟的工夫过后,响起了镐头挖地的声音,那声音鼓一样的擂到地上。所幸有好一阵那声音都只响在临街的店堂里。

"这儿,这儿,挖一下试试!"又过了不知多少时间,那个日本人又喊,声音里已带着明显的焦躁。

"嗵!"镐头再一次响了。

"糟,在爹的卧房外间!"容容最先做出判断。

达志的嘴猛一下张开,似乎想发一声喊,但理智使他把那声惊呼掐灭在了喉咙口,他只把一个无限的惊恐现在了脸上:老天,隐藏动力机和织机的那个大地洞的洞口就在那卧房里间的床下,倘使他们挖到了那个洞口,我尚家织丝厂的全部机器就完了!而没有了那些机器,尚吉利织丝厂也就再无了发展的希望!尚家什么时候才能再聚起那么多机器?那是多少年来的心血呵!不,决不能让他们发现那个洞子！得想办法！他的双手下意识地在身边摸索。

"爹，咋着办？"立世慌慌地抓住爹的手。

达志直直地看着儿子的脸，牙床哆嗦着说："立世，现在只有一个办法兴许还能救出那些机器，那就是你赶快上去，告诉他们埋绸缎的地方，让他们把那些绸缎挖走，他们要的是绸缎！让他们拿走那些绸缎算了，只要有机器，我们日后还会织出来的！"

"好吧，爹，我上去！"立世迟疑了一下松开爹的手。

"不！不能去！"容容这时扑过来抓住了丈夫的胳膊："日本人万一杀了他咋办？"

"现在已经顾不了那么多了，去吧，快去，从后边的洞口上去，由院后绕到前边，甭让他们发现这里的洞口！"

"不，不，让他们把机器炸毁算了，我们日后再买！"容容坚决地抓紧立世的胳膊。

"那么多机器拿啥买来？"尚达志的双眸因为又急又气暴突了出来。

"放心，容容，我告诉他们绸缎埋的地方，他们只会高兴，不会杀死我的！"立世说罢，默默看一眼爹，便挣开容容的手，向通向院墙外边的那个洞口走去。洞口一开一合，院墙外便响起了立世轻轻的脚步声，达志、容容和小昌盛都侧了耳听，就在这一刻，附近的什么地方突然响了一枪，跟着他们清晰地听到立世哎哟了一声，随后，一切就归于了沉寂。

"打死了！他们把他打死了！"容容呜咽着抱紧了小昌盛。

"嗵，嗵，嗵，"卧房外间镐头刨地的声音更响地传了过来。

尚达志抓紧洞壁咬牙站起了身子。疼痛立刻使他的额上窜出了冷汗。"昌盛他妈，"他大口喘息着说，"我上去后倘是也死了，我对你只有一个请求，就是把小昌盛养大，这是俺尚家惟一的后代了！你就是再嫁他家，也要让他姓尚，告诉他承继起尚吉利这份织

· 426 ·

丝业！我和立世会在阴间感谢你的大恩大德的！唉，家里的积蓄全在这下边的坛子里！"他指了指自己刚才坐着的那块地方，尔后开始向直通院内的那个洞口走去。但他只走了两步，便仆倒在地，他双手抓住铺地的砖缝爬到了竖在洞口的木梯旁，开始艰难地往上爬。

容容瞪大惊恐的双眼，一边紧搂着小昌盛，一边看着公公的举动。

尚达志毕竟已经五十多岁，腿伤得又那样厉害，他只把那陡立的梯子爬了五级，就又咕咚摔了下来。

原已经止住了血的那个伤口，因这一摔又涌出了血来。达志没有忍住叫了一声，但那呻唤只响一声便被他咬唇卡住，他重又开始向梯子上爬。他的喘息越来越重、越来越急，但这次他只爬了三级就又咕咚一声摔了下来。

"爹——"看到鲜血重又湿了公公的裤子，容容含泪喊了一声。

达志没有理会儿媳的喊声，他重又向梯子爬了过去，但这次他只爬了一级，便又咕咚栽倒了。

大颗的眼泪涌出了达志的眼眶。

镐头挖地的声音还在不停地响着。

"爷爷！爷爷！"小昌盛挣脱开妈妈的怀抱，向爷爷扑了过去。

容容这时缓缓站起了身，先是异常平静地捋了捋散开的鬓发，尔后迅速地向洞口的梯子走去，当那爷孙俩注意到容容的举动时，容容已很快地攀上了梯子的顶端，刷一下拉开了遮蔽洞口的木板，红色的已经变斜了的夕照一下子跌进洞来。

"妈——"小昌盛的嘴刚刚张开，最初的那个音节还没出来，达志便用自己沾了血的手捂了上去。容容在夕照中迅疾地回了一下头，达志看见的是一个平静的笑容，接着，容容的身子便跃出了洞口，而且夕照很快便被切断，洞口重又被盖死。

达志忍住那想使自己昏迷的疼痛，竭尽全力地谛听外边的动静。先是轻微的容容的脚步声，随即便是突然地一声高叫："嘀，花姑娘！"之后，是一阵男女的对话声，说的什么，达志听不清，但是不过片刻，一直响在卧房里的镐头刨地的声音一下子停止了。而且分明地，一群人的脚步声开始向前院响去。

达志的心倏然间感到了轻松，几乎在这同时，一直在他眼前徘徊的昏迷一下子攫住了他的头，他的脖颈软软地向孙子的怀里歪了过去……

达志是在一阵激烈的枪声和孙子小昌盛的持续哭喊中重又醒过来的。他不知道自己昏过去了多少时间，他只是急忙开口问孙子："你妈妈回来了没？"

"没有，爷爷，没有。"小昌盛把满是泪水的脸紧贴在爷爷胸口。

我得上去看看容容怎么样了！他努力坐起了身子，让小昌盛递给他一碗水喝了下去，尔后开始在油灯光中用目光寻找可以帮他上梯的东西，他知道自己要上去这个梯子并不容易。他最后看定了一截绳子，他把那绳子攥到手里，嘱咐了小昌盛在洞里等他之后，开始向梯子挪去。他抓住梯子咬牙站起了身，迅速地用绳子把自己的腰和窄木梯松松地绑在一起，他每向上走一步，把那绳套也同时向上挪一级，这样，每当他要向下倒时，绳子就拦住了他。他就这样停停爬爬，爬爬停停，终于到了洞口。他用力推开遮蔽洞口的木板，开始看到了明净的夜空，看到了无数晶亮的星星。他深吸了一口冰凉的夜气，咬牙爬了出去。来到了洞外，他听到的枪声更响更密，他有些惊疑：日本人不是已经占了全城吗，怎么城中又会有如此密集的枪声？莫不是我们的军队又打过来了？他无暇多想，只以最快的速度向前院爬去，边爬边低低地呼唤："容容！昌盛他妈！"

没有应声。

一个不祥的预感从心中划过：被打死了？被抓走了？他打个

哆嗦,他不让自己顺这个思路想下去,就像他一直不让自己去想儿子的生死一样。

从自己的卧房门口爬过时,他注意到外间的地面已被深深刨过,他趴在门槛上,就着蒙蒙的星光向里间看去。里间的地面只刨了一小部分,大地洞的洞口还未被触动,保住了!那所有的机器全保住了!容容,这是你的功劳,你的功劳呵!

刚刚爬进前院,他就看见了那块怪石前被翻起的一堆新土,他知道这个洞被挖开了,知道绸缎被拿走了。拿走吧,狗日的们,拿回去用那些绸缎做裹尸布吧!

他在那堆土前停止了爬动。容容看来是被抓走了,抓走了。他把脸紧紧贴在那些冰凉的土上,久久没动。当他重又抬起脸,用目光扫过地洞四周被拆毁的那些装绸缎的木箱和被砸毁的当初未试制成功的新织机部件时,他在一个破木箱后边看见了一个雪白的东西,那是什么?他眨了眨眼重又看去,一个人!多像一个仰躺着的人!他身子打了个激灵,急忙向前爬去,在离那雪白的人形还有几步的时候,像一个炸雷突然把他击昏,他的头一下子摔到了地上:哦!是容容!是赤身裸体的容容!她叉开两腿仰躺在那儿,达志连想也不用想就知道发生了什么事!噢!噢!达志疯了似的用拳头向地上搥去。

地面在达志的搥击下只传来了微弱的回音,达志咬着牙努力坐起身,脱下了自己的棉袄和一件褂子,抖颤着手挪过去给容容把身子盖住。孩子,爹来了!达志的手在触到容容的胳膊后才又一怔:她的身子还是热的,她还没死!他急忙扶起容容,就着远处燃烧着的房屋上的火光,他看见容容的脖子上满是掐痕和勒痕。他不敢再耽误,急忙抱起她向就近的灶屋挪去。当他抱起她时他才注意到,她的身下铺了一匹蓝色的缎子,她的双腿间流出的血已把那蓝缎染红且粘结在了腿上。达志闭了眼用蓝缎把儿媳裹了,拼了力一下一下地挪到了灶屋里。在把她轻放在灶前的柴草上后,

· 429 ·

先掐了她的人中穴呼喊了一阵,待她缓过气来微微地呻吟了一下,才又急忙去点火烧水。

喂了几口热水后,容容方叹息似的出了一口长气,随即慢慢睁开了眼,意识显然还没有完全回到她的脑里,她的双眸呆滞地看着公公。

大滴的眼泪从尚达志的脸上淌落,他只说了一声:"你先躺着,我去东院叫你妈来。"便又急忙向外爬去。他不知该和儿媳再说什么话,他猜想此刻可以安慰容容的也许只有她的妈妈。他爬得很快,他知道当初立世为岳父岳母挖的那个地洞的洞口,他只想到去叫容容的妈妈,根本不知道在他爬进卓家院子那会儿,这边躺在灶口前的容容已抖颤着手去灶口里抓了一些尚未燃尽的柴禾,点着了自己身下的柴草。火苗呼一下蹿起裹住了她的身子并飞快地向房顶爬去。爹、妈、公公、小昌盛,我最好不要再见你们……立世……等等我……

当达志从地洞里喊出容容的爹妈时,尚家院中灶屋里的火已经蹿过了房脊。达志扭头看见这边灶屋上的火光,只愣了一霎便明白发生了什么,他扭头嘶喊了一声:"容容——"便像没受伤的人那样跳起往回跑,可他只跑了两步就仆倒了下去,但他紧接着再次跃起跑了几步,跟着又仆倒下去。他就用这种跑法,到底又跑回到了自家院中。但是晚了,一切都晚了,草顶木柱的灶屋早已成了熊熊的一团火。"容容——"他痛彻肺腑地叫了一声要向火团扑去,但被卓远抱住了。

"你还我女儿!还我的女儿!尚达志——"随后跑来的雅娴疯了似的向达志扑过来,张开两手没命地向达志脸上抓去。达志没躲也没闪,只是闭了眼,听任那双手在自己的脸上、脖子上、头上抓着撕着。卓远这当儿早已松开达志,他没哭也没喊,只是呆然地站在那儿,双眼瞪着火团。渐渐地,他的目光开始抬高越过火团,望定渺远的什么地方,而且头微微侧着,仿佛在倾听着从远处传来的

· 430 ·

女儿那惯常的笑声。

容容妈终于耗尽了力气,停止了对达志的抓撕仆倒在地放声大哭。浑身是血的达志默坐在地上,先是傻了似的瞪住那噼叭作响的大火,随后直盯住竖立在前院的那块石头,石头上的▦形图案在火光映照下变得十分清晰。我明白了,你是在告诉我,世上的任何东西都可能被撕成碎片,那一个一个的方格不是碎片的模样么?我们尚吉利的厂房被撕碎了,我们的家被撕碎了,我们发展祖业的希望被撕碎了,全成了碎片,全碎了……

宝蓝色的高远永恒的夜空,仍如往常那样无动于衷声色不变地俯视着下界,俯视着枪声盈耳的南阳城。它见得显然已经够多,对这一切丝毫也没有表示出惊异,只依旧让自己的星星们眨动眼睛,像过去一样向人间表示着自己的嘲弄……

DI

ERSHIMU